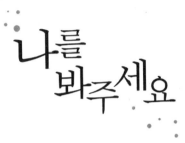

나를 봐주세요 1

초판 1쇄 찍은 날 ┃ 2015년 5월 14일
초판 1쇄 펴낸 날 ┃ 2015년 5월 21일

지은이 ┃ 연우
펴낸이 ┃ 서경석

편집책임 ┃ 최고은
편   집 ┃ 주수지
디 자 인 ┃ 신현아

펴낸곳 ┃ 도서출판 청어람
등록번호 ┃ 제387-1999-000006호
등록일자 ┃ 1999. 5. 31
어람번호 ┃ 제11-00017호

주소 ┃ 경기도 부천시 원미구 부일로 483번길 40 서경B/D 3F (우) 420-822
전화 ┃ 032-656-4452 팩스 ┃ 032-656-4453
http://www.chungeoram.com
E-mail ┃ chungeorambook@daum.net

ISBN 979-11-04-90222-2 04810
ISBN 979-11-04-90221-5 (SET)

1

연우 장편 소설

나를 봐주세요

도서출판 청어람

목차

1.
익숙함이 때로는 독이 되기도 한다

"아······ 서균 씨, 좀 더······ 아······."

고급스러운 호텔 방의 조명은 부드럽게 낮추어져 있었고, 그 방을 가득 채운 여자의 신음 소리는 굉장히 색정적이었다. 여자의 완벽하게 굴곡진 몸은 땀에 젖어 은빛 비늘인 양 반짝이고 있었으며, 그 위에서 열정적으로 몸을 부딪치고 있는 남자의 선 굵은 보디라인 역시 아름다웠다.

삐리리리.

침대 옆 테이블 위에 놓인 전화기에서 들려온 작지 않은 벨소리에 남자는 움직임을 멈추지 않은 채, 손만 내밀어 전화를 들고는 발신자를 확인했다.

—난아.

발신자를 확인하자마자 거짓말같이 움직임을 멈춘 남자의 행동에 여자는 불만스러운 듯 날카롭게 그를 노려보았다.

"또 김난아? 하여간 그 여자, 전화하는 타이밍도 참 기막혀."

비꼬듯 말하는 여자의 말에도 남자는 별 반응 없이 전화기를 들고 욕실로 향했고, 여자는 김샜다는 표정으로 당당한 남자의 뒷모습을 응시했다.

욕실로 들어선 남자, 이서균은 목소리를 가다듬어 정리하고는 전화를 걸었다.

"어디야? ……바쁜 건 아니고, 벨소리를 진동으로 해놔서 못 받았었어. 밥은 먹었고?"

서균은 한 손으로는 전화를 잡고, 다른 손으로는 땀으로 얼룩진 얼굴을 한 번 쓸어내리며 부드러운 어조로 말을 이어갔다.

"또? ……힘들었겠다. 그래, 그리로 갈 테니 혼자 너무 달리지 말고…… 난아야!"

그는 못다 한 말이라도 있는지, 급하게 상대방의 이름을 불렀다.

"내가 사랑하는 거 알지? ……그래, 조금 이따 보자."

전화를 끊은 서균은 샤워를 하기 시작했다. 욕실 밖의 여자에 대해서는 까맣게 잊은 듯한 모습이었다.

"……유진희, 꼴좋다."

옷을 입고 흐트러진 머리를 매만지던 진희는 거울 속 자신을 보며 조소했다. 남자에게 잊힌 자신의 처지가 그저 우스웠다. 뜨겁게 모든 것을 나누다가도 김난아의 연락만 받으면 만사를 제쳐 두고 떠나는 이서균과 3년째 만나고 있었지만, 대체 자신이 왜 이런 대우를 받으면서도 그를 만나고 있는지 스스로도 잘 이해되지 않았다.

"그따위 거 알아봐야 쓸데없어."

진희는 서균이 욕실에 있거나 말거나 방을 나섰다. 그와는 늘 다음을 기약하는 말 따위는 나누어본 적이 없기에 돌아서는 발걸음에 한 점 미련도 남아 있지 않았다.

✳

난아의 단골 술집은 좁은 골목길 안쪽, 지저분하고 자그마한 치킨집이었다. 낡은 건물만큼이나 오래된 테이블 위에는 먹음직스러운 치킨 한 접시가 1,000cc 맥주잔과 함께 놓여 있었다.

"오늘은 그 훈훈하게 생긴 남자친구는 안 오나 봐?"

"훈훈? 아, 서균 씨요? 조금 있으면 올 거예요."

"이렇게 매번 밖에서 만나지 말고 결혼을 해. 그럼 지겹도록 볼 텐데."

주인아주머니와도 안면을 튼 사이라 주고받는 대화가 사뭇 자연스러웠다.

"결혼도 뭐가 있어야 하는 거더라고요."

난아는 맥주를 시원하게 들이켜는 것과는 다르게 쓸쓸하게 웃었다.

예전 꿈 많던 이십대에는 나이 서른이 되면 어엿한 직장에 완벽 적응을 마치고, 꿈꾸던 일을 이루었으리라 여겼었다. 하지만 현실은 7년째 교제 중인 서균이 결혼의 '결' 자만 입에 올려도 기겁을 하고 화제를 바꾸는 비겁한 모습만 남아 있을 뿐이었다.

"우리 아들에게 딱 맞추는 것까진 바라지도 않는다. 하지만 적어도 번듯한 직장 정도는 있어야 하지 않겠니? 오늘 우리의 대화를 서균이 몰랐으면 하니, 쪼르르 달려가 일러바치는 일은 없었으면 좋겠구나."

그녀를 불러 앉혀놓고 냉담하게 말씀하셨던 서균의 어머니를 원망하지 않았다. 유능한 변호사 아들에게 매번 임용고시에 떨어져 기간제 교사만 하는 여자가 어머니 마음에 들 리가 없었다.

"암, 그런 의미에서…… 올해는 기필코, 기어코 붙는다!"

치킨을 다시 튀기기라도 할 듯, 난아는 강렬한 시선을 보냈다.

"닭다리하고 눈싸움이라도 하는 거야?"

어느새 왔는지 서균이 상큼한 향기를 내뿜으며 그녀의 맞은편에 앉았다.

난아는 서균을 새삼스런 마음으로 훑었다. 182cm, 73kg의 환상 비율에 체격은 각종 운동으로 탄력 있게 가꾸어져 있었고, 반듯한 이목구비는 수려해서 보는 이의 눈을 정화시키는, 일명 훈남이었다.

'내게는 너무 과분한 남자지.'

"네, 이번에는 내가 이겼어요."

씁쓸한 마음을 속으로 삼킨 난아는 치킨을 한입 베어 물었다.

"유라한테는 졌고?"

"읙! 그 소악마 얘기는 하지도 마세요욧!"

서균의 말에 마치 끔찍한 것이라도 떠올린 양, 난아의 머리가 격하게 흔들렸다.

"유라가 오늘은 뭘 어찌했기에 이래?"

그런 난아를 귀엽다는 듯 바라보던 서균은 지금 그녀가 가장 듣고 싶은 말을 해주었다. 이렇게 물어봐야지만 오늘의 일을 꺼낼 테고, 그래야만 그녀의 스트레스가 풀릴 터였다.

"오늘은 강력접착제로 경민이라는 아이 손을 책상에 붙여 버렸어요. 그래서 내가 얼마나 진을 뺐는지 몰라요. 그동안 소개해 준 서균 씨 봐서라도…… 참을 인(忍)을 수없이 쓰며 견뎠는데 이제 더는 못 참겠어요. 내일은 유라 부모님을 학교로 오십사 해보려고요."

난아는 괜히 미안해져서 그의 눈치를 조심스레 살폈다.

지금 그녀가 기간제 교사로 일하고 있는 예은사립초등학교는 1년 등록금이 무려 2,000만 원이 넘는, 대한민국 상위 5%의 부유층 자제들만을 위한 학교였다. 입학 때 부모님 면접까지 보는, 돈만 있다고 다닐 수 있는 곳도 아닌지라 행세깨나 하는 집에서는 너도나도 이 학교에 아이들을 보내고 싶어 난리였다.

사정이 그렇다 보니 교육을 담당하는 교사들의 실력, 신원도 중시해서 기간제 교사는 교문 출입도 하기 힘든 곳이었다. 그런 곳을 서균의 인맥으로 일하게 되는 천운을 누리게 된 터라 그녀는 행동

하나하나를 조심하고 또 조심했다.

"유라는…… 저번에도 말했지만 고교 동창 고승조 딸이야. 그
녀석이 조금 괴팍한 면이 있긴 해도 자식 맡긴 아버지의 입장이니
까 너무 걱정하지 말고. 그동안 유라로 인해 난아가 많이 힘들었다
는 건 누구보다 내가 잘 아니까……. 혹시라도 그 녀석이 못되게
굴면 말하고."

서균은 난아의 손을 잡고 조용히 토닥여 주었다.

"휴……."

난아는 옅은 한숨을 내뱉었다. 서균이 그렇게까지 말해주니 조
금 마음이 편해지긴 했지만, 당장 내일 아침 해가 떠오르는 것조차
걱정인지라 어쩔 수 없이 한숨이 나왔다.

"이거 왜 이러실까? 내일 일은 내일 걱정하자 주의면서?"

서균이 맥주잔을 들어 보이며 웃었다.

"그러게요. 어째 점점 더 소심해져 가네요."

난아는 그의 잔에 자신의 잔을 갖다 대며 씁쓸히 웃었다.

✳

어스름이 깔리기 시작할 무렵, 집에 도착한 승조는 들어서기 전
걸음을 멈추고 심호흡을 크게했다. 잘생긴 그의 미간이 큰 고민이
라도 있는지 살짝 구겨져 있었다.

'오늘은 또 무슨 일을 저질렀으려나…….'

마음을 가다듬은 승조는 결연한 모습으로 문을 열고 들어섰다.

운전기사가 이미 도착을 알렸으니 집안 살림을 맡고 있는 심 여사가 문 앞에서 대기하고 있을 터였다.

"사장님 오셨어요?"

허리를 깊숙이 숙여 인사하는 심 여사는 단정하면서도 깔끔한 인상의 오십대 중반 여인이었다.

"별일 없었습니까? 유라는 뭐 하고 있습니까?"

거실로 걸어 들어갈 때까지도 유라가 나타나지 않자, 승조는 다소 의아해졌다.

"아가씨는 일찍 잠자리에 드셨습니다."

"벌써 잠든 것을 보면 오늘도 어김없이 사고를 친 모양이군요."

딸이 말썽을 피우고 나서의 대처법에 대해 너무 잘 알고 있는 승조인지라, 유라가 진짜 잠이 들었을 거라고는 생각지 않았다. 어딘가에 숨어 대화를 엿듣고 있을 것이 분명했다.

"……오늘은 또 무슨 일이랍니까?"

승조는 어쩐지 말하기를 주저하고 있는 심 여사를 채근했다.

"……강력접착제로 진경민이라는 아이 손을 책상에 붙여놨다고 하시더군요."

"진경민? 혹시 세진건설 진현원 사장 아들 말입니까?"

"네. 아버지 성함이 진현원 씨라 하시더군요."

심 여사의 말에 승조의 미간이 눈에 띄게 확 찌푸려졌다.

세진건설은 그가 경영하는 M쇼핑몰 수원 지점 신축 건설을 맡아 하고 있는 곳이며, 세진그룹 진수만 회장의 장남인 진현원이 경영하는 곳이었다. 이런저런 이해관계로 얽혀 있는 사이였기에 사소한 실수로라도 일을 그르치고 싶지 않은 곳들 중 하나였다.

남들은 이깟 일을 뭐 그리 신경 쓰느냐 말할지 모르지만, 결국 비즈니스도 사람이 하는 일이라 작은 것에 감정이 틀어지면 큰일도 쉽게 무산될 수 있음을 몸소 겪어봐 잘 알고 있는 그였다.

'골치가 아프군.'

길고 곧은 손가락으로 미간을 문지르던 승조는 이내 서재로 들어갔다.

"아빠……."

2층 계단에 몸을 숨기고 모든 정황을 보고 들은 유라는 시무룩해졌다. 아빠의 얼굴이 평소보다 더 싸늘하게 변하는 것을 본 데다, 평소와 다르게 2층에 들르지도 않고 바로 서재로 간 것에 대해 야속함마저 느꼈다.

'아빠, 미워!'

작고 붉은 입술이 있는 힘껏 다물어졌다. 그렇게라도 하지 않으면 눈에 가득 고인 눈물이 금세라도 흘러내릴 것만 같았다.

'울면 안 돼. 울면 엄마가 보러 오지 않는다고 했으니까.'

유라는 자신의 유일한 친구, 커다란 인형을 들고 침대에 누웠다. 울고 싶을 때, 마음이 추울 때 아이를 위로해 주는 건 안타깝게도 그 인형뿐이었다.

유라의 미움을 한 몸에 받게 된 승조 또한 마음이 가볍진 않았다. 서재에 들어와 진현원 사장과 상당히 불편한 대화를 꽤 긴 시간 나누고 있던 참이었다.

"······이해를 해주신다니 다행입니다. 네, 아무래도 서로 친하다 보니 장난의 정도가 심했던 것 같습니다. ······네, 그렇게 하겠습니다."

통화를 마친 승조는 넥타이를 풀어 소파에 던져 버리고는 창가로 향했다.

유라가 왜 이렇게까지 변한 건가 싶어 마음이 시끄러웠다. 여섯 살 때까지만 해도 유라는 참 얌전한 아이였다. 얌전할 뿐만 아니라 어린 나이에 초등교육 과정을 이수할 정도로 뛰어난 천재이기도 했다.

하지만 아이의 천재성은 공부에서만 두각을 나타낸 게 아니었다. 입학 첫날부터 지금까지 하루가 멀다고 사고를 쳐왔는데, 그 사고들이 단순 장난이라고 보기엔 정도가 심했다. 처음에는 바뀐 환경에 적응을 못 하는 건가 우려했었다. 하지만 환경에 대한 적응도만 놓고 보면 다른 아이들보다도 월등히 낫다는 결론이 나왔다. 왜냐하면 반 아이들을 진두지휘하며 문제를 일으켰으니 말이다.

고요히 가라앉은 정원의 어두운 녹색 풍경을 바라보고 있던 승조는 다시 책상으로 다가갔다. 머리가 지끈거리긴 했지만 언제까지고 아이 문제만 고민하고 있을 순 없었다.

2.
각자의 사정

따릉따릉, 따르르르릉.

정신없이 울려대는 여러 개의 알람시계가 침대를 기준으로 곳곳에 놓여 각자의 소리로 시끄럽게 울어대기 시작한 것은 아침 7시였다. 이렇게 시끄러운 와중에도 난아는 잠에서 깨어나질 못하고 있었다.

"야! 언니야, 퍼뜩 못 일어나!"

빈말로라도 부드럽다고는 말 못 할 손길과 발길이 자신을 마사지하고 있음을 알면서도 난아의 눈은 쉽게 떠지질 않았다.

"살살 좀 해. 어제 마신 술이 마중 나올 것 같으니까……."

난아는 씩씩거리며 서 있는 여동생, 초아에게 간신히 한마디 했다.

"적당히 좀 마셔대. 예은으로 출근하고부터 내내 술인 거 알아?"

'너도 한번 당해봐라. 술 없이 버티기가 어디 말처럼 쉬운지…….'

"나 씻는다."

동생의 잔소리를 가뿐히 씹어 삼킨 난아는 부스스한 머리를 긁으며 욕실로 들어갔다.

"으아아악! 늦었다, 늦었어!"

눈썹이 휘날리게 씻고 준비를 마쳤음에도 불구하고, 시간이 여유롭지 않았다.

"다녀오겠습니다."

주방에 들어간 난아는 굽지도 않은 식빵 한 조각을 입에 구겨 넣고, 200㎖ 우유를 낚아채듯 들고는 부리나케 현관을 나섰다.

"밥은?"

"이거면 됐어요."

엄마의 말에 간단히 답한 그녀는 현관문을 박차고 정원으로 나왔다. 크지 않은 아담한 정원에는 오래된 나무들과 깔끔하게 정돈된 잔디밭, 그리고 작은 텃밭까지 있었지만 지금의 그녀는 그런 풍경을 감상할 여유가 전혀 없었다.

정원을 뛰다시피 가로질러, 작은 철제 대문 앞에서 우유를 원샷한 난아는 소매로 입가를 닦았다. 이제부터는 우유와 빵의 힘으로 전력 질주를 할 차례였다. 지금 바로 전철을 타도 시간에 맞추기가 쉽지 않았다. 학교가 워낙 높은 지대에 위치하다 보니, 전철역에서 내려서도 한참을 등산하듯 걸어야만 했다.

"뭔 놈의 학교를 쓸데없이 높은 데에다 짓고 지랄이야! 얼마 다니지도 않았는데 다리에 아주 알이 꽉 찬 게……."

자신의 다리를 내려다보는 난아의 입매가 못마땅하다는 듯 일그러졌다.

"아마도 걸어서 올라갈 사람이 없으니 공기 좋고 경치 좋은 높은 곳에 지었겠지?"

"앗! 깜짝이야!"

갑자기 들려온 목소리에 난아는 화들짝 놀랐다.

"뭘 그렇게 놀라? 알이 실하게 꽉 찬 김난아 씨!"

서균이 철제 대문 옆, 벽에 몸을 기댄 채 환하게 웃고 있었다.

"그걸 또 들었어요? 하여간 누가 변호사 아니랄까 봐 한마디도 흘려듣는 법이 없어요. 그런데 어쩐 일이에요? 이렇게 이른 아침에?"

"우리 안방마님 모셔다 드리려고 왔지요~"

난아의 손에 들린 가방을 받아 든 서균은 차로 가더니 과장된 몸짓으로 문을 열어주었다.

"고마워요, 서균 씨. 그렇지 않아도 궁금한 것도 있었는데……."

난아는 그의 그런 모습에 입이 찢어져라 웃었다. 방금 전까지만 해도 과음 후 등산할 생각에 멀미까지 날 지경이었는데, 구제를 받은 느낌이었다.

"뭐가 궁금한데? 내가 해답을 줄 수 있는 건가?"

"유라 아버지가 서균 씨 고교 동창이라고 했잖아요. 그럼 유라 어머니에 대해 혹시 뭐 아는 거나 들은 거 없어요? 유라 말로는 엄마는 바빠서 한 달에 한 번 만나기도 힘들다고 하던데, 오늘 학교로 와주십사 하는 부탁은 어느 분께 해야 하나 해서요."

차에 올라타자마자 난아는 바로 질문부터 해댔다.

"엄마를 자주 못 만난다는 말은 맞을 거야. 고승조는 이혼해서 유라와 둘이서만 살고 있거든."

서균의 눈빛이 대번에 차갑게 변했지만, 난아는 그것을 눈치채지 못했다.

"이혼요? 전혀 몰랐어요. 어쩐지…… 유라가 참 가엽네요. 그 어린것이 엄마가 얼마나 보고 싶을까……."

금세 유라를 가엽게 여기는 난아를 보며 서균은 기막힌 웃음을 흘렸다. 하루도 빠짐없이 말썽을 부리는 아이로 인해 고생이 이만저만 아니었을 텐데도 아이를 가엽게 여기는 것을 보면 역시 김난아답다는 생각이 들었다. 자신은 백 번 죽었다 깨도 가질 수 없는 측은지심을, 그녀는 과하게 많이 가지고 있었다.

"혹시 모르니까 승조 개인 연락처 알려줄게. 비서 통하면 오늘 안으로 연락이 안 될지도 모르니까."

"고마워요. 역시 서균 씨밖에 없다니까요."

신뢰감으로 반짝이는 난아의 눈빛을 보고 있자니 서균은 마음이 흡족해졌다. 그녀가 이런 눈빛으로 바라봐 주면 무엇이든지 다 잘할 수 있을 것 같고, 심지어 스스로가 자랑스럽기까지 했다. 특징적인 색상이 없는, 온통 무채색으로 가득한 그의 세상에 유일하게 총천연색 빛깔을 지닌 김난아. 그녀가 서균에게는 아주 특별하고 또 특별했다.

✻

M쇼핑몰. 서울 노른자위 한복판에 위치한 대형 복합 쇼핑몰로, 승조의 아버지가 할아버지께 물려받은 가업이었다.

아버지와 달리 너무 젊은 나이에 대표이사에 취임한 승조를 중역들이 꽤 반대했지만, 해외까지 사업을 확장하고 이를 성공시킨 그의 추진력에 금세 신임을 쌓아갈 수 있었다. 그의 거침없는 행동력과 정확한 판단력도 높게 평가되는 사항이었지만, 상대방을 휘어잡는 분위기와 언변 또한 무시할 수 없는 능력 중 하나였다.

"……그래서 지금 이런 것을 기획안이라고 올렸다 이거로군요. 작년 기획안을 짜깁기해서 앞뒤 문맥만 교묘히 바꿔놓은 것을 대체 무슨 생각으로 제출한 겁니까?"

냉기가 흐르다 못해 주변을 꽁꽁 얼리는 승조의 말에 기획안 서류를 낸 마케팅팀장의 이마에는 어느덧 식은땀이 맺혔다.

"죄, 죄송합니다."

"죄송할 일은 이번으로 끝내세요. 이번 주 안으로 제가 흡족해할 만한 기획안을 꼭 올리셔야 할 겁니다."

승조의 날카로운 눈빛이 낯빛이 파리한 팀장의 얼굴에 예리하게 닿았다. 그 시선을 받은 마케팅팀장은 시선의 방향대로 온몸의 세포가 죽어가는 듯한 묘한 착각마저 느껴야 했다.

"……그럼 나가보세요."

승조의 마지막 말에 이제야 살았다는 생각이 든 마케팅팀장은 헐레벌떡 인사를 마치고 정신없이 집무실을 나섰다.

"휴……."

방을 나와서야 숨이 쉬어진 마케팅팀장은 심호흡을 하며 마음을 가라앉혔다.

"이제 나가십니까?"

대표이사실을 거의 뛰쳐나오다시피 한 마케팅팀장을 보며 비서가 안쓰러운 표정을 지었다.

"아, 네. 하지만 3일 이내로 다시 올 것 같네요."

그 말을 하는 마케팅팀장의 어깨는 흡사 무거운 추라도 달린 양 산뜩 주저앉아 있었다.

"오늘만 네 명인가?"

처절하리만치 애절한 뒷모습을 보이며 퇴장한 사람들의 숫자를 세어본 대표이사실 비서, 김수남은 커피를 내려 집무실로 갔다.

"커피 가져왔습니다."

집무실 중앙 소파에 반듯한 자세로 앉아 있는 승조 앞에 커피를 내려놓은 김수남은 자신에게 불똥이 튈까 꽁지가 빠져라 도망을 쳤다.

'오늘도 한 번에 끝나는 법이 없군.'

승조는 눈앞에서 모락모락 김이 피어오르는 찻잔을 무심히 바라보았다. 오늘따라 유독 머리가 무겁게 느껴지는 이유가 아침에 자신을 본체만체하고 등교하던 딸 때문은 아닌가 싶었다.

삐익.

조용한 실내에 비서실과 연결된 키폰이 울렸다. 승조는 우아하게 일어나 책상으로 갔다.

[예은초등학교, 유라 담임선생님이랍니다. 연결할까요?]

비서의 말에 드디어 올 게 오고야 말았다 싶어 미간이 찌푸려졌다.

"부재중, 아니, 회의 중이니 용건 밀하라고 하세요."

[네, 그럼 그렇게 하겠습니다.]

담임선생님의 용건이 무엇일지는 가히 짐작이 되었다. 하지만 적어도 지금 이 순간만큼은 유라로 인해 더 이상 골치가 아프고 싶지 않았다. 그는 현재 일을 하는 중이었고, 일에만 전념을 해도 부족했다.

하지만 골치가 아픈 건, 전화를 걸었던 난이도 마찬가지였다. 큰 결심을 하고 떨리는 심정으로 전화를 했건만, 용건만 밝히란 식의 답변만 들었다. 전화로 논의할 일이 아니니 꼭 뵈었으면 한다는 메시지를 당차게 남기긴 했지만, 과연 그 메시지가 당사자에게 제대로 전달될지는 불투명했다.

"하여간 있는 것들은 지들만 바쁜 줄 알아요! 나도 참 공사가 다 망한데 말이야."

오만상을 지은 난아는 유라의 인적 사항이 적힌 종이를 뚫어져라 노려보았다.

'그래. 이 정도 프로필을 가진 사람이라면 나보다 좀 더 바쁠 수 있겠다. 하지만 그래도 그렇지, 자기 자식 일인데…… 가진 게 많

나를 봐주세요

은 사람은 자식 사랑도 일반인들과는 다른 것일까?

종이를 손가락으로 튕기며 생각에 빠져들던 때였다.

"김 선생!"

"으아아악!"

별안간 들려온 큰 목소리에 닌아는 비명을 지르며 자리에서 벌떡 일어섰다.

"뭘 또 이렇게 익사이팅한 반응을 보이고 그래? 놀리는 보람 넘치게~"

얼굴에 장난기를 한껏 담은 약간 통통한 몸매의 여자가 사람 좋은 얼굴로 웃고 서 있었다.

"지영 씨!"

그녀보다 4개월 먼저 입사한 기간제 교사 정지영이었다. 나이도 같고, 서로 같은 처지이다 보니 금세 친해져 밥도 같이 먹고, 퇴근도 같이 하는 사이였다. 무엇보다 지영은 난아와는 다르게 특유의 친화력으로 4개월 만에 학교 정보통으로 불릴 정도로 아는 게 많았다.

"지영 씨, 그렇잖아도 물어볼 게 있는데…….."

"잠깐! 맨입으로는 안 된다는 거 알지?"

난아의 말에 지영이 잽싸게 말을 끊으며 무언가를 바라듯 은근한 표정을 지었다.

"알았어, 알았다고! 오늘 저녁은 내가 쏘는 걸로~"

"좋았어! 그럼, 이따 보자고."

저녁을 산다는 그녀의 말에 소기의 목적을 달성한 지영은 환하게 웃으며 사라졌다.

"다음 수업은 야외 수업이렷다?!"

혼잣말을 중얼거린 난아는 수업 준비를 마치고 아이들을 데리고 밖으로 나갔다. 깔끔하게 정돈된 학교 정원 벤치에 앉은 올망졸망한 아이들을 보고 있자니 마냥 좋았다.

"자, 봄 풍경 그리기를 하기 위해서는 일단 풍경을 잘 봐야 하겠지요? 잘 보고 여기, 여기, 여러분 생각 주머니에 잘 넣어뒀다가 멋진 그림을 그려보아요. 알았지요?"

"네에~"

1학년인 아이들은 순수하고 아기 같은 면이 많아 말썽을 피우는 경우가 빈번했지만, 그래도 난아는 지금의 생활이 너무 좋았다.

"유라는 꽃 안 보러 다니니?"

다른 아이들은 꽃도 보러 다니고 나무도 만져 보고 하는데 유라 혼자 골이 잔뜩 난 표정으로 있었다. 그 모습이 흡사 어른을 따라 하는 모양새라 귀엽기도 하고 궁금하기도 했던 난아는 가까이 다가가 다정하게 말을 걸었다.

"유라는 꽃 안 좋아해요."

뿌루퉁하게 입술을 내밀고 말하는 아이의 모습이 놀랄 만큼 깜찍했다.

"꽃처럼 예쁜 유라인데, 꽃은 왜 안 좋아할까? 선생님에게만 그 이유를 알려주면 안 되니?"

'이래서 자식 키우는 거겠지? 밉다가도 예쁜 모습 보면 미웠던 기억마저 잊곤 하니.'

유라는 꽃처럼 예쁘다는 난아의 말에 기쁜 듯 보였으나 그런 기색이 금세 사라져 버렸다.

"아빠가 꽃은 한때만 예쁜 거랬어요. 예쁘다고 좋아하면 금방 죽는다고, 그러면 마음 아프다고 했어요. 유라는 꽃 안 예뻐할 거예요."

아이답지 않은 제법 똑 부러지는 말에 난아는 마음이 싸하게 아파왔다. 그리고 동시에 아이에게 이런 부정적인 생각을 심어준 아빠라는 사람에 대한 궁금증이 폭발했다.

"유라야, 꽃은 금방 시들고 말라 버리는 게 맞지만, 꽃이 그렇게 될까 봐 겁나서 저렇게 예쁜 꽃을 외면하면 꽃들도 마음이 아프지 않을까?"

"꽃은 사람 아니니까, 마음 없어서 안 아파요."

선생님이면서 그것도 모르냐는 표정의 유라가 너무 귀여웠던 난아는 아이의 머리를 어루만져 주었다.

"아니야, 그렇지 않아. 꽃들도 마음이 있어. 단지 우리에게 들리지 않고 보이지 않는 것뿐이지. 꽃들에게 예쁘다, 예쁘다 좋은 말만 해주면 더 오래 살지만 예쁘지 않다, 밉다는 말만 들려준 꽃들은 더 빨리 시들거나 말라 죽는다고 하더라고. 선생님 말을 못 믿겠거든 유라가 집에서 시험해 봐도 좋고."

"정말이요? 진짜 해볼 거예요!"

아이는 의심스러운 눈초리로 그녀를 바라보다가 이내 결심했다는 듯 눈빛을 빛냈다.

"그래그래, 꼭 그래야 한다!"

드디어 유라와의 대화에 접점을 찾은 것만 같아 난아는 마음이 설레었다. 비록 간신히 대화의 포문을 연 수준일 뿐이지만, 차츰 좋아질 것 같은 예감도 슬며시 들었다.

✳

이혼전문변호사로 서균의 인지도는 꽤 높았다. 그는 부유층들의 이혼을 잡음 없이 마무리 짓는 걸로 정평이 나 있었다.

"변호사님, 유진희 님 오셨는데요."

비서의 말에 서균은 인상을 확 찌푸렸다. 툭하면 사무실을 들락거리는 진희의 행동이 영 마음에 들지 않았다.

"안으로 모셔요."

"그렇게 말할 줄 알고 알아서 안으로 들어왔어요."

서류를 볼 때만 착용하는 안경을 벗어 책상에 내려놓기도 전에, 문가에 서 있던 비서를 제치고 진희가 들어왔다. 서균은 난감해하는 비서에게 나가보라는 손짓을 해 보이고는, 그녀를 향해 인상을 찌푸렸다.

"뭐가 그렇게 바빠서 전화도 안 받고 그래요?"

진희는 그가 인상을 찡그리거나 말거나 개의치 않는다는 듯 소파에 길고 늘씬한 다리를 꼬고 앉았다. 스스로가 어떤 순간에 가장 빛나는지를 잘 알고 있는 부류답게 앉아 있는 자태가 고혹적이었다.

"전화를 안 받으면 안 받는 나름의 사정이 있나 보다 그렇게 여기면 안 되는 건가?"

"글쎄요, 그건 당신 사정이잖아요? 내가 왜 당신 사정 때문에 답답해야 하나요?"

뻔뻔하리만치 당당한 진희의 말에 별 반응 없이 일어난 서균은 그녀의 맞은편 자리에 앉았다.

"그래서, 이렇게 쳐들어오신 용건은?"

서균이 비록 딱딱하게 말하고 있긴 해도, 진희는 느낄 수 있었다. 자신을 바라보고 있는 그의 시선에 갇힌 억눌린 욕망을 말이다.

"아마…… 당신과 같은 그 어떤 것?"

진희는 곱디고운 붉은 입술을 옆으로 당겨, 하얗고 고른 치아가 드러날 정도로 웃었다.

서균이 진희를 처음 만났던 날은 승조의 결혼식에서였다. 순백의 웨딩드레스를 입은 그녀는 아름답고 도도한 공주님 같아 승조와 잘 어울린다고 여겼었다. 그리고 그녀를 두 번째로 다시 만난 장소가 바로 이곳이었다. 그녀는 여전히 아름다웠지만, 온몸에 가시가 박힌 듯 상처받은 눈빛으로 이혼 절차에 대한 상담을 해왔었다.

그녀가 불쌍해 보였다. 남편 소개로, 남편의 친구인 이혼전문변호사를 만나야 했던 그녀에게 동정심이 일었다. 그래서 그녀가 유혹해 오던 날, 별 망설임도 죄책감도 없이 그녀를 안았다. 자신을 유혹하는 그녀의 마음이 남편에 대한 복수심일 확률이 높아 보였음에도 상관하지 않았다. 어차피 난아 이외의 여자와는 그 어떤 것을 해도 마음이 움직이지 않는다는 사실을 알고 있었으니까 말이다.

물론 다른 여자들에 비해 그녀와 관계를 오래 유지해 온 건 사실이었다. 하지만 둘은 처음 몸을 나누었을 때, 서로의 마음 따위는 바라지 말자 이미 합의한 바 있었다.

"일어나지."

말없이 재킷을 집어 든 서균은 진희가 따라 나오거나 말거나 사무실을 나와 주차장으로 향했다. 여전히 그녀와 나누는 시간들이 지겹지 않은 것을 보면 꽤 잘 맞는 건 사실이었다.

가까운 호텔로 이동한 둘은 역시 별 대화 없이 몸으로만 깊은 대화를 나누고, 침대에 누워 각자의 자세로 휴식을 취했다.

"이제 와 묻는 말인데, 3년 전 왜 내 유혹에 넘어가 줬어요?"

진희는 서균의 맨가슴을 만지작거리며 질문을 해왔다. 그동안 궁금했지만 망설이던 질문이었다.

"당신과 같은 이유."

서균은 진희의 손을 쌀쌀맞게 밀쳐 내고는 침대에서 일어나 앉았다.

"나와 같은 이유? 내 이유는 뭐였을 것 같은데요?"

그녀는 서균의 입에서 무슨 말이 나올까, 갑자기 궁금해졌다.

"나와 깊은 관계를 맺어서 전남편이자 내 친구에게 복수하고 싶었던 게 아닌가?"

서균이 옷을 걸치며 무미건조하게 대꾸했다.

"……그럼, 그것을 다 알고도 나랑 잤던 거예요?"

"나 역시 승조 녀석이 재수 없었거든."

그 말만 남기고 뒷모습을 보이며 나가는 서균을 진희는 멍하니 바라보았다.

무언가 이상해도 많이 이상했다. 그녀가 알기로 전남편인 고승조는 자신의 이혼을 믿고 맡길 정도로 서균에 대한 신임이 두터웠다. 지금도 최소 한 달에 세 번은 꾸준히 만나며 친분을 쌓고 있는 사이기도 했다.

3년 전, 이혼이 확정되자마자 서균과 관계를 시작한 건 분명 홧김이긴 했다. 하지만 그 관계가 1년이 넘어가고, 3년째에 접어들다 보니 자신도 모르게 그에게 젖어들어 가고 있었다. 그래서 그도 그렇지 않을까 조심스럽게 떠본 거였는데, 아무래도 그녀 혼자만의 착각이었던 모양이다.

'아무것도 기대하지도, 바라지도 않겠다고 해놓고 또 왜 이러는 거니.'

스스로의 마음에 절망한 진희는 자꾸만 복잡해지려는 마음을 추스르며 한숨을 내쉬었다.

✻

학교에서 그리 멀지 않은 패밀리 레스토랑에서 난아와 지영은 머리를 맞대고 저녁을 먹고 있었다.

"김 쌤, 궁금한 게 대체 뭔데 이래?"

이제나저제나 질문할 타이밍만 노리고 있던 난아에게 지영이 포문을 열어주었다.

"그게…… 우리 반 고유라가 좀 장난이 심해서."

난아는 우회적으로 돌려 말을 꺼냈다.

"고유라…… 고유라라면, M쇼핑몰 딸?"

"응. 그래서 상담을 좀 했으면 하는데 아무래도 처음이다 보니 혹시 주의해야 할 만한 것이 있다거나, 알아둬야 할 것이 있나 해서."

난아의 말에 지영은 입안에 잔뜩 구겨 넣은 샐러드를 우물우물 씹으며 한참을 생각했다.

"음…… M쇼핑몰 고승조 사장에 얽힌 소문이 좀 많긴 해. 일단 드러난 사실만 말하면 엄청난 유산을 물려받은 여자와 정략결혼 1년 후 별거, 결혼한 지 2년 만에 여자가 양육권을 포기하면서 이혼했다는 것 정도랄까?"

대체 그런 정보들을 어떤 경로로 얻는지는 몰라도 지영의 말은 막힘이 없었다.

"그럼 유라는…… 엄마 없이 많은 시간을 외롭게 컸겠네."

유라가 얼마나 외롭게 컸을까 싶어 마음이 다 찌르르해지는 것 같았다. 그래서 그렇게 크고 작은 말썽을 부렸던 건가 싶었다.

'아빠 성격이 만만치는 않겠어.'

지영의 이야기만 들어봐도, 유라 아빠의 성격이 썩 좋아 보이지 않았다. 그런 힘든 사람과 상담까지 할 생각을 하니 머리가 욱신거려 왔다.

"그러게. 애가 무슨 죄가 있다고……."

이야기를 하던 지영도 마음이 짠했는지 말끝을 흐렸다.

"그리고 또 다른, 남다른 점은 없어?"

"다른 것이라…… 아! 고승조 사장 성격 되게 안 좋다는 말 많던데. 하지만 그거야 만나본 적이 없으니 모를 일이고. 하여간 결혼과 이혼 스토리만 놓고 봐도 좋은 남자 같다는 생각은 안 들지."

지영의 표정은 뻔할 뻔자 아니냐는 듯 시큰둥하기까지 했다.

"자자~ 우리 우울한 이야기는 그만 접고. 변호사라는 난아 씨남친 얘기 좀 해봐. 혹시 남친 주변 변호사 중에 우아한 싱글은 없대?"

소개에 목마른 사람마냥 기대에 잔뜩 부푼 지영이 난아를 의미심장하게 바라보았다.

"글쎄, 주변 이야기를 나눠본 적이 없어서. 나중에 슬쩍 물어볼게."

어색한 표정으로 난아는 말을 얼버무렸다.

비싼 저녁값을 내면서 얻은 정보의 질이 그다지 고급스럽지는 않았지만, 그래도 유라의 성격이 왜 그런지, 말썽을 피우는 의도가무엇인지는 대충 이해할 수 있었다.

'관심을 받고 싶었던 거였어. 아빠에게도, 엄마에게도…….'

유라의 문제점도 알았겠다, 상담을 꼭 해내고야 말겠다는 의지를 하얗게 불태우는 그녀였다.

난아와는 다른 의미로 승조도 밤을 하얗게 불태우고 귀가하는중이었다. 사업상 저녁 약속이 길어져 술자리로까지 이어졌고, 그

후 서균을 만나고 온 참이라 시간이 꽤 지나 있었다.

어둠이 내려앉은 공간에서 은은히 빛을 발하는 스탠드 불빛 아래, 그는 옷을 벗어 나갔다. 바쁜 와중에도 꾸준히 운동을 해서 과하지도, 부족하지도 않은 근육질의 몸이 불빛 아래 고스란히 드러났다.

쏴아아아.

욕실로 향한 승조는 알코올 기운으로 묵직해진 뇌세포를 깨우고자, 차가운 물줄기를 맞았다. 그리고 서균과 나누었던 대화를 떠올렸다.

"유라 담임선생님이 입학식 하자마자 바로 출산 휴가 내서 휴직 상태인 건 알고 있어?"

"나야 학부모니까 이야기 들어 알고 있지만, 네가 그걸 어찌 알고 있는 거지?"

"유라 임시 담임선생님이 내가 사랑하는 여자야. 처음 담임을 맡은 거라 의욕이 많으니 잘 좀 부탁한다."

그 말을 듣는 순간, 담임선생님이 회사로 연락해 꼭 만나야 한다는 메시지를 남겼단 사실이 떠올랐다. 결국 그 담임이 서균의 여자라는 뜻이었다.

"귀찮게 되어버렸군. 결국 만나는 봐야 하는 건가."

예상치 않은 귀찮음을 접해 승조의 미간에 주름이 잡혔다. 서균의 말만 아니었다면 비서나 심 여사를 통해 알아보고 넘겼을 일을 이번엔 그가 직접 나서야 할 것 같아서였다.

　물방울이 맺혀 반들거리는 몸 위에 가운을 걸치고 욕실 문을 나서는 그의 뒷모습이 유독 어둡게 가라앉아 있었다.

3.
살 떨리는 학부모 상담

난아는 유독 평소보다 일찍 출근했다. 오늘은 기필코 유라 아버지와 직접 통화도 하고 상담 약속까지 잡아보자는 결심을 하고 왔지만, 막상 전화기를 잡으려니 걱정이 앞섰다.

'성격 무지 안 좋을 것 같던데…… 일단 회사로 전화해 보고 비서가 어제같이 행동하면 서균 씨가 준 연락처로 전화해 봐야겠어. 되도록 서균 씨 도움은 받고 싶지 않았는데 어쩔 수 없지.'

학부모 상담까지 서균의 도움을 빌리고 싶진 않았다. 임시직이긴 해도 명색이 선생님인데, 가급적이면 혼자 힘으로 해결하고 싶었다.

"안녕하세요? 어제 연락드렸던 고유라 담임선생님입니다. 오늘은 유라 아버님과 전화 통화 가능할까요?"

비서가 전화를 받자마자, 난아는 숱하게 연습했던 말을 줄줄이 쏟아냈다.

[네, 사장님께서 기다리고 계셨습니다. 잠시만 기다려 주십시오.]

"네?"

난아는 비서의 말에 깜짝 놀랐다. 어제의 반응으로 미루어보아 오늘도 쉽지 않으리라 여겼었는데 이게 어쩐 일인가 싶었다. 상대방이 전화를 받기까지 지속된 잠시의 침묵마저도 긴장이 되어선지 입안이 바짝 말랐다.

[고승조입니다.]

"유, 유라 담임인 김난아라고 합니다."

낮지만 깊은 울림이 있는 굉장히 깔끔한 목소리가 들린 순간, 듣기 좋다는 생각이 불현듯 들었다. 그리고 스스로의 생각에 놀라 여러 번 연습했었던 말조차 그만 더듬고 말았다.

[저를 만나고 싶다는 말을 전해 들었습니다만.]

"유라 문제로 꼭 상의드리고 싶은 일이 있어서요."

[······.]

상대방이 잠시간 말을 끊고 가만히 있자, 난아는 더욱더 긴장이 되었다.

[오늘 비는 시간은 5시뿐인데, 그다음 스케줄이 있는 관계로 제가 학교까지 갈 여유가 없습니다. 선생님께서 이쪽으로 오셔야 하는데 괜찮으시겠습니까?]

'앗싸!'

시간과 장소가 어찌 되었든 일단 성공했다는 생각에 가슴이 뜀박질을 하기 시작했다.

"네, 정 그러시다면 제가 가야죠."

난아는 승조가 불러주는 약속 장소를 받아 적으며 간신히 뛰는 가슴을 진정시켰다.

'드디어, 마침내! 이번 상담 꼭 성공시키고야 말겠어!'

두 주먹을 불끈 쥔 난아의 눈빛이 번뜩거렸다.

*

예은초등학교의 점심시간은 보통 학교와 같으면서도 무척 달랐다. 급식이라는 점은 같으나, 고급스러운 뷔페식으로 밥과 국을 제외한 반찬 종류만 해도 보통 일곱 가지 이상이었다. 솔직히 집에서 먹는 것보다도 맛있어서 난아는 학교 급식을 좋아했다.

아이들이 먹는 모습을 지켜보던 난아의 눈에 유라가 들어왔다. 유라는 밥을 뒤적거렸다가, 반찬도 이리저리 건드려 보기만 하고 전혀 먹고 있질 않았다. 평소에도 잘 먹는 편은 아니었지만, 이렇게까지 안 먹었던 적은 없었기에 난아는 유라에게 다가갔다.

"유라야, 오늘 점심은 맛이 없어서 안 먹는 거니?"

시선을 맞추기 위해 허리를 구부린 난아는 유라 앞에 엉거주춤 섰다.

"먹고 싶지가 않아요."

"왜 먹고 싶지가 않을까? 선생님은 그 이유가 무척이나 궁금한데?"

유라의 표정이 제법 심각해 보여 난아는 호기심이 생겼다.

"오늘 엄마 만나기로 했는데…… 엄마가 바쁘다고 다음에 만나자고 했어요. 다른 애들은 엄마와 같이 사는데, 난 엄마를 보려면 30번의 낮과 밤이 지나야 해요. 그런데도 엄마는 자꾸만 바쁘다고 다음에 보자고 하고…… 엄마는 유라가 보고 싶지도 않은가 봐요."

입술을 꾹 다물고, 두 손을 꽉 쥔 채 눈물을 참으려 몸을 떠는 아이의 모습이 너무 안쓰러워 마음이 아파왔다.

"유라는 엄마 만나서 무엇을 제일 하고 싶었는데?"

"……오늘은 백화점에 가기로 했었어요."

조금 머뭇거리는 듯하더니 유라가 입을 열었다.

"그럼 엄마 대신 선생님이랑 같이 갈까?"

스스로 말을 해놓고도 깜짝 놀랐다. 유라 아버지와 상담 약속을 잡아놨다는 것을 말하고 나서야 깨달았다.

"정말요? 정말 선생님이 같이 가주실 거예요?"

'주워 담기엔 너무 늦었다……. 난 왜 매사 이렇게 즉흥적일까…….'

유라의 얼굴이 햇살처럼 밝아져 말을 번복하기엔 너무 늦었다.

"그, 그래, 우리 예쁜 것들로 고르자."

'김난아, 이 미친것아.'

생각 따로, 말 따로였지만 처음 보는 유라의 환한 모습에 난아는 그저 픽 웃고 말았다. 저리 기뻐하는데 이제 와서 못 간다고 할 순 없었다.

수업이 모두 끝나자, 난아는 유라와의 약속을 지키려 부지런히 나갈 준비를 했다. 상담 약속을 한 장소와 가장 가까운 곳으로 가서 쇼핑을 한다면 약속 시각에 늦지 않게 갈 수 있을 것 같았다.

"선생님, 우리 기사 아저씨는 3번 게이트에 있으세요."

신이 난 유라의 목소리는 종달새의 지저귐처럼 귀여웠다.

"그래? 그럼 우리 이제 가볼까?"

난아는 유라의 손을 잡고 승차장으로 향했다.

예은초등학교는 지리적으로 산꼭대기에 있어서인지, 아니면 재학생들이 워낙 부유층 자제들이어서인진 몰라도 100% 자가용 등하교가 이루어지는 곳이었다. 그래서 등하교 시 혼잡을 방지하기 위해 학교 측에서는 별도의 승차장까지 만들어놓고 있었다.

"유라야, 유라는 누굴 닮아 이렇게 예뻐?"

난아는 유라의 자그맣고 뽀얀 손과 예쁜 머리핀으로 고정시킨 까만 머리카락을 바라보며 조심스럽게 말을 꺼냈다.

"얼굴은 아빠 닮고 성격은 엄마 닮았대요."

유라는 그 대답을 하면서 잠시 신났던 마음이 수그러드는지 시무룩해졌다.

"그렇구나. 선생님도 아빠 닮았는데."

난아는 유라의 기분을 돋우려 일부러 더욱 목소리를 밝게 냈다.

"그럼 선생님 아빠는 멋진 얼굴이 아니신 거네요?"

유라의 말에 난아는 기가 막혔지만, 한편으로는 아이의 대답이 너무 우스워 웃음이 나왔다.

"유라가 보기에 선생님은 멋진 얼굴이 아닌가 보구나?"

그래서 일부러 시무룩한 목소리와 표정을 지었다.

"선생님은 우리 엄마보다는 안 예쁘니까요. 슬퍼하지 마세요. 선생님도 예쁜 옷 입고 예쁘게 화장도 하면, 음…… 예뻐질 거예요."

애써 위로하듯 말하는 유라의 말에 난아는 웃음과 함께 묘한 좌절감을 느껴야 했다.

'지금 입고 있는 옷은 예쁘지 않단 뜻? 그리고 결정적으로…… 이게 화장한 얼굴이란 말이다!'

난아는 썩은 미소를 지으면서도 깜찍한 아이의 머리를 쓰다듬어 주었다.

아이는 기분이 좋았는지 차에 타서도 쉴 새 없이 떠들었고, 난아의 이런저런 질문에도 순순히 답을 해주었다. 유라와의 대화로 짐작컨대, 아이는 부모님의 관심에 목말라 하는 게 확실해 보였다. 유라가 자주 말썽을 피우는 것도 자신을 봐주었으면 좋겠다는 생각에서 나온 잘못된 표현 방식들이었다.

"로디아호텔과 가장 가까운 쇼핑 장소는 바로 이곳입니다."

유라의 등하교를 담당하고 있는 기사가 내려준 곳은 바로 M쇼핑몰이었다. 원래 길치에 방향치인 난아는 약속 장소인 로디아호텔이 유라 아버지가 경영하는 M쇼핑몰 청담점과 가깝다는 사실조차도 모르고 있었다.

'그래서 약속 장소를 여기로 잡은 거였구나.'

무슨 상담을 호텔에서 하나 했더니 이제야 그 까닭을 알 수 있었다.

"여긴 우리 아빠 일하는 곳이지만, 엄마랑 와본 적은 없어요. 아빠가 싫어한대요."

걱정이 되는지 유라의 얼굴이 제법 어두웠다.

"걱정 말고 재미있게 지내자."

난아는 유라의 손을 붙잡고 엘리베이터로 이끌며 밝게 웃었다. 시무룩해 있던 유리는 난이의 미소에 다시금 기분이 좋아진 듯 보였다.

'유라 엄마는 대체 어떤 사람일까.'

딸에게 아빠에 대한 부정적 생각을 심어준 것은 옳지 않은 행동이었다. 어차피 아이의 양육을 아빠에게 맡긴 이상, 전남편에 대한 본인의 생각을 아이에게 그런 방식으로 주입하는 것은 바람직하지 않았다.

"상담이…… 쉽진 않겠어."

신이 나서 앞서 걸어가는 유라의 뒷모습을 바라보며, 난아는 조용히 한숨을 내쉬었다.

난아의 한숨이 바닥을 무너뜨리고 있을 때, 승조는 각종 사안들이 적힌 서류 뭉치를 곁에 두고 정신없이 일을 하고 있었다.

부우우웅.

그때 옆에 놓아둔 휴대폰이 부르르 진동했다. 유라의 등하교를 책임지고 있는 기사에게서 온 연락이었다.

"무슨 일입니까? 네? ……알겠습니다."

말없이 통화를 마친 승조는 뜻 모를 표정을 지우며 전화를 끊었다. 그러고는 집무실 책상 의자에서 일어나 창가로 향했다.

그의 집무실은 20층에 자리 잡고 있었는데, 전면이 통유리로 되어 있어 창가에 서면 전망이 좋긴 했으나 마치 허공을 밟고 서 있는 듯한 착각이 들 만큼 아찔한 면도 갖추고 있는 곳이었다.

'오늘 분명 엄마랑 만나는 걸로 알고 있었는데 또 약속을 지키지 않은 건가……. 김난아, 서균의 여자라…….'

진희가 유라와의 약속을 지키지 않은 것은 한두 번 있던 일도 아니니 특별할 게 없었지만, 담임선생님이 유라와 함께 이곳에 왔다는 점은 아주 흥미로운 일이었다. 심지어 담임선생님의 의도가 무엇인지 궁금하기까지 했다.

"키즈 몰 담당자에게 연락해서 현재 유라 위치 알아보라고 하세요."

승조는 재킷을 걸친 후 문을 열고 나와 비서에게 지시했다. 그가 문을 나서자, 비서는 키즈 몰 담당자에게 연락을 하면서 그 뒤를 따랐다.

"어머! 고 사장 아냐?"

키즈 몰이 위치한 3층으로 승조가 나타나자, 점주들이 웅성거리는 게 확연히 보였다.

"현재 위치 힐튼 매장이라고 합니다."

비서가 알려준 곳으로 승조는 걸음을 옮겼다.

"하여간 생긴 건 명품이야. 아유~ 나도 저런 남자랑 살아봤으면 좋겠다. 저런 남자와 이혼한 여자는 대체 무슨 정신으로 그랬을까?"

"허우대만 명품이겠지. 자기 같으면 남편이 저렇게 잘났는데 이혼하고 싶었겠어? 분명 뭔가 있는 거지. 부부간의 일은 당사자 말고는 아무도 모르는 법이라잖아?"

승조의 비서, 김수남은 수군거리는 사람들을 향해 날카로운 시선을 보냈다. 웅성대던 사람들이 순간 움찔하곤 금세 흩어졌다. 수남은 이 와중에도 걷는 자세 하나 흐트러지지 않는 승조의 모습에 새삼 감탄했다. 확실히 그에겐 남다른 구석이 있었다.

하지만 승조라고 마냥 아무렇지 않은 건 아니었다. 다만 물정 모르고 떠들어대는 사람들에게까지 뭐라 대꾸하고 따질 마음의 여유가 없을 뿐이었다.

"사장……."

유라가 있는 힐튼 매장에 도착하자, 점주가 알은척을 해오려는 것을 손을 들어 제지한 그는 유라와 함께 있는 여자를 주시했다. 옷을 들어 보이며 서로 환하게 웃고 떠드는 모습이 좋아 보여 끼어들기가 다소 망설여졌다. 승조는 둘의 대화가 잘 들리는 쪽으로 한 발 다가섰다.

"선생님도 예쁜 옷 입고 다니면 안 돼요? 그럼 예쁠 텐데."

"선생님이 사기엔 옷들이 너무너무 과하게 예뻐서 안 되겠어."

유라의 말에 가격표를 보고 질린 표정을 지은 여자는 아이와 눈을 맞추며 대화를 하고 있었다. 그 모습이 마치 모녀지간처럼 정겨워 보였다.

"고유라."

승조는 가만히 딸을 불렀다. 그리고 자신을 바라보는 아이의 표정이 단숨에 어두워지는 모습에 가슴 한편이 욱신 아파왔다.

"아빠."

유라의 입에서 나온 아빠라는 단어에 놀란 난아는 아이의 시선을 따라 고개를 돌렸다. 그곳에는 짙은 밤색의 체크무늬 슈트를 멋스럽고 단정하게 차려입은 장신의 남자가 서 있었다. 말할 것도 없이 그가 유라의 아빠, 고승조이리라.

난아는 살짝 굳은 표정으로 유라의 손을 잡고 그를 향해 다가갔다.

"안녕하세요. 유라 담임인 김난아라고 합니다."

"고승조입니다."

어딘지 살짝 어색하게 흘러나온 난아의 인사에 승조는 짤막하게 답변했다.

'유라는 정말 아빠를 닮았구나.'

난아는 승조를 곁눈질로 살폈다. 남자치고는 뽀얀 살결, 새까맣고 결이 고운 머리카락, 밝은 갈색 눈동자까지도 모두 유라와 한 쌍인 양 똑같았다.

그때, 유라를 내려다보고 있던 그의 눈동자가 난아의 눈을 똑바로 바라보았다. 밝은 갈색의 유리알같이 차갑고 맑은 눈동자와 맞닿은 순간, 난아는 소름이 돋았다.

"김 비서, 이 기사에게 연락해서 유라, 집에 데려다주라고 하세요."

호명된 비서가 쇼핑 보따리를 직원에게서 건네받더니 유라를 데리고 나서려고 했다.

"선생님, 감사합니다."

잔뜩 풀 죽은 모습으로 한마디 하고, 아빠에게는 말도 없이 사라지는 유라를 보고 있자니 난아는 싸늘한 석상처럼 서 있는 남자에게 화가 났다. 자신의 딸이면서 어찌 아이 마음도 몰라주고 남처럼 대하는 것인지 야속하기까지 했다.

"약속 시각까지 여유가 있었는데 유라에게 꼭 그렇게 말씀하셔야 했나요?"

난아는 자신도 모르게 속의 말이 밖으로 튀어나와 당황했지만, 이왕 꺼낸 말이기에 후회 없이 질렀다.

"유라는 제 딸인 걸로 압니다만……."

'지금 저 말은 네 자식도 아니면서 무슨 상관이냐, 이 뜻인 거지?'

여전히 차갑기만 한 그의 말에 난아는 심사가 배배 꼬였다.

"네, 그래서 그렇게 딸의 마음을 잘 아시나 봅니다."

이번엔 심했나 하는 생각도 들었지만, 어떤 일이 있어도 흔들릴 것 같지 않던 그의 얼굴색이 살짝 변하자 이겼다는 쾌감마저 느껴졌다. 그리고 한편으론 자신이 왜 이렇게까지 흥분하는 건가 싶었다.

'나…… 완전히 찍힌 걸지도…….'

잠시 당황스러웠지만 이미 저질러 버린 일이었고, 쏟아진 물이었다.

"기왕 여기까지 오신 거 제 사무실로 가실까요?"

승조는 자기 앞의 자그맣고 당돌한 여자를 새롭게 바라보았다. 누구도 자신 앞에서 이런 식으로 대놓고 이죽거린 적이 없었기에 조금 당황스러웠다. 그래서인지는 몰라도 무심히 보아 넘겼던 그녀의 모습을 좀 더 새로운 시선으로 보게 되었다.

160㎝를 조금 넘긴 키, 빈말로라도 날씬하다는 말은 안 나올 체격, 한 듯 만 듯한 화장을 한 평범한 이목구비의 여자였다. 하지만 자신에게 빈정거렸을 때 보였던 반짝이는 눈빛은 충분히 호기심을 자극할 만했다.

'서균이 당당하게 애인이라 말할 정도는 되는 건가?'

서균이 얼마나 까다로운지는 누구보다 자신이 가장 잘 알고 있었다.

"네, 그러시죠."

'차라리 로디아호텔로 가자고 해야 했을까? 사무실이라면 완전히 저 사람 영역인데……'

승조의 제안에 그러자 해놓고도 살짝 후회가 되었지만 난아는 이미 앞서 걷는 남자의 뒤를 따를 수밖에 없었다.

"잠시만 기다려 주시겠습니까?"

승조는 사무실로 난아를 안내한 뒤 기다리라 하고는 나가 버렸다. 유라를 데리고 사라졌던 비서가 아닌 다른 비서가 차 한 잔을 두고 나갔지만, 난아는 그 차를 마시지도 못할 정도로 긴장해 있었다. 난아는 자꾸만 긴장되는 스스로가 영 마음에 차지 않았다.

'대체 왜 이렇게 긴장이 되는 걸까…… 긴장 풀리게 좀 걸어볼까?'

소파에 앉아 있기보단 차라리 둘러보자는 생각이 들어 한 면이 전부 유리로 된 곳으로 향하였다. 이곳이 20층이니 전망 하나는 좋을 것 같았다.

"우와! 역시 진짜 끝내준다! 어쩌면…… 매일매일 이런 곳에서 아래를 내려다보며 살다 보면 자신 위에 사람이 없어 보이긴 하겠다."

난아는 시리도록 차갑던 그의 눈빛이 떠올라 새삼 몸이 떨려왔다. 지나치게 냉정한 행동과는 달리 그의 눈빛은 너무도 맑고 투명했으며, 따스하기까지 했다.

'으…… 잊자, 잊어!'

"오래 기다렸습니까?"

하필 그를 생각하고 있을 때, 뒤에서 들려온 당사자의 목소리에 난아는 흠칫 놀랐다. 난아는 마음을 달래고 뒤를 돌아보았다.

"아니요. 여기서 밖을 보느라 시간 가는 줄도 몰랐네요."

"앉으시지요."

승조는 소파에 앉으며 창가 쪽에 서 있는 그녀에게 자리를 권했다.

'뭐야, 이건……'

순간 묘하게도 그의 말에 가슴이 두근거렸다. 긴장을 해서 심장이 떨리는 것과는 조금 의미가 다른 두근거림이라 당혹스러웠다.

'뭘 어째 보자는 게 아니라, 단순히 자리에 앉으란 거잖아. 대체이 무슨 오버란 말이냐…… 정신 차리자, 정신! 놓았던 정신줄을 좀 붙잡으란 말이다.'

난아는 공연히 부끄러워져 자리에 앉으면서도 얼굴을 붉혔다. 아무래도 처음 하는 학부모 상담이라 긴장이 과했나 보다.

"하고자 하셨던 말씀 하시죠."

차 한 모금을 입에 머금은 승조는 눈앞의 여자를 바라보았다. 그녀는 참으로 다양한 표정을 가진 사람이었다. 어찌나 표정이 수시로 바뀌는지 서균은 그녀 얼굴만 들여다보고 있어도 심심하지 않겠다는 싱거운 생각마저 들었다.

"먼저 질문부터 드릴게요. 유라와 어머니는 얼마나 자주 만나나요? 그리고 아버님은 하루에 몇 시간 정도 유라와 함께하시나요? 그리고 주말에는 얼마나 같이 어울려 주시나요?"

난아의 질문에 승조는 잠시 생각에 잠겼다. 유라와는 하루에 몇 시간으로 따질 수 없을 정도로 아침에 한 번, 저녁에 한 번 대면할 뿐이었고, 주말에도 사업상 관계되는 사람들과 만나거나 급한 일을 처리하느라 무언가를 함께한 기억이 없었다. 그동안 인식하지 못했을 뿐, 자신이 생각해도 유라와 함께한 시간이 너무 없었다. 하지만 그렇다고 이런 사정을 솔직히 말하기도 난감했다.

"일단 유라 엄마와 제가 이혼했다는 것은 아시는 듯하니 답하기 쉬운 것부터 하죠. 유라와 유라 엄마와의 만남은 그 사람의 스케줄에 맞춰 한 달에 한 번 내지 두 번으로, 횟수를 정해놓고 만나진 않습니다. 그리고 대한민국 보통의 아버지들이 그렇듯, 저 역시 자식과 그다지 많은 시간을 함께하지는 못합니다."

"아닌데요! 대한민국 보통의 아버지들은 자식들과 많은 시간을 함께하시는데요!"

불시에 튀어나온 스스로의 말에 난아는 당혹해하며 마음을 조금 가라앉히고 나서야 입을 열었다.

"……흠. 유라가 입학 후 내내 크고 작은 말썽을 부렸던 원인에 대해선 생각해 보셨나요? 유라는 부모님의 관심이 너무 그리웠던 거예요. 유라는 학업적으로는 다른 아이들이 따라잡을 수 없을 만큼 월등하고 또 완벽하지만, 정서적으로는 그 누구보다 빈곤한 상태예요. 관심받고 사랑받고 싶은데 그 마음을 받아주는 사람이 없으니 자꾸 엇나갈 수밖에요!"

승조는 난아의 말에 어안이 벙벙해졌다. 아버지를 제외한 그 누구도 자신에게 이런 식으로 야단치듯 말을 한 사람은 없었다.

"그럼, 선생님이 생각하시는 대안은 무엇입니까?"

"먼저 하루에 최소 한 시간 이상은 유라와 마주 앉아 이야기를 하세요. 할 말이 없으시면 계속 질문을 하세요. 학교에서 누구랑 놀았니? 급식은 뭐가 나왔니? 등등의 별일 아닌 것부터요. 아이들은, 더군다나 여자아이들은 자신과 관계된 것들을 말하기 좋아한답니다. 일단 그렇게 한 달만 해보세요. 장담컨대 유라가 학교에서 벌이던 크고 작은 말썽들이 확 줄거나 아예 없어지거나 할 테니까요."

난아가 자신이 생각해도 제법 멋지게 말했다고 스스로 만족하고 있을 때였다.

"김난아 씨도 그렇습니까?"

"에?"

승조의 입에서 나온 자신의 이름에 놀라 난아는 어벙하게 되물었다.

"김난아 씨도 자신과 관계된 것들을 말하기 좋아하느냔 말입니다."

지금 이 순간, 왜 그런 질문을 한 건지 말을 던진 승조도 어이가 없기는 마찬가지였다.

"네? 뭐, 전 어린아이가 아니니 꼭 그렇지만은 않은데요?"

난아는 그의 입을 통해 나온 자신의 이름이 묘하게 들려 얼굴이 뜨거워졌다. 정말 이상한 노릇이었다.

"알겠습니다. 그렇게 해보죠. 그럼 하실 말씀은 다 하신 겁니까?"

승조는 이 엉뚱한 여자를, 자신조차 엉뚱하게 만드는 친구의 여자를 한시라도 빨리 내보내고 싶어졌다.

"네. 뭐, 일단은요……."

뭔가 빠뜨린 말은 없는지 난아는 급히 머릿속을 정리해 봤다.

"김 비서, 선생님 나가시니 배웅해 드리세요."

머릿속 검색을 다 마치기도 전에 승조의 말이 떨어졌고, 난아는 결국 엉거주춤 자리에서 일어나 문가로 향했다.

"안녕히 가십시오, 다음에 또 뵙겠습니다."

"네? 네, 안녕히 계세요. 오늘 시간 내주셔서 감사했습니다."

난아는 다음에 또 보자는 그의 인사말이 조금 이상하게 느껴졌다. 하지만 그가 갑자기 가까이 다가오자 말을 길게 이을 수가 없었다. 그는 그저 문을 열어주었을 뿐이다. 바짝 긴장한 게 무안할 지경이었다.

"휴……."

비서의 안내를 받아 엘리베이터로 향하던 난아는 한숨을 내쉬었다. 무슨 커다란 역경을 헤치고 나온 듯 온몸에서 피로감이 느껴졌다.

'그런데 무슨 향수 쓰는 걸까? 향이 참 좋던데…… 머스크 향인가…….'

난아는 그가 가까이 다가왔을 때 느껴졌던 향을 떠올렸다. 그때, 별안간 또 심장이 두근두근 요동을 쳤다.

'진정해, 김난아! 이제 다 끝났어. 내 생애 최초의 학부모 상담, 이만하면 성공인 셈이지 뭐. 더는 긴장하지 말고 릴렉스!'

주책없이 날뛰는 가슴을 토닥이던 난아는 경쾌한 발걸음으로 그곳을 벗어났다.

4.
멘붕의 연속

 고객과 저녁 식사를 마치고 집에 돌아가려던 서균은 어쩐지 소화가 안 되는 것 같았다. 살짝 울렁거리기도 했고, 속이 꽉 막힌 듯 답답한 게 개운치가 않았다. 그는 자신의 차로 걸어가면서 난아에게 전화를 걸었다.

 [서균 씨?]

 "상담은 잘했고?"

 서균은 손목시계를 흘끗 본 후 차에 올랐다.

 [오늘 완전 스릴 만점인 하루였어요……. 인생은 계획대로 되는 게 아니라더니 딱 그렇더라고요. 서균 씨는 오늘 어땠어요? 어째 목소리가 좀 그런데…….]

 역시 난아는 자신의 작은 기색도 놓치지 않았다.

"그냥 저녁을 불편하게 먹어서 그런가 봐."

[혹시…… 해물 먹었어요?]

해산물 종류를 아주 싫어하는 서균인지라 난아는 바로 그것부터 물어왔다.

"딩동댕~ 오늘 저녁 메뉴가 도미회였거든."

목소리가 근심스럽게 변한 난아에게 서균은 일부러 밝게 답해주고 있었지만 정말 속이 점점 더 안 좋아지는 것 같았다. 이젠 심지어 어지럽기까지 했다.

[가까운 곳에 약국 없어요? 일단 소화제라도 사 먹어요.]

"걱정 말고 있어. 오늘 일은 내일쯤 만나 이야기하자. 나 실은 운전 중이라서……."

서균은 난아에게 걱정 끼치고 싶지 않아 일단 전화를 끊고 차를 출발시켰다. 난아 말대로 근처 약국에라도 들러야 할 것 같았다.

차를 출발시켜 신호 대기에 걸려 서 있는데 이젠 복통까지 밀려왔다. 게다가 어지럼증은 급작스레 심해져 왔고, 어느새 식은땀이 이마를 타고 흘러내렸다. 갑자기 눈앞이 몽롱해진 서균은 그 상태에서 정신을 잃고 말았다.

신호가 바뀌었는데도 차가 출발하지 않자, 서균의 뒤에 늘어서 있던 차의 운전자들이 기다리다 못해 다가왔고, 쓰러져 있는 서균을 보곤 119에 신고를 했다. 그는 병원으로 급히 후송되었다. 신원 파악을 위해 가방과 옷 안을 뒤지던 사람들은 지갑이 보이지 않자 그가 손에 쥐고 있던 핸드폰을 들어 최근 통화 기록부터 살폈다. 그리고 가장 최근 통화 상대인 난아에게 전화를 걸었다. 하지만 전화를 받지 않았기에 그다음 통화 상대인 승조에게로 연락을 하였다.

승조가 병원의 연락을 받은 건 저녁 식사를 마치고 집으로 돌아가던 때였다.

[여기는 성자병원 응급실입니다.]

당연히 서균의 목소리가 들릴 거라 예상했는데 낯선 사람의 응급실이라는 말에 깜짝 놀란 승조는 곧바로 병원으로 향했고, 병원에 도착해 서균의 상태를 확인한 후 그에게 다가갔다.

"괜찮아?"

"수고를 끼쳤군. 평소 안 먹는 해산물을 억지로 먹어 급체가 온 모양이야."

승조를 본 서균은 침착하게 자신의 상황을 전했다.

"서균 씨! 서균 씨!"

그때, 시끄러운 소음과 함께 거의 굴러오다시피 한 난아의 요란한 등장에 두 남자 모두 당황했다.

"어디, 어디가 안 좋아요? 혹시 사고 난 거예요?"

난아는 그의 몸 이곳저곳을 살펴보며 부산을 떨었다. 집에 돌아와 씻느라 그의 전화를 받지 못했었다. 당연히 집에 잘 도착했다는 전화인 줄 알고 전화를 걸었는데, 서균 대신 전화를 받은 사람이 응급실이라고 하는 바람에 너무 놀라 머리에서 물이 떨어지는 것도, 옷차림이 부실하다는 것도 인지하지 못한 채 뛰어온 참이었다.

"난아야, 진정해. 사고 아니니까. 급체해서 신호 대기 중에 조금 정신을 놓았었나 봐. 지금은 이렇게 괜찮고."

"휴, 다행이에요. 응급실이란 말에 얼마나 놀랐던지……."

침착한 서균의 설명에 난아는 다행이라는 듯 한숨을 내쉬다가, 자신의 옆에 서 있는 사람을 무심코 바라보았다.

"으아아아아악!"

난아는 비명을 지르고 말았다. 대체 이 남자가 왜! 어째서 이곳에 있단 말인가.

"제 얼굴을 보자마자 비명을 지를 정도로 제가 무섭습니까?"

자신을 보자마자 비명을 지르는 난아의 모습에 승조는 기가 막혔다. 무슨 귀신이라도 본 듯한 표정이었다.

"고승조 씨가 여기는 대체 왜?"

"당신과 같은 이유 아니겠습니까?"

굉장히 차분한 승조의 말에 난아는 조용히 입을 다물었다. 비명을 지른 게 새삼 부끄러워졌다.

'어라? 그런데 이 사람 눈빛이 조금 이상하다? 왜 나를 위아래로 훑어보는 거지?'

"그런데…… 난아야, 너 뭐 하다 나왔기에……."

왜 그렇게 이상한 눈초리로 쳐다보나 싶었는데, 난감해하는 서균의 말까지 보태지자 그제야 난아는 자신의 몰골을 내려다보았다.

"으으으악!"

그러고는 이곳이 응급실이란 사실도 잊은 채 난아는 비명을 지르며 밖으로 뛰어나가 버렸다.

"하여간 못 말린다니까. 미안한데 난 이제 괜찮으니 난아를 좀 부탁해도 될까?"

빛의 속도로 뛰쳐나가는 난아를 보며 피식 웃은 서균은 옆에 서 있는 승조에게 부탁했다.

"그러지."

고개를 끄덕여 보인 승조는 서균의 어깨 부근을 툭 건드린 후 난아의 뒤를 쫓았다.

"미쳤어, 미쳤어. 아무리 급해도 그렇지…… 하필 이런 꼴을 보이나니……. 김난아, 차라리 죽자, 죽어. 네가 살아 뭐 하냐……."

응급실 문밖 의자에 앉아 고개를 무릎에 파묻은 난아는 무한 자책 중이었다. 잠옷 대용으로 입는 얇은 리넨 원피스에 머리만 감고서 빗질도 안 하고 뛰쳐나와 산발 상태로 여기까지 왔다는 게 믿기질 않았다.

뚜벅뚜벅.

묵직한 발자국 소리가 들려오자 난아는 무릎에 파묻은 얼굴을 슬쩍 들어 소리 난 쪽을 보았다. 고급스러운 남자 구두의 앞코가 보이자 그녀는 어깨를 더욱 움츠러뜨렸다. 하지만 그 구두는 곁에서 움직이지도 않고 가만히 있었다.

'휴…….'

난아는 결국 포기하고 고개를 들었다. 예상대로 고승조, 그 남자가 자신을 내려다보고 있었다.

"아까는 죄송했습니다."

"괜찮습니다."

그녀의 얼굴이 초고속으로 빨갛게 달아오르는 것을 본 승조는 아무 말 없이 재킷을 벗어 어깨 위에 걸쳐 주었다.

"감사합니다."

난이는 어깨에 걸쳐진 그의 재킷에서 그윽하게 풍겨오는 머스크 향에 정신이 아득해졌다.

"집이 어딥니까? 모셔다 드리죠."

"저, 저는 괜찮은데요."

"정말 그 차림으로 괜찮을 수 있겠습니까?"

그가 자신을 차근차근 살피는 게 온몸의 피부가 아프도록 느껴졌다.

'당신과 같은 차를 타고 가느니 차라리 이 꼴로 걸어가고 싶네요!'

그와 같은 공간, 그것도 차와 같이 좁은 공간에 함께 있을 걸 생각하니, 상상만으로도 온몸이 불편해져 왔다. 하지만 역시 옷차림이 마음에 걸렸다.

"좀…… 많이 이상해 보일까요?"

묘한 표정을 짓는 그를 보며 난아가 소심하게 되물었다.

"서균이, 당신을 부탁했습니다."

승조는 고개를 푹 숙이고 곁에서 걷는 난아를 흘끔 바라보았다. 아까 그녀의 소란스러운 등장도 등장이었지만, 옷차림에 더 놀랐었다. 옷이 얇아 보디라인이 고스란히 비쳐 보였고, 물기가 남은 머리카락에서는 좋은 향마저 풍겨왔다. 물론 자신을 보자마자 비명을 질러대는 그녀 때문에 다소 기분이 안 좋아지긴 했지만 서균이 부탁을 했을 때도 싫지 않았다. 아니, 조금은 이 상황을 즐기고 있기까지 했다. 이유는 모르겠지만 이 여자와 마주한 오늘의 모든 순간들이 즐거웠다.

"······감사합니다."

결국 입술을 깨문 난아는 조용히 그를 따라나섰다.

'미쳤어, 미쳤어! 서균 씨는 침대 위에 누워 있는데 난 이게 지금 뭐 하는 짓? 심장아, 심장아, 이 미친 심장아. 당장 뜀박질을 멈춰!'

난아는 자신과 보폭을 맞춰 걷고 있는 옆의 남자가 신경 쓰여 딱 죽을 맛이었다. 모든 신경이 예리하게 그에게로 뻗어 나가고 있는 듯 느껴져 속이 상할 지경이었다. 더 미치겠는 건 이 상황에서도 그에게서 풍겨오는 향기에 속절없이 가슴이 뛴다는 점이었다.

"집이 어딥니까?"

갑작스레 들려온 그의 목소리에 난아는 또 한 번 펄쩍 놀랐다. 자신의 상태를 들킨 건 아닐까 싶어 더욱 그랬다.

"여, 연화동이요."

난아의 태도에 묘한 표정을 짓는 승조를 보자, 정말이지 혀라도 깨물고 싶어졌다.

"타세요."

별일 아니라는 듯 그가 뒷좌석 문을 열어주자 난아는 엉거주춤 앉았다. 바로 옆자리에 그가 앉자, 그녀의 심장은 조금 전보다 더 빨리 뛰기 시작했다.

'워워, 진정하자. 절대 보이고 싶지 않은 모양새를 보이긴 했지만 오늘 일은 엄연히 사고야, 사고!'

"저…… 오늘 일은 기억에서 아주 말끔히 지워주시면 안 될까요?"

조심스러운 말에 그는 정면을 향해 있던 시선을 그녀에게로 옮겼다.

"오늘 일이라…… 유라 문제로 대화를 했던 거 말입니까?"

"그 얘기가 아니란 것쯤은 다 알고 계시잖아요!"

그가 유들유들 딴소리를 하자, 그녀의 욱하는 성질이 또 나왔다.

"글쎄요, 오늘 제가 잊고 싶은 순간은 그때뿐이군요."

이 말을 하는 승조의 얼굴이 너무 쓸쓸해 보여 난아는 더 이상 말을 할 수가 없었다. 둘은, 아니, 기사까지 합쳐 셋은 그녀의 집 근처에 도착할 때까지 아무 말도 없이 조용히 갔다.

"저, 여기서 세워주시면 돼요."

난아는 집 앞이 아닌 동네 근처까지만 가고자 했다. 혹시라도 이런 고급스러운 차에서 내리는 것을 가족들이나 동네 사람들이 보고 질문 세례를 해댈까 걱정되었다.

"설마 이 길이 집은 아닐 테고, 집까지 갑시다."

승조는 승조대로 야심한 시각에 옷차림마저 부실한 그녀를 집 앞까지 바래다주어야지만 마음이 놓일 것 같았다.

결국 데려다주는 사람 뜻대로 집 앞에 당도한 난아는 한동안 내리질 못하고 주변을 살피기에 급급했다. 차 주변으로 지나다니는 사람이 없다는 것을 확인하고 나서야 조심스럽게 내렸다.

"데려다주셔서 감사합니다."

여전히 주위를 살피던 난아는 어서 그를 보내 버리고 안전한 집으로 들어가고 싶은 마음뿐이었다.

"감사함의 뜻을 말로만 할 생각입니까?"

"네? 그럼 뭘 어떻게 해요?"

뜬금없는 말에 주변을 살피던 난아의 시선이 승조의 얼굴에 닿았다.

"나중에 부탁 하나만 들어주십시오."

'내가 데려다 달라고 한 것도 아닌데 참 치사스럽게…….'

오만상이 획 찌푸려졌지만 난아는 간신히 표정을 수습했다.

"네…… 뭐…… 소소한 부탁이시라면……."

말끝을 얼버무린 난아가 인사를 마치고 안으로 부리나케 들어가 버렸다.

"훗."

사라지는 난아의 뒷모습을 보며, 그녀가 보여준 표정들을 곱씹던 그는 피식 웃고 말았다. 그리고 자신이 웃었다는 사실에 새삼 놀라움을 느꼈다.

'조심…… 해야겠군.'

얼굴에서 웃음기를 싹 거둔 승조의 얼굴은 돌처럼 딱딱하게 굳어버렸다.

✤

응급실을 나서는 서균의 얼굴도 좋지 않은 건 마찬가지였다.

'뭐지? 뭐가 이렇게 찜찜하지.'

잠시 전 보았던 난아와 승조, 두 사람의 분위기가 계속 묘하게 신경이 쓰였다. 아니, 거슬렸다.

난아가 자신 때문에 급하게 오느라 옷차림이 부실한 것도 모른 채 뛰어왔다는 것은 그만큼 자신을 생각했다는 뜻 같아 흐뭇한 일이었지만, 승조를 보고 나서의 반응이 달갑지가 않았다.

그리고 무엇보다도 더 걸리는 건 바로 승조였다. 결혼을 할 때도, 심지어 이혼상담하러 왔을 때조차도 시종일관 남의 일인 양 반응이 없던 그가 난아를 향해 관심을 보이고 있었다.

물론 그 기색은 금세 사라졌지만 자신이 잘못 본 게 아니라면 분명 승조는 난아에게 남다른 반응을 보이고 있었다.

그와 승조의 인연이 보통은 아니란 생각이 들었다. 지금이야 악연에 더 가깝다고 여기지만, 적어도 고등학교 1학년 때부터 졸업 때까진 마음을 다할 수 있는 진정한 벗이라 여겼다. 게다가 두 사람의 아버지가 모두 M쇼핑몰에 몸담고 있음을 알았을 때는 더욱 친해지는 계기가 되었었다. 물론 그때만 해도 그는 승조의 아버지가 M쇼핑몰 사장이라는 것을 몰랐었다. 승조가 그 사실을 숨겼다기보다는 자신을 배려해서 말을 하지 않았다는 것쯤은 알고 있었기에, 그런 걸로 사이가 틀어지거나 한 건 아니었다.

하지만 대학 입학 즈음, 아버지가 갑작스러운 심장마비로 돌아가셨을 때부터 그의 마음이 바뀌기 시작했다.

어머니가 자세한 내막까지는 말씀해 주지 않으셨으나, 승조의 아버지가 아버지의 죽음에 원인 제공을 했음을 알려주셨기 때문이다.

승조 네만큼은 아니었어도 유복했던 그의 집안은 아버지의 갑작스러운 별세로 인해 차츰 어려워졌고, 그 사정을 누구보다도 잘 알고 있던 승조의 도움으로 학업을 마칠 수 있었다. 하지만 승조의 도움을 받으면서도, 아니, 도움을 받을 수밖에 없는 입장이었음에도 그는 자존심이 상했다. 도움을 받음으로써 아버지의 사망 원인을 더 알아보지 않고 그냥 덮은 것 같은 죄책감과 열등감, 그리고 고마움, 우정 등이 섞여 이젠 스스로의 감정 상태가 뭔지도 모를 지경까지 되어버렸다.

'그래서 유진희와 엮이게 된 것인지도……'

서균은 난아를 사랑한다고 여기면서도 진희와의 정염을 끊을 수 없는 스스로의 이중성이 승조에게 묘한 열등감을 느끼면서도 동시에 우정도 느끼는 복잡다단한 스스로의 마음이 갑자기 혐오스러워졌다.

집으로 향하는 그의 발걸음은 땅속으로 파고들어 가기라도 할 듯 무겁기만 했다.

5.
악연? 인연?

유라는 심 여사에게 부탁해 꽃 화분 두 개를 방에서 키우는 중이
었다. 직접 물도 주고, 식물 영양제도 꽂아주면서 하나의 화분에는
'예뻐'라는 말만, 다른 하나의 화분에는 '미워'라는 말만 해주고
있었다.

'헤헷, 어제는 너무 재미있었는데…….'

화분에 물을 주며 선생님과 쇼핑했던 기억을 떠올리는 유라의
미소는 더없이 밝았다.

"오늘은 뭐 입지?"

물을 주고 옷장 앞으로 간 유라는 어제 쇼핑했던 옷들을 꺼내 쭉
늘어놓았다.

똑똑. 그때 누군가가 방문을 노크했다.

"들어오세요."

지금 이 시각이면 심 여사가 옷 입는 것과 머리 묶는 것을 도와 주곤 했기에 당연히 심 여사일 거라 여겼다.

"이게 어제 산 것들이니?"

어깨 너머에서 들려온 남자 목소리에 유라는 깜짝 놀라 황급히 뒤를 돌아보았다.

"아빠?"

유라의 동그랗고 까만 눈이 크게 확장된 모습에 승조는 조금 멋쩍어졌다.

"옷이 참 예쁘구나."

자신의 등장에 유라가 지리 놀라는 것을 보니 적잖이 미안하기도 했다.

"유라가 골랐어요. 오늘은 뭘 입을까 고민하고 있어요. 다 예뻐서 뭘 입을지 모르겠어요."

"이건 어떠니?"

승조는 좀 더 가까이 다가가 유라가 늘어놓은 옷 중 하나를 가리켜 보였다.

유라의 옷, 신발 및 기타 능능의 물품들은 필요할 경우 비서가 신상품 위주로 쓸어 담아오다시피 했기에, 유라의 옷을 직접 골라 본 적이 없었다. 그래서 딸의 취향을 가늠하기 어려웠지만 난아 말대로 하루 한 시간쯤은 어떻게 해서든 함께 시간을 보내기로 작정했으므로 최대한 노력을 해보기로 했다.

"음…… 좋아요."

잠시 고민하다가 승조가 고른 옷으로 손을 뻗으며 웃는 유라의 모습이 해맑았다. 유라가 자신을 보고 이렇게 웃어준 것이 얼마만인가 싶어 감동적이기까지 했다.

"……오늘은 학교에서 언제 오지?"

"오늘이요? 에…… 오늘은 집에서 피아노 수업이 있어요."

승조의 질문이 의아했는지 유라는 큰 눈을 데굴데굴 굴렸다.

"뭐 먹고 싶은 건 없고?"

"먹고 싶은 건 심 여사 할머니가 바로바로 해줘요."

아이는 나이에 비해 의젓한 대답을 하고 있었지만, 승조는 딸의 의젓함으로 인해 상당히 무안해지는 기분이었다.

"그래, 그럼. 오늘 학교 잘 다녀와라."

그래도 자신에게 활짝 웃어준 딸이 고맙고 대견해서 머리를 가만히 쓰다듬어 주었다.

"아빠?"

유라는 그런 아빠의 모습이 평소와 너무 달라 조금 이상하기도 했지만 그래도 활짝 웃었다. 아빠가 보여주는 웃음에 작은 가슴이 벅차오르도록 기뻤다.

✻

유라의 학교에 처음 와본 진희는 차를 주차하곤 멍하니 생각에 잠겨 있었다.

"이제 엄마 안 만나."

유라로부터 다시 만나고 싶지 않다는 말을 들은 건 이번이 처음인지라 마음이 내심 무거웠다. 물론 약속을 해놓고 지키지 않은 자신이 잘못했다는 것쯤은 알고 있었다.

그녀라고 자기 속으로 낳은 유라가 예쁘지 않은 건 아니었다. 하지만 날이 갈수록 점점 더 승조와 닮아가는 딸을 볼 때면 자신의 예전 모습이, 오매불망 승조의 관심만을 바라던 과거의 자신이 떠올라 자꾸만 참담해졌다. 그러지 말아야지 하면서도 유라의 얼굴에서 승조의 모습이 보일 땐 정말 견딜 수 없을 때가 더 많았다. 그래서 유라를 만난 당일이나 그다음 날엔 서균을 만나러 가는 일이 잦았다.

저 멀리 유라의 등하교를 담당하는 기사와 나란히 걸어오는 딸의 모습이 보였다. 미리 기사에게 연락을 해둔 터라 자신을 만난다는 사실을 알고 있었을 텐데도, 아이의 표정이 어쩐 일인지 어두웠다.

"유라 화 많이 났구나?"

차에서 내린 진희는 어느새 자신 앞에 서 있는 딸을 내려다보았다. 유라는 그녀의 얼굴을 똑바로 쳐다보려고 하지도 않았다.

"오늘은 유라가 약속을 어길 거예요."

늘 자신과의 만남을 기뻐하고 반겼던 아이였기에 진희는 유라의 이런 모습이 무척 당황스럽고 이상하기만 했다.

"그건 또 무슨 말이니?"

"이번에는 유라가 엄마를 만나고 싶지 않아요. 그러니 엄마는 가세요. 난 아저씨랑 집에 갈 거예요."

작고 붉은 입술을 앙다물고, 승조의 눈빛을 꼭 닮은 서늘한 눈매로 말하는 유라를 진희는 가만히 내려다보았다.

"유라야……."

"엄마 나빠요. 엄마 미워요."

유라는 엄마의 심장에 비수를 박고는 왔던 길을 되돌아갔다.

"유라야? 왜 그래? 무슨 일 있었니?"

환경 미화 문제로 지영과 같이 퇴근하려고 승차장에서 차를 기다리던 난아는 잔뜩 움츠리고 걸어오는 유라를 발견했다.

"으아아아아아앙."

아이는 그녀의 부름에 서러움이 폭발했는지 그 큰 눈에서 눈물을 와르르 쏟아냈다.

"유라야, 유라야."

심한 장난을 쳐서 꾸중을 들어도 눈물을 보인 적 없던 아이가 우니 난아는 깜짝 놀라 일단 아이를 끌어안고 달랬다.

"어어어엉엉."

질문에 답도 못 하고 오히려 더 크게 우는 아이가 마냥 안쓰러웠다.

"엄마를 만나고 오는 길입니다."

앞뒤 설명은 다 잘라먹은 운전기사의 짤막한 답만으로 상황이 이해되진 않았지만, 이렇게 서럽게 우는 아이를 나 몰라라 할 수 없었다.

"유라야, 선생님이 집까지 같이 가줄까?"

우는 아이를 계속 내버려 둘 수도 없었지만, 이미 승차장에 있던 많은 사람들의 관심이 쏠려 있었기에 난아는 일단 유라를 차에 태워야겠다고 생각했다.

"저, 정말이요? ……히끄윽…… 선생님, 저희…… 집에 놀러…… 갈 거예요?"

집까지 바래다준다는 말을 놀러 온다는 말로 알아들은 유라는 눈물을 삼키면서도 할 말은 다 하고 있었다.

"일단 차에 타자. 유라도 우는 모습을 다른 사람에게 보여주긴 싫지?"

유라의 얼굴에 묻은 물기를 손수건으로 닦아준 난아는 유라와 함께 차에 탔다. 그러고는 내릴 타이밍을 놓쳐 결국 유라의 집까지 오게 되었다.

"이야!"

주차장부터 심상치 않은 주택, 아니, 저택에 도착하자 그녀는 자신도 모르게 감탄사를 내뱉었다. 땅덩어리 좁은 대한민국에 이런 집이 존재한다는 자체가 심히 놀라울 뿐이었다.

"선생님, 우리 집에는 유라랑 나이가 똑같은 나무가 있어요. 내가 태어났을 때 할아버지가 심으셨다고 들었어요."

선생님이 집에 놀러 온 것이라 철석같이 믿고 있어선지, 유라는 언제 울었냐는 듯 재잘재잘 갖은 이야기를 하고 있었다.

"그래? 유라는 엄청 멋진 할아버지가 있으셔서 좋겠다. ……그런데 유라야?"

난아는 얼결에 이곳까지 오긴 했지만 난감하기 이를 데 없었다. 신이 난 아이에게 찬물을 뿌리기가 뭐했지만 그래도 말을 꺼내야겠다 싶어 유라의 이름을 불렀다.

"하지만 할아버지는…… 지금은 안 계세요. 오래전에 돌아가셨대요."

다시 시무룩해진 유라의 모습에 이만 가겠다는 말을 차마 꺼낼 수가 없었다.

"유라야."

그때 낮고 그윽한 목소리가 등 뒤에서 들려오자, 난아는 순간 소름이 확 돋는 기이한 경험을 해야만 했다.

"아빠~ 선생님 놀러 오셨어요."

유라는 아빠에게 자랑하듯 말했다.

"반갑습니다, 선생님. 유라야, 오늘 피아노 수업이 있다고 하지 않았니? 선생님도 갑작스레 오셔서 유라 수업하는 동안 기다리시기 지루하실 테니 다음에 오세요, 하는 게 낫지 않을까?"

유라와 저녁을 먹으려고 일찍 퇴근한 승조는 도착했음에도 돌아오지 않는 딸을 마중 나왔다가 기사로부터 방과 후 있었던 일을 듣게 되었다. 아이의 마음을 달래준 일은 고마웠지만, 그녀와 이렇게 자주 맞닥뜨리고 싶지는 않았다.

반면 난아는 승조의 말에 자신도 모르게 인상을 썼다.

'애 앞에서 빈말을 하려면 표정이나 좀 그럴듯하게 만들고서 하지. 저 태도 어디에서 반갑습니다를 연상할 수 있겠냐고!'

승조의 태도에 기분이 상하는 동시에 슬며시 오기가 치솟았다.

"그러면 아빠가 유라 피아노 치는 동안 선생님과 같이 놀면 되잖아요."

유라의 말에 한층 더 난감해진 승조를 보며 난아는 이상하게 통쾌한 기분까지 들었다.

"선생님, 피아노 끝날 때까지 기다릴 거지요? 그치요? 수업 끝나면 심 여사 할머니가 맛있는 거 많이 해주는데 같이 먹어요."

유라는 기대에 찬 목소리로 천진난만하게 웃으며 두 팔을 가득 벌려 의사를 전달하고 있었다. 울어서 눈은 부었지만 아이는 언제 슬퍼했냐는 듯 밝았다.

"그래, 그럼 그래 볼까?"

난아는 유라의 말에 맞장구치며 승조의 눈치를 살폈다. 그는 아주 대놓고 싫은 표정을 짓고 있었다.

'그것참 쌤통이다.'

난아는 어쩐지 통쾌한 마음이 들었다.

"휴……."

유라의 손을 붙잡고 정답게 안으로 들어가는 난아의 모습을 보며 승조는 한숨을 내쉬었다. 서균의 여자인 그녀에게 호기심 같기도 하고, 흥미 같기도 한 정체불명의 감정이 들어 가급적이면 마주하는 일이 없었으면 싶었다. 그런데 하루도 안 돼 부딪칠 일이 또 생겼으니 난감했다. 하지만 이미 이렇게 된 일, 어쩔 수 없었다.

집에 들어가니 거실 소파에 나란히 앉은 두 여자가 서로의 귀에 뭔가를 속삭이며 대화를 나누고 있었다.

"그래서…… 진짜?"

"네, 진짜요."

"무슨 이야기들을 그리 즐겁게 하십니까?"

질문과 동시에 입을 다무는 둘의 태도를 보아, 그의 이야기를 하고 있었던 티가 확 났다.

"뭐, 그냥…… 이것저것이라고나 할까요? 하하하하."

그녀의 얼굴은 말과는 다른 답을 내놓고 있었다. 평생 거짓말은 못 할 인상이었다. 아니, 거짓말을 할 수 없는 안면 근육을 가졌다고 해야 옳았다.

"유라야, 피아노 선생님 기다리신다. 어서 가봐야지?"

"네. 선생님, 가지 말고 꼭 기다려야 해요."

날 듯이 뛰어가는 유라는 마치 한 마리의 나비 같았다.

"……."

유라가 가고 거실에 둘만 남자, 난아는 그야말로 좌불안석이 되었다. 말없이 자신을 쳐다보는 그의 모습에 등에서는 식은땀이 배어 나왔다.

'여길 들어오는 게 아니었는데, 결국 내가 내 발등을 찍었구나. 지금이라도 간다고 할까?'

하지만 그 생각은 이내 접었다. 말도 없이 갔다가는 아이가 실망할 게 뻔했다.

부우우우웅.

때 아닌 전화가 이리 반가울 수는 없었다.

"잠시만 실례할게요. ······서균 씨!"

난아는 자리에서 일어나 창가로 다가가면서 전화를 받았다. 등을 돌리고 있어 승조의 얼굴이 미세하게 일그러지는 것을 그녀는 보지 못했다.

[퇴근하면 늘 연락하더니 오늘은 왜 연락이 없었어? 혹시 바쁜 거야?]

"아뇨! 바쁜 건 아니고요. 피치 못할 사정으로······ 유라네 집에 와 있어요."

난아의 목소리는 뒤로 갈수록 작아졌다. 등 뒤에 있는 승조가 이상하게 신경이 쓰였다.

[지금 승조 네 가 있다는 얘기야?]

그녀의 말에 놀랐는지, 서균의 목소리가 평소보다 격앙되어 있었다.

"네, 어쩌다 보니 그렇게 되었어요. 서균 씨, 나중에 전화할게요."

난아는 전화를 끊고는 심호흡을 크게 하고 뒤로 돌아 소파에 가서 앉았다. 어차피 유라가 나올 때까지 함께 있어야 하는 거라면 뭐가 됐든 대화를 해야 했다. 이대로 숨 막혀 죽을 순 없었다.

"저······ 유라랑은 잘해보고 계신 거죠?"

"노력 중입니다."

'질문의 답이 고작 그게 끝이야?'

많은 고민 끝에 어렵게 꺼낸 질문에 단답형으로 답하고는 입을 꽉 다무는 승조의 태도에 난아는 속이 빵 터질 것만 같았다.

"유라 학교생활에 대해 궁금하신 것은 없으세요?"

"없습니다."

역시나 단답형으로 끊어지는 답변. 난아의 속은 타들어갔다.

"쿡…… 하하하."

질문을 해놓고 손가락을 쥐어뜯으며 초조해하다가, 그의 답변에 절망스러운 표정을 짓는 난아의 급변하는 모습에 승조는 결국 참고 참았던 웃음을 터뜨리고 말았다.

"왜, 왜 웃으시는 건데요?"

그의 웃음소리에 난아는 안도감과 더불어 부끄러움을 느꼈다. 그리고 어이없게도 그의 웃음소리가 참 듣기 좋다는 생각도 했다. 그의 웃는 모습은 뭐랄까, 유라와 많이 닮아 있었다.

"평소에도 그렇습니까?"

"뭐, 뭐가요?"

"속마음이 얼굴에 고스란히 드러난다는 사실을 주변에서 말해주는 사람이 없었습니까?"

승조의 웃음 띤 말에 난아는 좀 전보다 더 부끄러워졌다.

'그녀 같았으면 이 순간 화를 냈을 테지.'

부끄러워하는 난아의 모습이 승조는 새로웠다. 비교라는 것을 하기도 뭐했지만, 진희는 부끄러워하는 모습을 그에게 보인 적이 없었다. 둘은 부부였으나 부부가 아닌 듯 타인처럼 살았다. 갑자기 떠오른 진희 생각에 유쾌했던 감정이 확 사라졌다.

"저녁은 무엇으로 준비할까요?"

나를 봐주세요

어느새 다가온 심 여사가 조용히 물었다.

"무엇을 좋아하십니까?"

승조는 난아에게 질문을 되돌렸다.

"가리는 음식 없이 다 잘 먹어요."

"……그러시다네요."

심 여사를 바라보며 승조는 간략하게 대꾸했다.

"그러면 한식으로 준비하도록 하겠습니다."

심 여사는 평소와 다르게 희미한 미소를 머금고 있는 승조의 모습에 자리를 벗어나면서도 고개를 갸웃거렸다. 다른 사람들은 느끼지 못할 미세한 변화였지만, 어렸을 때부터 그를 보아온 그녀에게는 그 짐이 확연히 느껴졌다.

'……훗. 이제 기나긴 겨울이 가고 봄이 오려 하는 건가요?'

심 여사의 얼굴에 미소가 번져 나가기 시작했다.

"선생님, 선생님! 심 여사 할머니, 유라 간식 주세요."

때마침 유라의 수업이 끝났는지 아이가 통통거리며 달려왔다.

"맛있는 것 해줄 테니 조금만 기다리세요."

심 여사는 유라에게 자상히 웃어주고는 물러갔다.

"선생님, 아빠랑 뭐 했어요? 재미있었어요?"

유라는 난아 옆에 털썩 앉아 뭔가 기대에 찬 눈빛으로 질문을 해왔다.

"어, 그게…… 아빠랑 뭐 했냐 하면…… 이야기?"

"이야기가 재미없었어요?"

난아의 얼굴을 똑바로 바라보던 유라의 고개가 갸우뚱해졌다.

"아, 아냐, 재미없긴."

잽싸게 승조의 눈치를 살피며 난아는 어색하게 부인했다.

"아닌데. 방송 조회할 때 하품하던 선생님 얼굴이랑 지금 얼굴, 똑같은데."

날벼락과도 같은 유라의 말에 난아는 굳어버렸다. 삽이 있으면 구덩이라도 파고들어 가 눕고 싶은 마음뿐이었다.

"선생님, 간식 먹어요."

"그, 그럴까?"

숨통을 조였다 풀었다 하는 유라의 행동에 난아는 정신이 하나도 없었지만, 무엇을 하건 지금 이 난감한 상황보다는 괜찮겠지 싶어 반색을 했다.

난아와 유라가 간식을 가지러 주방으로 가자, 승조는 그제야 참고 있었던 웃음을 터뜨렸다.

"하하하."

조금 전, 유라와 난아의 대화가 어찌나 재미있던지 하마터면 큰소리로 웃을 뻔했다. 그는 자신과 함께 있느라 정신적으로 피곤했을 그녀를 위해 식사 전까지는 자리를 피해 주어야겠다 싶어 서재로 갔다.

간식을 들고 거실로 나와 보니 그가 보이질 않았다. 일단 시야에 그가 없어선지 조금 마음이 편해진 난아는 과일 주스를 들고 유라와 함께 집 구경을 하기 시작했다. 그러다 유라의 방에 놓인 화분 두 개를 보았다.

"정말 예쁜 꽃인데?"

"선생님 말씀대로 시험하고 있어요. 한쪽에는 매일 예쁜 말만, 다른 쪽에는 안 예쁜 말만 들려주고 있어요. 그런데…… 아직 잘 모르겠어요."

머리를 갸웃거리며 답하는 유라가 너무 사랑스러워 난아는 웃음이 나왔다. 아이들의 순수함은 그녀가 교직에 몸담고 싶었던 가장 큰 이유 중 하나였다.

"분명 예쁜 말을 들려준 꽃이 더 오래, 예쁘게 필 거야."

난아는 유라와 눈을 마주하며 앉았다.

"식사 준비되었으니 내려오시지요."

부드러운 심 여사의 목소리가 나직하게 들려왔다. 마주 보고 정답게 앉아 있는 둘의 모습에 심 여사는 흐뭇하게 미소 지었다.

"자~ 그럼 우리 밥 먹으러 가볼까?"

유라의 손을 씩씩하게 앞뒤로 흔들며 식당으로 향한 난아는 식탁에 먼저 앉아 있는 승조를 보고 화들짝 놀랐다. 이젠 그의 뒤태만 봐도 경기가 날 지경이었다.

난아는 쭈뼛거리며 식탁에 다가왔다.

"부디 이번만큼은 재미가 있으시길."

승조는 자리에서 일어나 그녀의 의자를 뒤로 살짝 빼주며 그녀에게만 들리도록 작게 말했다. 난아는 귓가를 핥듯이 스치듯 지나간 그의 목소리에 오싹한 전율을 느꼈다.

'뒤끝 쩐다, 쩔어.'

난아는 그가 앉은 쪽을 바라보며 속으로 투덜거렸다. 하지만 이번에도 여전히 속마음이 다 드러나고 있음을 그녀는 간과하고 있었다.

승조는 불만을 드러내듯 이리저리 샐쭉거리는 난아의 입술에서 시선을 뗄 수가 없었다. 도톰하면서도 한없이 부드러울 것 같은 붉고 촉촉한 입술. 자신도 모르게 마른침이 넘어갔다.

"선생님, 우리 밥 다 먹고 레고 같이 해요."

유라는 식사를 하면서도 빛나는 눈동자로 끊임없이 재잘거렸다. 승조는 유라에게 이런 면이 있었나 새삼 놀라고 있는 중이었다.

"음…… 그게 말이야."

어떻게 말해야 유라가 조금 덜 실망할까, 난아가 단어들을 고르고 있을 때였다.

"오늘은 늦었으니 레고는 아빠랑 하자."

"에엑! 정말이요? 아빠가 유라랑 레고를요? 정말 할 거예요?"

승조의 말에 유라는 물론 음식들을 내오던 심 여사까지 깜짝 놀라 그를 바라보았다.

"그럼, 아빠는 약속은 꼭 지키지."

유라와 심 여사, 둘의 반응에 조금 멋쩍어진 승조는 겉으로는 전혀 내색하지 않으며 난아를 바라보았다.

'뭐야, 지금 그 말 나 들으라고 한 말이야? 약속을 꼭 지키라는 뭐 그런 뜻이야?'

난아는 그의 시선을 피하며 속으로 궁싯거렸다. 마음이 불편해졌다. 맛있게 잘 먹고 있던 음식들이 배 속에서 트위스트를 추는 기분이랄까?

'뭐, 일단 먹는 것부터!'

맛있는 음식을 앞에 두고 도 닦는 타입이 아닌 난아는 골치 아픈 일은 우선 제쳐 두고, 먹는 것에 열중하기로 했다.

맛깔난 음식들을 골고루 먹으면서도 유라가 먹는 것까지 챙겨 주는 그녀의 모습에 승조도, 근처에 있던 심 여사도 흡족한 표정이 되었다.

그래도 나름 편하고 즐겁게 식사를 마친 난아는 직접 데려다주겠다는 승조의 말에 순순히 따라나섰다. '알아서 갈게요'라고 쿨하게 말하고 싶었지만, 아까 올 때 보니 대중교통을 이용하려면 적어도 30분은 걸어가야 한다는 것을 알게 된 터라 쉽게 입이 떨어지질 않았다. 그리고 결정적으로 지금은 방향치인 그녀에게는 최악의 조건인 밤이었다.

차에 탄 지 얼마 되지 않았을 때, 서균에게서 또 전화가 왔다. 난아는 아까와는 달리 받을까 말까 고민을 했다. 아까는 멀찍이서 전화를 받을 수 있었지만 지금은 옆 사람의 숨소리마저도 들리는 차 안이었다.

"전화 받아요. 서균이 전화 아닙니까?"

확실히 예리한 구석이 있는 남자였다.

"아, 네. 그럼 실례할게요. ……서균 씨?"

[급한 볼일은 다 끝냈고?]

"네. 집에 가는 중이에요."

서균의 목소리에 난아는 차분히 답했다.

[차 안인가?]

"네."

난아는 자신도 모르게 계속 옆을 흘끔거렸다. 이유는 모르겠지만 서균과 대화를 나누는 게 불편하게 느껴졌다.

"집에 가서 연락할게요."

전화를 끊은 난아는 이번엔 차 안의 침묵이 답답해져 왔다. 승조의 차를 타는 건 이번이 두 번째인데 어째 매번 이렇게 답답하고 당장에라도 뛰어내리고픈 심정이 드는 건지 이해가 되지 않았다. 이런 자신에 비해 그는 너무도 편하게, 기사가 퇴근했다는 이유로 직접 운전까지 하고 있었다.

'설마…… 이번에도 뭘 바라는 건 아니겠지?'

난아는 은근히 불안이 가중되는 기분이었다. 빛이 시시각각 차츰차츰 늘어나는 기분이 아마도 이와 같지 않을까 싶었다.

"내가 그렇게 무섭습니까?"

안전벨트가 생명줄이라도 되는 양 꽉 쥐고 바깥 한 번, 그의 얼굴 한 번 번갈아 바라보는 난아가 참 재미있었다.

"네엣?"

조용한 가운데 들린 말인지라 난아는 그야말로 제자리에서 펄쩍 뛸 듯이 놀랐다.

"……아니요. 그건 아닌데 오늘 또 '부탁'이란 걸 말씀하실까 봐서요. 자꾸 갚아야 할 빛이 늘어나는 기분이라 긴장되네요."

솔직히 말해놓고도 순간 잘못 말했나, 후회가 되었다.

"단순히 그것뿐입니까?"

"네?"

난아는 그의 말에 매번 깜짝 놀라고, 되묻는 스스로가 참 우둔하게 느껴졌다.

"걱정되는 게 그것뿐이냔 말입니다."

"네, 뭐, 일단은요……."

난아는 대충 말을 얼버무렸다. 죽으면 죽었지, 당신 그 자체가 불편하다고 말할 수는 없는 노릇이었다.

"그 말은 제가 어려운 건 아니란 말이네요?"

속을 들여다보고 있는 것 같은 그의 말에 눈을 동그랗게 뜬 난아는 한층 더 놀라운 것을 보게 되었다. 부드럽게 미소 짓고 있는 그의 얼굴을 보게 된 것이다.

쿵!

순간 심장이 바닥에 떨어진 것 같은 아찔함을 느꼈다. 빠르게 고개를 돌려 그를 외면했지만, 그 미소가 시신경에 각인된 듯 강렬했다. 난아는 스스로의 마음 상태가 마땅치 않았다. 마치 죄를 짓고 있는 듯 무거웠다.

'……내가 대체 왜 이러지…….'

참 알다가도 모를 일이었다.

"……금요일이라 다른 약속이 있었을 텐데, 유라를 먼저 생각해 주셔서 감사합니다."

난아의 집 앞에 차를 세운 승조는 은연중에 서균을 암시하는 말을 입에 올렸다. 대번에 표정이 안 좋게 변하는 그녀의 모습에 그 또한 마음이 거북해졌다.

"……저녁 감사했습니다."

그의 말에 서균을 떠올린 난아는 당황스러웠다. 잠시 동안이긴 했지만 서균을 까맣게 잊고 있었다.

"안녕히 가세요."

당황한 난아는 빠르게 차에서 내려 다시 인사하고는 급히 집으로 들어가 버렸고, 승조도 곧 떠났다.

"휴……."

조금 떨어진 곳에서 모든 것을 바라보던 서균은 승조의 차가 시야에서 사라지고 나서야 온몸의 긴장을 풀었다. 난아가 오기를 기다리는 내내 마음이 불편했었다. 난아를 불러내 얼굴이라도 잠깐 볼까 고민했으나 서균은 이내 포기했다. 이렇게 무작정 그녀를 기다리고 있었다는 것을 알리고 싶지 않았다.

Rrrrr.

그때 저장되어 있지 않은 번호로 전화가 왔다. 낮이라면 걸려오는 전화는 다 받곤 했지만, 지금은 누가 봐도 퇴근한 시각. 전화를 받고 싶지가 않았다.

전화는 잠시 끊어졌다가 끈질기게 오고 또 왔다.

"이서균입니다."

[혹 유진희 씨를 아십니까?]

어쩔 수 없이 받은 전화의 상대방은 진희를 거론하고 있었다.

"무슨 일입니까?"

별안간 짜증이 확 밀려와 목소리가 탁해졌다.

[유진희 씨가 많이 취하셨는데 휴대폰 전원이 꺼져 있어서요. 집

전화번호를 알려달라 했더니, 이 번호를 알려주시더군요.]

서균은 진희가 있다는 곳으로 출발했다. 자신이 왜 그녀를 만나러 가고 있는 건지 이해가 되지 않았지만 연락을 받은 이상 그냥 내쳐둘 수가 없었다.

"휴……."

이유야 어찌 되었건 발걸음이 무거웠다.

도착한 곳은 각각의 룸으로 철저하게 공간이 분리된 장소로, 고급스러운 인테리어가 돋보이는 술집이었다. 공손히 인사를 하는 직원에게 간단히 설명을 하자, 바로 진희가 있는 곳으로 안내해 주었다. 그녀는 인사불성이 될 정도로 취해 축 늘어져 있었다.

서균은 따라 들어온 직원에게 카드를 꺼내 계산을 일임한 후, 직원이 돌아올 때까지 그녀를 가만히 내려다보았다. 눈을 뜨고 있을 땐 사납게 발톱을 세운 고양이같이 느껴졌었는데 잠이 든 모습을 보니 흡사 아기 고양이같기도 했다.

직원이 돌아오자 서균은 그녀를 업고 나가 차에 태웠다. 그런데 막상 출발을 하려고 하니 어디로 가야 할지 난감했다. 진희의 집을 몰라서였다. 오래 만났다고는 해도 호텔 등지에서 만나고 헤어졌기에 그녀가 어디 사는지를 몰랐다. 아니, 관심이 없었다고 하는 게 맞는 말이었다.

"어쩔 수 없지."

취해서 정신이 없는 여자를 호텔에 혼자 두고 가는 것도 내키지 않았다. 그렇다고 밤새 함께 있어주기도 싫었다. 오늘 하루는 이상하게 피곤하고 지치는 날이라 이 궁리, 저 궁리 하고 싶지 않은 게 솔직한 심정이었다. 빨리 집에 가서 고단한 몸과 마음을 쉬고 싶었다.

서균은 깊고 음울한 한숨을 내쉬며 결국 집으로 향했다.

6.
흔들리는 관계

토요일임에도 불구하고 난아는 일찍 눈이 떠졌다. 마음이 불편해서인지 밤새 잠을 푹 잘 수가 없었다. 더 이상하고 답답한 건 대체 왜 마음이 불편한지 이유조차도 불분명하다는 점이었다.

난아는 침대에서 일어나 주방으로 갔다. 오래간만에 일찍 일어난 기념으로 아침 준비나 해야겠다 싶었다. 딸만 둘인 집안의 장녀인 그녀는 부지런하고 깔끔한 엄마를 전혀 닮지 않아 주방 일이 서툴렀다. 그렇기 때문에 혼자 밥을 하고, 국 하나를 끓이는 데도 꽤 많은 시간이 들었다.

"이럴 게 아니라, 오래간만에 예쁜 짓 좀 할까?"

난아는 팔팔 끓고 있는 국을 보온병에 담고, 몇몇 반찬들을 꺼내 챙기기 시작했다.

'어제 미안한 면도 있고, 그간 서균 씨에게 무심했던 것 같으니까.'

큰 병이 아니었다 해도 응급실까지 갔던 서균을 그냥 두고 나온 게 영 마음에 걸렸고, 승조를 보고 가슴 두근거렸던 것도 미안해서였다. 시간을 보니 택시를 타고 가면 그가 아침 먹기 전, 충분히 도착할 수 있을 것 같았다.

❋

"아, 머리야……."

누군가가 머리에 못이라도 갖다 박는 것 같은 두통에 진희는 간신히 눈을 떴다.

"그런데 여기는?"

눈을 뜨자마자 보인 낯선 방에 잠시 꿈인가 싶기도 했다. 간신히 자리에서 일어나 앉은 진희는 주변을 두리번거렸다. 분명 호텔이나 그와 비슷한 목적을 가진 장소는 아니었다.

"으윽!"

다시금 왈칵 몰려오는 두통에 이마로 손을 가져간 진희는 좀 더 꼼꼼히 주위를 살폈다.

"이건……."

침대 곁 테이블에 놓인 액자가 보였다. 손을 뻗어 액자 속 사진을 보고서야 이곳이 어디인지 알게 되었다.

"이 여자가 김난아?"

액자 안에는 서균과 김난아로 추정되는 여자의 사진이 끼워져 있었다. 진희는 액자를 제자리에 두고 방 밖으로 나왔다. 방 밖은 햇빛이 가득 들어오는 거실이었는데, 따스한 분위기와는 달리 인기척이 전혀 없었다. 그녀는 주위를 열심히 둘러보았다. 하지만 그 어디에도 집주인, 서균의 모습이 보이질 않았다.

'아침부터 어딜 간 거지? 그건 그렇고, 내가 왜 여기에 와 있는 걸까?'

진희는 소파에 몸을 깊숙이 묻은 채 생각해 보았다. 분명 술을 마신 것까진 기억이 나는데 그 이후의 일이 기억에 없었다.

[삐리리리, 방문객입니다.]

조용한 가운데 들려온 기계음에 진희는 깜짝 놀랐다. 소리가 난 쪽을 보니 현관과 연결된 로비 폰의 소리였다. 집주인이라면 현관 로비 벨을 누를 리가 없었다. 그녀는 불이 환하게 들어온 화면을 들여다보고는 기절할 듯 놀랐다.

화면 안의 여자는 방금 전 사진으로 본 김난아, 서균의 그녀였다.

순간 당황했지만 진희는 마음을 가라앉혔다. 그냥 가만히 있으면 가지 않을까 싶었다. 하지만 화면 속 그녀는 이쪽에서 아무런 반응이 없자, 이상하다는 듯 고개를 갸웃거리더니 이내 화면 안에서 사라져 버렸다. 그와 동시에 현관문 비밀번호를 누르는 소리가 들렸다.

"어떡해……."

로비 현관문 비밀번호도 알고 있는 그녀가 집 현관문 비밀번호를 모를 리 없었다.

진희는 초조해졌다. 이곳에 있다는 걸 그녀에게 들켜서는 안 되었다. 서균과 자신과의 관계를 들킬 때 들키더라도 지금 이 순간은 결코 아니었다. 지끈거리는 머리를 한 손으로 누른 진희는 현관 앞에 놓인 신발을 들고 침실로 들어갔다. 침대 근처, 흩어진 옷들도 챙겨 들고는 사방을 두리번거렸다. 어디로든 숨어야만 했다.

그런 진희의 시야에 옷장이 들어왔다. 옷장의 문을 열어젖히고, 빽빽이 걸린 셔츠와 단정하게 쌓아놓은 옷들을 한쪽으로 밀치니 대략 공간이 만들어졌다. 망설임 없이 안으로 들어간 진희는 옷장 문을 어떻게 닫아야 하나 잠시 고민했다. 그러다 문 바로 뒷공간을 활용해 넥타이들이 가지런히 걸려 있는 게 보여 그것을 붙잡고 문을 닫는 데까지 성공할 수 있었다. 아침에 눈을 뜨자마자 이런 곳에 숨어야 하는 스스로의 처지를 한탄할 새도 없이 난아의 목소리가 들려왔다.

"서균 씨? 어딜 간 거지? 아직 운동 갔다 돌아오지 않은 건가?"

그녀의 말을 듣고서야 서균의 행방이 짐작되었다. 방문이 열리고 사박사박 카펫 밟히는 소리가 가까이 들려오자, 진희는 내쉬던 숨마저 멈추었다.

"그런데…… 이건 술 냄새?"

나직한 그녀의 말에 진희의 심장은 그야말로 딱 멈출 것 같았다.

"난아야, 언제 왔어?"

자고 있는 진희를 놔두고 아침 운동을 다녀온 서균은 현관에 진희의 신발 대신 다른 신발이 그 자리에 있는 것을 보곤 깜짝 놀라

방으로 들어온 참이었다.

"서균 씨, 운동 다녀왔어요?"

"응. 그런데 언제 왔어?"

방 안에 난아 혼자 있자, 순간적으로 바짝 긴장했던 몸 근육이 풀어졌다. 다행히도 난아가 오기 전 진희가 돌아간 모양이었다.

"이제 막 왔어요. 그런데 어제 술 많이 마셨어요?"

방 안에 가득한 술 냄새에 난아는 창문을 열고 환기를 시켰다.

"잠이 안 와서 한잔한다는 게 좀 과하긴 했지."

서균은 난아의 질문에 별 동요 없이 답을 했다.

"어제는 전화를 그렇게 끊어서 미안했어요. 많이 서운했죠?"

"괜찮아. 승조가 같이 있기 편한 상대가 아니라는 건 누구보다 내가 더 잘 알고 있으니까."

서균의 말에 난아의 표정이 조금 편안해졌다.

"속은 괜찮아요? 국을 좀 끓여왔는데. 뭐, 맛은 썩 기대하지 않는 게 낫지만요."

서균의 요리 솜씨가 자신보다 나음을 잘 알고 있기에 난아의 얼굴은 부끄러움으로 붉어졌다.

"그렇지 않아도 속이 개운치 않았는데, 너무 고마운데? 나중에 우리 난아 누가 데려갈지 참 좋겠다!"

"에이, 그럴 리가요. 누가 데려갈지 완전 폭탄 맡는 셈이죠."

서균은 난아와 대화를 하면서도 빠르게 방 안을 훑었다. 혹시라도 진희가 있었던 흔적이 조금이라도 남아 있을까 봐 조바심이 났다.

그때, 시트를 정리하려는 듯 침대 가까이 다가서는 난아가 보였다. 서균은 빠르게, 그렇지만 자연스럽게 앞을 가로막듯 서서는 난아의 팔목을 잡았다.

"그럼 그 국맛 좀 먼저 볼 수 있을까? 운동하고 와서인지 좀 시장한데."

"아…… 그럼 그럴까요?"

난아는 겸연쩍게 웃어 보이고는 방을 나갔고, 서균은 문을 닫고 들어와 침대를 정리하고 방을 둘러보았다. 그러다 옷장 문이 완전히 닫혀 있지 않음을 눈치챘다. 그는 옷장을 향해 천천히 다가가 문을 열었다.

"하…… 여기 있었던 건가?"

자신도 모르게 실소가 나왔다. 옷장 안에 몸을 숨기고 있는 진희의 모습에 어이없게도 웃음이 나왔다. 갑작스러운 난아의 방문에 얼마나 놀랐으면 옷장 안으로 들어갔을까 싶었다.

"이 와중에 웃음이 나와요?"

서균의 웃음에 마음이 상했는지 진희의 목소리가 사뭇 날카로웠다.

"다행히 난아가 오기 전에 떠났구나 했는데 그건 아니었나 봐?"

"갈 시간이 있었는지 알아요? 일어나자마자 바로 이 꼴이 되었는데?"

진희의 얼굴은 부끄러움과 치미는 분노로 새빨갛게 변해 있었다.

"그런 것치고는 용케 잘 숨었군."

"그러니 그따위 웃음 짓지 말고 감사한 마음을 가지는 게 어때요? 내가 이곳에서 나와 김난아 앞에 등장하기 전에. 난 보기보다 상당히 불편하게 있는 중이거든요."

좁은 공간에 몸을 수그린 채, 하고 싶은 말은 꼬박꼬박 하는 그녀의 모습이 순간 귀엽게 느껴졌다. 그리고 자신의 그런 생각에 이내 마음이 불편해졌다.

"가급적 노력해 보지. 일단 거기 잘 있어보도록."

냉정히 돌아선 서균은 옷장 문을 닫고 방을 나갔다.

"난아야, 조심해!"

주방으로 들어간 서균은 깜짝 놀라 난아가 떨어뜨릴 뻔한 보온병을 낚아챘다.

"아…… 잠시 딴생각을 하느라고."

난아는 멋쩍게 웃었다.

'방 안은 술 냄새가 진동하는데, 서균 씨에게서는 냄새가 전혀 안 난단 말이지.'

서균이 보온병의 국을 냄비에 부어 가스레인지에 올려놓는 것을 지켜보던 난아는 고개를 갸웃거렸다. 어쩐지 평소와 조금 다른 것 같은 서균의 태도도 마음에 걸렸고, 딱 꼬집어 정의할 수 없는 찜찜한 느낌도 계속해서 들었다.

'그냥 기분 탓이겠지.'

평소에도 타인의 감정을 헤아리는 데 둔한 편인 난아는 금세 고민을 접었다. 체질적으로 누군가를 의심하는 것을 잘 못 하는 성격 탓이었다.

"반찬은 내가 꺼낼게요."

냉장고 문을 연 난아는 옅게 한숨을 내쉬었다. 깔끔하게 정돈된 밑반찬들은 전부 서균의 어머니가 가져다 두신 것으로, 맛있어 보이는 데다 깔끔하기까지 해서 자신이 가져온 부실한 국이 새삼 초라하게 느껴졌다.

"자, 그럼 어디 먹어볼까?"

넉살 좋게 웃은 서균이 그녀를 식탁 의자에 앉혔고, 둘은 별 대화 없이 식사를 마쳤다.

"어디 가고 싶은 곳 없어?"

난아와 나란히 서서 설거지를 하던 서균이 은근슬쩍 물었다. 불편한 자세로 옷장 안에 숨어 있는 진희가 마음에 걸려 가급적이면 빨리 집을 나서야 했기에 던진 질문이었다.

"미술관 가볼까요?"

"왜, 수업에 필요해?"

"네."

"그래, 그럼 미술관 가자."

서균은 멋쩍게 웃는 난아를 새삼 꼼꼼히 바라보았다. 모든 일에 솔직한 그녀와 함께 있으면 지루한 일상도 즐거웠다.

"네. 먼저 나가 있을까요?"

난아는 두르고 있던 앞치마를 벗어 식탁 의자에 살며시 걸쳐 놓았다.

"왜? 같이 나가자."

"왠지 아까부터 침실에 볼일이 있어 보여서요."

난아의 말에 서균은 순간 뜨끔했지만 이내 그 기색을 지웠다.

"당연히 침실에 볼일이 있지. 겉옷을 가져와야 하니까. 그럼 여기서 좀 기다려."

직업이 변호사이다 보니 서균은 포커페이스의 달인이었다.

'내가 좀 이상한 걸까? 서균 씨는 평소와 크게 다르지 않건만.'

방으로 들어가는 서균의 뒷모습을 보며 이유를 알 수 없는 불쾌감마저 들어 난감했다.

'내가 너무 과민한 거야.'

난아는 머리를 좌우로 흔들어 복잡한 마음을 최대한 진정시켰다.

"기가 막히는군."

방으로 들어간 서균은 옷장 문을 열었다가 또 웃고 말았다. 진희는 그 좁은 공간에서 잠들어 있었다. 옷장 안이 더운지 땀까지 흘리며 곤히 잠든 그녀의 모습은 순수해 보였다. 그는 그녀를 살짝 흔들어 깨웠다.

"쉿!"

흠칫 놀라 깨는 진희의 입술에 손가락을 갖다 댔다.

"이제 나갈 거니 편히 있다 가. 이미 편한 것과는 거리가 멀어도 한참 멀어지긴 했지만."

자그맣게 이죽거린 서균은 그녀의 머리 위에서 겉옷을 꺼낸 후 답을 듣기도 전에 나가 버렸다.

'흥! 병 주고 약 주는 건가?'

잠결에 봐서 그런지는 몰라도 그의 눈빛이 묘하게 상냥했었다는 생각이 들었다. 하지만 이내 그 생각을 지워 버렸다. 불편하게 잠이 들었던 터라 온몸이 쑤시고 결려 어서 나가고만 싶었다.

딸칵.

현관문 닫히는 소리가 희미하게 들렸다. 진희는 힘들게 옷장 문을 밀치고 거의 쓰러지듯 밖으로 나왔다.

'방문이 열려 있었네? 나가는 소리를 들으라고 열어둔 건가?'

살짝 열려 있는 방문이 마치 그의 마음인 것만 같아 그녀의 가슴이 두근거려 왔다.

❇

유라는 학교에 가지 않는 날에도 일찍 일어나 정원에 나가곤 했다. 특히 할아버지가 심어놓은 나무 아래 그네의자에 앉아 책 보는 것을 좋아했다.

"유라, 무슨 책 보니?"

아침에 일어나 운동을 하고 서재로 직행하던 승조는 요즘 들어 유라가 있는 정원으로 자주 움직였다. 아이와 최대한 함께 있으려고 노력 중이었다.

"그냥 책이요."

책을 보느라 정신을 집중하고 있는지, 유라의 대답은 시원치가 않았다.

"아빠가 읽어줄까?"

그의 말에 유라의 맑은 눈동자가 시선을 마주해 왔다. 생전 해보지 않았던 일을 하려니 낯설던 승조는 그 시선에 새삼 무안해졌다.

"혼자 읽을 수 있어요. 유라는 아기가 아니니까요."

"그래, 그렇구나."

그냥 서 있기도 그렇고, 그냥 들어가기도 뭐했던 승조는 유라 옆 자리에 나란히 앉았다.

"……아빠는 참 예쁜 것 같아요."

"그, 그래? 어디가?"

유라의 뜬금없는 말에 승조는 딸을 향해 웃음 지었다. 갑자기 나온 말이었지만 자신의 어디가 예쁘다는 건지 궁금해졌다.

"머리카락 색깔도 예쁘고, 음…… 코도 예쁘고 눈도 예쁘고. 다 유라를 닮아 그런가 봐요."

"하하. 그래, 아빠가 유라를 닮아 이렇게 예쁜 거였구나."

자기 덕분이라는 듯 우쭐해 보이는 딸의 모습에 승조는 크게 웃었다.

"유라야, 어디 가고 싶은 곳은 없고?"

승조는 유라의 머리를 천천히 쓰다듬었다. 아이의 결 고운 머리카락을 만지고 있으니 이상하게 마음이 편안해졌다.

"선생님이 주말에 미술관 가보라고 하셨어요."

유라 역시 아빠의 감촉이 좋은지 퍽 만족스러운 웃음을 짓고 있었다.

"그래서 미술관 가고 싶니?"

"네!"

반짝반짝 빛나는 눈으로 자신을 바라보는 딸의 모습이 새롭고 기뻤다.

"그래, 그럼 가자."

"미술관 갔다가 맛있는 것도 먹으러 가요."

그네의자에서 일어나 팔짝거리는 유라는 신이 나 있었다. 아빠랑 어딘가를 간다는 것 자체가 아이에게는 새롭고 유쾌했다.

"그래, 그러자. 뭐가 먹고 싶은지는 유라가 생각해 보고."

"네!"

집 안으로 뛰어 들어가는 딸의 뒷모습을 흐뭇하게 바라보는 승조의 표정도 밝았다.

"심 여사 할머니! 오늘 아빠랑 미술관 가기로 했어요."

주방에서 다른 사람들과 분주하게 일하던 심 여사에게 유라가 신나게 재잘거렸다.

"그것참 신나겠는데요? 간식이라도 준비해 줄까요?"

"아뇨, 아빠가 미술관 갔다가 맛있는 거 사준다고 하셨어요."

발그레한 뺨, 빛나는 두 눈으로 인해 아이는 한층 더 예뻐 보였다.

"어제 오셨던 선생님도 같이 가는 건가요?"

"아니요. 이건 숙제예요."

심 여사가 갑자기 선생님 이야기를 꺼내자 유라는 고개를 갸웃거렸다.

"숙제로 내주셨으니, 선생님도 그곳에 가실지 몰라요. 그러니 선생님께 전화 한번 해봐요."

무슨 큰 비밀이라도 이야기해 주듯 유라의 귓가에 소곤거린 심 여사는 윙크까지 해 보였다.

"네! 알겠어요."

유라는 주먹을 꽉 쥐어 보이며 고개를 끄덕였다.

"뭘 알겠다는 거지?"

"심 여사 할머니와 유라의 비밀이니 아빠는 알면 안 돼요."

갑자기 나타난 승조로 인해 두 사람 모두 놀랐지만, 유라가 앙증맞은 손가락을 입술 위에 가져다 대며 비밀이라고 웃어버리자 그는 대수롭지 않게 넘어갔다.

미술관에 도착한 유라는 심 여사의 말을 떠올리고, 승조가 그림에 열중해 있는 사이 난아에게 전화를 걸었다.

[선생님!]

"누구세요?"

난아는 미술관 주차장이 번잡해 그녀를 먼저 내려주고 주차를 하러 간 서균을 기다리며 현관에 비치된 팸플릿을 보고 있던 중이었다.

[고유라입니다. 선생님이 내주신 숙제하러 미술관 왔어요.]

"유라 미술관 갔구나! 굉장히 착한걸~ 선생님이 내준 숙제하러 간 거야?"

밝고 신난 아이의 목소리에 난아도 덩달아 활짝 웃었다.

[네! 선생님은 숙제 안 하세요?]

"응? 선생님도 숙제하러 미술관 왔는데, 유라도 지금 와 있는 거니?"

팸플릿에서 시선을 뗀 난아는 자신도 모르게 사방을 살폈다.

[유라는 2층에 있어요. 선생님은 어디세요?]

"선생님은 이제 막 와서 1층이야."

[아빠! 선생님도 여기 오셨대요. 1층이래요.]

'아빠? 아빠? 아빠!'

아빠라는 말에 난아는 그 자리에서 펄쩍 뛰었다.

"유라, 설마 아빠랑 같이 온 거니?"

'엄마랑 온 것도 아니고 하필 아빠랑…… 고승조 씨랑 온 거란 말이냐…….'

난아는 조심스럽게 되물었다.

[네, 아빠랑 왔어요. 선생님, 아빠랑 유라가 1층으로 갈게요.]

"저, 저기, 유라야? 선생님은 혼자 온 게 아닌데…… 유라야? 유라야!"

전화는 이미 끊어져 있었고, 넓디넓은 로비에 그녀의 큰 목소리만이 메아리치고 있었다.

'어쩌지? 어쩌지?'

갑자기 마음이 초조해졌다. 어딘가로 훅 사라지고 싶은 마음에 주변을 둘러보았다. 마냥 탁 트인 공간이라 몸을 숨길 만한 곳도 없었다.

"선생님!"

'헉! 벌써!'

깜짝 놀라 소리 나는 쪽을 바라보니 2층에서 아래로 내려오는 에스컬레이터 시작 지점에 유라와 승조가 서 있는 게 보였다.

"하하하. 그, 그래."

어색하게 웃으며 유라를 향해 손을 흔들어 보인 난아는 자신도 모르게 그를 곁눈질로 살폈다.

딱 봐도 비싸 보이는 맞춤 수제 구두, 네이비 색감의 바지, 부드러운 베이지색 니트. 그녀의 시선은 승조의 아래부터 위로 이동해 올라갔다.

'앗!'

홀린 듯 그를 바라보던 그녀와 그의 시선이 딱 부딪치고 말았다. 그를 유심히 살폈던 게 걸린 듯해 괜히 얼굴이 달아올랐다. 그런데 더 이상한 건 얼굴이 달아오르고 부끄러운데도 불구하고 그와 마주친 시선을 뗄 수가 없다는 거였다. 마치 덫에 걸린 듯, 그에게 붙잡혀 벗어날 수가 없었다.

'김난아…… 또 당신인가.'

유라가 어딘가 전화를 하는 걸 보긴 했지만, 승조는 대수롭지 않게 여겼었다. 하지만 아이의 입에서 선생님이란 단어가 나온 순간부터는 작품이 눈에 들어오질 않았다. 그리고 지금, 자신을 보고 있던 그녀와 눈을 마주치자 붉게 달아오르는 그녀의 얼굴이 그 어떤 작품보다도 아름답게 보여 당황스러웠다.

"난아야?"

주차를 마치고 바삐 미술관으로 들어선 서균은 난아가 보이자 반가운 마음에 이름을 불렀다. 하지만 그녀는 시선을 위로 향한 채 혼이라도 빠진 사람마냥 멍하니 서 있었다.

대체 무얼 보는 걸까, 시선을 따라가 보니 그곳에 유라와 승조가 있었다. 그에게 충격을 주었던 것은 서로 얽혀 떨어지지 않는 둘의 시선이었다. 난아의 시선에, 표정에 떠올라 있는 감정의 편린들이 가리키는 바가 너무 뚜렷하게 느껴져 서균은 겁이 날 지경이었다.

"난아야, 김난아!"

서균의 목소리에 그녀가 잠시 움찔하더니 그를 돌아보았다.

"서균 씨."

거울같이 맑은 그녀의 눈동자에 탁하게 섞인 감정 중 죄책감과 미안함이 보였다.

"선생님! ……아저씨?"

난아를 보며 신나게 달려오던 유라가 그녀 옆의 서균을 뒤늦게 알아보았는지 알은체를 해왔다.

"안녕, 유라야. 혹시 선생님과 만나기로 하고 미술관 온 거였어?"

서균은 순간적으로 난아와 승조가 사전에 미리 약속을 하고 온 건 아닌가 하는 의심이 들었다.

"아뇨. 숙제하러 왔는데 선생님도 숙제하러 오셨대요."

"그랬구나. 아저씨는 선생님과 데이트 중이었는데."

유라의 답변에 안심한 서균은 보란 듯이 난아의 어깨를 감싸 안았고, 그녀가 움찔하며 물러서려 하자 벗어나지 못하게 지그시 눌러 잡았다. 난아는 그런 서균의 팔이 사슬처럼 느껴졌다.

"데이트인가?"

승조의 음성은 서균을 향해 있었건만, 그녀의 심장이 먼저 반응했다.

'나 진짜 왜 이러니……'

애를 쓰면 쓸수록 더 강하게 승조가 의식되었다. 난아는 그만 고개를 숙였다.

"그쪽도 데이트?"

서균과 승조의 대화는 아주 평범하게 오가고 있었다.

"저, 유라는 선생님과 같이 있고 싶은데, 그래도 돼요?"

유라의 말이 두 남자의 사이에 오고 가던 평화로움을 깨뜨렸다.

"유라야, 그건 어렵겠다. 선생님은 아저씨랑 데이트 중이라고 하시네."

난감한 표정이 된 승조는 유라를 달래듯 말을 건넸고, 유라는 금세 시무룩해졌다.

"그래, 그러자. 3층에 체험 미술 학습이 있다던데 거기 갈까?"

난아의 예상치 못한 말에 서균과 승조의 얼굴이 각기 다른 표정으로 일그러졌다.

"미안해요, 서균 씨. 오늘은 그냥 이렇게 다니는 것으로 해줘요."

이제야 그녀에게 차츰 마음의 문을 열기 시작한 유라의 기대를 저버리기도 싫었지만, 서균과 단둘이 남는 것이 부담스럽기도 했다. 평소답지 않게 그녀를 강하게 얽어매려 하는 모습에 낯섦을 느꼈다. 과연 7년을 알고 지내온 사람이 맞나 싶을 정도였다.

"이야, 신난다!"

오직 유라만이 난아의 말에 순수하게 기뻐하고 있었다. 난아는 유라의 손을 잡고 두 남자보다 앞서 걸어가기 시작했다.

"선생님! 아저씨를 사랑해요? 사랑하니까 데이트하는 거지요?"

잠시 생각에 빠져 있던 그녀의 정신을 일깨운 건 유라의 당돌한 질문이었다.

"유라는 그게 왜 궁금한데?"

난아는 그저 한없이 천진난만한 아이의 눈을 들여다보았다.

"우리 엄마랑 아빠는 어른들이 만나게 했대요. 사랑도 안 하는데 결혼을 한 거라고 했어요. ……그래서 유라를 사랑하지 않는 걸까요?"

질문을 하는 아이의 표정이 진지하고 심각했지만 난아는 쉽게 답을 해줄 수가 없었다. 어떤 방식의 답을 해도 아이의 상처받은 마음이 쉽게 나아질 것 같지가 않았다.

"유라야, 그건 엄마 아빠만의 사정이야. 엄마 아빠가 서로 사랑하지 않아 이혼하셨다고는 해도 그게 유라를 사랑하지 않는다는 뜻은 아니거든. 오늘만 해도 아빠는 유라와 함께 이곳에 와주셨잖아? 아빠는 유라를 아주 많이 사랑하니까 함께 와주신 거란다."

난아는 어떻게 하면 유라가 쉽게 이해할 수 있을까 쩔쩔맸다. 하지만 유라는 난감해하는 그녀를 보며 자신의 질문이 선생님에게도 어려운 질문이었구나, 하고 간단히 이해해 버렸다.

"선생님과 제자 사이가 좋은가 본데?"

"그렇군."

유라의 손을 잡고 걷는 난아를 뒤에서 지켜보던 서균은 승조에게 한마디 했다. 딱히 할 말이 없어 던진 말이기도 했지만, 오늘따라 유난히 승조가 불편해서였다. 만나도 많은 대화를 나누는 사이는 아니었지만 이렇게까지 불편했던 적은 없었기에 이상했다.

두 남자가 도착한 곳에서는 난아와 유라가 토시를 끼고 직원의 설명을 들으며 여러 색깔의 점토를 반죽하고 있었다. 승조와 서균은 멀뚱히 구경하기도 뭐하고, 그렇다고 함께하자고 나서기도 마땅치 않아 그저 서 있기만 했다.

"유라 목말라요."

유라가 서균과 승조를 향해 한마디 하자, 서균이 나섰다. 그는 난아에게 무엇을 마실지 물어보고는 자리를 떠났다.

"아빠, 아빠도 같이 하면 안 돼요?"

유라의 간절한 눈빛에 승조는 직원에게 토시를 받아 가까이 다가갔다.

"이쪽, 이쪽이요."

승조의 참여로 인해 한층 더 신이 난 유라는 자신의 오른쪽에는 난아를, 왼쪽에는 승조를 세웠다.

"힘들면 반죽 다 할 때까지 쉬고 있을래?"

승조는 유라가 조금 힘들어하는 듯하자 잠시 쉬라고 권했다.

"아주아주 조금만 쉬고 올게요."

유라는 반죽에서 손을 떼고 가까운 의자로 가버렸고, 아이를 가운데 두고 양옆에서 반죽을 하던 승조와 난아는 본의 아니게 붙어 서게 되었다.

'아, 어쩌지⋯⋯.'

승조가 가까이 다가올 때부터 잔뜩 의식하고 있던 난아는 유라가 사라져 버리자 시선이 자꾸만 옆으로 향했다. 그의 존재감이 강하게 와 닿아 속이 상할 지경이었다.

"반죽을 좀 더 강하게 하셔야겠어요. 옆에 남자분께서 좀 도와
주세요."

'안 돼! 안 된다고! 죽이 되든 밥이 되든, 그냥 내가 알아서 하겠
다 이거야!'

반죽 상태를 보러 온 직원의 말에 난아는 속으로 비명을 질렀다.

"아빠, 아빠가 선생님 좀 도와주세요."

"네?!"

유라의 말까지 보태지자 난아는 경기를 일으키기 직전의 상태로
까지 치달았다.

"그럼 그럴까?"

나직한 그의 목소리가 조금 더 가까이에서 들렸다 싶은 순간, 머
스크 향이 더욱 짙게 다가왔다. 그리고 남자치고는 가늘고 예쁜 손
이 시야에 들어왔다.

'무슨 남자 손가락이 저렇게 길고 예쁘지? 괜히 기죽게⋯⋯.'

난아는 짧고 마디가 진 자신의 손을 빠르게 치웠다. 그의 손은
크기도 했으나, 손가락이 길고 가늘어 무척 섬세해 보이기까지 했
다.

"혹시 피부병 같은 게 있다고 생각했습니까?"

"네?"

길고 가는 손가락들로 리드미컬하게 반죽을 하는 모양이 흡사
피아노를 치는 것 같아 정신없이 바라보고 있던 난아는 승조의 물
음에 반응하기까지 다소 시간이 걸렸다.

"내 손과 닿게 될까 봐 무척 두려워하는 듯 보입니다만?"

"아…… 그게 아니고요, 손가락이 참 예쁘다고 생각했어요. 반죽을 하는 모습이 꼭 피아노 연주를 하는 것 같이 예쁘네요."

이토록 솔직히 말할 줄 몰랐던 승조는 새삼스러운 시선으로 난아를 바라보았다. 그러고는 그동안 자신에게 온전히 속을 드러낸 사람이 과연 몇 명이나 되었나 짚어보았다.

"그렇다고 손만 예쁜 건 아니랍니다."

그래서인지 자신도 모르게 그로서는 무척 드문 농담도 건네게 되었다.

"네네~ 그러시겠죠. 어디 손만 예쁘시겠습니까?"

바로 시큰둥한 반응을 보이는 난아가 귀엽게 느껴지는 것도 그에게는 문제 중 하나였다.

"우리 아빠는 유라 닮아 참 예뻐요."

어느새 다가온 건지 초롱초롱한 눈을 한 유라가 자랑하듯이 우쭐한 음성으로 말했고, 아이의 깜찍한 개입에 난아와 승조 모두 환하게 웃었다.

'뭐지?'

음료수를 사러 갔다 온 서균은 세 사람이 정겹게 웃고 있는 것을 보고, 마치 가족 같다는 생각이 들어 순간 가슴이 철렁 내려앉았다. 조금 전 난아가 승조에게 보였던 여러 빛깔의 감정들과 승조가 그녀를 보던 눈빛 등이 뇌리에서 다시금 재생되었다. 패배감과 더불어 극심한 불안감이 들었다.

'불안하군.'

난아와 7년을 교제해 왔어도 키스 이상의 육체적인 접촉을 하지 않았다는 게 새삼 불안감으로 다가왔다. 그가 그 기간 동안 불제자처럼 도만 닦고 있었던 것은 아니었다. 하지만 난아는 그때마다 나름 타당한 이유로 거부의 뜻을 밝혔고, 그는 그녀의 의사를 존중해 왔다. 하지만 지금 서균은 그 어떤 때보다도 자신의 결정이 후회스러웠다. 얄팍한 유대감에 기대야 할 정도로 서균은 무척 불안해하고 있었다.

그의 불안함과는 상관없이 시간은 흘러갔다. 누구보다 활동량이 많았던 유라는 지쳐서 집에 가자고 칭얼거리기 시작했고, 넷은 곧 헤어지게 되었다.

미술관에서 실제 있었던 시간은 그리 길지 않았지만, 서균의 정신적 피로감은 상당했다. 그와 반대로 난아는 육체적으로 피곤했던지 차에 타자마자 잠이 들어 버렸다.

서균은 말없이 곤히 잠든 난아의 얼굴을 바라보았다. 난아를 사랑하는 것에 대한 믿음은 확고했다. 둘 중 더 많이 사랑하는 사람이 약자라는 말에 두 사람의 관계를 대입해 보면, 늘 약자인 건 자신이었다. 자신이 생각하는 만큼 난아의 감정이 깊지 않다는 것을 인정하면서도, 그녀만큼은 은근히 오래 지속되는 사랑을 하리라 믿어 의심치 않았다. 사람마다 사랑하는 방법이 다르듯, 그녀의 사랑법이 자신과 달라도 걱정하지 않았다. 관계가 뜨겁지는 않아도 변함없이 같은 온도일 거라 믿어왔기에 육체적 친밀감이 없어도 그녀를 신뢰해 왔다.

그런데 오늘 그 믿음의 근간이 흔들리기 시작했다. 그녀가 더 흔

나를 봐주세요

들리기 전에 이를 잡아줄 무언가 확실한 방법이 필요했다.

'결국 완전한 사랑이란 없는 건가…….'

진희와 오랜 시간 동안 육체적 관계를 맺어온 자신이 할 말은 아니었지만, 난아에게만큼은 완전한 사랑을 원했던 만큼 좌절감이 몰려왔다.

"휴……."

그녀의 집 앞에 차를 세우고, 잠든 난아의 얼굴을 가만히 쳐다보는 서균의 표정은 깊은 우물 안에 고인 물처럼 고요하고 차가우며 어두웠다.

✼

집에 도착한 승조는 차 안에서 잠이 든 유라를 안고 들어와 침대에 눕혔다. 둘을 따라온 심 여사는 유라의 이불을 꼼꼼히 덮어주었다.

"차 한 잔 서재로 가져다주세요."

승조는 유라의 방을 나오며 얼굴을 손으로 쓸어내렸다. 이상하게 무척 피곤했다.

"선생님과는 즐거우셨습니까?"

"그걸 어떻게?"

심 여사의 말에 승조의 눈동자가 놀람으로 일순 커졌다.

"선생님께 전화해 보라고 귀띔한 사람이 저였으니까요."

"대체 왜 그런……."

"사장님이 여자분께 관심을 가진 건 이번이 처음이니까요."

의문과 놀라움이 번갈아 교차하는 승조의 얼굴을 바라보며 말하는 심 여사의 어조는 조용하고 가벼웠으나 그 안에 실린 의미마저 가볍진 않았다.

"사장님을 오래전부터 봐온 저는 알 수 있었답니다. 작은 사모님께도 보이지 않으셨던 관심을 그 선생님께 가지고 계시다는 것을요."

"그게…… 그렇게 표가 났습니까?"

심 여사의 자애로운 웃음에 승조는 한숨을 쉬며 씁쓸하게 대꾸했다. 심 여사가 알 정도라면 서균도 어느 정도 눈치채지 않았을까 하는 걱정이 앞섰다.

"그렇게까지 낙담하실 일은 아니지 싶은데요."

심 여사는 승조의 가라앉은 분위기가 오히려 이상하게 느껴졌다.

"……김난아 선생은 서균의 연인입니다."

심 여사의 뭍같이 고요했던 표정이 살짝 찡그려졌다. 승조가 서균에게 갖는 감정이 얼마나 복잡 미묘한지를 잘 알고 있는 그녀였기에 더욱 그러했다.

"아직도 그분께 일어난 일들에 대해 일말의 책임을 느끼시는지요?"

그녀의 말에 승조의 낯빛은 확연히 달라졌고, 표정에서 답을 읽어낸 심 여사의 안색도 어두워졌다.

서재에 들어가 창가에 선 승조의 표정은 고요히 가라앉아 있었다. 그의 손에는 방금 전 심 여사가 가져온 차가 들려 있었으나 마실 생각조차 못 하고 있었다. 깊은 생각에 빠져 손에 쥐고 있는 게 무엇인지도 잊은 듯 보였다.

그는 한숨을 내쉰 후 책상 맨 아래 서랍을 열어 작은 열쇠를 꺼냈다. 그러고는 책상 뒤편, 빽빽하게 꽂힌 책들을 여러 권 빼낸 후 그 뒤편 공간에 교묘하게 숨겨둔 낡고 두꺼운 책을 꺼냈다. 그것에는 자물쇠까지 달려 있었는데, 그는 서랍에서 꺼낸 열쇠로 자물쇠를 열었다.

이 책은 그의 결혼식을 마치자마자 바로 미국으로 떠나 버린 어머니가 주고 간 일기장이었다. 그동안 어머니에 대한 원망으로, 진실을 목도하고 싶지 않다는 두려움으로 차마 펼쳐 보지도 못했던 것을 오늘에서야 비로소 읽어볼 용기가 났다.

─우리 아들 고등학교 입학식.

오늘도 그이는 변함없이 바쁘다. 회사 일이란 일은 혼자 다 하는 사람……. 요즘 어느 부모가 고등학교 입학식에 참석하냐는 핀잔까지 들어야 했다. 서운하다. 나는 아들 입학식을 핑계로라도 함께 이야기하고 싶었을 뿐인데. 하지만 그이와는 다른 생각을 가진 아버지들을 여럿 보았다. 반 뒤쪽에 멍하니 서 있는 내게 사진을 찍던 남자 중 하나가 다가와 말을 걸었다. 아들과 같은 반인 것 같은데 사진을 찍어주겠다나? 아무런 준비도 없이 온 나는 반가운 마음에 염치없지만 부탁을 했다. 그 남자 아들의 이름은 이서균이라고 했다.

―우리 아들 학부모 상담.

학부모 상담을 위해 학교에 갔다. 우연찮게 입학식 때 승조 사진을 찍어 준 서균 아버지를 또 만나게 되었다. 사진은 이미 승조를 통해 받은지라 감사의 인사도 전할 겸 차 한잔을 했다. 카페에서 차를 마시며 대화하던 중에 우리 그이만큼이나 서균의 어머니도 바쁘다는 것을 알게 되었다. 회사에 월차까지 내고 상담하러 왔다는 서균 아버지에게서 나는 일말의 동지 의식을 느꼈다. 그 남자의 이름은 이중한이었고, 그이 회사에 다니고 있었다.

승조는 여기까지 읽고 한숨을 내쉬었다. 다음부터는 일기 제목의 주체가 승조 자신이 아닌 서균의 아버지, 이중한으로 바뀌어 있었기 때문이다.

―이중한 씨 첫 연락.

아이들 문제로 상의하고 싶다는 연락을 받았다. 학부모 상담 때 차 한잔 하며 느꼈던 것은 이중한 씨는 대화하기 편한 상대라는 점이었다. 내 이야기는 대수롭지 않게 여기거나 핀잔을 주며 잘 듣지 않으려 하는 그이와는 다르게 소소한 이야기에도 귀를 기울여 주었었다. 오늘의 만남에 사뭇 기대감마저 드는 내가 옳지 않은 것일까?

승조는 꽤 여러 장을 건너뛰고 읽기 시작했다. 건너뛴 부분은 제목으로 짐작컨대 아버지가 얼마나 어머니를 외롭게 했는지, 그에 비해 서균의 아버지는 얼마나 다정했는지를 써놓고 있었기에 읽고 싶지가 않았다. 그에게는 어머니가 써놓은 모든 것이 그릇된 사랑에 대한 변명으로 들릴 뿐이었다.

　—중한 씨와의 전환점.

　친구와 쇼핑 여행을 5박 6일이나 간다는 내 말에도 별 대수롭지 않은 반응을 보인 승조 아버지. 내게 관심이 없다는 점이 이젠 다행스럽다. 바쁘고 무심한 배우자로 인해 나만큼이나 크게 상처받고 외로웠던 중한 씨, 그와 함께 나는 이번 여행으로 크게 달라질 것이다. 한때 스쳐 가는 바람 같은 인연이 아님을 우리 스스로 인정하고, 앞으로의 나날을 계속 함께하기로 결심한 뒤로 처음 가는 여행이니 이것은 일종의 약속과도 같다.

　승조는 여기까지 읽고서는 그만 일기장을 덮어버렸다. 한참 지난 일이지만 생생히 기억이 났다.

　고등학교 1학년 겨울방학, 어머니는 친구분과 여행을 간다며 아이처럼 행복해하셨고, 그런 어머니를 바라보며 은은히 미소 짓던 아버지에 대한 기억이 오버랩되면서 머리가 지끈거려 왔다. 일기장을 괜히 봤다는 생각마저 들었다. 일기장을 읽음으로써 자신이 알고 있던 어머니에 대한 좋은 기억마저 더럽게 오염되어 가는 듯했다. 어머니에게는 일생에 다시 없을 사랑이었겠지만, 아들인 승조에게나 아버지에게는 배신의 쓰라린 기억일 뿐이었다.

　그는 일기장에 자물쇠를 채워 원래 있던 자리에 던져 넣듯 치워 버리고는 열쇠마저 서랍 깊숙한 곳에 넣어버렸다.

7.
틈새로 새는 감정

유라가 난아에게 마음을 열기 시작한 이후로 난아의 반에는 이렇다 할 문제가 일어나지 않았다. 반의 리더 격이던 유라가 잠잠해지자, 다른 장난꾸러기들도 자동으로 조용해졌다.

'아웅, 머리야.'

최대 고민이었던 유라 문제가 사그라들고 이젠 좀 편히 지내나 했는데, 금세 다른 고민이 생겨 그녀의 머리를 지끈거리게 하고 있었다.

그 고민의 주범은 바로 서균이었다. 그는 미술관을 다녀온 이후부터 사람이 변해 버린 것이다. 그날 이후부터 자꾸 진한 스킨십을 쉴 새 없이 시도해 오고 있었는데, 그것이 그녀에겐 무척이나 당황스럽고 이상하기만 했다.

"휴…… 대체 왜 그러는 거지."

난아는 한숨을 푹 내쉬었다. 둘 사이가 그 오랜 시간, 담백할 수밖에 없었던 요인은 다름 아닌 서균의 어머니 탓이었다. 그의 어머니가 그녀에게 아이부터 가져서 결혼하겠다는 생각은 접으라는 말을 한 그 순간부터 서균과의 스킨십 한계선을 긋게 되었으니 말이다.

부우우우웅. 사색에 빠져 있던 난아의 정신이 휴대폰 진동음에 현실로 돌아왔다.

─승차장이야. 내려와.

"휴……."

서균의 문자에 난아는 한숨을 크게 내쉬었다. 요즘 들어 그는 퇴근 시각에 맞추어 꼬박꼬박 데리러 오고 있었는데, 그런 행동이 자꾸만 불편하게 느껴졌다.

"난아 씨, 아직 퇴근 안 했어?"

난아는 가방을 최대한 천천히 챙겼다.

"지영 씨, 우리 저녁 같이할까?"

지영의 목소리가 이토록 반가울 수 있다니, 스스로도 놀라웠다.

"음…… 저녁은 됐고, 간단하게 한잔 어때?"

"오케이, 아주 좋아!"

난아의 격렬한 호응에 지영은 잠시 어리둥절한 표정이 되었다. 난아는 그런 그녀를 바라볼 짬도 없이 서균에게 문자를 보냈다.

―미안해서 어쩌지요? 지영 씨와 약속이 있다는 것을 깜박 잊고 있었어요. 우리 다음에 만나요.

난아에게서 온 문자를 들여다보는 서균의 입맛은 아주 썼다. 그녀가 자신을 피한다는 생각이 예민하게 와 닿았다. 미술관을 다녀온 이후부터 둘 사이의 벽을 무너뜨려 보려고 노력 중이긴 했지만, 이렇게 대놓고 피할 줄은 몰랐다.

서균은 온몸이 갑갑해져 옴을 느꼈다. 그는 잠시 고민하다가 진희에게 전화를 했다.

[참 일찍도 연락하시네요. 어떻게 그동안 연락 한 번 안 할 수 있죠?]

진희의 목소리는 화가 나도 단단히 난 목소리였다.

"그래서 지금 이렇게 했잖아."

[네네, 아주 황송하네요. 다음에 김난아 씨랑 대면할 일이 또 생길 때 어디 두고 보자고요.]

"그때는 불쌍한 길고양이 같더니 다시 사나운 고양이로 돌아왔나 보군."

으르렁거리며 이를 가는 진희의 목소리에 서균은 옷장 속에서 불편한 잠을 자던 그녀의 모습이 떠올라 입가에 웃음이 고였다.

[……저녁…… 같이 먹을래요?]

"우리가 저녁을 같이 먹을 정도의 친분은 없었던 것 같은데."

진희의 살피는 듯한 어투가 서균은 묘하게 거슬려 목소리가 싸늘하게 나왔다.

[그렇죠, 우린 가볍게 몸이나 교류하는 그런 사이였었죠.]

차라리 이렇게 날을 세운 살쾡이 같은 모습이 그녀에게 어울렸다.

"한두 시간쯤 뒤 로디아호텔, 늘 만나던 객실에서 보지."

대답도 없이 뚝 끊긴 전화였지만 서균은 그녀가 올 것을 믿어 의심치 않았다.

그로부터 한두 시간 뒤, 서균과 진희가 만나기로 한 로디아호텔에 승조가 나타났다. 호텔 커피숍에서 약속이 있던 승조는 주차할 곳을 찾느라 주변을 이리저리 살피던 중, 유독 눈에 띄는 진희의 새빨간 스포츠카를 보게 되었다.

그녀는 이세 막 주차를 마쳤는지 차 안에서 나오고 있었는데, 서로 반갑게 인사 나눌 사이도 아닌지라 승조는 그냥 지나쳤다.

주차 공간이 진희가 주차한 곳 뒤편 외에는 없어서 그곳에 차를 세운 후 시계를 보니 8시가 조금 지나 있었다. 가방을 들고 차에서 내리려던 그는 옆을 스쳐 가는 서균의 차를 보았다.

'오늘 다들 이곳에서 약속이 있나 보군.'

차에서 내린 승조는 서균의 차를 찾아 두리번거렸다. 그를 못 봤으면 몰라도 봤으니 인사라도 잠깐 나누려던 참이었다.

"……!"

서균의 차를 찾은 순간, 승조는 너무 놀라 자신도 모르게 다른 차 뒤로 몸을 숨겼다. 시력에 이상이 생긴 건 아닌가 하는 의심마저 한 그는 다시 서균의 차를 바라보았다. 하지만 잘못 본 것도, 시력에 이상이 생긴 것도 아니었다.

"어떻게 둘이……."

격렬한 키스를 나누고 있는 남녀는 분명 서균과 진희였다.

승조는 저녁 약속도 취소한 채, 그 자리를 빠르게 벗어나 집으로 와버렸다.

'내가 왜 그렇게 놀랐던 거지?'

정원에 나가 맑은 공기를 마시며 유라가 좋아하는 그네의자에 앉은 승조는 곰곰이 생각했다.

'유라 엄마에게 감정이 남아 있어 놀란 건 아닌데. 그러면…… 역시 서균 쪽인가?'

진희에게는 애초에 감정이 남아 있고 말고 할 것도 없던 터라 서균 쪽에 원인을 두는 게 맞았다.

'유라 엄마도 현재는 싱글, 서균이도 미혼. 둘이 그러고 있다고 해서 놀랄 이유는 없지.'

어떤 상황이 닥쳐도 사태를 냉철하게 보고 파악하는 그인지라, 마음을 가라앉히고 사실에만 골몰하다 보니 금세 답이 나왔다.

'역시 김난아, 그 여자가 원인인가…….'

✳

저녁 대신 푸짐한 안주를 앞에 두고 술잔을 기울이던 난아와 지영은 마시기 시작한 지 얼마 안 되어 취기가 돌기 시작했다.

"그래서 난아 씨 말은, 잘난 변호사 남친이 너무 들이대서 고민이라는 거지? 이건 뭐, 완전 행복한 고민 아냐?"

자신 앞에 놓인 맥주를 시원하게 들이켠 지영이 고개를 갸웃거렸다.

"아! 혹시…… 남친에게 치명적인 문제라도 있는 거야?"

지영은 주변을 슬쩍 살핀 후 난아 쪽으로 몸을 기울이더니 은밀하게 속삭였다.

"치명적인 문제?"

"큭큭, 그 왜 있잖아…… 생긴 거 하고는 다르게 심미성과 효율성이 떨어진다든가?"

깜짝 놀라 두 눈을 동그랗게 뜬 난아에게 질문하는 지영의 목소리는 이젠 한껏 낮아져 있었다.

"심미성은 뭐고 효율성은 또 뭔데?"

분명 외설스러운 이야기일 게 뻔했지만, 난아는 갑자기 호기심이 동했다.

"심미성은 은밀한 그곳의 크기가 너무 작아 볼품없다는 뜻이고, 효율성은 난아 씨가 만족하기도 전에 혼자 훅 가버리는 비효율적 스타일을 뜻하는 거지. 아니면 혹시 맹자 친구인가?"

"맹자 친구는 또 뭐고?"

얼굴이 붉게 달아올라 화끈거리는데도 난아는 치밀어 오르는 호기심을 견딜 수가 없었다.

"몰라? 맹자 친구? 고자라고……."

지영 역시 발그레해진 얼굴로 키득거렸다.

"크크큭. 애석하지만 전부 다 아니야. 아직 그걸 해본 적도 없다고."

"우와! 난아 씨 그렇게 안 봤는데…… 완전 잔인한 여자구나! 그 남친 곧 성불하겠는걸?"

양손의 엄지손가락을 추켜올리는 지영의 행동에 난아의 얼굴은 더욱더 붉어졌다.

"그런데 이상하다. 난아 씨 남친 정도면 색기가 좔좔 흐르는 게 확 덮치고 싶지 않았어? 나라면 벌써 예전에 끝장을 봤을 것 같은데……. 성욕은 남자들만의 전유물이 아니잖아."

지영의 말에 난아는 잠시 고민을 해보았다. 자신의 눈에도 서균이 멋지고 섹시하게 보이는 건 맞았다. 하지만 그를 덮치고 싶다거나 하는 마음은 느낀 적이 없었다.

"음…… 그런 적은 없었던 것 같은데."

"요즘은 미성년자들도 난아 씨 같지는 않아. 혹 남친을 사랑하지 않는 거 아니야?"

"아니야. 사랑하지 않았으면 7년을 만나지도, 결혼을 생각하지도 않았겠지."

의심스러운 눈초리를 보내는 지영의 말에 난아는 부인했다.

"아니, 아니, 내 말은 뭐랄까…… 설명하기가 좀 난감한데 그 남친이 소울메이트 뭐 그런 게 아닌가 해서. 소울메이트가 남편이면 금상첨화지만, 그런 경우는 현실에서는 거의 없으니까. 그건 그렇고 그동안 확 땡기는 남자가 그렇게 없었어? 그 남자를 보고만 있어도 심장이 마구 뛴다거나, 그 남자 그림자만 봐도 막 신경 쓰이고 불편한데 그럼에도 싫지 않다거나 뭐, 그런 거 있잖아."

'악! 미쳤어, 미쳤어! 왜 이 타이밍에서 그 남자 생각이 나는

건데!'

지영의 말에 승조를 떠올린 난아는 크게 좌절했다.

"에? 표정 보니 있구나, 그런 남자? 그런데 그 남자가 남친은 아닌 거네? 휴…… 난아 씨 완전 총체적 난국이로구나?"

마음 상태가 고스란히 보이는 난아의 솔직한 반응 덕분에 지영은 굳이 답변을 듣지 않아도 답을 들은 기분이었다.

"어째야 하는 걸까……."

난아는 혼란스러움에 머리가 핑핑 도는 것만 같았다.

"어쩌긴…… 일단 변호사 남친과 마음으로 대화하지 말고 몸으로도 대화를 시도해 봐. 또 알아, 몸의 대화가 예상외로 잘 맞을시? 그렇다면 지금 떠올린 남자는 금세 잊혀질지도 모르는 거고."

"만약에 잘…… 맞지 않으면 어쩌지?"

둘의 대화를 엿듣는 사람이 없음에도 난아는 자꾸만 주위를 두리번거렸다.

"어쩌긴, 만약에 그렇다면 뒤도 돌아보지 말고 관둬야지. 난아 씨가 아직 잘 몰라 그러는데 몸으로 하는 대화, 아주 중요해. 정신적인 사랑? 중요하지. 중요한데 그것만 가지고는 절대 한평생 같이 못 산다!"

난아는 지영의 이야기에 귀 기울이면서 술 서너 잔을 연거푸 마셨다. 마시고 마셔도 답답한 속이 명확해지지 않는 것을 보면 지영의 말대로 진짜 총체적 난국이 분명했다.

둘은 그렇게 한참을 주거니 받거니 술을 마셨고, 결국 알코올에 정신이 점령되는 상태에 이르게 되었다.

"난아 씨, 난아 씨이~ 정신 좀 차려봐~ 아~"

지영의 발음도 취기로 인해 흐트러져 있었지만, 테이블에 머리를 박고 엎어져 있는 난아보다는 그래도 상태가 양호했다.

"이런, 이런. 이러면 어쩔 수 없이…… 남친을 불러야지. 어라? 그런데 남친 이름이 뭐였더라……."

자리에서 비틀거리며 일어나 난아 옆으로 간 지영은 그녀의 가방을 열어 휴대폰을 꺼내 연락처를 훑어보았다.

"고나영, 고대리, 고승조? 고승조? 어디서 많이 들어본 이름인데…… 나도 아는 사람이던가?"

연락처는 가나다순으로 정렬되어 있었는데, 알코올로 인해 뇌세포의 활동이 둔해진 지영은 고승조라는 이름에서 한참을 머물렀다. 분명 이름이 익숙한데 누구였는지 통 생각나지 않았다.

"에라, 모르겠다. 익숙한 이름인 걸 보면 변호사 남친이 맞겠지, 뭐. 아함…… 졸려. 빨리 오라고 하고, 난 집에 가야지."

지영은 하품을 크게 하고는 전화를 걸기 시작했다.

❋

Rrrrrr.

갑자기 울린 전화벨 소리에 승조는 서재 한쪽 벽에 걸린 시계를 통해 시각을 확인했다. 10시가 조금 넘은 시각이었다.

—김난아

발신자를 확인한 그는 순간 놀랐다.

"고승조입니다."

눈앞에서 환하게 빛나는 전화기 액정을 뚫어지게 바라보던 그는 결국 전화를 받았다. 이 늦은 시각에 전화를 걸 정도면, 분명 무슨 이유가 있을 것 같아서였다.

[안녕하세요? 전 정지영이라고 합니다. 취해서 쓰러진 난아 씨랑 같이 있으니 데리러 오세요. 여기가 어디냐면요…….]

전화를 건 사람이 난아가 아닌 것도 놀라웠지만, 그 여자가 자기 할 말만 하고 전화를 끊어 그는 무척 당황했다. 하지만 여자가 말한 내용만큼은 확실히 접수가 되었던 터라 바로 자리를 박차고 일어섰다.

승조는 여자가 알려준 장소에 이내 도착했다. 그리 멀지 않기도 했지만 찾기도 쉬운 장소였다.

'김난아…….'

오늘 저녁 내내 그를 심란하게 만들었던 여자가 테이블에 엎드려 있었다.

승조는 천천히 난아에게로 걸어갔다. 서균과 진희의 관계를 몰랐다면 여기 올 것도 없이 서균에게 연락을 하고 애써 관심을 껐을 터였다. 어쨌든 김난아는 서균의 여자였으니 말이다.

하지만 마치 거짓말처럼 모든 게 변했다. 김난아의 남자라 여겼던 서균이 그녀를 배신했다는 것을 안 순간, 가까스로 막아두었던 마음이 열리기 시작했다.

'정지영이란 여자가 고마워지는군.'

난아에 대한 마음을 어찌할까 고민만 하고 있던 그를 그녀 앞에 세워놓은 일등 공신이었으니 말이다.

"난아 씨?"

승조는 부드러운 손길로 난아를 조심히 흔들었다. 인상을 찡그리고 잠든 모습이 유난히 천진난만해 보였다.

"우웅······."

테이블에 이마를 박고 있던 난아가 승조의 목소리에 반응을 보이며 꿈틀거렸다.

"난아 씨, 일어나요."

승조는 조금 더 큰 목소리로 그녀를 불렀다.

"헤······ 술을 마셨더니 눈뜨고도 꿈을 꾸네."

게슴츠레한 눈을 하고 비틀거리며 일어난 난아는 두 손을 뻗어 승조의 얼굴을 감쌌다.

"이게······ 꿈이라면······ 차라리 깨지 않았으면 좋겠다······."

난아의 두 손이 힘없이 아래로 떨어짐과 동시에 풀썩 쓰러지려 했으나, 승조는 잽싸게 그녀의 허리를 낚아채 품에 안았다.

"······시작은 당신이 한 겁니다."

승조는 품에 안겨 있는 그녀를 조금 더 꽉 끌어안았다. 그녀에 대해 치열하게 고민했던 그의 마음이 단박에 정리되는 순간이었다.

8.
드러나는 진실

"무, 물······. 아이고, 머리야······."

타들어가는 듯한 갈증에 간신히 정신이 든 난아는 지독한 두통에 치를 떨었다. 침대에서 비틀거리며 일어난 그녀는 주방으로 갈 생각에 방문을 향해 걷다가 문득 이상한 점을 깨달았다.

"······침대에서 문까지가 이렇게 멀었던가?"

그 순간, 멍하던 정신이 순식간에 제자리를 찾았다.

"으악! 대체 여기가 어디야?"

사정없이 눈을 비빈 그녀는 주변을 살폈으나, 아무리 눈을 비비고 또 비벼도 자신의 방이 아니란 사실은 변함이 없었다. 너무 놀란 그녀는 갈증이고 두통이고 싹 다 잊은 사람마냥 눈에 보이는 창문으로 다가가 밖을 내다보았다. 이곳이 어딘지도 모른 채 무턱대고 방문을 열고 싶지 않았기에 나온 행동이었다.

"어? 분명 내가 와본 곳 같은데…… 대체 어디지?"

창밖으로 하늘이 뿌옇게 밝아오고 있었고, 함초롬히 이슬 머금은 잔디와 나무들이 있는 정원이 보였다. 분명 낯이 익은 장소였다.

"어제 분명 지영 씨랑 술을 마셨고…… 그리고…… 그리고…… 아악! 기억이 나질 않아!"

난아는 두 손으로 머리를 감싸 쥐고는 마구 흔들어댔다. 아무리 기억을 쥐어짜도 술을 먹은 그다음이 기억나질 않았다.

똑똑.

갑자기 들려온 노크 소리에 난아는 그 상태 그대로 돌이 되었고, 문이 열리며 모습을 드러낸 사람을 보고는 차라리 기절이라도 했으면 좋겠다는 생각이 들었다.

"괜찮습니까?"

두 손은 헝클어진 머리 위에, 눈과 입은 크게 벌린 자세 그대로 얼어붙은 난아의 모습에 승조는 웃음이 나왔지만 간신히 눌러 참았다.

"제, 제가 여기에 왜…… 이 꼴로 와 있는 걸까요?"

난아는 말을 하면서도 부끄러움이 밀려왔다. 이른 아침임에도 불구하고 그는 완벽하게 말끔했다.

"기억이 나질 않습니까?"

취해 쓰러진 그녀를 데려와 침대에 눕힐 때까지 한 번도 깨지 않았던지라 이곳에 온 것을 알 리가 없었다.

'꿈에서 당신을 봤었던 것도 같은데 설마 그게 현실?!'

불현듯 찾아온 깨달음에 난아는 그만 얼굴을 붉히고 말았다.

"중간중간 기억이 나나 봅니다만?"

"아, 아뇨! 절대 기억나지 않아요. 하나도요!"

승조는 펄쩍 뛰며 강하게 부정하는 그녀가 귀여워서, 놀려주고 싶었다.

"그럼 내게 뽀뽀한 것도 기억 안 나겠군요?"

"제가 언제 뽀뽀를 했다고 이러세요? 전 그냥 얼굴 한 번 만진 것밖에는…… 흡!"

그의 말에 강력히 반발하던 난아는 자신이 실수했다는 생각에 손으로 입을 틀어막았으나 이미 말은 튀어 나간 후였다.

"하하하하."

난아는 맑게 울려 퍼지는 승조의 웃음소리에 멍하니 그를 바라보았다. 절대 안 웃을 것 같은 사람이 저리 환하게 웃으니 그 파장이 엄청났다. 그래서 자신의 몰골이 얼마나 엉망인지, 절대 외박은 안 되는 자신이 무단 외박을 했다는 것조차도 까맣게 잊어버렸다.

승조가 방에서 나가자, 그제야 정신이 든 난아는 욕실에 들어가 세수를 하고 옷매무새를 정돈했다. 거울 속, 붉게 상기된 자신의 얼굴이 마치 남인 양 낯설게 느껴졌다.

왜 하필이면 다른 사람도 아닌 그의 집에서 눈을 뜬 걸까 하는 의문은 핸드폰에 남겨져 있는 문자메시지로 금세 풀렸다.

─난아 씨, 내가 변호사 남친에게 연락했어. 남친이랑 보디랭귀지 성실하게 잘해봐. 그거 다 내 덕이니, 나중에 한턱 거하게 쏘고.

'한턱은 무슨…… 정신적 피해 보상을 받아야 할 판국에……'

난아가 구겨진 종이처럼 인상을 찡그렸다.

"식사는 식당에 준비해 놨습니다."

욕실에서 나오니 일전에 자신을 심 여사라고 불러달라 했던 여인이 방문 앞에 그림같이 서 있었다.

"감사합니다. 저…… 유라는 일어났나요?"

술에 취해 제자의 집에서 아침을 맞이했다는 사실에 부끄러움이 몰려온 난아는 자신도 모르게 쭈뼛거리게 되었다.

"유라 아가씨는 선생님이 와 계신 것을 모릅니다. 사장님께서 그편이 좋겠다고 하셨답니다."

심 여사는 희미하게 웃었다. 유라와 다정하게 지낼 때부터 마음에 차던 아가씨였는데, 승조가 은연중 신경 쓰고 있음을 느끼고부터 더욱더 탐이 났다.

"고승조 씨는 이제 여기 안 오시는 거죠?"

"사장님이 불편하십니까?"

심 여사는 난아를 데리고 식당으로 향하며 그녀의 표정을 면밀히 살폈다.

"뭐, 꼭 그런 건 아니지만, 일단 보이고 싶지 않은 모습을 본의 아니게 자꾸, 그것도 연속적으로 보이게 되어 좀 그렇긴 하네요."

질문에 솔직하게 답한 난아가 맛깔스럽게 차려진 음식을 먹으려 수저를 막 들었을 때였다.

Rrrrrrrr.

조용한 가운데 울린 벨 소리에 화들짝 놀랐지만 발신자를 확인하곤 이내 안심했다. 동생, 초아였다.

"여보세요."

[미친 거지? 감히 외박을 해?]

"미치기만 했겠냐? 그래서 뭐라고 해놨어?"

격앙된 동생 목소리에 담담히 대꾸하면서도 난아는 음식을 입에 넣고 씹기 시작했다.

[맨입으로?]

"이번에 새로 산 구두!"

초아가 거래를 제안해 오는 것을 보면 역시 모든 것을 다 처리해 놓았다는 뜻이어서 내심 안심했다.

[오케이, 거래 성사! 효영이 언니 집들이, 아예 거기서 잔다고 해 놨어.]

"또 집들이? 엄마, 아빠가 믿으시던? 좀 창의적으로 만들지 그랬어?"

[다음에 언니는 얼마나 창의적인 것을 만들어내는지 기대하겠어.]

대화는 끝났고, 난아는 끊긴 전화를 무섭게 노려보았다. 이번에 큰맘 먹고 새로 산 구두가 초아의 품으로 갈 것을 생각하니 갑자기 열불이 났다. 그래서 물을 들이붓듯 마셨다.

"어제는 왜 그랬습니까? 나도 창의적인 답변을 좀 듣고 싶은데요."

"푸아학! 콜록콜록……."

갑자기 들려온 승조의 말에 난아는 입안에 가득 든 물을 자신도 모르게 거세게 뿜어냈고, 그 여파로 사레가 걸려 콜록거렸다.

"괜찮습니까?"

자신의 말에 격한 반응을 보인 그녀가 우습기도 했지만, 심하게 기침을 하는 모습이 못내 걱정된 승조는 가까이 다가가 등을 두드려 주었다.

"아…… 네, 괜찮아요."

하지만 난아는 등을 두드려 주는 그의 손길에 더욱더 좌불안석이 되고 말았다. 그의 손길이 닿은 부분만 자신의 살이 아닌 양 다르게 느껴졌다.

"그럼 아까 질문으로 돌아가서…… 어제…… 무슨 일이라도 있었습니까?"

혹시라도 그녀가 서균과 진희의 일을 알게 되었거나 눈치라도 챈 건 아닌지 심히 걱정이 되었다. 물론 그런 것을 알게 된 사람치고는 너무 아무렇지 않아 보였지만 그래도 확인을 해보고 싶었다.

"아무 일도 없었어요. 그냥 동료 선생님과 한잔 마신 건데 저녁을 건너뛰고 마셔서……."

다행이라는 표정을 짓고 있는 그가 조금 의아했지만, 지금 현재 그녀의 입장이 워낙 난감한 지경이라 대수롭지 않게 넘겨 버렸다.

"일단 집으로 가야 할 것 같아 차를 준비해 놨습니다. 지금 나가면 유라와 마주치지 않고 가실 수 있습니다."

"감사합니다."

그의 말투는 무심했지만 그 안에 담긴 세심한 배려가 느껴져 난아는 마음이 포근해지는 것 같았다.

"선생님께 요구할 수 있는 부탁이 하나 더 늘어난 셈이니 너무 그렇게 감사해하진 마십시오. 저는 절대 손해보는 일은 하지 않거든요."

그의 눈빛은 다소의 장난기와 진지함이 섞여 오묘한 분위기를 자아내고 있었다.

"네. 이번 일은 진짜 죄송하고, 감사합니다."

난아는 고개 숙여 감사의 뜻을 전하고는 그가 내어준 차를 타고 집으로 돌아갔다.

⁂

비슷한 시각, 서균은 난아의 집 앞에서 그녀의 출근을 도와줄 생각으로 기다리고 있었다. 그러다 먼저 집에서 나온 초아를 만나 난아가 친구 집들이에 갔다가 외박을 했다는 말을 듣게 되었다. 어쩔 수 없다 여기고 차를 돌리려던 참에 어딘지 낯익은 차가 다가오는 것을 보았다.

'저 차는 승조 차 아닌가? 설마…….'

설마가 사람 잡는다고, 그 차에서 난아가 내리는 것을 보게 된 서균은 순간 머릿속이 하얗게 바래지는 기분이었다. 난아와 승조가 서로를 바라보던 감정들이 어떤지 대략 짐작, 추측하고 있던지라 지금 그의 기분은 놀람에서 분노 쪽으로 변해갔다.

주먹을 움켜쥔 서균은 차에서 내려 그녀를 향해 천천히 걸어갔다.

"어디에서 오는 길이지?"

그를 발견한 난아가 소스라치게 놀랐다. 그 표정에 서린 놀람, 죄책감 등이 너무도 분명히 보여 서균은 더욱더 화가 치밀어 올랐다.

"에, 그게…… 친구 집들이 갔다가 밤이 늦어 자고 오는 길이에요. 출근해야 하니까 옷이라도 갈아입으려고…… 헉!"

난아의 말이 다 끝나기도 전에 서균은 그녀를 품에 안았다.

"결혼하자, 난아야."

"무슨…… 일 있어요? 갑자기 왜 그래요?"

살짝 떨리기까지 하는 그의 목소리에 순간적으로 무슨 일이라도 생긴 건가 싶었던 난아는 그를 똑바로 바라보았다.

"아니, 이제는 떨어져서 지내는 게 좀 힘들다."

"에이, 여태 잘만 지내왔으면서 왜 그래요? 임용고시 합격 전까진 결혼은 안 된다고 어머님이 그러신 거 뻔히 알면서……."

그녀는 어두운 기운을 온몸 가득 두르고 있는 그를 향해 짐짓 밝게 말했다.

"어머니의 반대가 차라리 다행이다 싶어진 건 아니고?"

"……서균 씨……."

날카로워진 서균의 눈빛이 그녀의 마음을 후벼 팠다. 어쩌면 진짜 그런 생각을 하고 있었던 건 아니었을까 하는 착각마저 들었으나, 그걸 내색할 순 없었다.

"……어머니 설득은 내가 할게."

하지만 그런 그녀의 심경은 특유의 솔직함 때문에 이미 전달된 후였다.

'그러니까 난아, 너는 네 마음을 설득해 줘.'

서균은 끝내 뒷말은 마음속에 갈무리했다. 입 밖에 꺼내놓는 순간, 그녀의 마음이 흔들리고 있음을 그녀 스스로 인지하는 사태가 올까 봐 두려웠다.

"옷 갈아입고 나와. 학교까지 데려다줄게."

난아를 학교까지 데려다준 서균은 사무실에 돌아오자마자 어머니와 저녁 약속부터 잡았다. 조금 이른 감이 있긴 하지만, 더는 결혼을 미루면 안 되겠다는 마음이 들었다.

어머니와 통화를 마친 그는 이번에는 진희에게 연락을 해서 점심 약속을 잡았다. 어머니와의 담판도 중요했지만, 이번에야말로 그녀와의 관계를 정리할 때였다.

"무슨 바람이 불어서 밥을 먹자고 한 거예요?"

각각의 방들로 이루어진 조용한 한정식집, 먼저 와서 기다리고 있던 서균은 밝은 표정으로 들어오는 진희를 덤덤한 얼굴로 바라보았다.

"예전 우리가 했던 약속 기억해?"

"네?"

그녀는 뜬금없는 약속 타령에 의아해졌다.

"헤어짐도 시작만큼 깔끔하게 하자던 약속 말이야."

"기억해요. 하지만……."

"하지만이라는 건 없어. 우리 사이에 '하지만'이라는 단어가 낄 만한 자리는 처음부터 만들지 않았으니까."

냉정하게 진희의 말을 끊은 서균은 당황한 듯 보이는 그녀의 눈을 진지하게 바라보았다.

"그, 그래도 그동안 만나온 시간이 있는데⋯⋯."

"됐고! 이제 깔끔하게 관둬야 할 타이밍이야."

서균의 태도는 북풍한설보다도 더 냉혹해 무섭기까지 했다.

"갑자기 이러는 이유가 뭐예요? 우리 어제까지만 해도 참 잘 맞았잖아요."

분명 어제까지만 해도 열정적으로 그녀를 탐하던 남자가 왜 저리 행동하는지 알 수가 없었다.

"조만간 결혼할 거야."

"⋯⋯김난아 씨하고요?"

여전히 낯빛 하나 변하지 않는 그의 모습과는 달리 난아의 이름을 말하는 그녀의 목소리는 잔뜩 상기되어 있었다.

"내가 누구랑 결혼을 하건, 당신과 상관있는 줄은 몰랐군."

"지금 그 말은 아무 상관 없는 나는 그만 닥치고 꺼지란 소리로군요. 좋아요. 하지만 조용히 꺼져주는 건 못 하겠네요."

무심한 서균의 표정에 질려 버린 진희는 그 자리를 박차고 나와 버렸다.

"하, 정말 기가 막혀서!"

자신의 차를 향해 가면서도 그녀는 치솟는 분노를 참을 수가 없었다.

'차라리 내게 시간을 주지 그랬어. 그랬다면 내가 이러진 않았을 거 아냐!'

조금은 진심이 되려 했던 그녀의 마음이 또다시 어긋나기 시작했다.

"안녕하세요, 실례지만 서균 씨 어머니 되시나요?"

차에 올라탄 그녀는 차를 출발시키며 다른 사람도 아닌 서균의 어머니에게 전화를 걸었다.

[네, 그런데 누구신가요?]

"안녕하세요, 저는 서균 씨와 아주 가깝게 지내고 있는 유진희라고 합니다."

그녀는 침착하게 자기소개를 했다.

[한 번도 들어본 적 없는 생소한 이름이긴 한데, 무슨 용건으로 전화한 건가요?]

"어머님이 들으시면 아주 흥미로워하실 만한 이야기를 제가 알고 있는데, 시간 좀 내주실 수 있을까요?"

경계하는 어머니의 태도에 그녀는 상냥하면서도 예의 바르게 굴었고, 결국 약속을 잡게 되었다. 장소는 일부러 대한민국에서 난다긴다하는 사모님들만 출입하는 부티크로 정했다.

"저를 찾는 손님이 오시면 이쪽으로 안내해 주세요."

부티크에 도착한 진희는 직원에게 당부하고는 고급스러운 인테리어와 값나가는 장식물이 적절하게 배치된, 절반쯤 오픈된 장소로 향했다.

"이쯤이면 호감 정도는 얻을 수 있겠지."

미리 전화로 준비시킨 물품들이 작은 테이블 하나를 가득 메우고 있었다. 예쁘게 포장된 가방과 스카프, 지갑 등의 소소한 물품들이었으나 하나하나의 가격이 보통 샐러리맨 월급과 맞먹을 정도의 고가품들이었다.

"사모님을 찾는 분이 현관에 도착하셨다고 합니다."

차를 서너 잔쯤 마셨을까, 직원이 다가와 고한 말에 그녀는 부티크 현관으로 향했다.

"안녕하세요, 유진희입니다. 이리로 오시지요."

부티크 내부를 두리번거리던 서균의 어머니는 진희의 등장에 새침을 떨며 고개를 빳빳이 세웠다. 그 모습에 빙긋 미소 지은 진희는 서균의 어머니를 자신이 차를 마셨던 공간으로 안내한 후 바로 본론부터 꺼냈다.

"……뭐라고요! 서균이가 난아랑 결혼을 감행한다고 했다고요? 어떻게 그런……. 그런데 아가씨는 어떻게 그런 걸 알고 있는 건가요?"

서균의 어머니는 진희의 말에 깜짝 놀람과 동시에 의심스러운 눈빛을 보냈다.

"서균 씨가 제게 직접 말했습니다. 저랑 정리하고 난아 씨랑 결혼할 거라고 말이에요."

"그럼 진희 양은 우리 서균이가 난아랑 교제하는 것을 알면서도 만났다는 건가요?"

서균의 어머니는 눈앞에 마주한 여자의 말이 영 이상하게만 들렸다. 결혼을 염두에 둔 여자가 있음을 알면서도 아들을 만나왔다는 게 보통 사람의 상식으로 이해가 되지 않았다.

"제가 서균 씨를 참 많이 사랑하거든요. 서균 씨도 제게 마음이 있었으니, 난아 씨를 만나면서도 저를 만났던 게 아니겠어요? 그러니 어머님께서 저를 좀 도와주세요."

진희는 제법 간절한 어조로 애원했다. 스스럼없이 나온 어머니라는 호칭에 서균의 어머니가 움찔 놀라는 듯 보였으나 기분이 나빠 보이진 않았다.

"그리고…… 이건 약소하지만 제가 준비한 선물이에요. 어머님 취향을 몰라서 가장 인기 있는 것들로만 마련했는데 마음에 드실지 모르겠네요. 부디 거절하지 마시고 받아주세요."

"뭐 이런 걸……."

테이블 위에 쌓여 있는 것들을 자연스럽게 어머니 쪽으로 밀자, 그게 다 자신을 위한 선물일 거라고는 짐작도 못 했던 어머니는 깜짝 놀라면서도 흡족해하는 쌋 같아 보였다.

"제가 부모님을 일찍 여의어서 결혼하게 되면 시부모님을 제 부모님처럼 모시고 싶었거든요."

그 모습에 진희는 회심의 미소를 지으며 결정타를 날렸다.

"저런…… 그러면 생활은 어찌했고?"

은근슬쩍 말까지 낮추는 어머니의 태도에 진희는 더 살갑게 웃었다.

"물려주신 유산으로 불편함 없이 지내고 있답니다."

이쯤 말하면 물려받은 유산이 얼마나 많기에 약소한 선물이라고 내민 것들의 수준이 이 정도일까를 자연스레 계산하게 마련이었다.

"내가 무엇을 도와주면 될까?"

그리고 서균의 어머니도 그녀의 예상을 크게 벗어나지 않았다.

적어도 김난아보다는 자신이 더 화려하고 빛나 보였으리라.

"난아 씨와의 결혼 반대 및 저와의 결혼을 추진해 주세요. 물론 서균 씨의 반발이 강하겠지만 어머님이 도와주신다면 다 잘될 거예요. 도와만 주신다면 앞으로 서균 씨에게 날개를 달아주는 것은 물론이고, 어머님께도 정말 잘할게요."

애교 있게 웃어 보인 그녀는 어머니 입장에서는 절대 거절할 수 없을 만한 제안을 했다.

"……오늘 서균이랑 저녁 약속이 있는데 함께 가지 않으련?"

'됐다!'

"어머니, 너무 감사드려요."

겉으로는 순하게 고개를 끄덕이며 곱게 인사했으나, 그녀의 속은 잔뜩 비틀려 있었다.

"그럼 어머니, 저녁까진 시간 여유가 꽤 되는데 저랑 같이 있어주실래요?"

진희는 서균의 어머니와 쇼핑도 하고, 피부관리실에서 마사지도 받으며 시간을 보내다가 약속 시각에 맞춰 서균이 기다리는 곳으로 갔다.

"유진희!"

어머니와 함께 온 진희를 본 순간, 이를 악물고 그녀의 이름을 부르는 서균의 목소리가 어찌나 무섭던지 몸이 다 움찔했다.

"진희 양은 내가 오라고 했으니 그리 성낼 거 없다."

"그러셨겠죠."

서균은 진희는 쳐다보지도 않고 어머니에게만 시선을 맞추었다.

"진희 양과 너와의 이야기는 아주 잘 들었다. 그렇게 오랜 시간 친밀한 사이였다면서 어쩜 내겐 한마디 말도 안 했니? 어쨌든 난 진희 양이 마음에 드는구나."

어머니는 옆자리에 진희를 앉히고 마냥 흐뭇한 표정으로 바라보고 계셨다.

"결혼은 난아랑 합니다."

"난 그렇게 능력 없는 며느리는 못 들인다."

서균의 말만큼이나 어머니의 말투도 단호했다.

"그럼 들이지 마십시오. 어머니 허락 없다고 결혼 못 하거나 하진 않습니다. 그래도 허락이 필요했던 건 난아가 그걸 바랐기 때문이었는데, 어머니께서 원치 않으시니 별수 없네요. 다시 한 번 말씀드리지만, 저랑 함께 살 여자는 제가 고릅니다."

진희는 그의 말에 진한 분노에 휩싸였지만, 지금은 자신이 나설 자리가 아니었기에 애써 참았다.

"그래, 그럼 어디 마음 내키는 대로 해보려무나."

"안 그래도 그럴 참이었습니다."

자리에서 벌떡 일어난 서균은 그제야 진희를 매섭게 노려보고는 나가 버렸다.

"……어머니, 제가 이 자리에 괜히 왔나 보네요."

눈을 아래로 내리깔고 목소리를 한 톤 낮춘 진희는 속에서 일어나는 분노를 감추었다.

"내가 다 미안하구나. 걱정 말아라. 저 녀석이 저런 식으로 나온다면, 나도 생각이 다 있단다."

"어쩔 생각이신데요?"

지금처럼 난감한 상황에 어떤 뾰족한 수가 없을 것 같았기에 새삼 호기심이 생겼다.

"저 녀석이야 아무런 흔들림도 없다지만, 과연 난아도 그럴지 모르겠구나."

"설마…… 난아 씨를 만나볼 참이세요?"

반신반의했던 진희는 혹시나 해서 물었다.

"서균이가 난아를 끊을 수 없다면, 난아가 끊어내게끔 도와줘야 하지 않겠니?"

차갑게 말하는 서균의 어머니를 바라보며 서균이 누굴 닮았는지를 깨닫게 된 그녀였다.

✳

서균이 학교까지 데려다줘서 몸은 편하게 왔지만 마음은 결코 편하지 않았던 난아는 오전 시간을 무슨 정신으로 보냈는지 모를 정도로 정신없이 보냈다.

"난아 씨!"

그녀를 황급히 부르는 지영의 목소리에 드디어 올 게 왔구나 싶었다.

"어제 어땠어? 만리장성은 어마무시하게 쌓았고?"

호들갑스러운 지영의 말에 아침의 일이 떠오른 난아의 얼굴에서 핏기가 사라졌다.

"오호라~ 아주 혼이 나갈 정도였던 거야?"

지영의 표정은 맛있는 음식을 눈앞에 둔, 군침을 흘리기 일보 직전의 사람과도 같았다.

"아주 혼이 나갈 정도로 놀라긴 했지. 알코올로 떡실신해서 학부모 집에서 눈뜬 아침을 과연 무엇으로 설명할 수 있겠어?"

"그게 무슨 소리야? 난 분명 연락처를 보고 낯익은 사람에게 전화를 했었는데……."

난아의 말에 지영의 입이 떡 벌어졌다.

"하긴 고승조라는 이름이 참 낯익긴 했을 거야, 왜 아니겠어."

이해를 넘어 거의 득도를 한 듯한 난아는 고개를 끄덕였다.

"고승…… 조? M쇼핑몰 사장? 저번에 난아 씨가 물어봤던 고유라 아버지, 고승조? 내가 그쪽으로 전화를 걸었단 말이야?"

아무 말 없이 고개를 끄덕이는 난아의 행동에 지영의 낯빛이 하얘졌다가 다시 파래졌다.

"난아 씨, 정말 미안…… 내가 아주 죽을죄를 지었어."

"죽을죄는 죽을죄지. 암, 그렇고말고."

낮게 한탄하듯 말하는 난아에게 더욱 미안해진 지영은 뭐라고 말을 해야 좋을지 몰라 안절부절못했다.

"너무 걱정 마. 어쨌든 잘 무마는 되었으니."

'그 사람이 어떤 부탁을 할지 몰라 겁이 나긴 하지만 무마가 되긴 했지.'

그가 무엇을 요구할지 생각하면 할수록 근심스러웠지만, 딱히 알 수 있는 방법도 없었다.

"미안, 정말 미안! 나중에 술 말고 다른 것으로 한탕 크게 쏠게. 나 좀 용서해 주라."

두 손을 모아 싹싹 비는 시늉까지 하는 지영이 너무 애절해 보여 난아는 피식 웃고 말았다.

"진짜 괜찮으니까 가서 일 봐. 나도 이제 수업 준비하게."

나가는 와중에도 싹싹 빌며 수선을 떨던 지영이 사라지자, 난아는 주머니에서 전화기를 꺼내 메시지를 다시 한 번 확인했다.

—내일 저녁 8시. 시간 비워놓아라.

아까 전 서균의 어머니가 보낸 메시지에 난아는 땅이 꺼져라 한숨을 쉬었다.

'아침에는 서균 씨가 심란하게 하더니, 오후에는 어머님까지 한술 보태시네.'

만나면 또 무슨 말씀을 하실지 상상도 안 되었지만, 자꾸만 심장이 불안스레 두근거렸다.

'괜찮아, 괜찮아. 미리부터 겁먹지 말자.'

난아는 애써 머리를 흔들며 다음 수업 준비에 정신을 집중했다. 어차피 내일이면 알게 될 일, 더는 속 끓이고 싶지 않았다.

❀

밤늦게까지 서재에서 일을 하던 승조는 환한 빛을 내뿜는 전화기 화면을 바라보며 잠시 고민했다.

'피할 필요까지는 없겠지.'

"이 시각에 무슨 일이지?"

승조는 담담히 전화를 받았다.

[우리 이혼할 때, 서로에게 진지한 상대가 생기면 유라를 위해서라도 말해주기로 했었잖아요?]

"이제야 이서균이란 이름을 말할 때가 된 건가?"

인사치레 없이 본론부터 말하는 진희에게 승조도 말을 돌리지 않고 바로 물었다.

[……어떻게 알았어요? 설마 나한테 사람 붙였어요?]

너무 놀랐던지 그녀의 목소리는 경악 그 자체였다.

"내가 그렇게 한가한 사람이던가? 호텔 주차장에서 우연히 봤을 뿐이야."

[……그럼 길게 설명하지 않을게요. 우리 조만간 결혼할지도 몰라요.]

"서균도 같은 생각인 건가?"

난아를 대하는 서균의 눈빛이 얼마나 진지하고 애정이 담겨 있었는지 직접 본 그로서는 진희의 말에 의문이 생길 수밖에 없었다.

[뭐 아직은 아니지만, 조만간 같은 생각이 되게끔 만들 예정이에요.]

"어떻게?"

그녀가 어떤 생각을 했건 간에 그게 난아에게 좋지 않으리란 것을 그는 직감적으로 느낄 수 있었다.

[어쩐 일로 당신이 타인의 일에 관심을 다 가져요? 아~ 서균 씨가 당신 친구라서?]

"어떻게 할 거냐고 물었어."

승조의 목소리에는 어느새 날이 서 있었다.

[대단한 방법은 아니에요. 서균 씨 애인에게 전부 다 밝힐 예정이거든요.]

"당신이 직접?"

[아뇨, 그러면 임팩트가 떨어지죠. 그건 어머님이 알아서 해주시기로 했어요.]

"서균이 어머님께서?"

승조는 자신도 모르게 앉아 있던 자리에서 벌떡 일어났다. 누가 밝히느냐를 떠나 난아에게는 엄청난 충격일 게 뻔했다.

[뭘 그렇게까지 놀라고 그래요? 그래도 좀 의외긴 하네요. 친구 일이라고 이렇게까지 관심을 다 가지고. 누가 보면 이혼한 전부인에게 미련이 남아 그런다고 여길지도 모르겠어요. 물론 난 그런 오해 따윈 전혀 하지 않지만요.]

"그건 고마운 일이군."

친구 일이라고 관심을 가진 것이 아니었지만 굳이 그것을 알려주고 싶지는 않았다.

[그럼 용건 끝났으니 그만 끊을게요.]

"유라 안부는 묻지 않는 건가?"

더는 할 말 없다는 듯 전화를 끊으려는 진희의 행동에 승조는 제법 진지하게 물었다.

[……유라에 대한 건 당신에게 일임했으니까 됐어요. 난…… 본의 아니게 자꾸 그 애의 마음만 아프게 하니 차라리 만나지 않는 게 나을지도 모르겠네요.]

그녀답지 않게 끝으로 갈수록 말소리가 점점 흐려지고 있었다.

[어쨌든 난 말했으니 나중에 당신에게도 상대가 생기면 말해줘요.]

하지만 그녀의 의기소침함은 오래가지 않았다.

"그러지."

끊어진 전화를 가만히 내려다보며 승조는 마음이 갈팡질팡해졌다.

'분명 충격이 클 텐데.'

서균의 행동을 다른 사람도 아닌 서균의 어머니로부터 전해 듣는다면 그 충격이 클 게 뻔했다. 그렇다고 그가 나서서 미리 알려줄 수도 없는 노릇이었다.

'아버지도 어머니의 외도 사실에 엄청나게 충격을 받으셨었는데.'

갑자기 예전의 기억이 떠오른 승조는 방 안을 한참 서성거렸다. 아무래도 가만히 있어서는 안 될 것 같았다.

9.
겉보기와는 다른 여자

외출 준비를 하던 진희는 때아닌 승조의 연락에 덜컥 겁이 나 잽싸게 전화를 받았다.

"유라에게 무슨 일이라도 생긴 거예요?"

그래서 전화를 받자마자, 다짜고짜 유라의 안부부터 물었다.

[유라는 아무 문제 없으니까 걱정 말고. 궁금한 게 있어서 연락했어. 서균이 어머님이 언제 난아 씨를 만난다고 했지?]

"당신, 유라 담임선생님이 서균 씨 애인인 것 알고 있었나 봐요?"

의외의 질문에 그녀는 깜짝 놀랐다.

[서균이와 내가 친구 사이라는 것을 이제 처음 안 것도 아니면서 새삼스럽게 구는군. 내 질문에 답부터 먼저 하지. 어머님이 난아

씨를 언제 만난다고 하셨지?]

굳이 숨길 이유가 없었던 터라 진희는 시간과 장소까지 알려주곤 통화를 끝냈다.

"설마…… 아니겠지? 당신이 그럴 리 없잖아? ……그렇다면 질문은 대체 왜 한 걸까? 고승조와 김난아, 이건 또 무슨 조합인 거지?"

설마 하는 마음이 잠시 들었으나, 솔직히 아무려면 어떠냐 싶기도 했다. 전남편의 친구와 은밀한 관계를 유지한 지 한참인 자신이 누구를 탓할 처지는 아니었다.

"휴…… 그런데 어째서…… 당신도 김난아인 거지?"

성마르게 굴던 승조를 떠올린 진희는 조금 다른 의미로 씁쓸해지고 말았다.

✳

"휴……."

같은 시각, 수업을 끝낸 난아 역시 깊은 한숨을 내쉬고 있었다.

—8시 로디아호텔 라운지.

몇 번을 다시 봐도 서균의 어머니가 보낸 메시지가 그대로인 걸 보면, 분명 현실이었다.

'로디아호텔…… 근래 들어 참 자주 듣는 이름일세.'

처음 승조와 상담 약속을 했던 곳도 로디아호텔이었다는 게 기억나면서 자동으로 그가 떠올랐다. 난아는 머리를 잘래잘래 흔들어 승조의 생각을 떨쳐 냈다.

"후…… 역시 말하지 않는 게 낫겠어."

어머님을 만난다는 것을 서균에게 말해야 할지 말아야 할지 고민했으나 결국 말하지 않는 쪽으로 결정을 내렸다.

"에휴……."

한숨을 한 번 더 내쉰 난아는 약속 장소를 향해 출발했고, 시간에 맞추어 도착했다.

'청심환이라도 먹고 올 걸 그랬나?'

호텔 로비에서 라운지로 가는 엘리베이터에 오른 난아의 심장은 벌써 두근거리기 시작했다. 엘리베이터에서 내린 난아는 일단 화장실에 들러 매무새를 가다듬었다. 화장실 거울 속에 비친 그녀의 모습은 혈색 없이 파리했고, 심지어 아파 보이기까지 했다. 이 상태로 뭔가를 먹으며 대화를 한다는 게 가능할까 싶을 정도였다. 하지만 그렇다고 피할 수도 없었기에 용기를 내기로 했다.

화장실을 나와 직원의 안내를 받아 도착한 자리에는 서균의 어머니와 눈부시게 아름다운 여자 한 명이 자리해 있었다. 멀리서 봐도 초면인 여자라 난아는 자신도 모르게 그 여자를 빤히 들여다보았다.

"안녕하셨어요?"

여자에게서 간신히 눈을 뗀 그녀가 서균의 어머니께 다소곳이 인사를 했다.

"앉아라."

서늘한 음성이 시키는 대로 자리에 앉은 난아는 긴장이 되어 자신 앞에 놓인 물을 마셨다.

"단도직입적으로 용건만 말하마. 서균이랑 헤어져라."

"네?"

난아는 너무 놀라 손에 든 컵을 떨어뜨릴 뻔했으나, 용케 테이블 위에 잘 내려놓을 수 있었다.

"서균이가 너를 만나는 동안, 너만 사랑했다고 여기는 게냐?"

"무슨 말씀이신지……."

영문 모를 말만 연거푸 쏟아내는 그의 어머니가 낯설게 느껴졌다.

"여기 있는 유진희 양과 서균이가 3년을 만났다고 하더구나."

난아는 화려하게 활짝 핀 꽃과도 같은 여자에게로 시선을 옮겼다.

"믿기지 않겠지만 사실이에요. 서균 씨랑 3년을 만났어요. 물론 그 동안 소꿉장난만 한 건 아니고요."

"……."

난아는 아무 말도 할 수가 없었다. 머리가 멍해져 이야기를 들으면서도 이게 꿈인지 현실인지 감이 오질 않았다.

"서균이가 너와 유진희 양 두 사람 모두를 만나왔던 거라면, 난 진희 양을 며느리로 삼고 싶구나. 너도 나를 겪어봐서 알겠지만,

내가 널 순순히 받아들이지 않으리란 것은 잘 알 게야. 그러니 썩은 동아줄 붙잡고 애쓰지 말고, 스스로 끊어내거라."

선언하듯 뱉어진 말의 잔인함이 난아를 반복적으로 후려쳤다.

'만만히 볼 분은 아니네. 내가 이혼녀에 애까지 있는 것을 알게 되면 진짜 대단하겠어.'

진희는 서균 어머니의 말에 망부석이 된 난아가 조금은 측은해졌다. 솔직히 그녀가 잘못한 것은 하나도 없었다.

"……끊겠습니다. 하지만 그전에…… 서균 씨에게 모든 것을 듣는 게 먼저입니다. 오늘 들은 이야기들에 한 치의 거짓도 없을 경우…… 스스로 끊어내겠습니다."

한참의 침묵 후 한 음절, 한 음절 뱉어내는 것조차도 고통스러워 보이는 난아의 말이 이어졌다. 하지만 서균의 어머니와 진희의 시선은 그녀의 얼굴이 아닌 등 뒤에 고정되어 있었다.

"어머! 승조 아니니? 대체 이게 얼마 만이니?"

서균의 어머니는 의외의 장소에서 갑자기 만나게 된 아들 친구에게 멋쩍은 인사를 건넸다. 이런 자리에서 만나게 될 줄 몰랐기에 무척이나 당황스러웠다.

"그간 안녕하셨습니까? 오랜만에 뵙지만 길게 인사 나눌 분위기는 아닌 것 같으니 용건만 간단히 하겠습니다. 저희 딸 담임선생님과 약속이 있어 그러니, 말씀 다 끝나셨으면 제가 모셔가도 되겠습니까?"

승조의 말은 정중하긴 했지만 도저히 거절할 수 없는 분위기를 풍기고 있었다. 마치 거절해서는 안 될 것 같은 분위기라고나 할까?

"중요한 이야기는 다 전달되었으니 상관은 없다만. ……어쨌든 스스로 뱉은 말은 꼭 지킬 것으로 믿고 있으마."

서균 어머니는 승조를 향해서는 어색하게 대꾸하는 반면, 난아에게는 철저히 단속하는 모습을 보였다.

"선생님, 이제 그만 가시지요."

서균의 어머니를 향해 가볍게 인사한 승조는 멍한 표정으로 앉아 있는 난아의 팔을 슬며시 당겼다.

"고승조 씨?"

승조의 이끔에 그제야 그의 존재를 인식한 그녀의 눈동자에는 수많은 감정이 담겨 있다. 그중 압도적으로 많은 자리를 차지하고 있는 감정은 공허함이었다.

'대체 승조와 저 아이는 무슨 사이인 거지? 단순히 교사와 학부모 사이는 아닌 것 같은데. 설마…… 아니겠지.'

사라지는 두 사람을 바라보던 서균의 어머니는 고개를 저으며 자신의 생각이 조금 과했다고 여겼다.

'설마 서균 씨가 양다리 걸쳐 왔듯 그녀도 그러지 않았나 의심하시는 모양인데, 승조 씨는 그럴 위인이 못 된답니다.'

서균 어머니의 속마음이 손에 잡힐 듯 보였지만 진희도 알은척하지 않았다. 결국 뭐 눈엔 뭐만 보인다고 딱 그 짝이었다.

자신들을 지켜보며 두 여자가 어떤 생각을 하거나 말거나 승조는 난아를 부축하듯이 감싸 안고 걸었다.

"설마…… 다 알고 있었어요?"

한참을 멍하니 걷던 난아는 퍼뜩 정신이 들면서 그의 손을 뿌리쳤다.

"······얼마 전 우연히 알게 되었습니다."

시인하는 그의 말에 난아는 더 큰 절망감을 느꼈다.

"내가 우스웠겠네요. 아까 그 여자와 서균 씨가 3년이나 만났다는데, 난 전혀 눈치채지 못하고 있었거든요."

결국 그녀의 눈동자 안에 습한 기운이 모이기 시작했다.

"저 여자가······ 바로 유라 엄마입니다."

엄청난 진실 앞에 그녀는 나오던 눈물조차 얼어붙어 버렸다.

"당신은 괜찮은 건가요? 어떻게······ 아무렇지도 않을 수가 있어요?"

이혼한 전부인이 자신의 친구와 만난단 사실이 이렇게 아무렇지 않을 수 있는 일인가 의심이 들 정도로 그는 태연해 보였다. 도리어 심각함을 느끼는 자신이 우습게 느껴졌다.

"그녀와는 이미 오래전에 끊긴 인연입니다. 그녀가 누굴 만나든 상관없습니다. 다만 그 상대가 친구인 서균이었다는 점에 조금 놀란 정도일 뿐입니다."

난아가 휘청거리자 승조는 그녀의 어깨를 감싸 부축했다.

"괜찮습니까?"

"아뇨, 하나도 괜찮지 않아요. 과연 이게 현실인가 싶어요. ······나는 7년 동안 서균 씨의 무엇을 봐왔던 걸까요? 혹시 내가 보고 싶은 모습만 봐왔던 걸까요? 어떻게······ 어떻게 서균 씨가 내게 이럴 수 있을까요?"

눈물을 쏟아내는 그녀의 눈동자에 생기가 꺼져 가고 있었다. 그녀는 그가 걱정했던 것 그 이상으로 절망하고 있었다.

"끝낼 때 끝내더라도 서균 씨에게서 사실은 들어봐야겠어요."

그녀는 자신의 어깨를 꽉 잡고 있는 승조의 커다랗고 섬세한 손을 바라보았다. 지금 이 순간 쓰러질 것 같은 자신을 잡아주고 있는 그의 손이 정말 고맙게 느껴졌다.

"꼭 그래야만 하겠습니까? 더 큰 상처를 받을지 모르는데도요?"

"피한다고 될 일은 아니니까요. 상처받을 거 다 받아야지만 회복도 빠르지 않겠어요?"

그가 없었다면 아까 그 자리에서 꼼짝없이 잔인한 말을 듣고 있었을지도 모를 일이었다.

"용감하군요."

곧 죽을 듯 창백한 얼굴로 말하는 그녀가 안쓰럽기도 했지만, 한편으로는 대견스럽기도 했다. 분명 더 큰 상처가 될 것임을 알면서도 겁내지 않고 부딪쳐 보려는 그녀가 생각한 것만큼 약하지 않아 다행이다 싶었다.

"오늘 정말 감사했어요. 도와주시지 않았다면…… 더 힘들었을 거예요."

"인사치레 받자고 한 일 아닙니다. 다만…… 걱정이 돼서, 그 독한 배신감이 얼마나 사람을 망가뜨리는지 너무도 잘 알기에 갔던 겁니다."

무심한 듯 나직한 말이 전하는 따스한 위로에 난아는 지극히 당황스러웠지만, 애써 머리를 흔들어 주위를 환기시켰다.

"바래다 드리겠습니다."

"감사해요."

오늘만큼은 그의 제안을 거절하기가 힘들었다. 지금 그의 도움을 받지 않으면 집조차도 제대로 찾아가지 못할 것만 같아서였다.

집까지 가는 동안 둘 사이에는 침묵만이 가득했지만, 차라리 그 조용함이 난아에게는 위로가 되었다.

어느덧 집 앞에 차를 세운 승조는 서균의 차가 서 있음을 알고 난아에게 그 사실을 말해주려고 했다. 하지만 이미 서균의 차를 알아본 모양인지, 그녀의 안색이 좀 더 창백해져 있었다.

"혹시 지금 만나고 싶지 않은 겁니까? 그런 거라면……."

"아니요, 예상보다 조금 빠르긴 하지만 괜찮아요. 배려해 주셔서 감사해요."

승조를 향해 희미하게 미소 지은 난아의 얼굴에는 단호한 빛이 흘렀다. 난아가 차에서 내리자, 서균도 차에서 내려 그녀를 향해 다가왔다. 차 안에 있던 승조와 서균의 눈이 마주쳤다. 하지만 둘 다 서로 아는 척하지 않았다.

난아와 서균은 마주 서서 잠깐 대화를 나누고, 함께 걸어가기 시작했다. 둘이 다다른 곳은 근처 자그마한 카페였다.

"어머니를 만났다고?"

주문한 차가 나올 때까지도 침묵만 지키던 둘 사이의 무거움을 끊어낸 건 서균이었다.

"네, 유진희 씨도 같이 만났어요."

찻잔에 시선을 고정시키고 있던 난아는 고개를 들어 그를 똑바로 바라보았다.

"믿지 않겠지만…… 내가 결혼하고 싶은 건 너뿐이야."

"……내가 서균 씨를 온전히 다 채워줄 수는 없었던 거죠?"

난아는 자신의 목소리가 차분하게 나와 준 게 너무 고마웠다.

"내가 사랑한 건 너뿐이라고!"

어느덧 그의 억양은 한 톤 높아져 있었다.

"사랑한 사람이 나뿐이었다면 어떻게 유진희 씨를 3년이나 만날 수 있었겠어요? 나로서는 도저히 채워지지 않는 어떤 부분이 그녀에게 있었기에, 유진희 씨를 만났던 거겠지요."

담담하게 말하고 있었지만 참담한 절망감이 난아를 깊이 후려치고 있었다.

"그래서 너는 어쩌고 싶은 건데?"

"자신이 없어요."

난아는 잠시 말을 멈추고 목소리를 가다듬었다. 한 치의 흔들림 없이 자신의 뜻을 전해야만 했다.

"날 만나면서 3년간 다른 여자도 만나왔던 당신을 아무렇지 않게 대할 배짱도 없을뿐더러, 서균 씨 배우자로 유진희 씨를 원한다고 말씀하시는 어머님을 설득할 자신도 없어요."

또박또박 마음을 전하는 그녀는 그 흔한 눈물 바람도 없이 담담할 뿐이었다.

"그래서 헤어지자는 거야?"

"그렇기 때문에 헤어지겠다는 거예요."

서균은 눈앞의 난아가 처음으로 낯설게 여겨졌다. 자신이 봐왔던 난아는 솔직하고 밝으면서도, 상대방의 마음을 헤아릴 줄 아는 사람이었는데, 지금의 그녀는 달라 보였다. 강하게 자신의 의견을 피력하는 그녀가 지독히도 낯설었다.

"이대로 끝낼 순 없어."

"이대로 끝나길 바라요. 길게 끈다 해서 사실이 변하진 않으니까요."

다른 여자가 이랬다면 남자 마음을 안달 나게 하려는 행동은 아닐까 의심했겠지만, 난아는 다른 여자들과 달랐다. 무언가를 의도하고 행동하는 사람이 아니기에 지금 그녀의 행동이 진심이란 것을 알지만, 이를 받아들일 수는 없었다. 이대로 끝낼 수는 없었다.

"이제 전 할 이야기 다 했어요. 어머님께 사실 여부를 확인한 후 직접 끝내겠다고 말씀드렸거든요."

"진희가 애까지 낳은 이혼녀인 걸 어머니는 모르셔. 아마 그 사실을 알게 되면 사정이 바뀔 거야."

서균은 일어서려는 난아의 손목을 급하게 붙잡았다.

"그 사실을 어머님이 아시고 말고는 저랑 상관없어요. 중요한 건 난 당신을 채워주지 못했다는 거예요. 물론 잠깐 실수 정도는 할 수 있었을지 몰라요. 하지만 그 실수가 3년이나 지속되었다는 건 말이 안 돼요."

난아는 서균의 손을 뿌리쳤다. 그러고는 아무 말도 못 하고 절망스럽게 바라보는 그를 그 자리에 놔두고 카페를 나와 버렸다. 등 뒤에서 느껴지는 서균의 시선이 칼처럼 꽂히고, 시야가 온통 뿌애져 제대로 걷고 있는지도 의심스러웠지만 멈출 수가 없었다. 최대한 아무렇지 않게 걸어야만 했다. 자신이 얼마나 상처받았고, 아픈지를 그에게 알리고 싶지 않았다.

⁂

"휴……."

승조는 그녀와 헤어졌던 그 자리에 그대로 있었다. 어떤 결론이 난다 해도 둘이 해결해야 할 문제란 점은 명확했지만, 자꾸만 조바심이 나는 마음 때문에 차마 가지를 못하고 기다리고 있던 참이었다.

한 20여 분 정도 흘렀을까, 저 멀리 천천히 걸어오고 있는 난아의 모습에 차에서 내려 가까이 다가간 승조는 그녀의 얼굴을 보자 마음이 저려왔다.

"난아 씨?"

그녀의 얼굴은 더 이상 젖을 수 없을 정도로 눈물로 범벅이 되어 있었다.

"아무 말 말아주세요."

그녀는 울먹이면서도 마음을 가다듬어 뜻을 전하고 있었다. 승조는 그녀를 향해 자연스레 뻗어 나가려는 손과 마음을 꽉 움켜쥐었다. 지금 그녀에게는 마음껏 슬퍼하고 아파하는 게 더 나은 방법일지도 모른단 생각이 들었다.

난아의 어깨를 다정하게 위로하듯 가볍게 두드려 준 승조가 떠나고, 그녀는 집으로 들어갔다. 자신의 방에 들어와 평소처럼 옷을 갈아입고 씻었다. 그러고는 침대에 누웠다. 혼자만의 공간에서 차분히 생각할 시간이 주어지자, 오늘 하루 벌어졌던 일들이 주마등처럼 눈앞에서 흘러갔다.

"흐흑, 흑…… 허어엉…… 엉엉……."

믿기지 않는 이야기를 들었을 때도, 서균 앞에서 헤어짐을 말할 때조차도 초연할 수 있었던 것은 벌어지고 있는 이 모든 것들이 현실처럼 느껴지지 않아서였다. 그런데 막상 자신의 방에 들어와 모든 것을 곰곰이 되돌아보니 그제야 비로소 현실 감각을 찾게 되었다.

"허어엉…… 히끅."

감정들이 휘몰아쳐 마음이 찢겨 나갈 것만 같았던 그녀는 울고 또 울다 결국에는 지쳐 잠이 들었다.

한편 집에 돌아온 승조는 한참을 서재 창가에 서서 움직이지 못하고 있었다. 의연하게 현실에 대응하는 난아의 모습이, 예전 아버지의 모습과 자꾸만 비교가 되었다.

'겉보기와는 다르게 강한 여자…… 아버지도 그처럼 강한 마음을 가지셨다면, 그리 돌아가시지는 않으셨을 텐데…….'

부질없는 생각임을 알면서도 떠올릴 수밖에 없는 게 사람이라더니, 지금 자신의 모습이 딱 그러했다.

승조는 잠시 고민 끝에 어머니의 일기장을 다시 꺼내 들었다. 난아가 상처받을 것을 알면서도 두려워하지 않고 맞서는 모습을 보고, 느끼는 바가 컸다. 그는 서랍에 팽개쳐 두다시피 한 열쇠를 꺼내 자물쇠를 열었다.

10.
이별에 대처하는 방법

이른 아침, 초아는 외박을 무마시켜 준 공로로 얻게 된 구두를 가지러 난아의 방으로 갔다.

"언니야, 일어나야지~ 어? 어쩐 일로 벌써 일어났어?"

방문을 열고 들어선 초아는 혼절 수준으로 자고 있어야 할 난아가 화장대 앞에 앉아 있는 것을 보고 깜짝 놀랐다.

"구두 가지러 왔냐?"

"헉! 울다 잤냐? 눈 꼬락서니 하고는…… 냉동실에 얼려놓은 숟가락 있는데, 그거라도 갖다 줘?"

화장대에서 고개를 돌린 난아의 얼굴을 본 초아가 흠칫 놀랐다. 눈이 퉁퉁 부어 앞이나 제대로 보일까 싶었다.

"보기 흉하냐?"

"어디 흉하다 뿐이겠어? 사람인지 의심스러워. 대체 무슨 일이야?"

"휴…… 말하자면 길다. 그리고 지금은 말하고 싶지도 않고……."

땅이 꺼질 듯 한숨을 내쉬는 난아를 보던 초아는 아무 말도 할수가 없었다. 어쭙잖은 위로도 할 수 없는 상황 같았다.

"득템하신 물품이나 수거해 가시지요."

동생의 걱정스러운 얼굴에 피식 웃은 난아는 방 한쪽 구석에서 쇼핑백을 가져와 내밀었다.

"정말 괜찮은 거야?"

"그럼~ 괜찮고말고. 실은 그 구두 별로였어."

구두 얘기를 하는 게 아니란 걸 뻔히 알면서도, 그쪽으로 화제를 돌리는 난아의 행동에 초아는 한숨을 내쉬었다. 아직은 이야기를 하고 싶은 단계가 아닌 듯싶었다.

"알았어, 잘 신을게. 그리고 나중에라도 이야기하고 싶을 때 말해. 혼자 끙끙 앓지 좀 말고."

동생이 나가고, 난아는 다시 화장대 거울을 들여다보았다. 자신이 봐도 눈 상태가 정녕 사람의 몰골은 아니지 싶었다.

"두꺼비 같다. 과연 화장으로 가려지기나 할까?"

손가락으로 퉁퉁 부은 눈을 슬쩍 만져 보았다. 손끝에 또다시 물기가 만져졌다.

"아, 더 이상 울면 안 되는데…… 그만 뚝! 뚝!"

가만히 있으면 계속 울 것 같아 난아는 부리나케 준비하고 집을 나섰다. 아직 이른 아침이라 정원 바닥에 깔려 있는 잔디에도, 꽃과 나무에도 이슬이 맺혀 있는 게 보였다. 햇살이 내리면 금세 사라지고 마는 이슬처럼 자신의 눈물도 그처럼 사라져 버렸으면 하는 기대를 가져 보았다.

"선생님, 어디 많이 안 좋으신가 봐요?"

학교에 도착하고 벌써 몇 번째 듣는 말인지 세는 것조차 포기해 버렸다. 하긴 주관적으로 봐도 상당히 난감한 몰골이니, 남들이 보기엔 아주 심각한 수준이리라.

"아, 네……."

어색하게 웃은 난아는 재빨리 도망치듯 담당하고 있는 반으로 들어갔다.

"하하하, 선생님 개구리 같아요."

"키키키, 개굴개굴~"

반에 들어서자마자 아이들은 깔깔 웃어대기 시작했고, 결국 반 전체로 웃음이 번져 나갔다.

"선생님, 어디 아파요?"

옷자락을 살짝 잡아당기는 느낌에 고개를 숙여보니, 유라가 걱정이 가득 담긴 눈으로 그녀를 올려다보고 있었다.

"선생님 안 아파, 걱정하지 않아도 돼요~"

"아닌데. 되게 많이 많이 아파 보이는데요. 선생님, 유라가 보이긴 해요?"

"이래 봬도 아주 잘 보여. 선생님 걱정해 주는 모습까지도 아주 잘 보인단다."

순수한 눈망울에 담긴 걱정. 난아는 유라의 머리를 가만히 어루만져 주었다.

'아빠나 유라나 모두 날 걱정해 주는구나. 부녀가 외모만큼이나 성격도 닮았어.'

그녀는 어제 이후 처음으로 웃을 수 있었다.

"자자, 이제 그만 떠들고 수업하자. 오늘은 가족 그림 그리기를 한다고 했지요?"

개인 사정으로 수업에 지장을 줄 수는 없는 일. 난아는 기운차게 수업을 진행했다. 먼저 아이들에게 과제를 내주고, 교실을 돌아다니던 그녀는 유라의 자리에 멈추어 섰다. 자신이 알고 있는 것보다 가족의 수가 많았다.

"유라는 누구누구를 그린 거야?"

"이건……."

뭐라 답을 하긴 했는데 너무 작게 말해서 난아는 유라에게로 몸을 기울이고 얼굴을 가까이 가져갔다.

"이건 선생님과 우리 엄마, 아빠, 그리고 유라예요."

"가족을 그리는 건데, 선생님도 그렸네?"

"사랑하는 사람이 가족이니까, 진 선생님도 그렸어요."

부끄럽다는 듯 웃는 유라가 너무 사랑스러워 난아는 아이의 머리를 가만히 쓰다듬어 주었다.

"선생님도 유라가 너무 좋아."

비밀을 말해주는 양 아이의 귓가에 소곤거리자, 유라의 미소가 훨씬 더 커졌다.

역시 그녀에게 아이들은 일종의 치유제와도 같았다. 힘든 일이 있어도 아이들과 부대끼다 보면 고민하고 걱정했던 일들이 부질없다는 생각이 들곤 했다. 어쩌면 임용고시에 매번 떨어짐에도 불구하고 재도전할 수 있었던 것도 다 이런 이유에서였는지도 모른다.

아이들과 부대끼다 보니 시간도 참 빠르게 지나갔다. 퇴근 시간이 다가오자, 난아는 무서워지기 시작했다. 낮에는 바쁜 일상으로 인해 잊고 있었지만, 이제 곧 퇴근을 하면 생각할 시간이 많아질 테고, 그러다 보면 떠올리기 싫은 생각들이 의도치 않게 달려들 것만 같았다.

"지영 씨, 물어볼 게 있는데, 퇴근 후 뭐 배운다고 하지 않았어?"

난아는 지영에게 전화를 걸었다. 아무래도 무엇이든 해서 잡념이 끼어들 틈을 주지 말아야 할 것만 같았다.

[요일마다 다른데 오늘은 수영하는 날이야. 난아 씨도 같이 다닐래? 거기 수질이 아주 끝내줘.]

"오늘부터 당장 가능한 거야?"

집중할 수 있는 것이라면 뭐든 괜찮다는 심정이었기에 그녀는 반색했다.

[당연히 가능하지. 나 지금 나갈 건데, 같이 나가자.]

"그럼, 승차장에서 봐."

'생각지도 않게 수영 배우게 생겼네.'

전화를 끊은 난아는 가방을 들고 승차장으로 향했다.

＊

오후 일정 몇 개가 취소되는 바람에 시간적 여유가 생긴 승조는 유라를 데리러 학교에 와 있었다. 난아의 조언대로 최소 하루 한 시간은 아이와 함께 시간을 보내려 노력해 왔고, 그 덕분인지 유라 와의 관계는 날이 갈수록 달라지고 있었다.

"어? 아빠!"

승조를 알아보고 날 듯이 달려오는 유라의 모습에 승조의 입가 에 옅은 웃음이 배었다.

"아빠가 어떻게 학교에 왔어요? 안 바빠요?"

환하게 미소 지으며 필짝필짝 뛰는 아이의 모습은 마치 한 마리 고운 빛깔 나비같이 어여뻤다.

"갑자기 일정이 취소되는 바람에…… 아니, 그러니까 유라가 보 고 싶어서 왔지."

승조는 유라를 번쩍 안아 들었다.

"이야~ 너무 좋아요."

보드라운 손을 뻗어 그의 목에 팔을 감고 꼭 끌어안는 딸의 움직 임에 절로 마음이 흡족해졌다.

"……그런데 아빠, 선생님이 많이 아픈 것 같아요."

신나게 웃던 유라의 얼굴이 갑자기 시무룩해졌다.

"선생님이? 어디가?"

유라의 말에 멀쩡히 제 할 일을 하던 심장이 순간 멈추는 것 같 은 기분이 들었다.

"눈이 이렇게, 이렇게 부어서 유라 얼굴도 안 보일 것 같았어요. 근데 이상한 건 눈이 이렇게 부었는데도 잘 보인다고 하셨어요. 정말 신기했어요."

양손 주먹을 눈에 갖다 대며 설명하는 유라의 얼굴에 걱정이 스며 있었다.

'초연하게 대처하는 것 같더니…… 많이 울었나 보군.'

승조는 유라를 다시 땅에 내려놓았다.

"아빠도 선생님이 걱정돼요?"

조금 달라진 그의 분위기를 금방 알아차린 유라가 아이다운 순수함을 담아 질문했다.

"그러게, 아빠도 걱정되네. 아빠가 선생님 걱정하는 게 싫으니?"

"아뇨, 한 개도 안 싫어요. 유라도 선생님이 많이 많이 걱정되니까요. ……어? 선생님! 선생님!"

고개를 잘래잘래 흔들어 답하던 유라가 승조의 뒤편으로 보이는 난아를 발견하고는 큰 소리로 불렀다.

"선생님~ 선생님!"

승차장에서 지영을 기다리던 난아는 반갑게 부르며 달려오는 유라의 모습에 빙긋 웃었다.

"유라 지금 집에 가니?"

"네, 방과 후 수업하고 집에 가요. 선생님, 있잖아요. 오늘은 저기, 저기 아빠가 데리러 왔어요."

자랑하듯 말하는 유라의 얼굴은 뜀박질로 인해 붉게 상기되어 있었다.

"아빠가 오셨어? 이야~ 유라 기분 엄청 좋겠다."

승조가 왔다는 말에 공연히 얼굴이 달아올랐다. 지금 이 모습만큼은 절대 보여주고 싶지 않았다.

"아빠! 아빠! 여기, 여기 선생님 있어요."

승조에게 손을 휘저어 보이는 유라의 손을 잡아 제발 그러지 말라고 하고 싶었다. 지금은 그와 마주하고 싶지 않았다. 하지만 코끝에 제법 익숙해진 그의 향기가 스며들자, 난아는 포기하고 고개를 숙여 인사했다.

"안녕하세요."

인사를 하면서도 난아는 입술을 질끈 깨물었다. 그가 어제 일을 부디 아는 척하지 말아줬으면 하는 바람뿐이었다.

"이제 퇴근하는 겁니까?"

딱 봐도 안녕하지 않은 그녀에게 안녕하냐는 인사를 하고 싶지 않았다.

'왜 당신에게는 보이고 싶지 않은 모습을 매번 보이게 되는 걸까요?'

그의 말에 조금 용기를 낸 난아가 그를 바라보았다.

"……당신은 우리 아버지를 많이 닮았습니다."

난아의 눈에 넘치도록 가득 고인 감정이 너무 낯익어, 승조의 마음이 씁쓸해졌다.

"네? 아버지요? 어머니가 아닌 아버지요?"

생각하고 있던 말이 밖으로 튀어나와 놀란 마당에 그녀가 질문까지 해오자 승조는 잠시 당황했다.

"난아 씨?"

나란히 서서 어색한 시선을 주고받고 있는 그들에게 다가온 건 지영이였다.

"안녕하세요. 일전에는…… 실례가 무척 많았습니다. 정지영이라고 합니다."

지영은 쭈뼛거리며 승조에게 인사했다.

"실례는 아니었으니, 괘념치 마십시오."

"선생님, 선생님은 어디 가시는데요?"

차갑고 무심한 그의 말에 분위기가 냉각되어 어색한 때, 유라가 슬쩍 대화에 끼어들었다.

"우리? 우리는 수영장에 가려던 참이었단다."

유라의 개입이 반가웠던 지영은 방긋 웃으며 쾌활하게 답했다.

"수영장이요? 유라도 수영 엄청 잘해요. 아주아주 옛날부터 배웠어요."

"유라에게 옛날이라…… 그것참 오래된 모양이로구나."

지영은 유라의 머리를 쓰다듬으며 웃었고, 난아도 덩달아 미소 짓다가 승조와 시선이 닿았다.

'불편해…….'

그와 시선이 마주칠 때마다 느끼는 일이었지만, 그에게 시선을 붙잡히면 어지간해서는 떨쳐 내기가 힘들었다. 무척 부자연스럽게 고개를 돌린 난아는 유라에게 시선을 고정시켰다. 얼굴에 여전히 와 닿는 그의 시선이 자꾸만 신경 쓰였다.

"어디 수영장 가는데요?"

질문하는 유라의 얼굴에서 빛이 났다.

"미추홀스포츠센터."

"유라, 거기 카드 있어요."

"카드?"

지영의 말에 유라가 뜬금없는 답을 하자 지영과 난아의 시선이 자연스럽게 승조에게로 향했다.

"유라와 저는 그곳 평생회원입니다."

"우와! 대단한데요."

지영의 감탄사에 난아는 미추홀스포츠센터 이용료가 엄청날 것 같다는 불길한 예감이 들었다. 수영을 괜히 배우겠다고 한 건 아닌가 싶어졌다.

"아빠, 유라도 가도 돼요? 오늘 집에서 공부하는 거 없으니까 선생님과 수영하러 갈래요, 네?"

유라는 어른들을 번갈아 바라보며 부탁을 해왔다.

"괜찮으시겠습니까?"

"상관은 없지만, 수영을 마치고 나서 유라는 어떻게 집에 가지요? 제가 약속이 있어 집까지 데려다주지는 못할 것 같아서요."

지영은 조금 미안하다는 듯 머리를 긁적여 보였다.

"그 점은 걱정 안 하셔도 됩니다. 저도 같이 갈 거니까요."

"아, 그러시군요. 잠깐…… 지금 뭐라고 하셨어…… 요?"

지영와 난아는 공중 부양이라도 할 것처럼 펄쩍 뛰며 놀랐다.

"조금 전 분명히 괜찮다고 말씀하셨던 것 같은데요."

"그 괜찮다가 지금의 괜찮다가 아니고…… 에, 또 그게……."

천연덕스러운 승조의 말에 난아는 말을 더듬으며 애써 설명을 하려 했다. 그러나 말이 잘 나와주질 않았다.

"유라와 전 따로 출발하겠습니다. 그러면 잠시 뒤에 뵙도록 하지요."

딱 잘라 말함으로써 두 여자를 기절 직전까지 몰아넣은 승조는 유라의 손을 잡은 채 차로 향했다.

"아빠, 선생님들 왜 저러세요?"

"글쎄, 아마 우리와 수영장 가는 게 너무너무 좋고 신나나 보다."

승조는 드물게 소리 내어 웃었다. 조금 전 난아의 얼굴은 사진으로 남겨두고 싶을 만큼 재미있었다.

"……마가 꼈어. 마가 꼈다니까?! 그렇지 않고서야 이럴 순 없어."

승조와 난아를 태운 차가 눈앞에서 사라지자 지영은 중얼거렸고, 난아는 당장에라도 집에 가고 싶어졌다.

"저기 지영 씨, 미안한데 내가 사정이 있……."

"안 돼! 절대 미안해하지 마! 사정이 있다고도 하지 마! 우린 이 시련을 같이 맞이해야만 해. 설마 의리 없게 도망간다거나 하면 절대 가만 안 둘 거야."

슬금슬금 뒷걸음질을 치던 난아의 팔목을 낚아챈 지영이 음험하게 웃었다.

"좀 봐줘. 난 수영복도 없단 말이야."

"걱정 마, 여벌의 수영복이 있으니까. 그리고 설령 사이즈가 안 맞으면 숍에서 사면 되지."

"아, 그래도 이건 좀……."

난아의 얼굴이 난처함으로 일그러졌다. 그 어떤 수영복을 입는다 해도 속옷만 입고 학부모 앞에 나서는 것과 마찬가지였다. 그리고 결정적으로 그 학부모가 그라서 싫었다.

"유라는 난아 씨 때문에 가는 건데, 난아 씨가 빠져서야 되겠어?"

유라 이야기가 나오자 난아의 기세가 한풀 꺾였다.

"자자, 죽기 아니면 까무러치기라고 했어. 가자고, 가!"

그녀의 팔짱을 낀 시영이 그녀를 질질 끌어 차에 태웠고, 둘은 오래 걸리지 않아 목적지에 도착할 수 있었다.

"돈을 아주 구석구석 잘도 펴 발라놓은 느낌이지?"

미추홀 스포츠센터에 들어서서 넋 놓고 사방을 둘러보는 난아를 보며 지영이 웃었다.

"그러게. 정말 으리으리하네."

규모도 규모였지만, 고급스러움이 아주 남달랐다.

"그런데 지영 씨, 지영 씨도 회원권이 있어? 그 평생회원권이라던."

"엑! 그럴 리가! 여기는 연간회원권조차도 엄청 비싸다고. 그래서 나도 수영장만 이용하는 걸로 6개월 치 끊어서 다니고 있어. 뭐, 그래도 수영장 수질은 으뜸이니까. 백문이 불여일견이라고, 가보면 알 거야."

두 사람은 로비로 가서 난아의 일일이용권을 끊고, 곧장 수영장으로 향했다. 수영장은 입구부터 화려하고 눈부셨다. 하지만 난아는 그럼에도 불구하고 들어가고 싶지 않은 마음뿐이었다.

"이미 늦었어. 이왕 이렇게 된 거 우리 눈 보신이나 실컷 하자. 난아 씨야 여러모로 출중한 남친을 봐와서 새로울 게 없겠지만, 나름 괜찮은 남자들이 많다고."

남친이라는 말이 난아의 심장을 파고들어 왔다. 그와 헤어졌다는 것을 말하지 않았으니, 앞으로도 종종 이렇게 부지불식간에 놀랄 일이 종종 있을 터였다. 지금이야 작은 자극에도 쓰리고 아프지만, 시간이 지나갈수록 아픔도 결국 무뎌지리라. 그녀는 조용히 입술을 깨물었다.

"뭐 하고 있어? 빨리 들어가자고. 일단 내 거 입어보고 안 맞으면 사야 하잖아?"

지영은 끝내 라커룸까지 그녀를 끌고 갔다.

"세상에! 수영복이 흰색이네?"

지영이 건네준 수영복을 받아 든 난아의 낯빛이 수영복 색깔만큼이나 하얗게 변했다.

"그 왜 그런 거 있잖아, 옷장에 모셔둘지언정 언젠가는 입고 싶어서 나도 모르게 사놓는 것들 말이야. 그 수영복이 내게 딱 그랬어. 그래서 보다시피 새거야."

"그래도 이건 너무 야한데……."

수영복을 만지작거리는 난아의 얼굴에 낭패감이 깃들어 있었다. 수영복의 상의는 V 자로 깊게 파인 데다 천을 아끼기라도 했는지

가슴의 절반은 다 노출되었고, 하의는 끈으로 양옆을 묶게끔 되어 있었는데 자칫하면 매듭이 풀릴 것만 같은 스타일이었다.

"야하긴, 요즘 이 정도는 예사라고. 보기보다 그리 안 야하니까 일단 입어보고 따지자고. ……근데 난아 씨, 의외로 바스트가 베스트인걸?"

"저 아무래도 이건 도저히 못 입겠어요."

막상 입고 거울을 본 난아는 얼굴을 붉히며 수영복을 벗으려 들었다.

"왜, 사이즈도 맞는 게 딱 난아 씨를 위한 옷 같은데. 그냥 눈 딱 감고 입자. 유라가 엄청 기다리고 있겠어. 그리고 어차피 물속에 들어가면 잘 안 보여."

"그래도 이건 정말……."

지영은 버티고 서서 안 가려고 버둥거리는 난아를 질질 끌고 나갔다.

"뭘 그렇게까지 의식하고 그래? 고승조 씨를 보는 게 좀 그렇긴 한데, 그건 잠깐이야. 그리고 막말로 우리만 난감한 건 아니라고. 어차피 그쪽도 벗고 있긴 마찬가지일 텐데."

지영의 얼굴은 어딘지 모르게 무척 흐뭇해 보였다. 난아는 지영의 말에 몹쓸 호기심이 몽글몽글 피어올랐고, 그런 생각을 한 스스로가 급격히 부끄러워졌다.

"자, 이제 그만 가자고."

결국 난아는 지영에게 끌려 수영장으로 향해야만 했다.

"아빠, 선생님들 너무 늦어요. 여기를 못 찾나 봐요."

유라는 걱정이 되었는지 계속 출입구만 바라보고 있었다.

"음…… 못 찾는 게 아니고, 못 들어오고 계신 것 같구나."

평생회원권을 소지한 회원들에게만 제공되는 특별 탈의실에서 옷을 갈아입은 부녀는 벌써 수영장을 한 바퀴씩 돌고 온 참이었다. 네 살 때부터 개인 지도로 수영을 배운 유라의 실력은 나이에 비해 꽤 수준급이었다.

"왜 못 들어오는데요? 아…… 수영을 못 하시나 봐요. 그러면 유라가 선생님의 선생님 할래요."

생각만 해도 신이 나는 듯 유라는 무척 즐거워 보였다.

"그래, 물론 선생님의 동의가 있어야 한다는 거 잘 알고 있지?"

승조는 유라 얼굴에 방울방울 맺힌 물방울을 닦아주며 미소 지었다. 아이와 함께하는 시간이 많아질수록 자신이 그동안 무엇을 위해 치열하게 살아온 것인가 하는 생각이 종종 들었다.

"유라야!"

유라를 부르는 낯익은 소리에 그의 상념은 깨졌다. 소리 난 쪽을 향해 고개를 돌린 그는 꼼짝없이 시선을 빼앗겼다.

"선생님!"

유라가 뛰어가 난아의 손을 잡자, 승조는 새로운 사실을 깨닫게 되었다. 그녀에게 시선을 빼앗긴 존재가 자신 혼자가 아님을, 주변에 있던 대다수의 시선이 그녀에게 닿아 있음을 목도하게 되었다.

"선생님, 너무 예뻐요."

유라도 그중 하나였다.

"유라도 너무 예쁘긴 한데, 수영장에서 뛰어다니지 않으면 더 예쁠 것 같네."

"네!"

"그런데 유라가 선생님한테 예쁘다고 말해주는 날이 오다니 너무 기쁜데?"

난아는 자신의 말에 씩씩하게 답하곤 그녀의 주변을 맴도는 유라를 다정히 바라보았다.

"선생님이 옷을 입고 있을 때는 말이지요. 에…… 음…… 그냥 선생님은 옷을 안 입는 게 더 예쁜 것 같아요."

아무렇지도 않은 얼굴로 핵폭탄을 던지고 천진난만하게 웃는 유라를 보며 지영은 허리가 끊어질 듯 웃어댔고, 난아는 웃지도 울지도 못하는 난감한 표정이 되었다.

"어쨌든 지금은 예쁘단 말로 들어도 되지? 여하간 고맙다."

말을 하면서도 난아의 감각들은 전에 없이 예민하게 곤두섰다. 유라와 지영에게 최대한 집중하려 애를 썼음에도 더는 버텨낼 재간이 없었다.

난아는 시선을 들어 승조를 바라보았다. 그리고 어김없이 그의 시선에 갇혀 버렸다. 깊고 어두우면서도, 그 끝을 알 수 없는 우물과도 같은 그의 눈동자에서 폭발적인 기운이 쏟아져 나오고 있었다.

그녀의 온몸에 오소소 소름이 돋았다. 하지만 이런 감정을 느낀다는 것 자체가 온당치 못한 것 같아 애써 고개를 돌려 버렸다.

이런 이끌림을 인정할 수 없었다. 아니, 인정하고 싶지 않았다.

7년을 만나면서 신뢰와 믿음을 쌓아왔다 믿었던 서균과도 어긋나 버렸는데, 대책 없이 끌리는 사람과는 뭘 어떻게 해야 할지 감도 잡히지 않았다. 피할 수 있으면 피하고 싶었다. 지금은 서균의 일만으로도 머리와 심장이 터져 나갈 것 같았다.

"······선생님? 선생님?"

깊은 생각에 잠겨 있던 난아는 현실로 부르는 목소리에 번쩍 정신이 들었다.

"어? 어? 유라야, 미안. 선생님이 유라 말을 못 들었네?"

"선생님은 수영 못 하시는 거냐고요."

유라는 물 만난 고기처럼 수영을 하고 있는 지영을 가리키고 있었다.

"아, 선생님은 수영 전혀 못 해. 그래서 좀 배워보려고."

"그럼, 유라가 선생님 할게요. 유라는 수영 참 잘해요."

어깨를 으쓱이며 자신만만하게 말하는 아이의 얼굴에 예쁜 홍조가 물들었다.

"그럼 유라가 선생님 해줄래? 대신 살살 알려줘야 해요. 이건 비밀인데, 선생님은 물이 무섭거든."

"걱정 마세요."

큰 비밀을 말해주듯 소곤거린 난아는 유라의 손을 잡고 수영장 물에 살그머니 발을 넣었다. 그때, 지영이 갑자기 다가와 난아에게 물을 확 뿌렸다.

"앗!"

"하하하."

놀라서 눈을 질끈 감는 난아를 본 지영이 도망가듯 물속으로 사라져 버렸다.

"홋."

지영이 장난치듯 뿌린 물로 인상을 찡그리는 난아를 보던 승조는 피식 웃다가 표정을 굳혔다. 뿌려진 물들이 방울져 그녀의 보디라인을 따라 흘러내리기 시작했고, 그 흐름에서 눈을 뗄 수가 없었다.

또르르륵. 발칙한 물방울들이 깊숙이 파인 가슴골을 향해 달려들어갔다. 승조는 숨이 턱 막혀왔다. 사춘기 때도 겪어본 적 없던 욕구가 숨통을 조여왔다. 그는 물속으로 미끄러지듯 들어가 망막인 깊숙이 새겨진 영상을 지우고자 했다. 지우지 않고서는 밖으로 영영 나올 수가 없을 것 같았다.

"하하하하."

"물대포를 받아랏!"

물에 들어온 난아는 수영을 배우기는커녕 유라와 장난을 주고받느라 바빴다. 체격 조건에서야 난아가 유리할지 모르지만, 물에 익숙하고 수영도 잘하는 유라였기에 둘의 물장난 수준은 거의 호각이었다.

'하필 왜 저기 앉아 있는 거람.'

난아는 장난을 치면서도 어느새 선베드에 가 앉아 있는 승조를 흘끔흘끔 바라보았다. 자꾸만 시선이 갔다.

우락부락하진 않지만 탄탄한 근육으로 돋보이는 가슴, 빨래판을 연상시키진 않지만 미끈하게 잘빠진 복부, 탄력적이면서도 위로 바짝 올라간 힙 라인. 그리고…….

'안 돼! 이제 그만, 그만하라고!'

머리를 마구 흔들어 떠오르던 영상들을 털어냈다. 이 이상 생각한다는 것 자체가 범죄처럼 느껴졌다.

"어라? 그런데 유라는 어디 갔지? 분명 여기 있었는데."

유라는 수영하는 법에 대해 설명하던 중, 난아가 딴생각을 하는 듯하자 깜짝 놀라게 해줄 생각으로 잠수를 한 참이었다. 물속에 들어가 숨을 참으며 그녀의 반응을 주시하고 있는데, 리본 모양으로 예쁘게 묶어놓은 수영복 팬티 매듭이 시야에 들어왔다. 리본 매듭이 인사라도 하듯 팔랑거리는 모습에 저절로 손이 갔고, 손가락에 걸린 리본은 힘없이 풀려 버렸다. 재미있는 장난감이 사라지자, 흥미를 잃은 유라는 물 밖으로 나왔다.

"푸학! 선생님! 유라 없어진 줄 알고 깜짝 놀랐죠? 유라는 물속에서도 아주 오래 있을 수 있어요."

"으왓, 깜짝이야. 그래서 유라가 안 보였던 거로구나? 정말 멋진데? 하지만 말없이 사라지고 그러면 안 된다, 알았지?"

자랑하듯 가슴을 내미는 아이의 젖은 얼굴을 쓰다듬으며 난아는 칭찬과 함께 타일렀다.

"그런데 선생님, 배고파요."

"그래, 우리 그럼 나갈까?"

물속에서의 움직임은 많은 열량을 소모해서 그런지, 마침 난아도 시장기가 돌던 참이었다.

"아빠, 유라 나갈 거예요!"

'읅! 아빠는 부르지 말지.'

큰 소리로 아빠를 부르는 유라의 모습에 난아의 얼굴이 낭패감으로 일그러졌다. 그렇다고 계속 물속에 있을 수도 없던 그녀는 유라를 먼저 올려 보낸 후 물 밖으로 나가는 계단을 두 개쯤 밟고 올라섰다. 그때였다.

"엇? 난아 씨! 안 돼!"

지영의 급박한 목소리에 유라에게 가운을 입혀주던 승조는 난아의 상황을 금세 알아채고 그녀의 손목을 낚아채 자신의 품으로 끌어당겼다. 그러고는 빠른 손놀림으로 비치타월을 집어 그녀의 몸을 감쌌다. 워낙 순식간에 벌어진 일인지라 그의 품에 안기게 된 난아는 물론, 지영까지도 멍하게 있었다.

"잠시만 이대로."

자신에게 문제가 생겼음을 그제야 깨달은 난아가 그의 품에서 빠져나가려 하자 승조의 나직한 목소리에 힘이 실렸다.

"왜, 왜요?"

"잠시만 이대로 있어요."

결박하듯 안아오는 승조의 몸짓에 난아는 가만히 있을 수밖에 없었다. 아니, 어쩌면 핑계를 대서라도 이 상태를 유지하고 싶었는지도 모르겠다. 강하게 낚아채 품에 가둔 팔의 강건함과 포옹하듯 감싸오는 머스크 향까지, 정말 이 남자는 그녀에게 너무도 치명적이었다.

"난아 씨, 정말 큰일 날 뻔했어."

지영의 목소리가 들려오자 그의 팔이 주던 감각이 떨어져 나갔다. 그 감각을 아쉬워하는 스스로의 마음에 기절할 것만 같았다.

"대체 무슨 일이 있었던 거야?"

그녀의 물음에 지영이 귓속말로 사건의 전말을 전해주자, 차마 그의 얼굴을 바로 볼 수가 없을 정도로 부끄러워졌다.

난아는 고개도 들지 못한 채 먼저 가보겠다고 인사를 한 후 수영 장을 나섰고, 그녀와 함께 맛있는 것을 먹을 생각에 기뻤던 유라는 실망스럽게 고개를 숙이고 말았다.

"유라야, 맛있는 건 아빠랑 먹자. 선생님은 지금 도망가고 싶으신 거란다."

"도망이요? 어디로 도망을 가는 건데요?"

승조의 말에 유라의 눈동자 가득 호기심이 담겼다.

'아마도 나를 피할 수 있는 안전한 곳으로…….'

난아가 사라진 곳을 바라보던 승조는 그녀를 품에 안았을 때의 아찔하던 감각을 애써 떨쳐 냈다.

"선생님이 좀 부끄러운 일이 있으셨거든. 그래서 급하게 가신 거니까, 너무 서운해하지 말고."

아쉬워하는 유라를 달래고 있었지만 정작 자신이 더 아쉬웠다.

"그런데 아빠, 선생님에게 어떤 부끄러운 일이 있었는데요?"

"음, 옷이 조금 미끄러져 내렸거든."

승조는 고개를 갸웃거리는 유라의 머리를 쓰다듬어 주며 웃었 다.

✳

서균은 벌써 몇 시간째 난아의 집 대문이 보이는 곳에 주차를 해 놓고 그녀를 기다리고 있었다.

염치없는 행동인 걸 알지만, 난아가 걱정되어 견딜 수가 없었다. 아무렇지 않은 척 자리를 박차고 나갔지만, 그녀의 마음에 큰 생채기가 났음을 알기에 가만히 있을 수가 없었다.

그렇다고 연락을 할 수는 없었다. 지금 난아에게 연락하는 건, 그녀의 분노만 가중시킬 뿐이었다. 차라리 어느 정도 화가 가라앉을 때까지 기다리는 게 낫지 싶었다.

서균은 재차 시각을 확인했다. 분명 퇴근하고도 남았을 시각인데, 이 시각까지 오지 않는 것을 보면 다른 약속이 있다 여겨졌으나 그래도 기다려 보기로 했다.

얼마나 더 기다렸을까, 낯선 차 한 대가 집 앞에 섰고, 난아가 무척이나 상기된 얼굴로 내리는 게 보였다. 걱정했던 것과는 다르게 평소와 다름없는 모습이어서 안도감이 들었지만, 다른 한편으로는 섭섭함이 느껴졌다.

그는 난아가 집으로 들어가는 모습을 확인하고는 씁쓸한 마음으로 돌아섰다.

서균이 자신을 지켜보고 있을 거라고는 짐작도 못 했던 난아는 대문에 몸을 기댄 채, 화끈거리는 얼굴의 열기를 식히고 있었다.

"난아 씨, 혹시 예전에 말했던 그 확 당기는 남자가 고승조 씨는 아니지?"

집까지 데려다준 지영의 질문에 그녀는 하마터면 비명을 지를 뻔했다. 얼마나 놀랐던지 가까스로 터져 나오려는 비명을 삼켰다.

'아니라고 펄쩍 뛰긴 했지만 과연…… 믿었을까?'

한숨을 내쉬며 천천히 정원을 걸었다. 오늘따라 밤공기가 유난히 들척지근한 게 답답했다.

❋

답답함에 한숨을 내쉬는 난아와는 다르게 승조의 얼굴에는 잔잔한 미소가 깃들어 있었다. 난아 생각을 하는 것만으로도 입가가 느슨하게 풀어졌다.

승조는 어머니의 일기장을 꺼내 들었다. 적어도 지금만큼은 일기장에서 그 어떤 내용을 본다 해도 충격을 덜 받을 것만 같았다.

―우리 아들, 고등학교 2학년 여름.

아무래도 승조 아버지가 조금은 눈치를 챈 것 같다. 요즘 들어 연락이 부쩍 잦고, 어디 있는지를 집요하게 물어온다. 그렇다고 두렵거나 한 건 아니다. 그동안 마음 졸이며 산 것만으로도 충분하다.

우리 승조와 그의 아들 서균은 아주 가까운 사이가 되었다. 2학년이 되어 다른 반이 되었음에도 아직까지도, 혹은 앞으로도 쭉 친하게 지낼 듯싶다. 방학이 되면 아이들끼리 청평 별장에 놀러 가기로 했다고 하니, 그때 중한 씨와 함께 가볼 예정이다.

승조 아버지에게는 앞으로도 미안해할 일이 없으나, 승조에게는…… 우리 아들에게만큼은 평생 미안해할 것 같다. 모성보다 사랑을 선택한 것에 대한 용서를 평생 구해야 할지도 모르겠다. 하지만 이제는 그저 누구의 엄마, 누구의 아내인 삶보다 여자의 삶을 살고 싶다.

여기까지 읽은 승조는 일기장을 덮었다. 갑자기 낡은 옛 기억들이 떠올랐다.

고등학교 2학년 여름방학, 서균과 청평 별장에 꽤 오래 머물면서 각종 수상 레포츠를 즐긴 적이 있었다. 머무르는 기간이 길어지자, 걱정된다며 어머니와 서균의 아버지가 오셔서 며칠 지내다 가셨다. 그때만 해도 그게 전혀 이상하지 않았다. 바쁘신 서균의 어머니와 자신의 아버지를 대신해 두 분이 자주 만나시는 것이라 짐작했기에 별 의심을 하지 않았던 것이다. 아니, 당시의 그는 자신의 어머니가 그런 일을 벌일 분이란 생각 자체를 하지 않았다.

승조는 가슴이 뻐근하게 아려왔다.

자신과 아버지를 배신한 것이라 원망만 해왔는데, 어머니에게도 여자로서의 인생이 있었음을 생각하지 못했다. 어머니라는 이유만으로 여자로서의 삶을 포기하고, 어머니로서만 살아야 한다고 강요할 권리가 자신에게는 없었다. 그 자신도 아빠로서의 삶을 100% 지켜온 것은 아니지 않은가?

'유라 아빠로서의 삶을 중요하게 여겼다면, 유라 엄마와 그렇게 헤어지지도 않았을 테지.'

이유야 어찌 되었건, 유라에게서 엄마를 떨어뜨려 놓은 장본인은 바로 그였다. 그런 자신이 어머니에게 뭐라 할 자격이 과연 있나 싶어졌다.

그동안 옳다고 여겨왔던 것들에 대한 혼선이 오면서, 승조는 한없이 울적하고 쓸쓸해졌다.

11.
현장학습의 다른 의미

현장학습 일정을 짜던 난아는 머리를 쥐어짜며 골머리를 앓고 있었다.

"초등학교 1학년 현장학습 장소가 제주도라니······."

조금 기가 막히긴 했지만 제주도를 가본 적 없는 그녀로서는 현장학습에 대한 기대감이 남달랐다.

"아이들 덕분에 제주도 한번 가보겠네."

난아는 혼자 중얼거렸다. 요즘 들어 혼잣말이 제법 늘었다. 가만히 있으면 자꾸 안으로 곪아 들어가는 생각들에 현실 감각을 잃을 것 같아 습관적으로 소리 내어 말하다 보니, 어느새 습관이 되어버렸다. 하지만 어디 좀 많이 모자라 보인다는 초아의 말을 듣고부터는 조금씩 자제하고 있었다.

—난아 씨, 정말 수영 안 배울 거야?

방금 온 지영의 문자메시지에 자동적으로 그날의 기억이 떠올라 몸서리가 쳐졌다.

'내가 수영을 또 하면 김난아가 아니라 이난아다!'

할 수만 있다면 그날의 기억을 머릿속에서 꺼내 땅에 묻어버리고 싶었다.

난아는 지영에게 모양 좋은 거절의 답신을 보내고, 메시지 수신함을 가득 채운 서균의 메시지들도 함께 지워 버렸다.

서균의 말대로 너무한 건 자신이 아니었나 하는 생각도 해봤다. 그래도 7년이라는 긴 세월을 만나왔는데, 그를 이해할 노력도 하지 않고 헤어지는 건 역시 너무한 걸까 고심도 했다. 하지만 아무리 생각하고 골백번 또 생각해도 아닌 건 아닌 거였다. 오히려 그러한 사실을 깨닫지 못하고 있는 사람은 자신이 아닌 바로 서균이었다.

난아는 컴퓨터를 끄고 책상 정리를 하면서 구석에 놓인 달력을 흘끔 바라보았다. 오늘 날짜에 빨간 동그라미가 그려져 있었다.

"휴…… 이래서 습관이 무서운 법이지."

난아는 한숨을 내쉬며 달력을 책상 서랍 맨 아래에 집어 던지듯 넣어버렸다.

✻

서균은 시계를 흘끔 본 후, 사무실을 나설 준비를 했다. 지금 출발하면 집 앞에서 난아를 잠깐 볼 수 있겠다 싶어 마음이 급해졌다.

그때, 노크도 없이 문이 열렸다. 문 열리는 소리에 자연스럽게 고개를 돌린 서균의 미간이 표 나게 찡그려졌다.

"지금 퇴근하나 봐요?"

"지금 퇴근할 걸 알고 찾아온 거 아닌가? 무슨 용건이지? 어머니랑 혼수, 예물 뭐 그런 거라도 보러 다니고 있는 줄 알았는데?"

서균은 진희 쪽은 쳐다보지도 않고 가방을 챙기며 비웃음을 흘렸다.

"난 당신의 이런 점이 좋더라. 내가 무슨 짓을 해도 너그러울 것 같다고나 할까?"

"그게 너그러운 걸로 보였나 보군. 그건 관심이 없는 건데 말이야."

가방을 다 챙긴 서균이 창가 쪽 옷걸이를 향해 몸을 움직였다.

"관심이 없는 사람치고는 내 행동을 너무 다 받아준단 말이지요. 언제나 가슴 설레게!"

"그래서 결론이 뭐지?"

진희의 날카로운 말투에 서균이 그제야 그녀와 시선을 맞추었다.

"정말 나랑 결혼하고 싶은 게 아니라면, 나한테 사과해요."

"아~ 내가 먼저 관두자고 한 게 고명한 상속녀의 자존심을 크게 상하게 한 모양이로군?"

예리한 빛을 가진 서로의 눈빛이 공중에서 맞부딪쳐 불꽃이 일었다.

"내 마음을 모른 척 무시할 순 있어도, 내 자존심만큼은 건드리지 말았어야 했어."

진희의 말에 오히려 서균의 눈빛이 흔들렸다.

그녀의 말이 틀리지 않았다. 그를 바라보는 그녀의 눈빛에 언제부터인가 감정이 담기기 시작했다는 것을 알면서도 모르는 척 무시해 왔던 게 사실이었다.

'무시만 한 게 아니라, 이용하고 있었던 건지도……'

서균은 처음으로, 정말 난생처음으로 스스로가 나쁜 놈일지도 모른다는 생각을 하게 되었다.

"그래서 뭘 어쩌고 싶은 거지?"

그래서 그런지 그의 목소리가 한결 많이 누그러졌다.

"관두는 건 내가 해요. 내가 준비되었을 때!"

"그 준비가 되는 때가 언제인데?"

조금은 죄책감을 느끼고 있었기에 요구를 들어줄 생각이었으나, 전부를 들어줄 순 없었다.

"재촉하지 마요. 그럴 때마다 기분이 안 좋아져서 기한이 대폭 연장될지도 몰라요. 변덕은 여자들만의 특권이 아니던가요?"

진희는 눈부시게 화사한 웃음을 흘리고 있었지만, 눈빛만큼은 차갑기 그지없었다.

"그럼 어머니께 나랑 결혼이라도 할 것처럼 행동했던 건 뭐지?"

"애도 있는 이혼녀에, 그것도 당신 친구 와이프였다는 사실 알게 되는 즉시 바로 마음 바꿔실 텐데 뭐가 문제예요?"

진희는 어깨를 으쓱이며 심드렁하게 대꾸하는 행동마저도 아름다운 여자였다.

"아~ 문제가 있긴 했나요? 난아 씨가 우리 사이를 모두 알게 되어 관두겠다고 선언한 것 정도?"

진희의 입에서 난아의 이름이 흘러나오자, 서균의 얼굴이 확 찌푸려졌다.

"하지만 그 일에 관해서 만큼은 하나도 미안하지 않아요."

'그 여자에게는 미안할지언정 당신에게는 미안하지 않아요.'

로디아호텔에서 본 난아의 표정을 잊을 수가 없다.

'그때 그녀의 표정은…… 예전 이혼 초기 내 모습과도 같았으니까.'

진희는 손가락으로 머리를 짚었다. 잠시 떠올린 과거의 찌꺼기가 그녀의 머리를 지끈거리게 했다.

"어디가 안 좋은 건가? 안색이 창백해."

서균은 어느새 바로 그녀의 코앞까지 와 있었다.

"아니요, 괜찮아요."

진희는 자신도 모르게 뒤로 한 발짝 물러섰다.

"그럼 난 가볼게요. 그리고 이건…… 생일 선물! 물론 당신은 난아 씨 생각만으로도 머리가 복잡해 자신의 생일도 잊은 듯싶지만요."

문을 향해 돌아서기 전, 가방에서 작은 케이스 하나를 꺼내 책상 위에 올려놓은 진희는 도망치듯 그곳을 나왔다.

'어떤 것도 기대하지 말고, 작은 것에도 흔들리지 말자. 저 남자를 잠시 힘들게 할 수는 있어도, 내 것으로 만들 수는 없으니까.'

잠시 문에 몸을 기댄 채 마음을 다잡은 진희는 뒤도 돌아보지 않고 그 자리를 떠났다.

'생일이라…… 생각도 못 하고 있었군.'

서균은 진희가 두고 간 작은 케이스를 멍하니 바라보다 포장을 풀었다. 케이스 안에는 다이아몬드로 장식된 커프스핀이 영롱한 빛을 발하고 있었다. 넥타이핀은 하지 않아도 커프스핀은 하는 서균의 취향을 알고 고른 것 같았다. 그에 비해 난아는 그런 세심한 부분에는 무뎠다.

서균은 기존에 하고 있던 사파이어 커프스핀을 떼고, 받은 것을 부착했다. 그러고 보니 이 사파이어 커프스핀도 진희가 선물한 것이었다.

"남자의 권위는 의외로 작은 것에서부터 나타나는 법이에요."

사파이어 커프스핀을 줄 때 했던 그녀의 말도 갑자기 떠올랐다.

서균은 새삼스럽게 자신의 차림을 살펴보았다. 현재 착용하고 있는 시계, 커프스핀, 가방, 구두는 물론 옷까지도 모두 진희의 선물이었다. 의식하고 지내지 않았으나, 의외로 그녀는 그에게 많은 부분 영향을 끼치고 있었다.

"휴……."

속 깊은 한숨을 내쉰 서균은 갑자기 닥친 깨달음에 지금 출발해야 한다는 것도 잊은 채, 한참을 서 있기만 했다.

✳

유라는 정원 그네의자에서 신이 난 표정으로 아빠를 기다리고 있었다. 심 여사가 10분 내로 도착할 거라고 알려주긴 했지만, 어찌나 시간이 더디게 흘러가는지 답답하기까지 했다.

주차장 셔터가 올라가는 소리가 희미하게 들리자, 유라는 그네의자에서 벌떡 일어나 빠르게 대문을 향해 달려갔다.

"아빠!"

"뛰다가 넘어지면 어쩌려고."

전력 질주해 오는 유라를 다정하게 바라보는 승조의 표정은 어딘지 모르게 지쳐 보였다.

"아빠, 유라 제주도 가요."

"응? 어디를 간다고?"

설명 없이 본론만 말하는 아이의 말에 승조는 잠시 의아해졌다.

"제주도로 현상학습을 간다고 하네요."

어느새 나왔는지 심 여사가 다가와 유라가 빼먹은 설명을 해주었다.

"선생님이 이거 읽어보시래요. 학교 알림장에도 적어놨다 하셨어요."

유라와 나란히 안으로 들어가던 승조는 난아가 주는 거란 말에 묘한 기분이 들었다.

'제주 지점 시찰을 언제 갔더라?'

옷을 갈아입으러 방으로 들어간 승조는 곰곰이 생각에 빠졌다. 작년에 한 번 들른 이후로 가지 않았다는 사실을 떠올린 그는 이번 기회에 갔다 오자는 결심에 비서에게 전화를 걸었다.

"아빠!"

비서와 함께 일정 조율을 마친 그가 방에서 나오자 유라가 달려들 듯 다가왔다.

"유라야, 아빠도 제주도 갈 일이 생겼단다."

"아빠. 진짜, 진짜, 진짜요?"

"진짜, 진짜, 진짜."

눈을 동그랗게 뜨는 아이의 말을 따라 하는 승조의 얼굴에 웃음이 번져 나갔다.

"우와! 정말 좋아요. 유라는 너무 행복해요."

"유라, 행복하니?"

아이의 환한 웃음이 너무 고와, 승조는 아이의 뺨을 부드럽게 어루만졌다.

"네. 엄마는 많이 못 만나지만 아빠랑 놀기도 하고, 숙제도 하고, 맛있는 것도 먹고 하니까 괜찮아요."

제법 의젓하게 말하는 유라였으나, 승조의 마음은 더할 수 없이 욱신거렸다.

"엄마 보고 싶니? 보고 싶으면 엄마에게 만나자고 하지 그랬어?"

"하나도 안 보고 싶어요. ……뭐, 조금은 보고 싶지만…… 엄마에게 먼저 전화하지 않을 거예요."

인상을 찡그리며 입술을 다무는 유라가 무언가를 참고 있는 듯 보여 그는 미안해졌다. 엄마를 잃게 한 것에 대한 죄책감이 그의 가슴을 먹먹하게 만들었다.

"유라야……."

승조는 유라를 더 꼭 안았다. 아이의 팔이 그의 목에 둘리며 작은 몸이 더 폭 안겨 들어왔다. 마치 한 몸인 듯 붙어 서로의 체온을 느끼던 그들의 마음에 한줄기 위로가 스며들었다.

❀

유라의 현장학습일이자, 승조의 제주도 지점 시찰일이 다가왔다.

갑자기 내린 결정으로 인해 비서뿐만 아니라 M쇼핑몰 제주 지점도 때아닌 난리로 정신이 하나도 없었다. 일에 관해서 절대 봐주는 법이 없는 그에게 잘못 찍히는 순간 스스로 사직서를 내고 싶어질 정도로 삶이 고달파진다는 것은 직원이라면 누구나 다 알고 있는 일이었다.

"준비는 모두 마친 겁니까?"

"바로 공항으로 출발하시면 됩니다."

이른 아침에도 흐트러짐 없는 차림의 승조를 바라보던 김 비서는 즉각적인 대답을 내놓았다. 바로 공항으로 출발해야 하는 일정이라 그는 회사가 아닌 승조의 집으로 출근한 터였다.

승조가 차에 오르자, 앞좌석에 빠르게 착석한 김 비서가 부리나케 메시지를 보냈다.

—9시 출발, 10시 30분 도착 예정이오니 그전까지 모든 준비 완료해 두시길 바랍니다.

메시지를 보내는 김 비서의 얼굴에는 비장함마저 서려 있었다.

"미리 언질이라도 주고 있는 겁니까?"

"네? 아, 네……."

승조의 난데없는 질문에 김 비서는 백미러로 승조를 흘끔거리며 답했다.

'벼락 맞기 전, 최소한의 준비라도 더 하고 있으라는 일종의 배려죠, 배려!'

속의 말을 꾹 눌러 참은 김 비서는 서류를 훑어보는 승조를 바라보았다. 김 비서는 승조가 갑작스러운 질문을 해올 것을 대비해 열심히 마음의 준비를 했다. 그런데 마지막 페이지를 넘길 즈음까지도 어째 질문이 없었다.

"사장님?"

김 비서의 부름에 승조는 고개를 들어 백미러를 바라보았다.

"왜 그럽니까?"

서로의 시선이 딱 마주쳤다.

"저…… 질문 안 하십니까?"

"오늘은…… 질문할 게 없군요."

어쩐지 평소와는 다르다는 느낌이 들었다. 그렇지만 그렇다고 크게 문제될 것도 없었기에 김 비서는 고개를 갸웃거리며 정면을 응시했다. 긴장하고 있던 근육들이 노곤해지면서 졸음이 밀려와, 김 비서는 까무룩 선잠이 들어버렸다.

'훗.'

승조는 열심히 고개를 끄덕이며 졸고 있는 김 비서를 바라보며 피식 웃고 말았다. 자신 밑에서 3년을 있더니 눈치가 아주 보통이 아니었다. 솔직히 서류를 보고 있으면서도 자꾸 딴생각이 들어 대강 살폈는데, 그것을 눈치챌 줄은 몰랐다.

유라의 현장학습지인 스타빌리조트는 M쇼핑몰 제주 지점과 10분 거리에 있는 곳이었다. 유라도 보고, 더불어 난아까지 볼 생각에 그의 마음은 옅은 흥분에 휩싸였다.

그는 난아에게 많은 것을 바라는 게 아니었다. 솔직히 말하면 어떤 것을 바라야 하는지도 잘 몰랐다. 고기도 먹어본 사람이 먹는다고, 사랑도 해본 사람이 능숙하게 하는 법이건만, 연애란 것을 제대로 해보기도 전에 결혼을 했다. 그리고 사랑 없는 결혼이 어떤 끝을 맞이하게 되는지 스스로 체득했다. 그래서인지 그는 지금의 이런 설렘이 신기한 반면 어려웠다. 지금으로서는 그저 그녀가 잘 지내고 있는지 확인하는 것만으로도 족하다는 심정이었다.

※

아이들을 비행기에 안전하게 탑승시킨 난아는 한숨을 몰아쉬었다. 평소에 의젓하던 아이들도 밖에 나오면 말썽꾸러기가 되는 법이라, 유독 어려움이 많았다. 비행기가 하늘에 떠 있는 동안만이라도 주어진 휴식을 즐기고자 그녀는 눈을 감았다. 아침 일찍부터 나와 이런저런 준비를 하느라 그야말로 온몸이 물에 젖은 솜마냥 무거웠다.

"선생님?"

자그맣게 소곤거리는 목소리에 난아는 눈을 떴다.

"……유라 어디가 불편한 거니?"

"아니요. 안 불편해요. 그런데 선생님은 불편하세요?"

아이의 눈에는 그녀에 대한 걱정이 여과 없이 드러나 있었다.

"아니야. 선생님도 괜찮아. 오늘 너무 일찍 일어나는 바람에 졸려서 그래. 조금 자고 나면 좋아질 거야."

"여기는 침대가 없어서 잘 수가 없는데……."

지상 최대의 고민을 만났다는 듯 심각한 유라의 표정이 너무 귀여워 난아는 활짝 웃고 말았다.

"유라야, 유라 말대로 여기는 침대가 없으니까 그 문제는 나중에 고민하도록 하자. 알았지?"

"선생님, 오늘 우리 아빠도 제주도 가요."

유라를 원래 자리로 데려다주려고 몸을 일으키던 중 들려온 날벼락 같은 말에 난아의 눈이 크게 확대되었다.

"아, 아빠? 아빠께서 제주도에 오신대?"

'대체 여기에는 왜! 왜 오냐고!'

속으로 절규하는 난아의 마음과는 다르게 유라는 무척이나 신이 나 보였다.

"일 다 끝내고, 유라 있는 데로 온다고 하셨어요."

유라의 말에 그녀의 마음이 벌써부터 들썩이기 시작했다.

'나는 아직 마음의 준비가 안 되었단 말이다!'

수영장에서의 일들이 파노라마처럼 뇌리에 펼쳐져 그녀의 얼굴을 붉게 달아오르게 했다. 아찔했던 수영복 사건도 그렇지만 그보다 더 큰 문제는 그의 품에 안겨 있을 때 느꼈던 자신의 감정이었다.

'제발 그 일이란 게 길어지고 길어져, 부디 얼굴 볼 일 따위는 생기지 않기를!'

"유라는 참 무지무지 좋겠구나."

속마음과는 정반대의 말을 한 난아는 억지로나마 웃었다. 억지로 웃자니 입가에 경련이 일었다.

"네, 무지무지 좋아요."

환하게 미소 짓는 유라를 자리에 앉힌 후, 자신의 자리로 돌아가는 그녀의 발걸음은 추라도 매단 양 무거웠다.

"난아 씨!"

"앗, 깜짝이야! 지영 씨, 놀랐잖아."

갑자기 나타난 지영으로 인해 난아는 기겁했고, 지영은 그런 그녀를 보며 한바탕 깔깔 웃어댔다.

"하여간 이렇게 놀래키는 재미가 쏠쏠하니, 이 장난을 멈출 수가 없다니까~"

같은 임시직이긴 하지만 담임이 아닌 지영은 난아보다는 조금 더 여유가 있는 편이라 낯빛이 한결 좋았다.

"그런데 난아 씨, 요즘 잠 못 자? 다크서클이 땅을 파고들어 가겠어. 솔직히 말해봐, 변호사 남친하고 무슨 문제 있지?"

은근한 지영의 물음에 난아는 크게 움찔했다. 감정을 감추는 데 워낙 능숙하지 못한 탓도 있지만, 이렇게 불시에 치고 들어오는 질문에는 면역이 전혀 없는 그녀였다.

"오호~ 이 격렬한 반응으로 미루어보니 뭔가 촉이 오는군. 혹시 헤어지기라도 한 거야?"

조금 전보다 더 크게 움찔하는 난아를 보며 지영은 어쩐지 답을 알 것 같았다. 그리고 이럴 때는 차라리 모르는 척해주는 게 더 큰 도움이 된다는 것도 알고 있었다.

툭툭.

난아의 어깨를 위로하듯 툭툭 건드린 지영이 돌아가자, 난아는 무너지듯 자리에 앉았다. 그나마 있던 힘마저도 모조리 빠져나간 듯했다.

'서균 씨에 대한 것보다, 그 사람을 생각하는 시간이 더 많은 나를 통제할 수가 없어서 답답해요. 자꾸만 내가…… 내가 아닌 다른 사람이 되어가는 것 같아서 초조하고 불안하고 화가 나요……'

아무에게도 말할 수 없는 속내를 난아는 가슴 안에 단단히 감추고 또 감추었다.

길지 않은 비행을 마치고 도착한 제주의 날씨는 참 화창했다. 서울보다 포근한 날씨에 눈부시게 아롱져 내리는 햇빛이 아이들의

가슴도 설레게 했지만, 동행한 선생님들의 마음까지도 두근거리게
했다.

"에휴, 이제 한시름 놓았네."

난아는 스타빌리조트로 향하는 버스에 아이들을 모두 태우고 나
서야 안도의 한숨을 내쉬었다. 비행기에서는 제법 얌전하게 있던
아이들이 공항에 도착하고부터는 이리저리 뛰어다니는 통에 꽤 애
를 먹었던 탓이다. 하지만 스타빌리조트에 도착하기만 하면 한결
편해질 성싶었다. 리조트 내에서 도움을 줄 사람들을 차출해 준다
고 했으니, 지금보다 여유롭게 경치 구경도 할 수 있을 테고, 점심
도 코가 아닌 입으로 먹을 수 있을 터였다.

"날씨도 좋고 경치도 좋고. 몸은 피곤해도 안구 정화는 제대로
하고 가네."

난아의 입가에 서서히 미소가 고이기 시작했다.

❋

같은 시각, M쇼핑몰 제주 지점에 도착한 승조는 지하주차장부
터 꼭대기 층까지 찬찬히 둘러보고 있었다. 직원들이 이용하는 시
설까지도 구석구석 살펴본 그가 회의실에 좌정하자 본부장의 보고
가 시작되었다.

"……그래서 이번 여름 이벤트로는 파격적이면서도 공격적인
마케팅 전략을 내세워 가족 단위 고객 확보에 주력을 다할 예정입

니다. 이벤트는 3회 정도로 예상하고 있으며, 보다 상세한 기획이
나오는 대로 보고드리도록 하겠습니다."

"……"

잔뜩 긴장한 본부장의 말이 끝났음에도 침묵을 지키는 승조로
인해 회의실에 모여 있던 사람들은 일제히 굳어버렸다. 마치 목덜
미에 얼음 한 덩이씩을 집어넣은 듯 오싹한 한기마저 느끼고 있었
다.

"……이게 끝입니까?"

'망했다! 이제 맨몸으로 벼락을 받아내는 일만 남았구나.'

차갑게 딱 끊어 말하는 승조의 말에 모여 있던 사람들은 일제히
같은 생각을 했다.

"수고 많으셨습니다."

사람들은 자신의 귀를 의심해야만 했다. 그들은 모두 한마음 한
뜻으로 승조의 분위기를 살폈다. 그가 진심으로 하는 말인지, 아니
면 반어법으로 쓴 말인지를 파악하기 위해서였다.

"말씀하신 대로 추가 사항은 차후 보고받겠습니다."

승조가 자리에서 틀고 일어서자, 어안이 벙벙해진 사람들도 얼
결에 다 같이 일어섰다. 설마 이게 꿈은 아닌가 싶어 허벅지를 슬
쩍 꼬집어 보는 사람도 더러 있었다. 1년에 한두 번 시찰을 오다
보니, 한 번 왔다 하면 그야말로 발끝부터 머리 꼭대기까지 탈탈
털고 쥐어짜던 사람이 오늘은 왜 이러나 싶어 다들 당황할 수밖에
없었다.

다른 사람들이 놀라거나 말거나, 김 비서에게 각종 자료와 서류

를 챙기라 지시한 승조가 회의실을 나섰다.

어색하게 사람들과 인사를 나눈 김 비서도 분분히 일어섰다. 승조가 워낙 빠르게 앞서 걷고 있어서, 인사도 대충 마쳐야만 했다.

얼이 빠진 사람들을 뒤로하고 주차장으로 내려온 승조는 시각을 확인했다. 일정대로 현장학습이 진행되고 있다면, 점심을 먹은 아이들은 그림을 그리고 있을 터였다.

"바로 공항으로 갈까요? 비행기 시간이 많이 남긴 했습니다만, 주말이 아닌 평일이니 최대한 빠른 시간으로 티켓을 바꾸면 될 것 같습니다."

생각보다 빨리 끝난 일정 때문에 김 비서는 일대 혼란을 겪고 있있다.

"나는 볼일이 남아 있으니 김 비서는 공항 가서 비행기를 바꿔 타든지, 관광하다가 제시간에 타든지 알아서 하세요."

"네에?"

비서는 그의 말에 무척 놀랐는지 입마저 벌리고 서 있었다.

"이제 그만 퇴근해도 된다는 뜻입니다."

인천공항에 따라왔던 기사가 여기까지 오지 않아, 이곳에서는 김 비서가 운전을 했기에 차 키는 그에게 있었다. 차 키를 꺼내자, 낚아채듯 차 키를 가져간 승조가 차를 몰고 시야에서 사라졌고, 그제야 김 비서는 제정신을 차렸다.

"……이제 겨우 2시인데, 퇴근을 하란 겁니까?"

돌하르방이 된 김 비서를 거의 버리다시피 한 승조는 스타빌리조트를 향해 가고 있었다. 넓은 리조트 내에서 번거롭게 헤매며 시간을 낭비하고 싶지 않았던 그는 대학교 동창이면서 스타빌리조트 총지배인으로 있는 현준에게 연락했다.

"어이, 고승조!"

스타빌리조트에 도착해 본관 앞에 차를 세운 그가 직원에게 주차를 맡기고 로비에 들어서니, 장신의 훤칠한 남자가 반갑게 아는 척을 해왔다.

"……예은초교 학생들은?"

현준이 내민 손을 잡아 흔든 승조의 관심사는 이미 다른 곳에 있었다.

"딸부터 보러 가시겠다고? 천하의 고승조가 딸 바보가 되기라도 한 건가?"

근무지와 거주지가 제주도이다 보니 승조와 교류가 잦은 편은 아니었지만, 그래도 간혹 안부 전화도 주고받는 꽤 막역한 사이였다.

"사설이 길군."

어딘지 모르게 초조해 보이는 승조의 모습에 현준은 다소 의아해졌다.

'뭔지는 모르지만, 초조한 고승조라…….'

처음 보는 승조의 모습에 호기심이 동했다. 분명 딸 때문은 아닌 것 같았다.

"따라와. 내가 안내해 주는 게 제일 빠르니까."

나란히 걸으면서 소소한 일상들을 질문하고 답하며 탐색전을 벌이던 현준이 슬쩍 승조의 눈치를 살피며 본론을 꺼내 들었다.

"그런데…… 평일에 딸 현장학습마저 따라올 정도로 여기가 정상적이지 못하게 된 거야?"

손가락으로 승조의 머리를 가리켜 보인 현준이 짓궂게 굴었다.

"제주 지점 시찰 온 김에 겸사겸사."

"흐음…… 그래? 예은초교 학생들 저기 있네. 그런데 유라는 어디에 있을라나?"

승조는 현준이 가리키기도 전에, 그림을 그리고 있는 아이들 사이를 왔다 갔다 하는 난아를 단숨에 찾아냈다.

리조트 내에서 차출된 인원들이 많은 도움을 주고 있었기에, 난아는 제법 한가한 마음으로 주변을 둘러보며 아이들의 그림을 봐주고 있었다.

"……거기는 이 색깔이 좋겠는데?"

"난아 씨, 저기 저 때깔도 멋진 훈남들은 대체 누굴까?"

시력이 엄청 좋은 지영이 또 누굴 본 건가 싶어 난아는 그녀의 시선을 따라 고개를 움직였다. 까마득히 멀리 보이는 인영 둘을 바라보던 그녀는 화들짝 놀라 고개를 원래 위치로 돌려 버렸다.

"……고승조 씨야."

"누구라고? 고승조 씨? 그 사람이 여긴 왜 온 거래? 설마…… 난아 씨 보러 온 거야?"

난아의 자그마한 말에 지영은 목소리를 높였다.

"그, 그럴 리가. 딸이 있는데 왜 나를 보러 왔겠어?"

말을 하면서도 난아의 얼굴은 자꾸만 붉게 상기되어 갔다.

"그러게. 그게 분명 맞는 말인데, 왜 난 자꾸 그게 다가 아닌 것 같지?"

"응? 뭐라고?"

지영의 작은 속삭임 같은 혼잣말을 난아는 듣지 못했다.

"아니야, 아니야. 근데 어떻게 그렇게 금방 알아봤어? 자기 시력 그렇게 좋지도 않잖아?"

"그냥 눈에 보이더라고. 나는 저쪽에 볼일 있으니 이만 가볼게."

난아는 일단 도망갈 궁리부터 했다. 하지만 그녀의 도망은 뜻대로 이루어지지 않았다.

"선생님, 아빠 오셨어요."

유라가 난아에게 달려와 그녀의 손을 냉큼 잡았기 때문이다. 난아는 재빠르게 자리를 피하지 못한 스스로의 둔함을 탓했다.

"그, 그래? 아빠가 오셨어?"

전혀 몰랐다는 듯 말하는 난아를 의미심장하게 바라보는 지영의 눈빛을 그녀는 눈치채지 못했다.

"저기요, 저기! 저기 오고 계세요."

난아는 곁눈질로 그쪽을 살폈다. 아까보다 그의 모습이 훨씬 가까이 보였다.

두근두근.

심장이 격렬하게 두근거리기 시작했다.

"아빠! 아빠!"

유라는 승조에게 뛰어가 안겼다.

'도망가기엔 늦었어.'

이미 너무 가까이 다가온 그였다.

"유라, 안녕?"

"누구세요?"

자신의 이름을 부르며 알은척을 하는 현준을 의아하게 바라보는 유라의 눈동자가 맑았다.

"나도 꽤 생겼다고 자부했는데, 우리 아가씨 기억에 남을 정도는 아니었나 보네? 아저씨는 아빠 친구! 작년인가 한 번 봤었는데."

"안녕하세요."

현준의 너스레에 유라는 볼우물이 파일 정도로 웃으며 인사를 했다.

"그간 안녕하셨어요?"

현준과 유라가 담소를 나누는 동안, 지영은 승조에게 인사를 했다. 그의 시선은 인사를 건넨 그녀가 아닌 난아를 향해 있었다. 지영은 그런 승조를 가만히 지켜보다가 회심의 미소를 지었고, 현준은 현준대로 낯선 모습을 보이는 승조와 그런 그의 시선을 한 몸에 받고 있는 여자를 바라보았다.

"아, 맞다! 아빠, 선생님은 침대로 가고 싶다 하셨어요."

유라가 불쑥 던진 말에 그 자리에 있던 모든 사람들의 시선이 일제히 난아에게 향했다.

"어…… 그, 그게……."

난아는 당황스럽기도 했지만, 특히 승조의 시선에 몹시 당황했다.

"여기는 방이 많아 침대도 많으니, 아빠가 선생님을 침대로 데려다주세요."

유라의 어마어마한 말은 계속 이어지고 있었다.

"글쎄, 선생님은 전혀 원하시는 표정이 아닌데?"

그의 시선은 얼굴이 창백해진 난아에게 고정되어 있었다.

"선생님은 잠을 못 잤다고 하셨어요."

유라의 입에서 드디어 그럴듯한 설명이 나오자, 난아는 그제야 안도의 숨을 내쉬었다.

"그럼, 유라는 선생님이 걱정되어서 그렇게 말했던 거로구나?"

놀란 표정으로 승조와 난아를 번갈아 보던 현준이 유라의 말에 맞장구를 쳐주었다.

현준은 지금의 이 상황이 재미있었다. 무엇보다 그의 흥미를 자극한 것은 당황한 여자를 바라보는 승조의 표정이었다.

"네!"

마음을 알아주는 현준이 고맙기라도 한지 유라의 음성이 한층 올라갔다.

'피할 수 없는 거라면, 이 상황을 즐겨야 하는 건가?'

호시탐탐 이 자리를 벗어날 궁리만 하던 난아는 결국 포기해 버렸다. 오지랖이 태평양처럼 넓은 지영이 반 아이들을 맡아줄 테니 걱정 말라며 가버린 것까진 좋았다. 그런데 그녀가 유라마저 데리고 가버리는 바람에 참으로 어색하게 남겨졌다. 도둑질도 손발이 맞아야 해 먹는 법인데, 진짜 되는 일이 없었다.

"저는 이곳 총지배인이자, 여기 이 나무토막 같은 고승조의 대학 동창 노현준이라고 합니다."

홀로 남아 쭈뼛거리는 그녀에게, 웃을 때 눈이 둥글게 휘어 인상이 좋아 보이는 남자가 인사를 해왔다.

"김난아입니다. 유라의 담임선생님이에요."

존재감만으로도 그녀를 압도하고 있는 승조 쪽은 감히 바라볼 생각도 못 한 채 살짝 웃어 보였다. 난아는 승조가 너무 의식되어 자신이 무슨 말을 하고 있는지, 어떤 표정을 짓고 있는지조차도 인지하지 못하고 있었다.

"먼 길 오셨는데, 차 한잔하실까요? 이쪽으로 오시지요."

현준은 부끄러운 듯 볼을 붉히고 있는 난아와 어딘지 모르게 심사기 꼬인 듯 보이는 승조를 데리고 가까운 건물로 갔다. 엘리베이터를 타고 올라가 가장 먼저 보이는 객실을 마스터키로 연 현준은 승조와 난아가 들어설 수 있도록 한쪽으로 비켜섰다.

"안에 들어가 계세요. 저는 잠시 후 이곳에서 가장 맛있는 차를 들고 돌아오겠습니다."

둘이 객실 안으로 들어서자, 현준은 조용히 문을 닫았다.

"이렇게까지 해줬는데도 기회를 놓치는 멍청한 짓을 하는 건 아니겠지?"

로비를 걸어 나가는 현준의 얼굴에는 배부른 사자의 만족감이 가득 배어 있었다. 1년 365일이 온통 건조한 겨울이었던 그의 친구에게 이제야 봄이 올 모양이었다.

현준이 안내해 준 객실 안은 넓고 화려하기도 했지만, 밖의 풍경이 그대로 다 보이는 확 트인 곳이었다. 발코니 식으로 이루어진 창가로 다가간 난아는 난간에 몸을 기대고 밖을 내다보았다.

넓고 푸른 잔디밭에는 아이들이 열심히 그림을 그리고 있었고, 시야를 더 멀리 돌리면 잔잔한 바다의 표면에 닿아 하얗게 부서지는 햇살까지도 모두 볼 수가 있었다.

"그렇게 기대 있으면 위험합니다."

어느새 승조가 가까이 다가와 있었다.

'내게는 이 난간이 당신보다 덜 위험해요.'

그녀는 하고픈 말을 꾹 눌러 참았다.

"……현준이는 유부남입니다."

"현준 씨가 유부남이건 아니건 별로 상관없거든요."

차분한 그의 말에 건성으로 대꾸했다. 그의 말을 심각하게 받아들이고 싶지가 않았다.

"그런 것에 구애받지 않겠단 겁니까?"

"대체 무슨 말씀을 하시는 거예요? 관심이 없으니 상관없다는 거였는데!"

결국 난아는 역정을 내고 말았다. 그와 왜 이런 이야기를 나누고 있어야 하는 건지 답답해지기까지 했다.

"그러면, 나는 어떻습니까? 내게도 아무런 관심이 없는 겁니까?"

허를 찌르는 질문에 혀를 깨물 정도로 깜짝 놀랐다. 그리고 그런 그녀의 표정은 그에게 고스란히 전달되었다.

"아, 적어도 관심 정도는 있었던 겁니까?"

그녀의 눈빛에 섞인 감정들은 무척 다양하고 혼란스러웠지만 적어도 그녀의 마음이 어떤지 정도는 짐작할 수 있게 했다.

"관심은 있는데, 서균이가 걸리는 겁니까? 아니면 나를 둘러싼 모든 것이 걸리는 겁니까? 관심 없다는 말은 듣지 않겠습니다. 분명 거짓일 테니까."

치고 들어오는 승조의 질문들에 난아는 숨이 턱 막혀왔다. 질문의 강도가 높기도 했지만, 무엇보다 그녀의 마음 상태를 그가 알고 있다는 것에 당혹감이 들어 얼굴을 들 수가 없었다. 더불어 오기란 것이 생겨났다.

"왜 안 듣는데요? 들으셔야 할걸요? 제가 비록 7년이나 사귄 사람에게 배신을 당하긴 했지만, 그렇디고 에 딸린 남자에게 관심 있어 한다는 건 여러모로 말이 안 되잖아요?"

질끈 눈을 감았다 뜬 난아는 승조의 눈동자를 똑바로 바라보며 대차게 말했다. 물론 그런 말을 하는 그녀의 마음이라고 편한 건 아니었지만 여기서 그의 말을 수긍하고 들어갈 순 없었다.

그녀의 말을 들은 승조의 눈빛이 순간 흔들렸다가 다시 가라앉았다.

"그럼, 이건 어떻게 설명하려고?"

승조가 난아를 향해 성큼성큼 다가왔다. 그가 다가오는 만큼 난아는 뒤로 물러섰다. 뒤로 물러서다 보니 발코니 난간이 등에 닿았다. 더는 물러설 공간이 없었다.

머스크 향이 짙어졌다. 그리고 그가 입고 있는 셔츠의 단추 모양이 자세히 보일 정도로, 그는 가까이 다가와 있었다.

'이런, 바보 같으니. 도망을 가려거든 문 쪽으로 갔었어야지!'

난아는 자신의 우둔함을 탓하며 눈을 질끈 감았다. 도저히 눈을 뜨고 그를 올려다볼 자신이 없었다. 하지만 눈을 감자 그의 모든 게 더 예리하게 와 닿았다. 결국 그녀는 고개를 들어 그와 시선을 마주했다.

"그렇게 말해놓고 자신이 더 아플 거면서 뭐 하러 그런 말을 합니까?"

그의 섬세한 손가락이 자신을 향해 다가오는 게 보이자, 난아는 다시 눈을 감았다.

승조의 손가락이 난아의 눈가를 부드럽게 쓸고 지나가며 맺혀 있던 눈물을 걷어냈다. 그의 손이 피부에 닿는 순간, 크게 움찔했지만 그의 손가락 움직임이 위로처럼 느껴져 마음의 혼란이 더욱 커졌다.

난아의 감은 눈에서 본격적으로 눈물이 넘쳐 나기 시작했다. 닦아도 닦아도 쉼 없이 나오는 그녀의 눈물에 승조의 마음이 묵직해져 왔다. 그는 난아를 가볍게 끌어안고 등을 토닥여 주었다. 그의 위로에 훌쩍임의 강도가 더 커지긴 했지만, 가끔은 이렇게 감정을 숨김없이 덜어내는 것도 필요하다 싶었다.

"이렇게 우는 건 이번으로 끝냅시다."

그래도 그녀의 눈물을 다시 보고 싶지는 않았다.

※

나를 봐주세요

'들어가야 하나, 말아야 하나.'

리조트 본관에서 할 일을 마치고 돌아온 현준은 복도를 서성이며 고민하고 있었다. 지금이 어떤 분위기인지 대충이라도 알 수 없을까 싶어 객실 문에 귀를 대보았지만 당연히 아무 소리도 들리지 않았다. 그냥 판자로 막아놓았다 해도 들릴까 말까 한데, 하물며 이곳은 리조트 내에서도 예약하는 사람이 한정된 특급 객실이었으니 안의 소리가 들릴 리 만무했다.

"문자라도 해봐야 하나……."

뒷머리를 긁적이며 고민을 하던 현준은 갑자기 주머니 속 전화가 부르르 떨리자, 화들짝 놀랐다.

—차를 주긴 주는 건가? 때를 살피고 있는 거라면 그냥 들어와.

그의 행동을 빤히 보고 있는 것 같은 승조의 메시지에 현준은 기가 막혔다.

"예나 지금이나 하여간 귀신같다니까."

연락받자마자 바로 들어가는 것도 우습고 해서, 잠시 문 앞에서 시간을 보낸 현준이 객실과 연결된 벨을 눌렀다.

"어? 난아 씨는?"

공연히 멋쩍어진 현준은 객실로 들어서며 사방을 살폈다. 여자가 없었다.

"돌아갔어, 아이들 있는 곳으로."

승조의 말에 김이 샌 현준은 객실 중앙에 놓인 소파에 털썩 주저

앉았다.

"객실까지 내어줬더니……."

현준은 승조가 맞은편에 앉자 한껏 노려보았다.

"……고맙다."

"고마울 일이 있긴 했고?"

"……없진 않았지."

애매모호하게 말하고 입을 다물어 버리는 승조의 행동에 현준은 더 이상의 답은 들을 수 없음을 깨달았다. 저럴 때의 승조는 어떤 일이 있어도 입을 열지 않는다는 것을 경험을 통해 잘 알고 있었다. 밖을 향해 쏠려 있는 승조의 시선에 담긴 씁쓸함에 현준 역시 입을 다물었다.

한편, 객실을 나와 아이들에게 돌아온 난아는 지영이 아무 질문도 하지 않는 게 너무 고마웠다.

그녀는 머릿속 생각들을 떨쳐 내고자, 아이들을 데리고 주변을 돌아다니며 사진을 찍고 간단한 놀이도 하며 시간을 보냈다. 눈과 귀는 아이들을 살피고 있었지만, 마음은 자꾸 다른 곳을 향해 가고 있었다.

자신의 마음을 숨기려고 그의 마음을 할퀴어놓고, 그게 결국 속상해서 펑펑 울던 그녀를 말없이 안아주고 토닥여 주던 그가 전보다 더 가깝게 느껴졌다.

'그리고…… 전보다 더 두근거려.'

공연히 얼굴이 화끈거렸다.

"……선생님?"

"으응? 불렀니?"

손을 가볍게 잡고 흔드는 느낌에 딴생각에서 깨어나 보니, 유라가 그녀를 올려다보고 있었다.

"유라는 아빠가 왔으니까, 아빠에게 데려다주세요."

"아, 맞다. 유라는 아빠랑 집에 가는 거니?"

"아니요, 집에는 안 가요. 별장에 가요."

별장이라니. 참 두루두루 적응이 안 되는 집안이었다.

"그렇구나. 내일이 토요일이니, 재미있게 놀고 월요일에 탈 없이 보자~"

"선생님, 선생님도 우리 별장 같이 가면 안 되나요, 네?"

유라의 초롱초롱한 눈빛에 어찌 말해야 아이가 실망을 덜 할까 고민하고 있을 때였다.

"그래, 그거 좋겠다. 내가 난아 씨 반 애들 책임지고 인솔해 갈 테니, 여기서 좀 쉬다 와."

언제 나타났는지 지영이 번개같이 나타나 대화에 끼어들었다.

"쉬, 쉬긴 뭘 쉬어!"

난아는 펄쩍 뛰었다. 지영 때문에 없던 편두통까지 생길 것 같았다.

"뭘 또 그렇게까지 질색하고 그래? 좋은 경치 보고 맛난 음식 먹고 하는 게 쉬는 거지, 뭐 별다른 게 있겠어?"

"그, 그래도 안 돼. 주임선생님이 허락하지도 않을뿐더러……."

지영의 대수롭지 않은 말에 그녀는 얼굴을 붉히며 말을 더듬었다.

"아, 그게 문제면 내가 가서 물어보고 올게. 허락을 해줄지, 안 해줄지는 물어보지 않으면 모르는 법이잖아? 그럼 난아 씨는 여기에서 기다리고 있어~"

미처 말릴 새도 없이 손까지 팔랑이며 사라진 지영을 난아는 멀거니 바라볼 수밖에 없었다. 그녀의 손은 이미 유라의 손에 꼭 잡혀 있었다.

지영은 그야말로 날아가듯 주임선생님에게로 달려갔다.

'플라토닉 변호사 남친과는 끝난 것 같으니, 이번에야말로 확 당기는 남자랑 잘해 보라고. 소울메이트도 좋지만, 결국 끌림 없는 남녀 관계는 힘들다 이거야. 뭐, 애 딸린 이혼남이라는 게 걸리지만 그 외모에, 그 재력에 어디 빠지는 곳이 있어야 말이지. 소문이 별로이긴 했지만 역시 소문은 소문일 뿐이고. ……그리고 무엇보다 그 눈빛, 분명 난아 씨에게 제대로 확 꽂힌 게 분명해.'

지영은 진심으로 난아와 승조가 잘되었으면 하고 바랐다.

"주임선생님, 난아 씨가 오늘 사정이 있어서 그러니 바로 퇴근하고, 학생들 인솔은 제가 맡으면 안 될까요?"

"아니, 난아 씨 사정을 왜 지영 씨가 와서 말하는 거지요?"

대번에 얼굴을 일그러뜨리는 주임선생님 곁으로 바짝 다가선 지영이 작게 다음 말을 이었다.

"M쇼핑몰 고승조 씨 아시죠? 오늘 일 때문에 여기 오셨는데, 온 김에 선생님과 식사하며 상담을 하고 싶다 하셔서요. 난아 씨는 저기, 보시다시피 고유라 양에게 팔이 잡혀 있는 상태라 제가 이렇게 사정 얘기를 하러 온 거랍니다."

역시 고승조를 언급하자 바로 효과가 왔다. 주임선생님의 구겨진 얼굴이 펴지며 순순히 허락을 하는 게 아닌가.

'난아 씨, 파이팅! 아자, 아자!'

지영은 난아를 향해 엄지손가락을 번쩍 들어 보였다.

'신은 없다더니, 정녕 없는 게 맞았어.'

환하게 웃으며 득의양양한 표정을 짓는 지영의 모습에 난아는 절망했다. 요즘 재수가 없어도 어쩌면 이렇게 꾸준히, 지속적으로 없나 싶은 게 진짜 마가 낀 건 아닐까 싶은 마음이었다.

"선생님, 선생님은 싫으세요?"

난아의 표정을 줄곧 살피고 있던 유라의 얼굴이 시무룩해졌다.

"아니야, 싫긴 왜 싫겠어? 선생님이 오늘 꼭 집에 가야 할 사정이 생겨서 유라랑 같이 별장에 못 가는 게 섭섭해서 그러지~ 그 대신 저녁은 맛있는 걸로 같이 먹자."

유라가 상처받는 일은 없어야 했기에, 난아는 억지로라도 웃어보였다.

"네, 알겠어요. 그럼 이제 아빠한테 가도 돼요?"

'환장, 된장 하겠네. 지금 이 시점에서 그 사람을 다시 만나러 가야 하다니……'

아까 있었던 일들이 파노라마처럼 다시 펼쳐지자, 난아는 이를 악물었다.

"그럼, 선생님께 간다고 말씀드리고 가자."

난아는 신이 난 유라의 손을 잡고 주임선생님을 향해 다가갔다.

주임선생님으로부터 열렬한 격려까지 받았건만 발길이 차마 떨어지지 않았다.

유라와 함께 아까의 그 객실 앞에 서자, 심장이 밖으로 튀어나올 듯 거세게 뛰었다.

삐이이익.

벨을 누르는 그녀의 손이 파르르 떨렸다. 잠시 후 문이 열리며 그가 나왔다.

"아빠, 선생님과 밥 먹어요."

승조의 품에 폭삭 안긴 유라는 대뜸 본론부터 말했다.

"그게…… 다른 아이들과 선생님들은 먼저 출발하셨고요. 저는 아주 우연히, 지극히 우연히 제주도에서 만난 학부모와의 상담을 위해 남겨졌답니다."

그녀를 격려하던 지영과 주임선생님의 모습이 떠오른 난아는 자신도 모르게 입술을 삐죽이며 심술궂게 말했다.

"그렇다면 그 기대에 부응해야 하는 거군요? 그러면 그 상담이란 것을 해볼까요, 우리?"

그의 입술을 타고 나온 우리라는 단어가 무척 은밀하게 들려, 난아의 얼굴이 붉어졌다.

"아빠, 배고파요."

"그래, 유라야! 우리 어서 뭐라도 먹자."

구세주와도 같은 유라의 말에 난아는 반가움마저 느꼈다.

"유라는 파스타 먹고 싶어요."

"그래, 그러자. 선생님도 파스타 좋아해."

뭐가 되었건, 최대한 빨리 먹고 집으로 돌아가고 싶었다.

"그럼, 파스타 먹을까?"

"아저씨도 같이요?"

"어떤 아저씨?"

별안간 튀어나온 아저씨라는 말에 난아는 어리둥절해졌다.

"아빠 친구! 이렇게 웃던 아저씨!"

집게손가락을 눈가에 대고 살짝 구부리는 유라의 행동에, 승조와 난아 모두 아이가 말한 사람이 누굴 의미하는지 한 번에 알아챘다.

"그 아저씨랑 같이 먹고 싶어?"

"아저씨 재미있어요."

"유라가 원한다면야…… 하지만 아저씨도 약속이 있을지도 모르니까, 한번 물어보자."

현준에게 연락하면서도 승조는 영 내키지 않았다. 그가 제발 오늘 저녁에 다른 약속이 있기를 바랐지만, 설령 약속이 있다 해도 그 약속을 취소하고 이쪽으로 올 터였다. 그와 난아 사이의 묘한 기류를 눈치채고 엄청난 호기심을 보이던 그 눈빛이 잊혀지지 않았다.

역시 현준은 뛸 듯 신나는 태도로 초대에 응했고, 저녁 식사는 생각보다 꽤 유쾌하게 진행되었다. 유라는 연신 밝게 웃었고, 난아도 그런 유라의 모습에 마주 웃는 화기애애한 분위기였다.

그때, 별안간 현준이 서균의 안부를 물었다.

"참! 서균인 요즘 뭐 하고 지내냐? 통 연락도 없고. 소리 소문 없이 결혼을 했다거나 한 건 아니지?"

현준이 서균의 안부를 물은 건 모두 친구여서였을 뿐 별다른 의도는 없었다.

"잘 지내."

좀 심하다 싶을 정도의 짤막한 답변에도 현준은 그러려니 넘어갔다.

"어? 난아 씨, 어디 안 좋으세요? 안색이 창백한데요."

파스타를 입에 넣으려던 현준은 난아의 얼굴이 하얗게 질려 있는 것을 보고 깜짝 놀랐다.

"아, 괜찮습니다. 오늘 조금 피곤했던 모양이에요."

갑자기 튀어나온 서균의 이름에 그녀는 심장이 밖으로 튀어나오는 줄 알았다. 설령 눈앞의 남자와 좋게 지낸다 하더라도, 서균과 그가 친구인 이상 늘 이렇게 조마조마하게 지낼 것 같다는 깨달음이 새삼 들었다.

'하긴 문제는 그뿐이 아니지. 아이 있는 이혼남에, 사는 것부터도 나랑은 너무 다르고.'

그녀는 씹고 있는 게 파스타인지, 고무줄인지 느끼지 못할 정도로 그와 어울리면 안 되는 이유를 생각하고 또 했다.

'이 이상은 안 돼.'

난아의 얼굴은 차갑게 굳어갔고, 그런 그녀를 바라보는 승조의 얼굴 또한 쓸쓸하게 변했다.

식사를 마치고 극구 사양하는 난아를 공항까지 배웅하고 돌아가는 차 안, 유라는 어느새 잠이 들어 있었다. 승조는 백미러로 뒷좌석의 유라를 살피는 현준을 못마땅하게 노려보았다.

"이 야밤에 그런 뜨거운 시선은 옳지 않아."

승조의 눈빛을 현준은 장난스럽게 받아들이며 웃었다.

"여기까지 쫓아온 진짜 이유나 말해."

"말하면 답은 해줄 생각이고?"

승조의 예리함에 현준은 두루뭉술하고 능글맞게 응답했다.

"……들어봐서."

결국 승조는 피식 웃고 말았다. 솔직히 현준이 무엇을 질문할지 대강 짐작이 갔다.

"……김난아 씨는 알아? 네가 자신을 좋아한다는 것을?"

역시 그가 예상했던 질문이 나왔다.

"여태 몰랐던 거라면 이제는 알았겠지."

한숨 섞인 한탄이 절로 나왔다.

"오늘 내 덕을 확실히 보긴 했단 뜻이네? 그건 그렇고 쉽진 않겠어. 너도 난아 씨도."

현준은 끝내 말끝을 흐렸다. 솔직히 등을 떠밀기도 뭐한 문제이긴 했다. 주변에서 등 떠민다고 해서 떠밀릴 만큼 승조의 여건이 쉽지가 않았기에 더욱 그러했다.

"……그래."

보이는 것보다 더 큰 난관이 산재해 있음을 현준이 모른다는 게 다행이었다.

＊

　난아의 집, 대문이 보이는 위치에서 매번 그녀의 뒷모습만 바라본 서균은 더는 기다릴 수 없었다. 그녀에게 생각할 시간을 충분히 주었으니, 이제는 느슨하게 풀어두었던 줄을 바짝 잡아당길 차례였다. 그전에 그녀가 마음 편히 올 수 있도록 어머니를 설득해야 하는 일이 남았지만, 난아만 돌아와 준다면 어머니와의 전쟁은 얼마든지 할 수 있었다.

　서균은 바로 어머니의 집으로 향했다. 쇠뿔도 단김에 빼랬다고, 어쩌면 지금이 적기일지도 몰랐다.

　"이렇게 늦은 시각에 무슨 일이냐? 혹시 결혼 날짜라도 잡으려고?"

　그가 들어서자마자 날아든 어머니의 질문은 날카로웠다.

　"어머님이 허락만 하신다면 날이야 당장에라도 잡아보죠."

　서균은 평소와 다르게 희미하게 웃어 보이며 질문에 유하게 답했다. 가급적이면 어머니의 심기를 거스르는 방식의 대화는 하고 싶지 않았다.

　"누구를 말함이더냐? 행여 김난아 얘기인 거라면 더는 듣지 않겠다."

　역시 어머니는 호락호락한 분이 아니었다.

　"……다시 한 번 말씀드리지만, 결혼은 난아 외의 다른 여자랑은 할 생각이 없습니다."

"그래? 그럼 혼자 늙어 죽어야겠구나."

그의 단호한 말에 어머니의 이죽거림이 보태졌다.

"어머니는 대체 난아가 왜 그리도 싫으신 겁니까? 임용고시에 자꾸 떨어져서, 직장이 뚜렷하지 않아서, 뭐 이런 이유 말고 다른 이유가 있으신 것 같은데요."

그동안 궁금했으나 차마 물어볼 수 없었던 것을 물었다. 왠지 오늘은 어머니의 진실한 대답을 들을 수 있을 것 같았다.

"……처음부터 싫었던 것은 아니다. 그런데 그 아이는…… 어떤 사람과 닮아도 너무 닮았어."

"이유가 그것뿐인 겁니까?"

서균은 기가 막혔다. 난아를 꺼리고 싫어하던 이유가 고작 누군가와 닮아서일 거라고는 상상도 못 했다.

"네게는 그뿐일지 모르겠지만, 내게는 그게 전부다."

난아를 볼 때마다 아들을 위해 숨겨야만 했던 남편에 관한 진실이 튀어나올 것 같았던 적이 많았다. 그만큼 난아는 젊었을 적 남편의 여자를 떠올리게 했다.

서균은 고집스럽게 입술을 꾹 닫고 있는 어머니에게서 짙은 절망감을 느꼈다. 대체 무엇이 어머니를 이렇게까지 몰고 가는 것인지 궁금했으나 끝까지 알고 싶은 마음 반, 그냥 이대로 덮고 싶은 마음 반, 그런 심정이었다. 어머니가 말씀을 안 하시는 데에는 그만한 이유가 있을 테고, 그 이유라는 것이 좋지 않을 것 같은 예감이었다.

"돌아가거라. 더는 그 문제로 이야길 하고 싶지 않구나."

지친 듯 보이는 어머니의 모습에 서균은 집을 나왔다.

밤공기는 이제 제법 훈훈한데, 어째서 자신의 몸이 이렇게 떨리는지 통 모를 일이었다. 묘하게 불안한 기류가 흐르는 밤이었다.

12.
과거의 청산

큰 행사였던 현장학습도 무사히 마치고, 쉴 짬 없이 바로 체육대
회를 준비해야 하는 난아는 하루하루가 무척 바빴다. 솔직히 말해
차라리 바쁜 게 고마웠다.

—보기 싫더라도 오늘 좀 보자. 꼭 해야 할 이야기가 있어.

출근 준비를 마치고 집에서 나가려던 차, 서균의 메시지에 심장
한 귀퉁이가 찌르르 아파왔다.

"꼭 해야 할 이야기라⋯⋯."

별로 내키지 않았지만 나중에 그가 무슨 말을 하려고 했던 것일
까라는 생각으로 시간을 보내고 싶지 않았기에, 차라리 만나서 들

어나 보기로 했다.

난아는 퇴근 후 만나자는 답신을 보냈다. 그러면서도 내심 그를 그리워한 구석이 조금이라도 있는지를 점검했다.

'아직 그를 떠올리면 아프지만, 아픔의 원인이 그리움 때문은 아니야.'

딴 건 몰라도 그것 하나만큼은 자신할 수 있었다.

'내가 그리워하고 있는 사람은 가슴을 두근거리게 하는 머스크 향기에, 한 팔로 내 체중을 버틸 수 있는 정도의 완력을 가진……'

"으아악! 아침부터 대체 무슨 생각을 하는 거야?"

난아는 생각이 뻗어 나가는 방향의 끝에 누가 있는지 짐작했기에 깜짝 놀라 마음의 문을 꽝 닫아버렸다.

"생각하지 말자. 생각하지 말아. 우연히라도 떠올리지 말자."

주먹을 불끈 쥐고 현관문을 박차고 나간 난아는 학교에 도착해서는 그 어떤 생각도 나지 않을 정도로 아이들에게 집중했다. 그러다 보니 눈 깜짝할 사이에 오후가 되었다.

"……자, 그럼 이번 수업은 바깥에서 할까요?"

다음 주로 다가온 체육대회 연습도 하고 놀이학습도 할 겸 난아는 아이들과 함께 밖으로 나왔다. 예은초등학교는 체육관도 있었지만, 운동장도 흙이 깔린 곳과 고무가 깔린 곳 두 군데로 나누어져 있어 아이들과 활동하기 쉽게 되어 있었다. 아이들을 데리고 고무가 깔린 곳으로 가서 막 수업을 시작하려던 참이었다.

"어라? 이 녀석들이 어딜 갔지?"

유라를 비롯한 세 명의 아이가 보이질 않았다. 모여 있던 다른 아이들에게 학습 지시를 내린 그녀는 개구쟁이들을 찾아 나섰다.

"요 녀석들!"

아이들은 금세 찾을 수 있었지만, 그들이 하고 있는 행동에 난아는 너무 놀라 몸이 스프링처럼 앞으로 튀어 나갔다. 세 명의 개구쟁이들이 구름사다리 위를 징검다리 밟듯 서서 건너가고 있었다.

"선생님!"

하지만 아이들은 아이들대로 무섭게 달려오는 선생님의 존재에 놀랐는지, 두 명의 아이는 서 있던 자세 그대로 얼어붙었고, 이제 막 한 걸음 내딛던 유라는 어느새 바짝 다가온 난아의 존재에 놀라 그만 발을 헛디디고 말았다.

"안 돼!"

난아는 엄청난 속도로 달려가 떨어지는 유라를 두 팔로 붙잡고, 땅바닥을 뒹굴었다.

"유라야, 괜찮니?"

구름사다리 위에 올라가 있던 두 명의 아이가 언제 내려왔는지, 난아와 유라 곁에서 울먹이며 서 있었다.

"아얏!"

"유라야! 어디? 어디가 아픈데?"

아이의 비명에 놀란 난아는 벌떡 일어나 팔꿈치를 바라보고 있는 유라를 살피려고 팔을 뻗으려 했다.

"악!"

그 순간 엄청난 고통에 눈앞이 하얗게 변했다.

"선생님!"

갑자기 푹 고꾸라지는 난아의 모습에 유라도, 두 명의 아이도 깜짝 놀라 울먹였다.

"찬영이랑 경민이는 다른 선생님 좀 모시고 올래? 선생님이 팔을 다쳐서 전화기를 주머니에서 꺼낼 수가 없을 것 같거든."

난아는 아이들이 걱정할까 봐 통증이 밀려오는 와중에도 차분하게 지시를 내렸다. 두 아이가 가고 혼자 남겨진 유라는 눈물을 뚝뚝 흘리며 꼼짝도 못 하고 있는 그녀를 바라보았다.

"유라도 치료받아야겠다. 팔꿈치가 까져 피가 나는걸."

"선생님, 많이 아파요? 흐으윽……."

뭘 어떻게 해야 할지 몰라 유라는 발을 동동 구르며 울었다.

"유라야, 괜찮아. 선생님 오시면 병원 가면 되니까. 병원 갈 때 유라도 같이 가자. 혹 어디 다쳤을지도 모르니 검사를…… 아윽!"

난아는 말을 하다 말고 몸을 크게 움찔했다. 아무래도 팔이 부러진 것 같은데, 어떻게 부러졌는지 통증이 너무 심했다.

"……아빠…… 흑흑…… 선생님이…… 선생님이 유라 때문에 많이 다쳤어요. ……허어어엉."

통증으로 정신이 혼미했던 난아는 유라가 자신의 전화로 누구와 통화하고 있다는 것조차 인지하지 못했다.

[유라야, 지금 어디니? 학교? 병원? 주변에 어른들 아무도 안 계시고?]

승조의 목소리가 들리자, 유라는 더 크게 울었다.

"……흐윽…… 선생님은 운동장에 계세요. 다른 선생님은……
지금 오세요."

[유라야. 다 괜찮을 테니 이제 그만 울고, 다른 선생님 바꿔줄
래?]

"……정지영입니다."

교무실에서 자료 정리를 하던 지영은 갑자기 뛰어 들어온 아이
들을 따라 급히 운동장으로 나왔다. 쓰러진 난아 곁에서 울고 있는
유라가 전화를 건네자, 상대가 승조일 거라 짐작했다.

[고승조입니다. 유라가 울면서 자기 때문에 선생님이 많이 다쳤
다고 하던데, 상황이 어떻게 된 겁니까?]

급박한 목소리의 주인공은 역시나 그녀의 예상대로였다.

"저도 지금 막 도착해서요. 일단 난아 씨가 많이 고통스러워하
니 구급차를 부를 예정이에요. 유라는 크게 다친 것 같진 않지만,
같이 병원에 데려갈게요. 상황이 급하니 이만 끊습니다."

전화가 끊기자, 승조는 남아 있는 일정을 취소하고 학교에서 가
장 가까운 병원으로 향했다.

'별일 아니겠지. 아닐 거야.'

자세한 상황을 알 수 없으니 마음이 초조하고 불안했다. 손이 떨
려와 신호 대기 중에 쥐었다 폈다를 반복했음에도 마음이 진정되
지 않았다. 걱정과 불안으로 이렇게 초조했던 적이 언제 있었나 싶
게 그의 인생은 굴곡이 없었다. 심지어 결혼과 이혼이라는 변화도
이렇게 큰 반향을 불러일으키진 못했다.

초조한 낯빛의 승조가 병원에 도착해 응급실에 들어가자 익숙한 얼굴이 보였다.

"어떻습니까?"

"오셨어요? 유라는 팔꿈치에 가벼운 찰과상뿐이라 다행인데, 난아 씨는 구름사다리 위에서 떨어지는 유라를 받아내는 바람에 골절이 되었다네요."

지영은 간단하게 상황을 설명했다.

"지금 난아 씨는 어디 있습니까?"

"팔꿈치 쪽…… 뭐라더라, 하여간 무슨 뼈가 부러져 수술 중이에요. 아, 수술이라고 해도 엄청 간단한, 거의 시술에 가까운 수술이라고 하니 걱정 마세요. 그리고 유라는…… 저기 오네요."

수술이란 말에 급격히 안색이 안 좋아지는 승조의 모습을 보고 지영은 수술에 대한 설명을 간단히 덧붙였다.

"아빠……."

그를 보자마자 유라는 눈물을 뚝뚝 흘리며 안겼고, 승조는 가만히 아이를 안아주었다.

"유라 많이 아프니?"

"안 아파요. 그치만…… 선생님은 많이…… 아파요……."

한 팔로 유라를 안은 그가 다른 손으로 아이의 얼굴에 가득한 눈물을 닦아주었다. 아이가 몸을 기대오자, 승조는 유라를 더 꼭 안아주었다.

승조는 그의 지시를 받고 달려온 심 여사에게 유라를 집에 데려가라고 한 후 자신은 병원에 남았다. 난아의 수술은 금방 끝나긴 했으나, 하루나 이틀 정도는 입원해 상태를 점검해야 한다고 해서 입원 절차까지 모두 마쳐 놓았다.

"저기, 이거요."

난아를 입원실까지 안내하고 나온 지영은 복도에 서서 기다리고 있는 그에게 자판기 커피를 내밀었다.

"입에 맞진 않으시겠지만 좀 드세요. 난아 씨는 피곤했던지, 저 보고도 이만 가보라 하더라고요."

승조는 말없이 종이컵을 받아 들었다. 그가 온 것을 난아가 부담 스러워할까 싶어, 지영에게 말하지 말아달라 미리 말을 해둔 터였 다.

"많이 걱정되시죠?"

지영의 의미심장한 어조에 승조는 그녀의 눈을 빤히 바라보았 다.

"그게…… 뭐 여차여차하다 보니, 두 분의 감정을 눈치챘다고나 할까요?"

지영은 예리한 승조의 눈빛에 움찔 물러나면서 멋쩍게 미소를 지었다.

"하지만 전 응원하는 입장이니 오해는 마세요!"

"응원을 왜 합니까?"

두 주먹 불끈 쥐어 보이는 지영을 바라보며 승조는 솔직하게 질 문했다.

"뭐, 난아 씨가 고승조 씨 사정을 모르는 것도 아니고. 다 알면 서도 끌리고 있는 걸 아니까요. 사귀던 남자친구랑은 헤어지기 전에도 조금 조짐이 이상하더니, 결국 끝장이 난 것 같더라고요."

"그건 또 무슨 말입니까?"

조짐이 이상했다라, 그건 또 어떤 근거에서 나온 말인지 궁금해졌다.

"난아 씨랑 술 많이 먹고, 제가 전화드린 날 있잖아요. 그때 난아 씨가 남자친구가 엄청 들이대는데, 아니, 육체적으로 막 접근하는 게 고민이라 하더라고요. 그래서 막 당기는, 아니, 보는 것만으로도 설레는 사람이 있느냐 물었는데 눈치가 좀 이상했거든요. 알고 계시죠? 난아 씨는 워낙 표정이 솔직해서 답을 듣지 않아도 다 알게 되는 거! 하여간 제가 보기엔 그 사람이, 그러니까 보는 것만으로도 설레는 그 사람이 고승조 씨일 것 같더란 말이죠."

어깨를 으쓱인 지영은 나름의 추리력을 발휘했다.

"그때 제가 남자친구의 들이댐을 받아들여 보고, 안 맞다 싶으면 뒤도 돌아보지 말고 관두라고 조언했거든요. 남자친구와 헤어진 내막까지야 모르지만, 확실한 건 난아 씨가 고승조 씨에게 끌리고 있다는 점이지요. 물론 고승조 씨도 같은 마음이란 것쯤은 이미 수영장에서 눈치챘고요."

승조는 지영의 솔직한 말에 난아가 왜 그녀와 친한지 알 수 있을 것 같았다.

"이미 미루어 짐작하신 것들에 대해 부정은 하지 않겠습니다. ……커피 잘 마셨습니다."

약간 식은 커피를 단숨에 마신 승조는 지영에게 인사를 하고는 입원실 쪽으로 걸어갔다.

"저렇게 차갑고 딱딱하게 말하는데도, 무례해 보이지 않는 것도 재주라면 재주지."

—난아 씨, 아무 걱정 말고 푹 쉬어. 내일 학교에는 내가 잘 얘기할게.

깊은 여운을 남기고 사라지는 승조의 뒷모습을 멍하니 바라보던 지영은 난아에게 문자 한 통을 남기고는 집으로 향했다.

난이의 병실 앞에서 들어갈까 말까를 망설이던 승조는 조금 열린 문틈으로 그녀의 목소리가 들려오자 티 나지 않게 문을 살짝 더 열었다.

"……다친 건 왼팔인데…… 정말 별거 아니니까, 너무 걱정 마시라고 하고. 오신다고 하면 네가 내일 아침 모시고 오고. 올 때 필요한 것들 대강 챙겨 와…… 그래, 그런 것들."

가족과 통화를 하는 것 같던 난아가 통화를 마치고 자리에 누우려다가 다시 일어났다.

"아, 맞다!"

무언가 깨달았다는 표정과 더불어 내키지 않는다는 감정이 얼굴에 가득 담기기 시작했다.

"에휴……."

급기야 한숨까지 내쉬었다.

'몰래 엿보는 것 같군.'

자신의 행동이 옳지 않다 여긴 승조가 자리를 뜨려고 움직이려 할 때였다.

"서균 씨, 오늘 만나기로 한 거 다음으로 미뤄요. 오늘 학교에서 작은 사고가 있어 병원에 와 있거든요. ……아뇨, 아뇨! 올 필요까진 없어요. ……그러면 나중에 다시 연락할게요."

문 뒤에 서서 난아의 대화를 고스란히 들은 승조는 갑자기 가슴이 답답해져 왔다.

'서균을 만나려고 했던 건가.'

그녀가 무슨 이유에서 서균을 만나려 했던가는 중요하지 않았다. 그에게 지금 중요한 건, 저렇게 까마득한 표정을 짓고 있는 그녀가 마냥 안쓰러워 보인다는 점이었다.

승조는 다시 한 번 그녀의 모습을 바라본 후 조용히 병원을 나서려 했다. 분명 차에 올랐을 때만 해도 집에 가자는 생각을 하고 있었다.

그러다 문득 서균이라면 난아가 병원에 있다는 사실만으로도 이곳에 올 것이란 생각이 들었다. 아무래도 이대로 가는 것은 내키지 않았다. 자신의 생각이 틀렸을지도 모르지만, 이렇게 가버리면 계속 마음에 걸릴 것 같았다.

'기다려 보는 게 낫겠군.'

승조는 올지 안 올지 그 여부도 불확실한 서균을 일단 기다려 보기로 했다.

❈

　서균은 입원을 했다는 난아의 말에 너무 걱정이 된 나머지, 그녀의 동생에게 연락해 병원을 알아냈다. 그녀의 동생, 초아가 내키지 않는 기색으로 병원을 알려주면서 오늘은 찾아가지 말란 말을 덧붙였지만 그는 가지 않을 수가 없었다. 그녀가 걱정되기도 했지만, 마음을 전하려던 날에 하필 이런 일이 생겼다는 사실이 차마 믿기지 않아, 두 눈으로 확인을 해보고 싶었다.

　그는 난아가 입원한 병원으로 갔다. 어쩐지 오늘이 아니면 안 될 것 같았다. 컨디션이 안 좋은 그녀에게 마음을 전해봤자 효과가 없을지도 모를 일이었지만, 오늘이 아니면 기회가 없을 것 같아 불안하고 초조했다.

　그는 난아의 병실 앞에서 잠시 망설이다가 노크를 했다.

　"네, 들어오세요."

　문을 열고 들어서자 리모컨을 손에 쥔 난아와 시선이 정면으로 부딪쳤다.

　"……난아야."

　그녀의 손에 들려 있던 리모컨이 이불 위로 툭 떨어졌다. 그리고 그녀의 심장도 더불어 거세게 요동치기 시작했다.

　"여기는 어떻게 알고……."

　전혀 반가워하지 않는 난아의 기색에 마음의 준비를 하고 왔음에도 불안해졌다.

　"네 전화 받고 걱정돼서 초아에게 연락했어. 물론 초아는 가지 말라고 했지만…… 도저히 안 되겠더라."

"……꼭 하고 싶단 이야기가 뭐였어요?"

미처 다 못 한 과제를 해치워 버리자는 식의 어조. 그 어떤 감정도 남아 있지 않은 것 같은 그녀의 서늘함에 서균은 얼어붙었다.

"그간 나도, 그리고 너도…… 서로에 대한 감정을 정리할 시간을 충분히 가졌다고 생각해."

그의 말에 난아는 말없이 고개를 끄덕였다. 그 작은 움직임에 서균은 한 자락 희망을 품었다.

"결론부터 말할게. 너한테 상처 준 거 인정해. 내가 잘못했어. 진심으로 미안하다. 그렇지만 아무리 생각해 봐도 나는 난아, 너여야만 해. 네가 기회를 준다면, 정말 그러기만 한다면…… 평생 너 하나만 바라보고 사랑하며 살게. 살면서 갚아갈게."

서균이 어렵게 꺼낸 말이란 것을 알면서도 난아의 마음은 움직이지 않았다. 아니, 마음이 움직이긴 했다. 자신에게 이런 냉철함이 있었나 싶을 정도로, 지금 상황에 대한 답이 정확하게 나왔다.

"이제야 알겠네요. ……난 서균 씨의 사과를 받고 싶었나 봐요."

뜬금없는 난아의 말에 서균은 어리둥절했다.

"나를 제쳐 놓고 3년이나 딴 여자를 만났던 것에 대한 사과 말이에요. 처음 그 사실을 알았을 때는 내가 잘못해서, 내가 부족해서 다른 여자를 만났다고 여겼어요. 그래서 계속 내 탓만 했어요. 그런데 그건 내 탓이 아니었어요. 마음이 바뀐 서균 씨, 당신 탓이었을 뿐."

잠시 말을 끊은 난아가 차분히 다음 말을 이어갔다.

"평생 나 하나만 바라본다고요? 7년 세월에도 나 하나를 온전히 못 봤던 사람이 평생 나만 사랑한다는 건 말이 안 돼요. 그리고 그게 가능하다 해도, 서균 씨가 조금만 이상한 낌새를 보이면 '혹시 이 사람이 또?' 이런 의심하면서 살 것 같아요. 그게 아니란 것을 알게 될 때마다, 그런 의심을 했던 스스로를 혐오하면서도 또 그런 행동을 반복할지도 몰라요. 그리고 무엇보다 그런 것들을 감수하면서까지 당신과 평생이란 시간을 함께하고 싶지 않아요."

심장에 못질을 해대도 이보나 너 고통스러울 순 없을 것 같았다. 무엇보다 더 치명적인 건 그녀의 말에 그가 반박할 수 있는 말이 없다는 점이었다. 변호사인 그가, 처음으로 말문이 막혔다.

"그리고 이건 오지랖 넓은 말이지만…… 자신의 마음을 좀 솔직히 들여다봐요. 조금 이상하다고 생각한 적 없어요? 꼭 나여야만 한다는 사람이, 3년간 무슨 마음으로 유진희 씨를 만났을까 하는 생각이요. 분명 그 마음이 작지는 않았을 것 같거든요."

난아의 정신은 그 어떤 때보다도 맑음을 알 수 있었다. 그래선지 여태 뿌옇게 흐려 보이지 않았던 강 건너 진실마저도 보였다.

서균도 난아의 마지막 말에 정신이 번쩍 들었다. 유진희에 대한 것까지 살피는 난아의 말이 영원한 안녕을 고하는 것처럼 들렸다.

뭐라 한마디 하려던 그는 끝내 입을 다물었다. 한없이 담담한 표정의 그녀에게 그 어떤 말을 한다 해도 소용이 없을 것 같았다.

"……그만 쉬어."

서균은 떨어지지 않는 발걸음을 돌렸다. 함께한 7년의 시간들이 발목을 붙잡고 있는 듯 걸음이 무거웠다. 난아는 홀가분해졌는데, 왜 자신만 이 무게를 느껴야 하는 건가 싶었다. 하지만 그녀의 말대로 잘못은 자신이 했기에, 지금 느끼는 참담함조차도 그의 몫인 게 맞았다.

병실 밖으로 나온 그의 뒷모습을 좇는 시선이 하나 있었으니, 승조였다.

주차장에서 서균을 발견하고 쫓아온 그는 병실 문이 보이는 위치에 서서 서균이 나오길 기다렸다. 서균의 모습이 시야에서 완전히 사라지자, 그는 안으로 들어갈까 말까 한참 고민했다. 하지만 결국 그녀 혼자만의 시간을 갖게 해주는 게 나을 것 같다는 판단을 내렸다.

승조는 병실 문이 마치 난아라도 되는 양, 한참 바라보다가 발길을 돌렸다.

병실 문을 바라보고 있던 건 난아도 마찬가지였다. 그저 멍하니 한참을 문만 바라보고 있던 난아가 손을 들어 얼굴을 만졌다. 얼굴이 온통 축축했다. 7년간 함께했던 시간의 무게가 가볍지 않았기에 이를 갑자기 내려놓으려니 허망해서 눈물이 나왔다. 행복했던 기억, 좋았던 추억들로 인해 가슴이 미어져 눈물이 쉼 없이 흘렀다.

하지만 지금의 이 판단이 옳다는 것쯤은 알고 있었다. 그리고 그도 조금의 시간이 더 지나고 나면 결국 알게 될 터였다. 둘을 감싸고 흐르던 시간이 그 움직임을 멈추었음을.

13.
폭탄선언과 그 후유증

부모님을 모시고 병원에 올 거라는 동생의 연락에 난아는 황급히 매무새를 가다듬었다.

"에휴……."

난아는 거울을 바라보며 한숨을 팍 내쉬었다. 아무리 가다듬어 봤자 상태가 영 별로였다.

'적당히 울다 자는 건데…….'

두 분 모두 출근 전에 자신을 보러 오시는 게 분명한데, 이 꼴을 보여야 한다는 생각에 절로 후회가 몰려왔다.

똑똑똑.

노크 소리와 함께 문이 열리며 부모님이 들어오시다 그녀의 얼굴을 보고 멈칫하셨다.

"쯧쯧, 또 양서류가 되셨군."

뒤따라 들어오던 동생 초아가 혀를 차며 웃음을 터뜨렸으나, 부모님의 표정은 그리 밝지 않았다.

"많이 아픈 거 아니냐?"

걱정스러운 엄마 목소리에 마음이 울컥했지만 난아는 아무렇지 않다는 듯 손을 내저어 보였다.

"괜찮아요. 그동안 시간 없단 핑계로 못 본 드라마들을 몰아서 봤더니, 이러네요."

과연 그녀의 말을 액면 그대로 믿어주실지 의문이었지만, 억지로 캐물을 분들도 아니었기에 그냥 넘어가 주실 터였다.

"……학교에 연락은 드렸고?"

아빠의 음성에 담긴 걱정을 난아는 금방 알아챘다. 임시 계약직인데 개인적인 문제로 결근하면 혹 문제가 생기지 않을까 걱정하시는 게 분명했다.

"학생을 구하려다 이 한 몸 아낌없이 던진 거라 괜찮아요. 상을 줘도 모자랄 판이라고요."

난아의 너스레에 분위기는 제법 화기애애해졌다.

"그래도 엄마는 네가 안 그랬으면 좋겠어. 남의 집 자식 구하자고 내 귀한 딸이 아픈 건 싫다."

"네엡! 명심하겠습니다."

웃음기를 지우고 따끔하게 한마디 하는 엄마의 말에 난아는 우렁차게 대답했다.

"양서류에서 빨리 인간으로 돌아와."

초아는 가방에서 난아가 부탁한 물품들을 주섬주섬 꺼냈다.

"전 정말 괜찮으니 어서 출근하세요. 이러다 지각하시겠어요."

그녀만 혼자 두고 가는 게 내키지 않은 부모님들이 머뭇거리자, 난아는 일부러 더 활짝 웃어 보였다.

"어제 서균 오빠 다녀갔지? 분명 내가 그러지 말라고 했었는데."

부모님이 나가시자, 초아가 목소리를 낮추며 바싹 다가왔다. 역시 초아는 눈치의 여왕다웠다.

"덕분에 해결해야 되는 거 다 끝냈다."

난아는 초아의 볼을 잡아 쭉 당기며 아무렇지 않게 대꾸했다.

"이건 또 무슨 자다가 남의 다리 긁는 소리야?"

초아도 난아의 볼을 쭉 당기며 한 소리 했다.

"……서균 씨랑 어제 끝냈거든. 아주 완전무결하게!"

"뭐!"

너무 놀란 초아는 자신도 모르게 외마디 비명과도 같은 소리를 내질렀다.

"초아야, 늦겠다."

병실 문이 열리고 그녀를 재촉하는 부모님의 목소리가 들려왔다.

"……오늘 퇴근하고 봐, 모조리 싹 다 말해야 할 거야. 나, 그동안 많이 기다린 거 알지?"

초아는 빠르게 말을 쏟아내고는 나가 버렸다.

한바탕 소란이 일었던 병실 안은 다시 잠잠해졌고, 난아는 정신적인 피곤이 몰려왔다. 어제는 서균, 오늘 아침은 부모님, 그리고 저녁에는 초아에게 볶일 걸 생각하니 머리가 지끈거려 왔다.

"차라리 TV나 보자."

리모컨을 집어 든 난아가 채널을 이리저리 바꾸며 뭘 볼까 고민할 때였다.

똑똑똑.

"네."

간호사들이 수시로 들락거리며 몸 상태를 체크하는지라 난아는 또 간호사려니 싶어 TV에서 눈길도 떼지 않고 무심히 대꾸했다.

"……이제는 쳐다보지도 않을 겁니까?"

갑자기 들려온 낮고 차분한 목소리에 화들짝 놀란 그녀가 소리가 들린 쪽을 향해 고개를 휙 돌렸다.

"아침부터 어쩐 일이세요? 아니, 여기는 왜 오셨어요?"

옅은 회색 슈트 차림의 고승조는 이른 아침에도 지나치게 반듯하고 깔끔했으며, 넘치도록 우아해 보였다.

"유라 때문에 이렇게 다쳤는데, 당연히 와봐야 하지 않겠습니까?"

길게 쭉 뻗은 그의 손가락이 그녀의 다친 팔을 가리켜 보였다.

'그러니까 내 말은 와도 왜 하필 이 모양일 때 오냔 말이에요!'

난아는 고개를 푹 숙였다. 아래위, 어디 하나 흠잡을 데 없이 완벽한 그의 모습과는 달리 지금 자신의 상태는 초아가 말한 딱 양서류, 그중에서도 가장 몰골이 사나운 두꺼비와 흡사했다.

"전…… 괜찮아요."

"그래 보이는군요."

다소 표정이 풀어져 있는 그의 모습을 곁눈질하던 난아의 심장이 두근거리기 시작했다.

'지금 약 올리는 거야? 이 몰골 어디가 괜찮아 보인다는 거지?'

난아는 괜히 심통이 나려 했다.

똑똑똑.

또 들려온 노크 소리, 이번에는 진짜 간호사였다. 병실 안으로 들어온 간호사는 잠시 승조에게 감탄 어린 시선을 보내더니, 난아의 상태를 체크하면서도 내내 곁눈질로 그를 살피고 있었다. 난아는 어쩐지 그 모습에 심기가 불편해졌다.

"어제 만나지 못하고 가셔서 많이 섭섭하셨나 보네요. 이렇게 일찍 오신 걸 보면요."

다 알고 있다는 듯 말을 꺼내는 간호사의 말에 난아는 깜짝 놀랐다.

"어제 오셨었어요?"

난아는 눈을 커다랗게 뜨고 승조를 바라보았다.

"어제 수술 끝나고 입원실로 옮기는 것까지 모두 보고 가셨어요."

난아의 질문에 간호사가 답변하는 묘한 형국이었다. 원치 않게 어제의 행적이 노출된 승조는 잠시 당황했으나, 아무 말도 하지 않았다.

일을 마친 간호사가 나가 버리자, 두 사람 사이에는 어색한 공기만 떠다녔다.

"……부담스러워하는 것 같아 지영 씨에게 말하지 말라고 부탁했습니다."

승조는 한숨 쉬듯 사실을 말했다.

"유라는요? 괜찮나요? 아침에 일어났을 때, 어디 아프다거나 불편한 곳 없대요? 원래 사고라는 게 당일보다 그다음 날이 더 죽을 것 같은 법이잖아요."

난아는 가장 안전한 화제를 꺼냈다. 그가 한 아이의 아빠라는 사실을 까맣게 잊곤 하는지라, 종종 이렇게라도 스스로에게 인지를 시켜줘야만 안전할 것 같았다.

"그러는 난아 씨는 어디 새롭게 아프거나 불편한 곳 없습니까? 역시…… 가장 불편한 곳은 마음인 겁니까?"

그런 그녀의 심경을 자로 잰 듯, 집어내는 그의 말에 난아는 크게 움찔했다.

"아니요, 제가 가장 불편한 건 결단코 몸이거든요. 마음은 조용한 바다처럼 고요하고 편안하거든요."

당황한 마음에 답을 하긴 했지만, 할 수만 있다면 방금 한 말을 도로 주워 담고 싶었다.

'이따위 말은 나라도 안 믿겠다!'

난아는 제발 그가 그냥 넘어가 주었으면 좋겠다는 바람으로 입가에 경련이 일 정도로 어색하게 웃었다.

"스스로도 못 믿는 이야기는 하지 않는 게 좋습니다."

역시 귀신 뺨 때리게 예리한 남자였다. 누가 되었건 그 앞에서 무언가를 작정하고 숨기는 건 정말 힘든 일일 것 같았다.

"그럼…… 믿음이 갈 만한 이야기를 해보도록 할까요?"

난아는 심호흡을 한 번 하고, 잠시 말을 끊었다. 언제까지 피해 다닐 순 없는 법, 어쩌면 정면 돌파만이 해답일 수도 있다.

"뭐, 이미 눈치채셨겠지만 저는……."

난아는 눈을 질끈 감았다 떴다.

"……저는 고승조 씨에게 설레고 끌려요. 하지만…… 더는 그러고 싶지 않아요. 대책 없이 끌리고 설레기에는…… 마음에 걸리는 게 너무 많거든요."

담담한 말투와는 달리 그녀의 표정은 우울하고 어두웠다.

"……그러면, 난 어떨 것 같습니까?"

승조의 음성은 오늘 아침 날씨는 어떠냐고 묻는 듯 몹시도 차분했다.

"궁금하지 않아요. 아니, 알고 싶지 않아요. 제 마음은 제가 알아서 할 테니, 고승조 씨 마음은 고승조 씨가 알아서 하세요."

가부좌를 틀고 앉은 난아는 단호하게 딱 잘라 말했다. 각자의 발등에 떨어진 불은 스스로 알아서 끄는 게 맞았다.

"각자의 마음은 알아서 하자 했습니까?"

빙그레 웃은 그가 침대 쪽으로 한 걸음, 한 걸음 다가왔다. 어쩐지 위험스러운 그의 웃음에 난아는 뒤로 물러서고 싶었다. 하지만 애석하게도 물러설 곳이 없었다. 밖으로 도망을 치자니 침대와 문 사이에 있는 그가 가만 놔둘 것 같지 않았다.

'나는 학습 능력이 없는 건가. 제주도에서도 그렇고, 지금도 그렇고 왜 하필이면 사방이 막힌 공간에서 사고를 치냐.'

절절히 후회가 되었지만 이미 엎질러진 물이었다.

머스크 향이 한층 더 진해졌다. 난아는 차마 고개를 들어 그를 바라볼 수 없어, 이불 위에 놓여 있는 리모컨으로 온 신경을 쏟아부었다.

"앞으로 내 마음은 내가 알아서 하겠습니다. 그러니…… 난아 씨는 부디 끝까지 모른 척 잘하시길 바랍니다."

승조의 나직한 목소리가 귓가에 닿을 듯 들려왔다. 그 순간, 그녀의 모든 감각이 귓가로 이동하면서 예민하게 날이 섰다.

"고승조 씨는 모든 게 참 쉽나 봐요? 그것참 좋으시겠는데요?"

그의 작은 행동에도 예민하게 반응하는 스스로에게 화도 났고, 자신과 달리 아무렇지 않은 듯 보이는 그의 모습에 괜히 억울해졌다. 그래서 결국 발끈해서 소리를 지르고 말았다.

"왜 쉽다고 생각합니까? 앞뒤 가리지 않고 달려가는 마음이 나라고 마냥 좋은 건 아닙니다. 어색하고 생소하며 어렵기까지 합니다. 그럼에도 불구하고…… 멈춰지지 않아 안타깝기까지 합니다. 난아 씨 말대로 마음이 이끄는 대로 행동하기에는…… 걸리는 게 참 많으니까요."

그녀의 말과 비슷한 맥락의 말이 그의 입에서 나오자, 난아는 마음이 씁쓸해졌다. 마치 확인 사살을 당한 듯, 마음이 아리고 아파왔다.

"……쉬어요. 학교에는 이야기해 놨으니, 아무 문제 없을 겁니다."

툭 건드리면 왈칵 눈물을 쏟아낼 그녀의 모습에 승조는 한 발짝 물러서기로 했다. 이런저런 일로 몸과 마음이 지친 그녀에게 닦달을 해봤자 무슨 소용이 있나 싶었다.

급할수록 천천히 가라고 했다. 그는 이 여정이 결코 쉽지 않을 것임을 알기에 급히 갈 마음이 없었다. 자신도 많은 고민을 하고 또 해서 준비를 마친 만큼, 그녀도 준비가 될 때까지 기다려 줄 참이었다.

승조는 고개를 푹 숙이는 바람에 쏟아져 내려온 난아의 머리카락을 부드럽게 쓸어 얼굴이 보이게끔 귀 뒤로 넘겨준 후 등을 돌렸다.

"방과 후 유라와 함께 오겠습니다."

승조가 나가고 난아는 그의 손이 닿았던 머리카락을 만져 보았다. 머리카락이 생명이라도 얻은 양, 한 올 한 올 살아 움직이는 듯했다. 도리질을 치고 마음을 다잡아봐도, 그녀의 모든 감각은 그를 향해 내달리고 있었다.

✳

M쇼핑몰 대표이사실의 김 비서는 까칠한 상관을 맞이할 준비를 단단히 마쳤다.

"사장님, 나오셨습니까?"

어디 한 군데 빠지는 구석이 없는 승조의 등장에 김 비서는 평소와 다름없이 깍듯이 인사했다.

"스케줄표 전송해 주세요."

평소와 다를 게 없는 모습이었으나, 김 비서는 뭔가 강한 느낌을 받았다. 어째 오늘은 조심해야 할 것 같은 예감이 들었다.

"이 비서, 사장님 컨디션이 아주 바닥인 것 같으니, 결재 서류 들고 오는 분들께 넌지시 귀띔해 드리도록 해요."

"정말이요?"

얼마 전부터 함께 일하게 된 이 비서에게 한마디 하자 대번에 긴장하는 모습을 보였다. 그도 그럴 것이 초지일관 같은 표정인 승조의 분위기를 족집게처럼 읽어내는 그의 감각이 얼마나 훌륭한지 잘 알고 있기 때문이었다.

"오늘 하루가 참 길고 길겠네요."

이 비서는 갑자기 오한이 들기라도 했는지 몸을 떨었다.

"자, 건투를 빕시다."

김 비서의 말이 끝나자마자 사장실과 연결된 키폰이 비명을 질렀다. 이 비서는 화들짝 놀랐으나 초연하게 부름에 답했다.

[마케팅 1팀부터 3팀 팀장들 전부 오라고 하십시오.]

"네, 알겠습니다."

"오늘 줄초상 날 곳은 마케팅 1팀부터 3팀까지인가 봅니다."

이 비서의 소곤거림에 김 비서는 어깨를 으쓱여 보았다.

"글쎄요. 과연 그게 끝일까요?"

"네?"

의미심장한 그의 말에 이 비서가 크게 움찔했다.

"이상하게 이게 시작일 것 같단 느낌이 든단 말이지요."

"세상에! 요즘 들어 대체 왜 저렇게 까칠하신 걸까요?"

이 비서는 한숨을 내쉬며 고개를 내저었다.

"모르죠, 연애라도 하시나……."

"네?!"

이 비서는 기겁을 하며 별 해괴망측한 이야기를 다 들었다는 반응을 보였다.

"왜요? 우리 보스도 아직 피가 뜨거운 30대 아닙니까?"

"다른 사람도 아니고, 우리 사장님은 좀 다르지 않습니까?"

"다르긴요, 단지 피를 뜨겁게 할 만한 상대를 못 만난 것뿐이지요. 아마 상대만 제대로 만나면 아주 대단하실걸요?"

"어쩐지…… 누가 될지 모를 그 상대의 명복이라도 빌어야 할 것 같은데요?"

그날 하루, 김 비서의 예언대로 숱하게 많은 사람이 허옇게 질린 얼굴로 집무실을 들락거렸다.

"휴……."

많은 사람을 닦달한 승조도 피곤하긴 매한가지였기에, 보고 있던 서류를 덮고 잠시 눈을 감았다. 학교 끝나고 유라와 함께 병문안을 가기로 했으니, 이제는 일어서야 할 때였다.

"퇴근하십니까?"

그가 집무실을 나오자 밖에 있던 비서 둘이 자리에서 일제히 일어섰다.

"책상 위에 있는 서류들, 각자 주인에게 돌려보내요."

"그냥…… 말입니까? 따로 당부하실 말씀은 없으신지요?"

"별도로 당부할 말은 없습니다. 보면 자연스럽게 알게 될 테니까요."

승조가 알쏭달쏭한 말을 남기고 사라지자, 이 비서가 잽싸게 집무실로 들어가 서류를 가지고 나왔다. 두 비서는 호기심에 서류를 펼쳐 보고는 화들짝 놀랐다.

"이게…… 연애를 하고 있을지도 모른단 사람이 할 행동은 아니지 않습니까?"

이 비서는 그러면 그렇지 하는 심정으로 중얼거렸고, 김 비서는 고개를 갸우뚱했다.

서류에는 붉은색 펜으로 부족하다 싶은 부분들을 일일이 체크했는데, 어떤 사항이 부족한지 설명까지 되어 있었다. 그것은 일종의 경고였다. 다음에도 이런 것을 내밀 시에는 각오해야 할 거라는 으름장이었다.

"……연애가 뜻대로 안 되시나."

자신이 말해놓고도 어이가 없어 김 비서는 그만 피식 웃고 말았다.

❋

오후 2시가 넘어서고부터 난아는 초조해지기 시작했다.

예은초등학교는 방과 후 수업도 유명 강사들을 초빙해 따로 학원을 다니지 않아도 될 정도로 구성해 놓았는데, 유라도 그중 몇 가지를 하고 있어서 일반적인 초등학교 1학년보다 하교가 늦었다.

'그래도 4시까지는 올 텐데…….'

난아는 거울에 자신의 모습을 비춰보았다. 아침보다 조금 나아지긴 했으나, 그렇다고 봐줄 만한 상태는 결코 아니었다.

'초아, 애는 화장품은 왜 안 챙겨온 거야!'

병원에서 꽃단장을 하고 있을 이유가 없으니, 가져오지 않은 게 지극히 당연했다. 그녀도 승조를 만나기 전까지는 그 필요성을 느끼지 못했으니 말이다.

똑똑똑.

자라 보고 놀란 가슴, 솥뚜껑 보고도 놀란다고 노크 소리에 난아는 화들짝 놀랐으나, 다행히도 간호사였다. 그것도 승조를 곁눈질로 계속 보던 아침의 그 간호사였다.

"저, 혹시……."

난아는 힘겹게 운을 떼었다.

"어디 불편하신 데라도 있으세요?"

"저, 불편한 곳은 없는데요. ……혹시 화장품을 좀 빌릴 수 있을까요?"

난아는 염치 불구하고 부탁을 했다.

"네에?!"

간호사는 역시나 무척 어이없다는 표정을 짓고 있었다.

'그래, 기가 차기도 하겠지. 환자복에 무슨 분칠을 하냐 싶을 거야. 하지만 찾아오는 사람이 고승조 씨라면 당신도 별수 없을걸?'

"저, 실은 아침에 왔던 사람이 다시 오기로 해서요."

"아……."

간호사의 감탄사에 난아는 묘하게 기분이 나빠졌다.

"잠시만 기다리세요."

상태 체크를 마친 간호사가 긍정의 뜻을 보이자 난아는 안도의 한숨을 터뜨렸다.

"아주 별짓을 다 하는구나."

'그에게 예뻐 보이고 싶어서 이러는 게 아니야. 그저 사람의 몰골을 하고 있는 게 예의니까. 아주 기본적인 것을 지키기 위함일 뿐이야.'

스스로의 행동에 나름의 이유를 갖다 붙이고 있을 때 간호사가 다시 들어와 작은 파우치를 전해주고 갔다.

"감사해요. 사용 후 바로 가져다 드릴게요."

난아의 손이 바쁘게 움직이기 시작했고, 그로부터 한 시간쯤 후 유라와 승조는 병실이 있는 복도에 나란히 서 있었다.

"선생님, 진짜진짜 화 안 나셨어요?"

"진짜진짜 화 안 나셨어. 유라 걱정만 하셨는걸."

병실 문 앞에서도 재차 확인하는 유라의 모습에 승조는 희미하게 웃었다.

똑똑똑.

유라는 큰 결심을 했다는 듯 주먹을 꼭 쥐고 노크했다.

"네, 들어오세요."

그의 속을 자극하는 난아의 목소리가 들려왔다.

"선생님."

유라는 문을 조금 열고, 얼굴만 삐죽 내밀었다.

"유라야!"

유라를 보고 반가워하는 반면, 뒤따라 들어오는 그를 보고 흠칫하는 그녀의 모습을 보자 승조는 또다시 씁쓸해졌다.

"선생님~ 많이 아파요?"

유라는 특유의 뜀박질로 침대까지 순식간에 다가갔다.

"아주 많이 아파."

"진짜요? 유라 때문에 그렇게 많이 아파요?"

얼굴을 찡그리며 하는 난아의 말에 유라는 금세 울상이 되었다.

"그러니까 앞으로 위험한 놀이 하면 안 되는 거야. 알았지?"

"……네."

난아는 잔뜩 풀이 죽은 유라의 머리를 쓰다듬어 주었다.

"그런데 유라야, 왜 하필 구름사다리 위에서 걸으려고 했던 거야?"

온몸의 감각이 그를 향해 달려가고 있었기에, 가급적이면 모든 관심의 초점을 아이에게 두려고 했다.

"구름사다리니까, 그 위에서 걸으면 구름 위를 걷는 거라고 했어요."

"누가?"

"찬영이랑 경민이가요."

참 해맑게도 답하는 유라였다.

"내 요 녀석들을 아주 그냥! 흠…… 찬영이랑 경민이는 선생님이 특별 지도를 좀 해야겠구나."

욱해서 소리를 버럭 질렀던 난아는 자신을 바라보고 있는 승조와 눈이 마주치자 재빨리 단어를 순화했다.

"그런데 선생님은 언제 학교 와요?"

"음, 아마도 두 밤 자고 나면?"

"와~ 진짜진짜요?"

"그럼, 진짜진짜지. 그렇지만 선생님 팔이 한동안은 계속 불편할 것 같으니, 유라가 많이 많이 도와줘야 한다?"

"네."

유라와 난아는 승조가 옆에 있다는 사실도 잊은 듯, 대화에 열중하고 있었다. 승조는 어쩐지 그 사실이 묘하게 기분 나빠졌다.

"유라야, 그만 가자."

"벌써요? 방금 왔는데요?"

"원래 만남이라는 건 아쉬워야 한단다. 아쉬움이 낳은 만큼 상대방 생각을 더 많이 하게 되는 법이거든."

'유라에게 말하면서 나는 왜 보는 건데? 지금 나 들으라고 일부러 하는 말, 맞지?'

난아와 그의 시선이 맞닿았다. 그의 눈동자는 그 무엇도 읽을 수 없을 정도로 깊었으나, 한 가지는 확실했다. 그의 눈동자 안에 가득 찬 사람이 그녀라는 점이었다.

난아는 재빨리 시선을 다른 곳으로 피했다.

"선생님, 그만 갈게요. 꼭 두 밤 자고 나면 오셔야 해요."

보통 아이라면 떼라도 한번 써볼 법한 상황인데도 고집을 부리지 않고 쉽게 수긍하는 유라의 모습에 난아는 가슴이 짠해져 왔다. 아이답지 않은 어른스러움이 그 아이의 장점일 수도 있지만, 그만큼 자신이 가질 수 없는 것들에 대한 포기가 빠른 걸로도 보였다.

"유라야, 선생님은 유라가 너무 좋아."

난아는 다치지 않은 팔로 유라를 꼭 안아주었다.

"네~"

다시 표정이 밝아진 유라를 보며 웃던 난아의 시선은 자연스럽게 승조에게로 향했다. 드물게 환한 미소를 짓고 있는 그의 모습에 그녀의 마음이 격한 뜀박질을 하기 시작했다. 뜨끔해서 시선을 돌리긴 했지만, 심장에 꽂힌 두근거림은 부녀가 떠나고도 한참 계속되었다.

어스름이 깔리기 시작할 무렵, 아침에 예고했던 대로 초아가 나타났다. 병실에 들어오자마자 모든 것을 말하라고 달달 볶아대기 시작했고, 난아는 모든 자초지종을 말하게 되었다.

"내 그럴 줄 알았어!"

초아는 좁은 병실을 왔다 갔다 하며 분통을 터뜨렸다. 난아는 그저 이 시간이 빨리 지나갔으면 하고 바랄 뿐이었다. 오늘 유독 피곤이 몰려왔다.

"내가 그 인간 그렇게 음험할 줄 알았다니까! 하지만 진짜 대박이다. 그런데 언니는 그 나쁜 년을 그냥 뒀단 말이야? 머리채라도 붙잡고 확 내두르지 그랬어? 하여간 언니는 쓸데없이 속이 좋아."

초아는 난아의 눈치를 살폈다. 진짜 괜찮은 건지, 아님 괜찮은 척하는 건지 걱정이 되었다.

"아무것도 남김없이 싹 털어낸 거야?"

"어. 탈탈 털어냈어. 나도 내가 이렇게 쿨한지 미처 몰랐다니까."

난아는 담담하게 말하며 웃었다. 어떻게 이 상황에서 웃음이 나올 수 있는지 스스로도 의문이었지만, 어쨌든 웃음이 나왔다.

"너무 충격이 커서 여기가 살짝 고장 났다거나 한 건 아니지?"

손가락을 머리에 대고 빙빙 돌려대는 초아를 보며 난아는 피식 웃었다. 하긴 자신도 이렇게 빠르게 정리가 될 줄은 미처 몰랐으니 초아의 의심은 당연했다.

"힘들지 않았던 건 아니야. 머리에 쥐가 날 정도로 많이 생각했어. 하지만 결국 아닌 건 아닌 거니까……."

남의 일 말하듯 하는 난아의 모습에 초아는 눈물이 왈칵 터질 것 같았다. 대책 없이 밝고, 쓸데없이 솔직해서 많은 손해를 보는 언니가 가끔 답답하기도 했지만, 그녀는 난아를 참 많이 좋아했다.

"차라리 지금이라도 알게 된 게 어디야? 결혼 후 이런 일 터졌으면 빼도 박도 못 했을 거 아냐? 천하에 다시없는 나쁜 놈 같으니라고!"

난아는 울분으로 얼굴이 붉게 달아올라 씩씩거리는 초아를 웃음 띤 얼굴로 바라보았다. 평소에는 징글맞게 많이 싸우다가도, 이렇게 힘든 일이 있거나 하면 그래도 피를 나눈 자매뿐이구나 하는 생각이 들었다. 서균도, 승조도 모두 외아들이라 이런 식의 위로는 받지 못하리라 생각하니 왠지 자신은 그들보다 더 행복하지 않나 싶었다.

"엄마 아빠께는 나랑 서균 씨가 좀 자주 싸우는 것 같더라, 뭐 이런 식으로라도 미리 이야기를 흘려놔. 그래야 내가 헤어졌다고 말씀드릴 때 충격을 덜 받으시지."

"응, 그래야지. 그동안 그 나쁜 놈이 좀 살갑게 굴었어야지! 디테일하게 말씀드렸다가는 뒷목 잡으실 거라고."

초아와 난아는 의미심장하게 서로를 마주 보았다. 이럴 때 둘은 참 죽이 잘 맞았다.

"그런데 낯빛은 왜 이렇게 안 좋아? 설마 그 나쁜 놈 때문은 아니겠지?"

"피곤해서 그런다, 피곤해서! 이제라도 눈치챘으면 제발 좀 가라, 좀 쉬게!"

초아의 눈이 게슴츠레해지며 난아의 말의 진위를 판단하려는 듯 보였다. 하지만 결코 알 수 없으리라. 자신이 오늘 누구 때문에 이렇듯 피로감을 느끼는지는 말이다.

14.
도끼로 내 발 찍기

난아는 엄청 기뻤다. 회진 시간에 경과가 좋아 예정보다 하루빨리 퇴원해도 된다는 말을 들은 탓이었다.

"당분간 반깁스 상태로 다녀야겠지만 이만한 게 어디야? 미관상 보기는 별로지만 눈치껏 뗐다 붙였다 하면 그다지 문제도 없을 테고."

원래 퇴원일은 내일이었고 초아가 월차를 내고 돕기로 한 날도 내일이었지만, 하루라도 빨리 집에 가고 싶었던 난아는 그냥 오늘 퇴원하기로 마음먹었다.

"까짓 혼자서도 퇴원할 수 있다 이거야. 팔이 좀 불편하긴 하지만 짐도 별로 없고, 택시 타고 가면 되겠지."

한 손으로 짐들을 대강 챙긴 난아는 학교에 연락해서 내일부터 출근한다고 미리 말을 해두었다.

"김난아 씨, 입퇴원 창구에서 수납하시고요, 퇴원증 가지고 다시 이곳으로 오시면 돼요. 주의 사항 간단히 듣고 가셔야 하거든요."

간호사의 설명에 난아는 그제야 깨달았다. 구급차에 실려 정신 없이 온 탓에 가방이 자신에게 없다는 사실을 말이다. 가방이 없으니, 당연지사 지갑도 없었다.

난아는 가방의 행방을 알고 있을 법한 인물에게 급히 전화했다.

"지영 씨, 혹시 내 가방, 지영 씨가 챙겨뒀어?"

[참 빨리도 물어보네. 나도 그날 멘붕이 와서 모르고 있다가 오늘에서야 생각나 챙겨놨지. 난아 씨 내일 퇴원이니까 오늘 끝나고 갖다 줄게.]

지영의 말에 난아는 한층 난감해졌다. 지갑이 없는데 무슨 수로 수납을 한단 말인가.

"그게 실은, 퇴원일이 갑자기 당겨지는 바람에 오늘 퇴원하게 됐거든. 그런데 가족들은 전부 출근해서 올 수가 없는 상황인 데다 지갑도 없고……."

[지금 난아 씨 말은 돈이 없어 퇴원을 못 하고 있단 말이야? 난아 씨 잠깐만, 잠깐만 기다려 봐. 내가 바로 다시 전화할게.]

갑자기 지영의 전화가 끊겼다. 다시 전화한다고는 했지만, 그녀가 가방을 가져다줄 형편이 안 됨을 누구보다 잘 알고 있었기에 난아는 고민했다. 초아더러 점심시간에 왔다 가라고 하면 투덜거리긴 해도 와줄 것 같았다. 하지만 초아에게 물어보자 외근을 나가 점심때는 물론 평소보다 퇴근도 늦어질 것 같다며 난감해했다.

그때 지영의 전화가 다시 왔다. 그녀는 혹시나 하는 심정으로 후다닥 받았다.

[난아 씨, 걱정 마. 고승조 씨가 곧 갈 거야!]

"네?!"

난아는 지금 자신이 뭘 잘못 들은 건가 싶었다. 지금 이 시점에서 고승조라는 이름이 나올 이유가 없었다.

[내가 유라한테 가서 고승조 씨 전화번호 물어봐서 전화했지~ 그래도 난아 씨가 딸 구해준 은인인데, 그 정도는 당연히 해야 하지 않겠어?]

난아는 지영에게 대체 나한테 왜 이러는 거냐고, 피를 토하며 따져 묻고 싶은 심정이었다. 그에게 각자 마음은 각자 알아서 해결하자고 딱 잘라 말해놨는데, 왜 이렇게 자꾸 부딪치는 일이 생기는 건지, 기가 찰 노릇이었다.

"진짜 굿 내지는 부적이라도 써야 하나……."

이상스러운 결론을 내린 난아는 승조에게 전화를 걸었다.

[올 필요 없다고 전화하신 겁니까?]

역시 그는 귀신 뺨 올려붙이고도 남을 남자였다.

"네. 부모님께 연락할 거니까 오실 필요 없어요."

[그러기에는 너무 늦었습니다. 벌써 병원 주차장이니까요.]

"아니, 연락한 지 얼마나 되었다고 벌써 병원 주차장이래요? 고승조 씨, 그렇게 한가한 사람이었어요?"

지영이 전화를 아무리 빨리 걸었다 해도 채 30분도 안 되었을 것 같은데, 벌써 병원 주차장이라니 믿기지 않았다.

[조찬 약속이 있어 일찍 나와 있다가 출근하는 길이었습니다. 5분만 기다려요.]

난아는 초조하게 병실 안을 왔다 갔다 했다. 그의 목소리를 듣는 순간부터 심장박동은 정상 범위를 넘어서 있었다. 이렇게 매일 보다시피 했다간 심장이 남아나지 않을 것 같았다.

'어쩌지, 어쩌지. 난 아직 마음의 준비가 안 되었는데. 이렇게 금방 또 볼 줄 몰랐는데…….'

당장에라도 노크 소리가 들리며 그가 불쑥 들어설 것 같아 난아는 귀를 바짝 곧추세웠다.

똑똑똑.

"으아아악!"

긴장감이 극에 달한 상태에서 노크 소리가 들려오자, 자신도 모르게 비명을 지르고 만 난아는 자신의 입을 틀어막았다.

'망했다!'

"짐은 이것뿐입니까?"

상당히 어색한 표정으로 그의 뒤를 따르는 난아를 흘끔 쳐다본 승조는 잠시 전 상황을 떠올리며 미소 지었다. 얼마나 긴장했으면 노크 소리에 비명을 질렀을까 싶기도 했지만, 그만큼 그를 의식한다는 뜻으로 여겨져 기분이 좋았다. 하지만 그만큼 피하고 싶어 한다는 뜻이기도 해서, 기분 좋은 느낌이 그리 오래가지는 않았다.

손이 불편한 난아 대신 차 문을 열어준 승조는 아무 말도 하지 않고 정면만 바라보고 있는 난아를 슬쩍 살폈다.

"기억합니까? 내 부탁을 두 개 들어줘야 한다는 거?"

승조의 말에 난아는 정신이 번쩍 들었다.

"기억해요."

그가 집까지 데려다주었던 일과 술 취해 그의 집에서 눈뜬 날의 기억이 동시에 떠올라 난아의 눈살이 찌푸려졌다.

"지금 그 부탁을 말해도 됩니까?"

나직한 그의 말에 난아는 차에 탄 이후 처음으로 그를 바라보았다. 신호 대기 때문에 차가 멈춰 있었기에 승조도 그녀의 시선을 가만이 응시했다.

"그러세요."

자석에 끌려들어 가듯 한없이 끌려가는 느낌에 난아는 시선을 피하며 대꾸했다.

"소풍 갑시다."

"네? 뭐라고요?"

난아는 요즘 들어 부쩍 자신의 청력 상태가 의심스러웠다.

"소풍 갑시다, 아무 생각 말고."

"소, 소풍이요?"

하지만 제대로 들은 게 맞았던 모양이다.

"데이트를 하자는 것도 아니고 연애를 하자는 것도 아닌데 왜 그렇게 놀라는 겁니까?"

너무도 태연해서 오히려 뻔뻔해 보이는 그의 모습에 난아는 기가 막히다 못해 코까지 막혀왔다. 지금 이게 말이나 될 법한 상황이란 말인가?

"싫어요!"

난아는 단호히 거절했다.

"부탁 두 번을, 소풍 한 번 가는 것으로 제해주겠습니다."

"……그래도 싫어요."

잠시 망설이는 듯한 그녀의 마음이 고스란히 느껴졌다.

"유라는 아빠하고도 엄마하고도 어디를 함께 나가 본 적이 없습니다. 예전에 난아 씨도 말하지 않았습니까? 아이와 함께하는 시간을 늘리라고 말입니다."

"휴…… 둘이서만 가도 되잖아요."

그녀의 마음이 바람에 갈대 날리듯 흔들렸지만 억지로 떨쳐 냈다.

"저 또한 아버지와 함께 어딘가를 가본 적이 없습니다. 그래서 뭘 어떻게 해야 할지 잘 모르겠습니다."

그의 담담한 고백에 난감해졌다. 유라도, 그도 다 안쓰러웠다.

"아버님과는 왜……."

난아는 질문하려던 것을 포기했다. 그녀에게는 이런 것을 궁금해하고 질문할 자격이 없었다. 지금 상황에서는 그에 대한 호기심마저도 위험했다.

"아버지는 너무 바쁘셨고, 감정을 표현하는 데 있어 참 인색한 분이셨습니다."

차분한 그의 목소리에 왜 그녀의 마음이 욱신거리듯 아파오는지 알 수가 없었다. 아니, 실은 그 답을 알고 있었지만 굳이 들추어 알고 싶지 않았다.

"좋아요. 그러면 부탁 두 번을, 소풍 한 번으로 퉁치기로!"

사랑을 표현할 줄 모르는 아버지 밑에서 자라, 사랑으로 아이를 키우는 법에 서툰 승조가 나름 열심히 노력하는 모습이 코끝이 찡해올 정도로 애잔했다. 그래서 그녀는 이 말도 안 되는 제안을 수락하고 말았다.

'미쳤어! 미쳤지! 그래, 난 미친 게 분명해. 미치지 않고서야 이럴 순 없어.'

하지만 난아는 집에 들어오자마자 그 결정을 바로 후회했다. 소풍을 가는 것 자체는 그다지 큰일이 아니긴 했다. 하지만 그 소풍이란 것을 다녀오고 나서 그녀의 마음이 지금과 같을 수 있을지 장담할 수가 없어 불안했다.

"언니야~ 미안, 미안. 원래 예정대로면 내가 가는 게 맞는데. 혼자서 퇴원하느라 힘들었지?"

퇴근하자마자 초아는 굉장히 미안해하며 애교를 떨기 시작했다.

"됐어. 뭐, 어찌어찌 잘 퇴원했으니까. 저, 그런데 초아야? 내가 아는 사람 중에 애 딸린 이혼남이 좋다는 애가 있거든."

난아는 그간 고민했던 것들을 초아에게 슬쩍 물어보기로 했다.

"그 이혼남이 부자야?"

"지랄! 넌 그게 1순위냐?"

대뜸 하는 질문이 고작 돈이 많냐는 질문인 건가 싶어 난아는 욱했다.

"애 딸린 이혼남인데, 돈까지 없어봐. 그 친구가 과연 좋다고 했을까?"

"아닌데……. 뭐, 어쨌든 돈은 많아. 그것도 지나칠 정도로 많지."

"그럼 뭐가 문제인 건데? 전처가 자꾸 들러붙어?"

질문하는 초아의 태도는 무척이나 심드렁했다.

"아니, 전처는 이미 애인이 따로 있다나 봐."

난아는 이 말을 하면서 자신의 목소리가 떨리지 않고 나와주었다는 사실이 고마웠다.

"그러면, 혹시 애가 좀 문제인 건가?"

"아니, 애도 귀엽고 예쁘며 착하기까지 해."

"그러면 뭐가 문제라는 건데?"

이해가 가지 않는지 초아가 고개를 갸우뚱거렸다.

"얘는, 그냥 애 있는 이혼남이 좋다는 거 자체가 문제인 거잖아. 쉬운 조건이 아닌 거니까."

난아는 오히려 이해를 못 하는 초아가 더 이상하게 느껴졌다.

"그러면 그 친구는 대체 왜 고민하는 건데? 고민한다는 것 자체가, 그런 쉽지 않은 조건임에도 불구하고 그 사람이 좋으니까 고민하는 거잖아."

난아는 순간 어지러움을 느꼈다.

'그래, 네 말이 맞아. 쉽지 않은 조건임에도 자꾸만 마음이 가고, 생각이 난다는 게 문제야.'

마치 누군가가 그녀의 머리를 세게 후려친 것 같은 기분이었다.

"만약에 네가 그 친구라면, 너는 어떻게 할 것 같아?"

"글쎄, 결국 그 이혼남이 얼마나 좋으냐가 관건이겠지만……. 난 일단 마음 가는 대로 해볼 것 같은데? 물론 쉬운 조건은 아니지만, 그 조건이 현실적 문제가 되기도 전에 그 사람이 싫어질 수도 있는 거잖아? 그러다 보면 헤어질 수도 있는 거고. 현실은 '남녀가 만나 결혼해서 행복히게 잘 살았습니다' 라고 끝나는 동화가 아니잖아?"

동생의 말은 난아에게 있어 흡사 혁명과도 같았다. 그동안 꽉 막혀 있기만 하던 숨통을 조금은 열어주는 말이기도 했다.

"……그런데 이 얘기, 진짜 아는 사람 이야기 맞아?"

'설마 도끼로 내 발등, 내가 찍은 건가?'

갑자기 예리하게 파고드는 초아의 태도에 난아는 화들짝 놀랐다.

"하긴 나쁜 놈이랑 관둔 지 얼마 안 되었지? 이혼남이건 아니건 누구를 만나고 말고 할 시간이 없었겠다."

자문자답하는 초아의 태도에 난아는 안도의 한숨을 내쉬었다. 아직 스스로의 마음도 잘 모르는 상태인데, 초아가 알면 곤란한 일이 생길 게 뻔했다. 아니, 한동안은 그 누구도 몰랐으면 했다.

❈

다음 날 학교에 가니 아이들이 어찌나 그녀를 열렬히 환호하며 반겨주던지 난아는 무척 행복한 기분이 들었다. 아이들은 그녀가 없는 동안 있었던 일들을 재잘거리느라 바빴고, 난아는 그 정신없는 모습마저도 좋았다.

아이들에게 수업 준비를 시키던 난아는 자신의 옆에서 할 말이 많은 표정으로 서 있는 지영을 난감하게 바라보았다. 지영이 이곳에 있는 이유는 팔을 다친 그녀가 수업을 진행하는 것에 어려움을 느낄까 봐 당분간 도움을 주기로 학교 측과 협의가 되어서였다.

지영은 난아를 만나자마자 어제 일을 질문해 왔으나, 수업 끝나고 얘기하자고 간신히 미뤄놓았다. 그랬더니 수업이 끝나자마자 그녀를 닦달해 대기 시작했다.

"난아 씨, 얘기 좀 해봐. 어제 어땠어? 고승조 씨는 제때 잘 왔어?"

질문하는 지영의 눈이 빛났다.

"지영 씨 덕분에 큰 도움 받았어. 하지만 앞으로 무슨 일이 있어도 나랑 고승조 씨를 자꾸 한 세트로 엮는 일은 그만둬 줘. 물론 지영 씨가 고의로 그랬을 거라곤 여기지 않아."

난아는 제법 따끔하게 말했다. 지영이 악의 없이 벌인 일이라는 것은 알지만 자꾸 이런 식이면 곤란했다.

"난아 씨, 기분 별로였구나? 하긴 자꾸 학부모랑 엮여서 좋을 건 없지. 알았어."

뜨끔한 지영은 난아의 말에 동조하며 그녀의 기분을 풀어주었다.

지영과 헤어져 퇴근한 난아는 손가락 하나 움직일 힘이 없어, 옷도 갈아입지 않고 침대에 늘어졌다. 지영이 도와주긴 했지만 다친 팔로 평소 일정을 소화하기에는 역시 무리였다.

얼마나 잤을까. 난아는 전화벨 소리에 놀라 잠이 깼다. 서균의 전화였다.

"여보세요."

받을까 말까 고민하던 그녀는 피해야 할 이유가 없어 그냥 받았다.

[전화 주인을 아십니까? 여기 강남 아리엘이란 곳인데…….]

최근 통화 목록을 보고 전화했다는 상대방은 서균이 술에 취해 쓰러져 있으니 와서 데려가라고 했다. 난아는 그곳의 위치를 물어 메모한 후 서균의 어머니께 연락해서 자초지종을 실명했다.

'이게 맞는 거야.'

난아는 스스로에게 다짐하듯 말했다.

"응? 메시지도 와 있었네?"

난아는 메시지함을 열어 확인했다. 메시지가 두 개 와 있었는데 모두 승조의 메시지였다.

─소풍, 이번 주 토요일에 갑니다. 7시에 차 보내겠습니다.

메시지 내용에 한숨부터 나왔다. 무슨 소풍을 얼마나 거하게 가려고 아침 댓바람부터 서두르는 건지 심히 두려워졌다.

—여권 챙겨 올 것.

다음 메시지를 읽은 순간 그녀의 눈이 휘둥그레졌다.

'여권? 무슨 여권? 해외 나갈 때나 필요하다는 것을 왜? 신분증 갖고 오란 말을 잘못 적었나? ……그럴 테지. 고승조 씨가 정상인의 범위에서 아주 벗어난 사람은 아니니, 모두가 생각하는 범위의 소풍을 말하는 걸 거야. 소풍이란 자고로 가깝고 경치 좋은 곳에 가는 거잖아?'

차마 소풍을 해외로 가는 것이냐 물어볼 순 없었다. 괜히 물어봤다가 해외로 가길 원하는 거였냐는 말을 들을까 봐 겁이 났다. 그저 그가 평범한 사람들이 생각할 수 있는 범위 안에서의 소풍을 계획했기만을 바랄 뿐이었다.

✳

진희는 서균과 연락을 끊다시피 한 채 지내고 있었다. 서균은 평소에도 그녀가 연락을 하지 않으면 먼저 연락을 하는 편이 아니었기에, 이 상태로 계속 지내다 보면 자연히 인연이 끊어질 터였다.

그동안 그녀는 쇼핑도 하고 운동도 하며 그를 만나지 않는 것을 제외하고는 평소대로 지내고 있었다. 아니, 어쩌면 그가 없는 상태에서도 얼마나 잘 지낼 수 있는지를 테스트하고 있었던 건지도 모르겠다.

Rrrrrr.

늦은 밤, 서균 어머니에게서 전화가 오니 불현듯 걱정이 되었다. 그동안 종종 서균의 어머니가 전화하곤 하셨지만, 어차피 길게 이어갈 인연이 아닌데 엮여봐야 좋을 게 없다 싶어 받지 않았다. 하지만 이렇게 늦은 시각에 전화가 오니, 그에게 무슨 일이라도 생긴 건 아닐까 싶어 손이 먼저 나갔다.

"어머님."

그녀는 떨리는 심정으로 전화를 받았다.

[안 받으면 어쩌나 했는데 다행이로구나. 수고스럽겠지만 네가 그 녀석 좀 데려와야겠다.]

"네? 그게 무슨 말씀이세요? 데려와야 한다니요? ……아, 취해서 쓰러져 있다는 뜻이군요. 네, 네, 알겠습니다."

서균 어머니의 설명을 다 듣고서야 안도의 한숨이 나왔다.

"빚은 갚아야 하겠지."

진희는 자리에서 일어나 나갈 채비를 했다. 예전 그녀가 취해 쓰러졌을 때도 서균의 신세를 진 적이 있으니, 자신도 그 빚을 갚는 거라 여기며 집을 나섰다.

오래지 않아 목적지에 도착한 그녀는 술에 취해 잠이 든 서균을 가만히 바라보았다. 잠든 그의 모습은 처음 보는지라 생소하면서도, 비밀스러운 부분을 엿본 듯 마음이 떨려왔다. 3년을 그 누구보다 가깝게 지냈으면서도 그의 잠든 모습 한 번 제대로 본 적이 없다는 사실이 우습게 느껴졌다. 그만큼 그는 그녀에게 마음 한 자락 내어준 적이 없었다. 그래서 그녀도 그러지 않으려고 무던히도 애

썼건만, 결국 실패하고 말았다.

"휴……."

힘이라고는 하나도 없어 보이는 그의 모습에 심장이 아파왔다. 험한 꿈이라도 꾸는지 미간에 깊게 파인 주름을 손으로 살짝 만져 보았다.

"……난아야……."

그 순간, 흐리게 들려오는 그의 목소리. 최악이었다. 어쩌면 탐하지 말아야 할 것을 탐한 자신의 원죄이기도 했다.

소리 없는 눈물이 흘러 뺨을 적시고, 마음을 적셨다.

❋

몸을 뒤척이다가 평소와 다르게 옷을 입고 자고 있다는 깨달음에 서균은 눈을 떴다. 눈을 떴음에도 불구하고 꿈을 꾸고 있는 것 같은 느낌이라 다시 한 번 눈을 감았다 떴다.

'여긴 어디지?'

서균은 몸을 일으킨 후 주위를 예리한 눈빛으로 살펴보았다. 깔끔하면서도 화려한 앤티크 옷장, 작은 테이블과 세트임이 분명한 의자, 화장대 위의 많은 화장품들은 방 주인이 여자임을 여실히 보여주고 있었다.

그는 누워 있던 침대에서 천천히 일어났다. 앉아 있을 땐 몰랐는데 일어서니 머리가 망치로 두들기듯 아파왔다.

방문을 열고 밖으로 나가자, 넓고 환한 거실이 보였다.

탁탁, 덜컹. 와장창.

그는 소음이 들려오는 곳으로 발걸음을 옮겼다. 그곳에는 한 번도 본 적 없는 앞치마 차림의 진희가 냄비 뚜껑을 열었다 닫았다 하며 서 있었다.

"아, 깼어요?"

인기척에 그녀는 아무렇지 않게 한마디를 건넸다. 손은 여전히 냄비 뚜껑과 숟가락을 놓지 않고 있었다.

"뭐 하는 거지?"

"해장국이요. 요리는 해본 적이 없어서 일단 인터넷 보고 해봤는데 맛이…… 조금 많이 부족한 것 같아서 고민하던 중이었어요."

그는 말없이 진희의 손에 들린 숟가락을 빼앗아 정체불명의 멀건 국물을 떠먹어 보았다.

"어때요? 이상해요?"

궁금한 듯 그녀의 빠른 질문이 날아 들어왔다.

"음…… 대체 뭘 넣고 끓이면 이런 맛이 나오는 거시?"

서균은 애매한 표정으로 그녀를 바라보았고, 진희는 그럼 그렇지 하는 표정이 되어 냄비 뚜껑을 원래대로 놓았다.

"뭐, 보시는 대로."

식재료들로 난장판이 된 식탁을 가리켜 보이는 진희를 보자, 서균은 웃음이 나왔다. 일단 배가 고프니 저 정체불명의 것이라도 보완해서 먹어야 할 것 같았다.

서균은 셔츠 소매를 걷기 위해 커프스핀을 풀어 그녀에게 내밀었다. 진희는 별생각 없이 그것을 받아 들다가 자신이 선물한 것이란 것을 알고 희미하게 미소 지었다.

"저건 치우고 간단한 것으로 새로 만들지."

서균은 열심히 끓고 있는 냄비의 불을 꺼버렸다. 그러고는 식탁 위를 점령하고 있는 재료 중 쓸 만한 것들만 추려냈다.

"설마 요리를 직접 하겠단 말이에요?"

그의 행동들이 너무 능숙해 보여 진희의 눈동자는 커졌다.

"왜, 하면 안 되나?"

"주로 먹고 품평하는 것에만 능력을 발휘하는 남자들만 봐와서요."

그녀의 의외라는 시선을 뒤로하고, 서균은 무언가를 열심히 만들기 시작했다.

진희는 의자에 앉아 가만히 그를 바라보았다. 셔츠 소매를 걷어 올려 팔이 움직일 때마다 같이 움직이는 근육들이 너무 아름다웠다. 그녀는 자신도 모르게 일어나 그의 뒤로 바짝 다가섰다.

"요리하는 남자의 뒷모습이 이렇게 섹시한 줄은 미처 몰랐네요."

진희는 손가락으로 그의 등을 위에서부터 아래로 쭉 훑어 내렸다.

"그렇다고 요리하는 남자가 다 나 같진 않지. 다 됐으니까 비켜서."

서균의 움직임이 잠시 손을 멈추었지만, 다시 음식에 집중했다. 그녀가 스치듯 쓸고 간 곳의 세포들이 날카롭게 들고 일어섰지만 무시했다.

"서균 씨, 당신 나를 위해서만 요리하는 건 어때요?"

식탁을 향해 가던 진희가 무심코 한마디 던졌다.

"……내가 어제 어떻게 온 거지?"

그녀의 질문에는 답을 해줄 마음이 없는지 그는 엉뚱한 질문을 했다.

"어머님이 취한 당신을 데려오라며 주소, 연락처까지 알려주시더군요. 그런데 그거 알아요? 아직 내 질문에 답 안 했어요."

"밥이나 먹지."

끝내 그녀의 질문에 답할 생각이 없는지 그는 식탁에 상을 차리기 시작했다. 맛깔스러운 오이무침과 맑은 콩나물국에 계란찜까지, 짧은 시간에 차려낸 것치고는 아주 훌륭했다.

진희는 손가락으로 오이무침을 집어 입에 쏙 넣었다. 칼칼한 맛이 입맛을 확 끌어당기는 듯했다.

"변호사 관두고 이쪽으로 나서도 되겠어요."

그녀가 양념이 묻은 손가락을 쪽쪽 빨며 삼반하고 있을 때, 서균의 인상이 확 찌푸려졌다. 급작스러운 그의 변화에 그녀는 자신이 무얼 실수한 건가 싶어 의아해졌다.

서균이 그녀에게 천천히 다가갔다. 진희는 그가 가까이 다가왔을 때에서야 어둡게 가라앉은 열기 가득한 눈빛을 보게 되었다.

"역시 나랑은 몸으로만 대화를 나누고 싶은 거였어요?"

그녀의 잔소리를 막아내듯 서균의 입술이 그녀의 입술 위로 포개졌다. 진희는 공허한 마음으로 그를 받아들였지만, 서균의 마음은 잔잔한 파도에 조금씩 마모되는 바위처럼 변해가고 있었다.

15.
통 큰 소풍

하루하루 시간 가는 게 걱정이던 난아는 드디어 금요일 밤이 되자, 스트레스가 극에 달했다. 그에게서는 메시지 두 개 외에는 다른 연락이 없었고, 유라에게 슬쩍 물어보려 했던 것도 실패했다.

"아빠가 비밀로 해야 선생님이 더 기뻐할 거라고 했어요. 친구들에게도 비밀로 해야 한다고요. 그래서 유라는 말 안 할 거예요."

그는 참 빈틈이라곤 없는 사람이었다. 혹시라도 아이들 입을 통해 번져 갈지 모를 소문도 미리 조치를 취해놓은 것을 보면 말이다.

다행히 다친 팔은 짐승 같은 회복력 덕분에 경과가 좋아, 반깁스 상태이긴 해도 무거운 것을 들거나 하는 것을 제외하고는 일상생활이 가능할 정도가 되었다.

"그래도 내일은 깁스를 떼고 가야지. 그러나저러나 뭘 입어야 하나?"

옷장과 서랍을 한바탕 뒤엎고 이것저것 재보고 고르던 난아는 순간 아차 싶었다.

'내가 지금 뭐 하는 거지?'

마치 데이트를 앞두고 있는 여자의 행동이란 생각이 들어 회의가 들었다.

"에라, 모르겠다."

결국 옷을 잔뜩 늘어놓은 곳 위에 벌렁 눕고 말았다.

"언니야…… 뭐냐, 이건?"

노크도 없이 불쑥 들어온 초아가 방 안을 점령한 옷들에 놀랐다.

"보면 몰라? 옷이잖아."

"있으나 마나 한 옷이겠지. 그러니까 한 번 살 때 좀 좋은 걸로 사라니까."

초아는 발끝에 차이는 옷들을 한구석으로 밀어놓고 바닥에 주저앉았다.

"왜?"

"내일 뭐 해? 영화나 보러 갈래?"

눈치를 슬슬 보며 말하는 초아의 모습이 수상쩍었다.

"그 영화를 누구랑 보는 건데? 너랑 보는 거 맞아?"

"하여간 이럴 때만 눈치가 LTE급이지. 소개팅해라. 영화는 그 소개팅하는 남자랑 보는 거야, 어때?"

난아의 예리한 질문에 초아가 고개를 내저었다.

"싫어. 이 나이에 무슨 소개팅이야?"

살살 달래듯 제안하는 초아의 말을 난아는 단칼에 거절했다.

"그럼 그 나이에 맞게 맞선 볼래? 맞선보다는 소개팅이 훨씬 낫 잖아. 그러지 말고 제발 한 번만 봐라~ 응?"

애걸하는 초아의 표정이 심상치 않았다. 뭔가 절박해 보였다.

"너, 수상해. 뭐 하는 사람인데 네가 이렇게까지 해?"

"그게 실은…… 우리 팀장님! 그러니 한 번만, 딱 한 번만 만나 서 밥만 먹고 와. 영화까진 바라지도 않을게."

두 손을 싹싹 빌어 가며 애걸복걸하는 초아가 공연히 안쓰러워 졌다.

"딱 한 번만 만나 주라. 응? 그래도 생긴 건 엄청 괜찮아. 능력도 울트라, 귀신 레벨이고."

난아의 표정에 슬쩍 동정의 빛이 어리자, 초아는 마지막으로 쐐 기를 박아 넣었다.

"됐어. 귀신 같은 사람은 싫어."

'그런 사람은 고승조 씨 하나로도 빅차다고!'

승조를 떠올린 난아는 고개를 내저었다.

"……어쨌든 이번 주는 약속 있어서 안 돼."

"그래? 그럼 다음 주 금요일, 저녁으로 약속 잡는다! 언니야~ 정말 고마워. 사랑한다~"

환하게 미소 지은 초아는 난아의 손을 꽉 잡아 흔든 후, 행여 그녀의 마음이 바뀔까 싶었는지 잽싸게 밖으로 나가 버렸다.

"에휴…… 그래, 다른 남자도 만나고 하면 좀 나아질지도 몰라."

마음이 복잡하고 심란해서인지 한숨이 절로 나왔다.

따르르릉, 삐이이익, 삐삐삐삐.

밤새 잠을 설친 난아는 새벽녘에야 간신히 잠이 들었다가 여러 종류의 알람 소리에 깜짝 놀라 일어났다. 시끄러운 비명을 토해내는 알람을 하나하나 끈 난아는 하품을 하며 거울부터 꺼내 들었다. 또 눈이 부은 건 아닌가 걱정되었다.

"뭐, 잠을 잘 못 잔 것치고는 양호하네."

거울 속 자신의 얼굴을 바라보며 난아는 히죽 웃었다.

"내가 지금 웃고 있을 때가 아니지!"

시계를 보니 벌써 6시 20분을 향해 가고 있었다. 그녀는 부리나케 욕실로 가 후다닥 씻고, 옷을 챙겨 입었다. 티 나지 않게 옅은 화장도 마쳤다.

모든 준비를 마친 그녀는 살금살금 집 밖으로 나왔다. 주말 이른 아침이라 푹 쉬고 있는 가족들을 깨우고 싶지 않아서였다.

정원을 가로질러 대문을 나서니, 이젠 낯이 꽤 익은 그의 차가 서 있었다.

"타시지요."

그녀가 차 가까이 다가가자, 기사가 차에서 내리더니 문을 열어 주었다. 난아는 무척이나 어색해하며 차에 올랐다. 지극히 평범하게 자란 난아는 그녀의 연봉을 뛰어넘는 비싼 차도, 문을 열어주는 기사도 모두 낯설기만 했다.

차는 매끄럽게 출발했고, 한가한 도심 속을 지나가기 시작했다.

"저, 혹시 어디로 가는 거죠?"

'바로 목적지로 가는 건가?'

상황을 보아하니 그의 집으로 가는 게 아니었다.

"아직은 답을 해드릴 수 없습니다."

"네?"

난아는 어이가 없었다.

"잠시만 기다려 주시면 됩니다."

기사의 뜻 모를 말에 기가 막혔지만, 일단 기다려 보기로 했다.

어느새 차는 빠른 속도로 강변북로를 달려가고 있었고, 도로 이정표에 인천국제공항이라는 단어가 보였다.

"공항? 설마 지금 진짜 인천공항 가는 거예요?"

"……."

그녀의 질문에도 답을 하지 않던 기사가 말문을 연 것은 인천국제공항 고속도로 위를 달리고 있을 때였다.

"공항 고속도로를 타고 나면 행선지를 말하라고 하셨습니다."

공항 고속도로에서 유턴은 불가능하니, 그래서 그때 말하라고 한 것 같았다.

'허…… 뭐, 이런 어이없는 경우가…….'

한마디 말도 없이 이 모든 일을 벌인 승조에게 화가 치민 난아는 그에게 전화를 걸었다.

"소풍을 대체 어디로 가려고 하는 거예요? 여권을 가져오라고 할 때부터 이상했지만, 말도 없이 진짜 너무한 거 아니에요?"

승조가 전화를 받자마자 난아는 따따따 말을 쏟아냈다.

[이상하다 여겼으면 물어보지 그랬습니까? 메시지 보냈는데도 아무런 연락도 없기에, 허락의 뜻으로 받아들였습니다만.]

배부른 사자의 만족감이 가득 밴 승조의 음성에 난아는 왠지 더 부아가 치밀었다.

"아니, 무슨 소풍을 해외로 가요? 소풍이란 뜻 승조 씨는 몰라요?"

난아는 발끈해서 외쳤다.

[소풍의 사전적 의미는 '휴식을 취하기 위해서 야외에 나갔다 오는 일'입니다. 그런데 그 야외라는 말이 꼭 국내여야 한다는 말은 그 어디에도 없지 않습니까?]

"그렇다고 해외여야 한다는 말도 없잖아요?"

유들유들한 그의 말에 뭐라 답할까 고민하던 난아는 자신이 말해놓고도 이게 무슨 말인가 싶었다.

[운전 중이니, 만나서 이야기하도록 하지요.]

전화가 끊겼다.

'하…… 지금 이 남자, 이 타이밍에서 전화를 끊어버렸다 이건가?'

난아는 어이없음에 전화기만 멍하니 바라보았다.

"어디 만나기만 해봐라!"

만나기만 하면 확실히 끝장을 낼 기세였으나, 신바람 제대로 난 유라의 재잘거림에 정작 그와는 말 섞을 짬이 없었다.

'뭐야. 설마 이런 상황까지 의도한 건 아니겠지?'

난아는 그를 매섭게 째려보았다. 하지만 그는 아무렇지도 않은 담담한 눈빛이었다.

"선생님, 선생님, 우리 도착하면 사진도 많이 찍고 해요."

유라가 어찌나 그녀의 정신을 쏙 빼놓는지, 출국게이트로 나갈 때에서야 그들의 목적지가 일본 삿포로라는 것을 알게 되었다.

"유라야, 우리 어디 가는지 알고 있었니?"

난아는 속으로 한숨을 삼키며 물었다.

"네. 벚꽃 보러 가는 거예요."

"벚꽃?"

난아는 눈을 세모 모양으로 뜨고는 승조를 쏘아보았다. 물론 그가 끄떡도 안 할 것을 알고는 있었지만, 이렇게라도 해야 분이 풀릴 것 같았다.

"꽃구경한다 생각하세요."

"아니, 무슨 꽃구경을 일본까지 가서 해요? 우리나라는 꽃 안 펴요?"

난아는 유라에게 방긋 웃어 보인 동시에 승조에게는 낮게 으르렁거렸다.

"그런데 선생님, 그러고 가면 안 추워요?"

"응? 왜? 이러고 가면 추워?"

그러고 보니 유라는 따스해 보이는 겉옷을 입고 있었다.

"삿포로는 5월이라 해도 여기보다는 춥습니다."

'그건 목적지도 알려주지 않은 당신 탓이잖아요!'

그의 말에 속에서 욱하는 감정이 부글부글 끓어올랐지만, 곁에 유라가 있어 꾹 참았다.

하지만 그녀의 얼굴에는 그런 감정이 고스란히 담겨 있어, 승조는 웃음이 비어져 나오는 것을 참고 있었다. 여기서 웃었다가는 불난 집에 에어컨 켜는 격일 테니 참을 수밖에 없었다.

"아무래도 준비를 해야겠군요. 이 문제는 어디까지나 제 잘못이니, 제가 준비하도록 하겠습니다."

난아는 필요 없다고 말하려 했다. 하지만 유라가 그녀를 끌고 또 어딘가로 가는 바람에 말할 기회를 놓치고 말았다.

"유라야, 제발 우리 어디 좀 앉아 있다가 비행기 타면 안 될까?"

아침도 못 먹고 나온 데다 이리저리 끌려다녀선지 난아는 기운이 하나도 없었다.

"쇼핑 안 해도 돼요?"

유라는 난아가 굉장히 이상하다는 듯 고개를 갸웃거렸다.

"쇼핑? 살 것도 없지만 뭐가 어디에 있는지도 잘 모르겠는걸."

"유라는 잘 알아요. 할머니 만나러 미국 갈 때 와봤어요. 그리고 쇼핑 많이 했어요."

"할머니께서 미국에 계셔?"

이번에는 난아가 유라의 손을 잡고 탑승게이트를 향해 걸어갔다. 출발 30분 전부터 탑승 시작이니, 의자에 앉아 있다가 타면 될 것 같았다.

"아빠랑 엄마 결혼하던 날, 미국 가셔서 계속 거기 살고 있대요."

난아는 유라의 말을 그냥 그렇구나 정도로 넘겼다. 지금 중요한 건 그게 아니었다. 유라와 그녀를 향해 걸어오고 있는, 주변 여자들의 시선을 몸에 두르고 다가오는 그가 바로 문제였다.

'몹쓸 유전자 같으니라고…….'

심술이 난 그녀는 두 시간 반기량 비행기를 타고 삿포로 신치토세 공항에 도착할 때까지 입을 꽉 다물어 버렸다.

입국 절차를 마치고 게이트를 나오자, 마중 나온 일본인이 그들을 반갑게 맞이했다. 일본인은 그들을 주차장 쪽으로 인도했고, 난아는 주변을 두리번거리면서도 유라의 재잘거림에 답을 해주며 그 뒤를 따랐다. 일본인은 보기만 해도 비싸 보이는 차 앞으로 그들을 안내하고는 승조에게 차 키를 건네고 가버렸다.

"받아요."

뒷좌석 문을 열어 유라와 난아를 타게 한 승조는 자신이 직접 운전석에 앉았다. 그리고 보조석에 있던 쇼핑백을 집어 그녀에게 내밀었다.

"이게 뭐예요?"

"지금 입어요. 추워 보이니까."

쇼핑백 안에는 굉장히 포근해 보이는 연한 핑크색 카디건이 들어 있었다. 언제 이런 것을 준비한 건가 싶어 당황스럽기도 했지만, 눈앞의 이 따스한 것이 왠지 그의 마음 같기만 해서 손을 대기가 망설여졌다.

"지금 입어봐요. 네?"

머뭇거리는 그녀를 대신해 쇼핑백에서 옷을 꺼낸 유라가 재촉

했다.

"그, 그럴까?"

난아는 조심스럽게 옷을 입었고, 몸을 감싸는 포근함에 얼굴이 달아올랐다. 백미러를 통해 마주친 승조의 시선에 그녀는 몸 둘 바를 몰랐다.

"아빠, 우리 어디 먼저 가요?"

유라의 개입으로 뜨겁게 맞닿아 있던 시선이 떼어졌다. 새삼 유라가 고마워졌다.

"마루야마 공원을 둘러본 후, 그 안에 있는 홋카이도 신궁에 갈 거야. 벚꽃 시즌이 좀 지나 사람들이 그리 많진 않을 거야."

"여기 많이 와보셨나 봐요?"

그러고 보니 일본어도 능숙하고 운전도 직접 하는 것을 보면 이곳 지리도 잘 알고 있는 듯 보였다.

"일 때문에 꽤 자주 오는 편입니다."

"⋯⋯일이요?"

"여기도 아빠 회사 있어요."

자랑하듯 나서는 유라의 말에 난아의 눈이 휘둥그레졌다. M쇼핑몰의 규모가 크다는 것은 알고 있었지만, 일본에까지 진출해 있는지는 몰랐다.

"이야~ 선생님. 저기, 저기 보세요."

유라는 주변 모든 것이 다 신기한 모양이었다.

"그래, 정말 멋지다."

장단에 맞춰 호응하던 난아는 주변 사물들이 빠르게 다가왔다가 사라지는 단조로움에 저절로 잠이 쏟아졌다.

"……다 왔습니다."

아련하게 들리는 그의 목소리에 난아는 정신이 확 들었다. 자신도 모르게 잠이 든 모양이었다. 유라도 그녀에게 기대 잠이 들어 있었는데, 그 모습이 어찌나 천사처럼 예쁜지 난아는 슬며시 웃음이 나왔다.

"유라가 너무 설레서 어젯밤 잠을 잘 못 잤습니다. 물론 저 또한 그랬지만요."

나지막한 그의 목소리에 그녀의 심장이 설레기 시작했다.

"유라야, 일어나야지? 다 왔어."

그녀는 후다닥 유라를 깨웠다. 그와 자신 사이에 유라가 버티고 있어줘야만 그나마 안전할 것 같았다.

"……그런데 여기가 어디예요?"

난아는 차창 밖으로 시선을 돌렸다.

"마루야마 공원 옆입니다. 여기서 밥 먹고 갑시다."

승조의 시선을 따라가 보니, 녹음에 둘러싸인 그림같이 예쁜 2층 건물이 보였다. 식당이라고 하기에는 규모가 제법 컸다.

"이야~ 너무 예뻐요. 꼭 동화책에서 보던 집 같아요."

어느새 잠에서 깨어난 유라도 밖을 내다보고는 탄성을 질렀다.

"르 바에렌탈(Le Baerenthal) 레스토랑입니다."

차 밖으로 나온 승조가 뒷좌석 문을 열었다. 유라는 통통 튀는 공처럼 밖으로 나갔고, 난아도 아이를 따라 내리려 했다.

"……!"

눈앞에 보이는 섬세한 손가락들. 승조의 손이 보이자 난아는 순간 움찔했다. 난아는 그를 말없이 올려다보았다. 그 역시 아무 말 없이 내민 손을 거두지도 않은 채 그녀를 바라보고 있었다.

'미쳤구나. 넌 저 손을 잡고 싶은 게야?'

난아는 고개를 숙여 자신의 손을 내려다보았다. 그녀의 손은 주인의 의지를 벗어나 움찔거리고 있었다. 딱 한 번만, 아무 생각 없이 정말 딱 한 번만 그녀를 향해 내밀어진 그의 손을 잡고 싶었다.

그녀는 떨리는 심정으로 조심스럽게 손을 내밀었다. 그녀의 손을 따스하게 감싸오는 그의 손길에 심장이 탈출이라도 감행하려는 듯 두근거리기 시작했다.

"아빠, 선생님, 빨리빨리요."

유라의 재촉하는 목소리에 난아는 몽롱한 꿈에서 현실로 돌아왔다.

난아는 손을 빠르게 빼려 했으나 승조가 놔주지 않았다. 유라가 보기 전에 손을 놔야 할 것 같아 다시 한 번 손에 힘을 주었으나 역시 뜻대로 되지 않았다. 결국 둘은 유라가 보는 앞에서 서로의 손을 잡은 채 서게 되었고, 아이는 그녀의 다른 쪽 손을 꼭 붙잡았다.

"엄마 아빠 손잡고 다니는 친구들이 싫었어요. 유라는 그렇게 못 하니까."

레스토랑 쪽으로 다가가며 하는 아이의 말에 난아의 얼굴이 저절로 찡그려졌다. 남들에게는 평범한 일상인 것들조차, 유라에게는 불가능한 것들이었기에 여린 마음이 얼마나 아프고 슬펐을까 싶어 마음이 아려왔다.

난아는 유라의 손을 더욱 꼭 잡아주었다. 그리고 누구보다 유라의 말이 아팠을 승조의 손도 토닥이듯 다정하게 잡아주었다. 다시금 맞닿게 된 둘의 시선은 맞잡은 손의 온기만큼이나 따스했다.

그의 손을 잡기까지 망설였던 난아의 마음을 누구보다 잘 아는 승조는 머뭇거리면서도 다가와 준 마음이 고마웠다. 심장을 도려내는 것 같은 유라의 말에도 평정을 유지할 수 있었던 것도 모두 그녀 덕분이었다. 위로하듯 감겨오는 작은 손의 온기가 얼마나 큰 위안이 되는지, 그녀는 모를 터였다.

한 번 맛본 따스함에 차가웠던 마음 언저리가 녹아 말랑해지는 기분이 되었고, 그 감각을 손에 넣고 싶다는 욕망이 생겼다. 난아에게 그가 쉽지 않듯, 자신도 그녀가 어렵고 힘들긴 매한가지였다. 하지만 이 달콤함은 너무도 강렬해 그로 하여금 더 큰 열망을 가지게 했다.

※

마루야마 공원은 홋카이도 신궁, 동물원과 종합운동장, 야구장, 테니스 코트 등의 스포츠 시설과 물놀이 장소 및 광장까지 인접한 대단위 공원이었다. 벚꽃이 한창일 때는 엄청난 인파로 붐비는 곳이지만, 지금은 벚꽃이 서서히 질 시기인지라 사람들이 그다지 많진 않았다.

르 바에렌탈(Le Baerenthal) 레스토랑에서 식사를 마친 그들은 천천히 산책하듯 길을 걷고 있었다.

"우와! 꽃비예요, 꽃비!"

바람이 불어 벚꽃이 비가 오듯 휘날려 내려왔고, 난아와 유라는 꽃잎을 잡는다며 폴짝폴짝 잘도 뛰어다녔다. 꿈에서조차도 보지 못한, 세상에서 가장 아름다운 광경을 보는 듯해 승조는 단 한 순간도 시선을 뗄 수가 없었다.

"아빠, 아빠, 꽃잎을 잡으면 소원이 이루어진대요. 유라는 다섯 개나 소원을 빌 수 있어요."

천진난만한 유라의 모습은 햇살보다도 더 눈이 부셨다.

"다섯 개나? 그럼 그중에 한 개 정도는 아빠 소원으로 써도 될까?"

승조는 유라를 번쩍 안아 들었다.

"아빠도 소원이 있어요?"

승조가 아이의 귓가에 뭐라 말을 전했다.

"하하하. 좋아요, 아빠의 소원은 유라가 이루어주도록 할게요."

"무슨 소원인데 그래요?"

깔깔 웃으며 좋아하는 유라의 모습에 난아는 문득 호기심이 생겼다.

"비밀이에요."

"비밀입니다."

동시에 같은 답을 말하는 닮은 두 사람이 서로의 얼굴을 마주 보며 웃었다.

'이 우월한 유전자들 같으니라고.'

난아는 그 누구보다 아름다운 두 사람을 바라보며 자신도 밝게 웃었다.

산책로를 얼마간 더 걷자, 홋카이도 신궁의 이정표가 보였다. 신궁은 마루야마 공원 내에 위치해 있었다.

신궁으로 향하는 길에 들어서자, 빽빽한 나무들과 제각각 고운 자태를 뽐내는 꽃들이 신비감을 자아냈고, 그 길에 들어선 순간 모든 것이 깨끗하게 정화되는 느낌에 난아는 배시시 웃었다. 이렇게 여유로운 마음을 가져 본 게 얼마 만인가 싶었다.

야트막한 계단을 끝까지 올라가자, 특이한 구조물이 나타났다.

"도리이라고 합니다. 이것은 불경한 것과 신성한 곳을 구분 짓는 하나의 경계이지요."

의아하게 바라보는 난아의 눈빛을 알아챈 승조가 나지막한 목소리로 설명했다. 난아는 순간 그를 향한 마음 자체가 불경한 것은 아닐까 하는 생각이 들어 자신도 모르게 쥐고 있던 유라의 손을 좀 더 꽉 잡았다.

얼마쯤 더 걷자, 수돗가 비슷하게 만들어놓은 곳이 나타났다. 손과 입을 씻어내는 것이란 승조의 설명에 유라와 난아는 다른 사람들이 하는 것처럼 나무바가지로 물을 떠 손과 입을 닦고 헹구었다.

유라와 난아는 모든 것이 신기하고 즐거운지, 시종일관 얼굴에 웃음이 떠나지 않았고, 그 모습을 바라보는 것만으로도 승조의 마음은 흡족했다.

본궁으로 올라가는 계단 위, 처마 밑에 멍석을 둘둘 말아놓은 것 같은 희한한 것을 지나치자, 온갖 신기한 것들로 가득한 마당이 보였다.

"우와~ 선생님, 저것 좀 보세요."

유라가 난아의 손을 잡고 이끌었다.

"이쪽은 오마모리, 행운을 가져다주는 부적이고. 이 작은 나무 판들은 에마라고, 소원을 적는 것입니다. 그리고 이건 100엔을 넣고 자신의 운이 어떤가를 뽑는 오미쿠지인데, 나쁜 운이 나오면 저기 보이는 곳에 묶어두는 것이지요."

유라와 함께 그의 설명을 열심히 경청하는 난아의 모습은 마치 어린아이 같았다.

"아빠, 200엔 주세요."

유라가 승조에게 두 손을 내밀자, 그는 웃으며 돈을 건네주었다.

"선생님, 빨리요."

유라와 난아는 소원을 뽑는 곳으로 갔다. 유라는 아이답지 않은 신중함으로 뽑았고, 난아도 어쩐지 진지하게 선택을 했다. 자신들이 펴보기에는 조금 무서웠는지, 두 사람 모두 뽑은 종이를 들고 와서 승조에게 내밀었다.

"유라도 선생님도 모두 소길. 둘 다 소길이니, 저쪽으로 가서 묶어두고 오면 되겠군요."

유라는 어떤 운이 뽑혔는지 따위는 별 관심이 없어 보였다. 그저 재미있는 놀이를 하듯 뽑은 종이를 묶는 것에만 열중하고 있었다.

'뭘 또 저렇게까지 쳐다보고 그래.'

난아는 자신도 유라처럼 집중하고 싶었다. 하지만 자꾸 그를 흘끔거리게 되었고, 그때마다 그와 시선이 마주쳐 당황스러웠다. 쳐다보지 말아야지 하면서도 그가 아직도 쳐다보고 있나 싶어 확인하듯 바라보게 되었고, 매번 마주치는 눈빛에 당황스러우면서도 설레었다.

'내가 이렇게도 의지박약했던가…….'

이곳에 괜히 왔다는 생각마저 들었다. 낯선 곳이라는 전제가 붙어서인지 자꾸만 남들 시선을 의식할 것 없이 마음 가는 대로 솔직히 행동하고 싶어졌다. 그래서 그런지 오미쿠지를 묶고 그에게 다가가는 발걸음이 가볍지가 않았다.

그때, 미적미적 다가오는 그녀에게로 가 손을 잡는 승조의 행동에 난아는 깜짝 놀랐다.

"여기서는 누구도 뭐라 할 사람이 없습니다, 유라조차도."

그가 그녀의 손을 좀 더 세게 잡아왔다. 유라를 닮은 그 웃음에 난아는 어쩐지 코끝이 시큰해져 왔다. 마음이 혼란스럽기 그지없었다.

진짜 가까운 곳으로 소풍을 다녀온 것마냥 오래지 않아 인천공항에 도착한 난아는 마중 나온 사람들을 보자 공연히 부끄러워졌다.

"즐거운 시간 되셨습니까?"

그녀를 본 심 여사기 환하게 웃으며 인사하자, 그녀의 부끄러움은 정점에 달했다.

"선생님, 학교에서 만나요."

"유라 안녕~"

피곤했던지 비행 내내 잠을 잤던 유라는 인사를 하면서도 무척 졸려 보였다. 심 여사에게 뭐라 한마디 한 승조가 그녀에게 다가

왔다.

"이만 가볼게요. 오늘 참 즐거웠어요. 감사합니다."

동화는 끝이 났고, 이제는 현실로 돌아올 차례였다.

"같이 갑시다."

"아뇨, 혼자 갈래요."

"데려다주겠습니다."

"괜찮아요. 여기서 지하철 타는 게 더 빨라요."

그녀의 말은 한 귀로 듣고 다른 귀로 흘려보냈는지, 등에 손을 가져다 대는 승조의 행동에 난아는 화들짝 놀랐다.

"……할 말이 있습니다."

승조의 단호한 표정에 난아는 겁이 덜컥 났다.

"그 말 안 하면 안 될까요?"

"무슨 말인지도 모르면서 듣지 않으시겠다?"

천천히 난아를 훑어보는 그의 시선이 얼음 조각이 수없이 달려 있는 듯 차가웠다.

난아는 한 발짝 뒤로 물러섰고, 그런 그녀의 행동에 승조는 한숨을 내쉬었다. 몰아붙여서 될 일이 아님을 알면서도 자꾸만 뒷걸음질을 치는 그녀가 답답했다.

"일단 갑시다."

한풀 꺾인 그의 기세에 왜 안도하는지, 그녀 스스로도 모를 일이었다.

성큼성큼 앞서 걸으면서도 그녀가 잘 따라오는지를 살피는 남자, 뒷모습이 당당하면서도 왠지 슬픈 남자, 차가우면서도 무척 뜨거울 것 같은 남자. 이 모든 것으로 설명되는 단 하나의 남자.

'악! 미쳤다, 미쳤어. 삽질도 이 정도면 병이다!'

꼬리에 꼬리를 물고 이어지는 생각에 난아는 가슴을 야무지게 두들겼다. 이렇게라도 해야 마음이 제자리를 찾을 수 있을 것 같았다.

"타요."

차 앞에 도착한 승조가 문을 열고, 난아가 타기를 기다렸다. 그녀의 얼굴은 붉게 상기되어 있었고, 운전석에 오른 그는 손을 뻗어 그녀의 이마부터 짚었다.

"왜, 왜요?"

난아는 그의 행동에 놀라 말까지 더듬었다.

"혹시 열이라도 나는 건 아닌가 걱정했는데 아니군요."

승조는 그녀의 이마에 닿은 손을 떼고 싶지 않았다. 좀 더 이 감촉을 느끼고 싶었다.

그는 고운 색으로 물들기 시작하는 난아의 얼굴과 귓불, 목선을 눈으로 훑었다. 그러고는 이마에 올렸던 길고 섬세한 손가락을 스치듯 아래로 미끄러뜨렸다. 그의 손길에 움찔거리면서도 정면만 응시하는 난아에게 심술이 났다. 그래서 그는 아래로 미끄러뜨린 손가락으로 난아의 턱 선을 부드럽게 어루만지면서 자신을 보도록 유도했다.

드디어 그녀의 눈이 보였다. 그 속에 섞인 무수한 감정이 다가왔다. 당황, 부끄러움, 설렘, 그리고 거부감까지도. 그 거부감이 못내 마음 아팠던 그는 그녀의 거부감을 지우고 싶어졌다.

승조의 입술이 그녀의 입술에 살포시 닿았다. 입술이 닿은 순간, 아찔한 감각이 척추를 타고 빠르게 위로 솟구쳤다. 좀 더 느껴보고 싶은 애절함에 한 손으로는 난아의 얼굴을, 다른 손으로는 뒷머리를 감싸고는 좀 더 깊게 떨리는 입술을 담았다. 움찔하며 저항하는 그녀를 달래듯, 윗입술과 아랫입술을 부드럽게 쓸던 그는 한숨처럼 뿜어져 나온 난아의 숨소리에 맞춰 살짝 벌어진 입술을 비집고 안으로 들어갔다. 뜨겁고 촉촉하며 달착지근한 맛을 한껏 들이켜자, 점차 거칠어지는 스스로의 호흡마저 생소했다.

난아의 손이 가슴을 밀어내는 게 느껴졌다. 그 손마저 낚아채 더 깊고 진하게 음미하고 싶었지만, 이 이상 몰아붙여서는 안 됨을 알기에 그는 뒤로 물러섰다. 물러서면서도 아쉬움에 그녀의 입술 위에 자잘한 입맞춤을 남겼다.

승조의 입술이 떠났음에도 불구하고, 난아는 정신을 차릴 수가 없었다.

"다시 또 시작하자는 뜻 아니면, 정신을 차리는 게 좋겠습니다."

묘하게 가라앉은 그의 목소리가 그녀의 깊은 속 어딘가를 꽉 움켜쥐었다가 놓은 듯 아찔했다. 온몸이 불 위에 올라앉은 듯 뜨겁게 달아올랐다. 입술과 머리, 뺨에 남아 있는 그의 감촉이 무섭도록 심장을 두근거리게 했다.

차는 매끄럽게 출발했지만, 난아는 그를 바라볼 수가 없었다.

'잊자, 잊어! 어쩌자고 자꾸만 떠올리는 거얏!'

아까의 감각을 곱씹고 있는 스스로를 한 대 쳐서 기절이라도 시켜 버리고 싶었다.

"연애합시다."

"……네? 뭘 하자고요?"

스스로와 치열하게 싸움 중이던 난아는 질문을 다시 했다.

"연애하자고 했습니다."

마치 이제 그만 집에 가라는 말을 내뱉은 것처럼 목소리에 높낮이가 없었다.

"……!"

난아는 자신도 모르게 입을 벌리고 그를 바라보았다. 이렇게 대놓고 말할 줄은 미처 몰랐다.

"뭘 그렇게 놀라는 겁니까? 그럼 나랑 키스해 놓고 나 몰라라 할 생각이었습니까?"

기가 막혀 말도 잘 나오질 않았다. 어떻게 저런 말을, 저런 표정으로 할 수 있을까.

"합시다, 연애. 우리 제법 잘 맞는 것 같던데……."

승조는 의미심장하게 말끝을 흐리기까지 하고 있었다.

"맞긴 뭐가 잘 맞아요!"

얼굴로 열기가 다시금 몰려왔다.

"그럼 안 맞았습니까? 다시 한 번 제대로 맞춰볼까요?"

난아는 능글맞은 소리를 낯빛 하나 바꾸지 않고 해치우는 승조를 멍하니 바라보았다. 그의 전혀 다른 면모를 본 것 같아 무척 새롭고, 또 한편으론 우습기까지 했다.

"됐어요!"

결국 난아의 얼굴에 웃음 한 조각이 자리했다.

"그럼 하는 겁니다, 연애!"

난아의 웃음을 알아챈 승조는 단호하게 결론을 내리며 말을 맺었다.

"아니거든요!"

멋대로 결론을 내는 승조를 보며 난아의 심장 한쪽이 간질간질해 왔다. 그동안 막아놓았던 주머니 한쪽 끝이 툭 하고 벌어진 그런 기분이었다. 어서 빨리 벌어진 틈을 막아야 하는데, 지금 자신과 눈을 마주쳐 오는 그의 눈빛이 너무 따뜻해서 그녀는 자꾸만 망설여졌다.

'과연 이 길 위에 발을 내디뎌도 되는 걸까?'

이미 오래전부터 한 발을 올려놓고, 이제 나머지 한 발을 올려놓을까 말까를 고민하는 난아는 어쩐지 불안하고 무서웠다. 마음은 이미 그를 향해 걷다 못해 뛰어가고 있으면서도 내내 갈등이 되었다.

'이 길 위에 뭐가 있을지도 모르는데, 내가 과연 이래도 되는 걸까?'

손가락으로 건드리면 터질 것 같은 두근거림을 안고 집에 도착한 난아는 그가 차에서 내리기도 전에 후다닥 도망치듯 먼저 내렸다.

"전화하면 받아요."

차 밖에서 발을 동동 구르며, 누가 볼세라 그가 빨리 가기만을 바라는 난아에게 승조는 웃으며 말했다. 그의 말에 또 얼굴이 붉어지는 그녀가 사랑스러웠다. 그 붉어지는 얼굴을 더 붉게 만들고 싶은 짓궂은 마음도 들었지만, 오늘은 이쯤 하기로 했다.

'역시 이건 그의 마음이었나. 결국 이걸 손에 들고 있게 되었으니.'

그의 차가 시야에서 멀어질 때까지 지켜본 난아는 손에 든 핑크색 카디건을 내려다보았다. 한숨이 절로 나온 그녀는 조용히 대문을 열고 들어섰다.

"아침부터 안 보이더니, 어디 갔다 와?"

초아가 정원에서 줄넘기를 하고 있다가 그녀를 맞이했다.

"어? 바람 좀 쐬고 왔어."

"누구랑?"

"호, 혼자!"

별 뜻 없이 질문한 것일 텐데도, 괜히 찔끔한 난아는 말까지 더듬었다.

"어째…… 좀 수상쩍다?"

눈치 빠른 초아가 난아를 아래위로 훑어보았다. 난아는 자신도 모르게 손에 든 것을 뒤로 감추었다.

"그건 뭐야?"

"아, 아냐, 아무것도."

난아의 수상쩍은 움직임에 초아의 눈빛이 번뜩였다.

"아무것도 아닌데 뒤로 숨기냐? 내놔 봐."

바로 이거다 싶었던 초아가 호랑이 같은 기세로 달려들었고, 결국 난아는 손에 든 것을 빼앗겼다.

"어, 어? 이거 설마?"

초아는 옷을 펼쳐 보고는 깜짝 놀랐다.

"이거 어디서 났어? 언니가 산 건 아닐 테고, 대체 누가 준 거야?"

"왜, 왜 그러는데? 그냥 누가 사줬어."

딱히 뭐라 할 말이 없던 난아가 어물어물 대꾸했다.

"이 옷은 아무나 그냥 사줄 만한 게 아니니까 그렇지. 이거 샤엘 2013년 파리 에딘버러 컬렉션에 나온 한정품이란 말이야. 자그마치 812만 원짜리 카디건이라고."

"뭐? 얼마? 812만 원?"

패션 쪽 일을 하는 초아의 말에 난아의 입이 떡 벌어졌다.

"자, 그러니 빨리 불어! 이 옷이 어떤 옷인지도 모르는 언니가 이걸 들고 들어온 이유를."

"그럼 들고 오지, 모시고 오냐?"

집요하게 따라붙는 시선을 피하며 자꾸 말꼬리를 돌리는 난아의 행동에 초아는 분통이 터졌다.

"대체 누구야? 분명 남자인데, 그것도 엄청 돈 많은 남자! 설마…… 언니, 그 나쁜 놈 다시 만나는 거야?"

스스로 내린 결론에 기겁을 한 초아가 본격적으로 난아를 들들 볶아댈 태세를 갖추었다.

"아냐! 그건 절대 아니니 안심해. 그럼 난 이만 바빠서 간다."

난아는 일단 도망가기로 했다.

'거짓말은 못 하는 스타일이니, 나쁜 놈을 다시 만나는 건 아니란 건데…… 그럼 뭐지?'

초아는 냅다 집 안으로 도망간 난아를 쫓아가려다 그만두었다. 아무래도 뭔가가 있긴 한데, 아직 말을 할 만한 단계가 아닐 수도 있었다.

"뭐, 애 딸린 이혼남만 아니면 되지 뭐."

어젯밤 난아가 했던 말이 떠올라 자신도 모르게 중얼거리는 초아였다.

"휴~ 계집애, 눈치 하고는……."

집 안으로 들어온 난아는 냉장고에서 시원한 물부터 꺼내 마셨다. 얼마나 놀랐는지 식은땀이 다 났다.

"큰딸, 이제 와?"

"아, 엄마!"

초아의 모습에서 세월을 더하면 엄마의 얼굴일 정도로 동생과 엄마는 많이 닮아 있었다.

"초아한테 대충 들었는데, 요즘 서균이랑 사이가 별로라면서? 힘든 일이라도 있었던 거야?"

서균의 집에서 그녀를 반대한다는 것쯤은 이미 알고 계셨던 엄마였다. 그래서 그녀에게 이런 질문을 하는 것조차 많이 망설이셨을 터였다.

"엄마, 서균 씨와 난 사랑했던 게 아닌가 봐요. 헤어졌는데도 죽을 만큼 힘들지 않은 걸 보면요."

막상 말을 하고 보니 이 말이 정답인 것 같았다.

"헤어진 거야? 그쪽 집에서 반대해서?"

"아뇨. 반대가 하루 이틀 된 것도 아니고, 단순히 그것 때문은 아니에요."

사실대로 말할 수 있는 내용이 아니었기에 더는 말을 할 수가 없었다.

"완전히 헤어진 거야?"

"……네."

자그맣게 대꾸하는 난아를 아픈 눈으로 바라보던 어머니는 그녀를 살며시 안아주었다.

"엄마도 서균이 별로였어. 내 딸 싫다는 집은 나도 싫거든."

따스하게 등을 어루만져 주는 어머니의 손길에 난아는 울컥 눈물이 나오려 했지만 꾹 참았다.

"엄마, 그럼 나 좋다는 집은 무조건 오케이?"

엄마의 품에서 빠져나온 그녀가 장난스럽게 질문을 던졌다.

"어머, 애는. 무조건은 아니지. 인물도 봐야 하고, 집안도 봐야하고, 또 능력도 봐야지."

"워워~ 엄마, 진정하세요. 큰딸이 그렇게 대단한 능력자는 아니란 말이죠."

난아는 손을 내저으며 웃었다.

"왜 능력자가 아냐?"

"난 엄마가 아닌 아빠를 닮았잖아요."

"어머! 아빠가 어디가 어때서?"

그녀의 말에 펄쩍 뛰는 엄마를 보며 그녀는 피식 웃었다. 그녀도, 동생도 부모님처럼 사는 게 희망 사항일 정도로 두 분의 금슬은 환상적이었다.

"네네, 그러실 테죠. 그럼 소인은 이만 쉬러 갑니다."

장난스럽게 윙크해 보인 난아는 쏜살같이 방으로 들어갔다. 아까부터 주머니 속에서 기운찬 진동음을 울려대는 전화기를 더는 무시할 수가 없었다.

"여보세요."

[바빴습니까?]

낮게 울리는 목소리. 그녀의 속을 자극하는 유일한 남자의 목소리가 들려왔다.

"아니요, 엄마랑 동생이랑 얘기 좀 하느라고요."

[가족 관계가 어떻게 됩니까?]

"왜요? 호구 조사라도 하시게요?"

침대에 주저앉은 난아는 손에 꼭 쥐고 있는 핑크색 카디건을 바라보았다.

[궁금해서요.]

지극히 담백한 음성이었음에도, 가슴이 뜀박질을 시작하려는 듯 두근거려 왔다.

"부모님 두 분과 한 살 차이 나는 여동생이 있어요. 그럼, 나도 궁금한 거 물어볼게요. 삿포로에서 준비해 주신 그 옷, 알고 산 건 아니죠?"

812만 원이라는 무시무시한 금액을 알고 산 게 맞냐고 물어보기가 차마 힘들었던 그녀는 질문의 방향을 조금 바꾸었다.

[그 옷이 잘못되었습니까?]

"그건 그렇고, 제 사이즈는 대체 어떻게 알았어요?"

갑자기 자신의 사이즈는 어찌 알았을까 무척 궁금해졌다.

[눈썰미가 좋은 편이기도 하지만, 저번에 수영장에서 한 번 안아 보지 않았습니까?]

차라리 전화인 게 천만다행이었다. 적어도 불붙은 듯 달아오른 얼굴을 그에게 들킬 염려는 없었으니 말이다.

"아, 안녕히 주무세요."

당황한 난아는 달랑 한마디 남기고는 전화를 뚝 끊어버렸다. 정말 이 남자, 그녀가 감당하기에는 벅찬 남자였다.

✳

끊겨 버린 전화를 들여다보던 승조는 피식 웃고 말았다.

난아는 워낙 솔직한 성격이기도 했지만, 다음 행동이 예측이 안 된다는 반전 매력이 있었다. 매 순간 그 매력에 당황하기도 하고 즐겁기도 하는지라 더욱 끌리는 건지도 모르겠다.

그는 서재 책상 앞에 쌓인 서류들을 끌어당겼다.

휴일에는 일을 하거나 업무와 관계된 사람을 만나곤 했는데. 오늘은 마치 한여름 밤의 짧은 꿈과도 같은 시간을 보낸 것 같아 도무지 믿기지가 않았다.

유라의 환한 웃음과 곁에서 그 웃음을 만들어내던 난아의 모습이 뇌리에서 쉽게 지워지지 않았다. 아마도 오랜 시간 동안 한 장의 사진처럼 그의 뇌리에 오래 남아 있을 듯했다.

눈앞에 어른거리는 영상을 살짝 미뤄둔 승조는 서류들을 살피기 시작했다. 당장 월요일에 처리해야 할 것들 먼저 살폈다. 그간 직원들 단속을 게을리했는지 업무 능력이 다소 저조해진 것 같았다.

무서운 집중력으로 서류를 넘기며 메모를 하던 그는 빠르게 일을 처리해 나갔다.

시간이 얼마나 지났을까, 쌓여 있던 서류들을 다 살핀 그는 깔끔하게 정리까지 마치고는 자리에서 일어났다. 그리고 잠시 머뭇거리다가 어머니의 일기장을 꺼냈다.

─승조, 고등학교 2학년 겨울.

중한 씨 부인에게서 연락이 왔다. 드디어 올 것이 왔구나 싶었다. 중한 씨는 자신이 알아서 한다며 만나지 말라고 했지만, 그럴 순 없는 일이었다. 언제고 닥칠 일이었고, 결국 그것을 감당해야 할 건 나 자신이었다. 나는 그녀 앞에서 절대적으로 당당할 것이다. 나는 잘못을 한 게 아니라, 단지 사랑을 한 것뿐이니까. 이런 내가 뻔뻔한 것일까?

승조는 일기장을 덮으며 한숨을 내쉬었다. 난아를 만나기 전 이 글을 봤다면 분명 어머니를 수치심도 모르는 뻔뻔한 사람이라고 여겼을지도 모를 일이었다. 하지만 지금 자신이 그 비슷한 입장에 처해보니, 어머니를 전부까지는 아니어도 조금은 이해할 수 있을 것 같았다. 그도 난아를 욕심내는 게 너무 몰지각한 것은 아닌가 하는 생각을 종종 했으니 말이다.

그는 다시 일기장을 펼쳐 들었다.

——승조, 고등학교 3학년 봄.

중한 씨 부인과 유일하게 합의가 된 것은 아이들에게는 어른들의 관계가 알려져서는 안 된다는 점 하나뿐이었다. 어른들의 관계로 두 아이의 예쁜 감정을 다치게 해서는 안 되니까. 그녀는 이혼만큼은 절대 할 수 없다고 했다. 아이들을 위해서라도 그게 옳다고 했다. 물론 그녀의 말이 틀린 건 아니다. 하지만 중한 씨와 나는 더 이상 의미 없는 결혼 생활을 유지하고 싶지 않았다. 아이들이 마음에 걸리지만 그건 별개의 문제니까. 아무래도 중한 씨와 나, 둘 모두의 결단이 필요한 시기가 온 듯하다. 과감하게 모두를 버릴 결단이.

더 이상 읽을 수가 없어 승조는 결국 일기장을 치워 버렸다.

고등학교 3학년 여름방학, 어머니는 미국에 있는 이모를 만나러 가신다며 1년쯤 집을 비우셨다. 일단 자신이 알고 있던 사실은 그러했다. 그런데 진실은 그게 아니었다는 것을 지금 막 알게 되었다.

생각해 보니 아마 그 무렵부터였던 것 같다. 아버지께서 입에 대지도 않던 술을 드시기 시작하신 게. 그때만 해도 낮에는 평상시와 다름없이 회사에 나가셨고, 그를 대함에 있어서도 변함이 없었기에 모르고 있었다. 술 없이 주무시지 않으셔서 그만 드시라 하면서도, 회사 일이 잘 안 풀리는 거라 여겼다. 그런데 그 모든 게 자신을 위해 철저히 숨기셨던 것이었다니.

승조는 아버지가 더 가련하게 느껴졌다.

그 모든 짐을 가슴에 안고, 술에서 위안을 찾을 수밖에 없었던 아버지. 어머니를 사랑하지 않았다기보다는 표현하는 것에 인색하셨던 건 아닐까 하는 의문이 들었다.

승조의 미간이 일그러졌다. 방금 전까지만 해도 어머니를 조금은 이해했다고 생각했는데, 이제는 아버지와 그를 내버려 두고 떠나 버렸다는 것을 알게 되어 괴로워졌다.

승조는 모든 잔인한 기억에서 벗어나려는 듯 서재를 나와 버렸다.

16.
지뢰밭

　M쇼핑몰, 대표이사실은 오늘따라 유독 정신이 없었다. 바깥은 상쾌한 봄 날씨에 기분까지 좋아지는 바람이 한들한들 불었으나 지금 이곳은 사방에 겨울 한파와도 같은 긴장감이 넘실거렸다.
　"오늘은 유독 심하시네요."
　파르라니 질린 얼굴로 인사도 하지 못하고 나가는 임원들을 안타까운 눈으로 바라보던 이 비서가 중얼거렸다. 해외부터 국내 모든 지점을 골고루 도마 위에 올려놓고 회를 치듯 숨통을 조여오는 승조의 모습은 지켜보기만 해도 진땀이 다 날 지경이었다.
　"분명 금요일까지는 기분이 엄청 좋아 보이셨는데······. 주말에 무슨 일이라도 있으셨나."
　금요일까지만 해도 희미하게나마 웃음이 걸린 얼굴이었는데, 지금은 먹구름에 천둥 벼락을 동반한 우박까지 퍼부을 기세라는 게 믿기지가 않았다.

"일은 무슨요. 주말 내내 일만 하셨나 보던데요? 갖고 가신 서류들 검토는 물론이고, 기획안까지 잡아오시는 바람에 지금 더 난리 난 거잖아요."

이 비서는 대체 무슨 뚱딴지같은 소리를 하는 거냐는 얼굴로 김 비서를 바라보았다.

"세상에…… 사장님, 진짜 연애하시나 봐요."

김 비서는 무언가 깨달음을 얻은 사람 같았다.

"아, 저번에도 그리 말씀하시더니 또 그러시네. 대체 사장님 어디를 봐서 연애하는 남자냐고요. 까칠함의 정도가 훨씬 더 심해지셨잖아요. 저렇게 큰 소리 안 내고 사람 잡는 스타일과 연애했다가는 상대방은 매 순간 심장 발작이 올 거라고요."

이 비서는 생각도 하기 싫다는 듯 몸까지 부르르 떨어댔다.

"우리 내기할래요? 난 확신하는데."

"내기요? 그래요, 해요!"

김 비서의 확신에 찬 말에 반박하듯 이 비서가 응해왔다.

"그럼, 난 올해 안으로 결혼 내지 약혼한다에 30만 원."

"그럼 전 그 반대에 걸죠. 50만 원!"

"좋아요! 그럼 50만 원, 콜!"

물증은 없지만 심증이 확실했던 김 비서는 자신의 예리한 감각을 믿어보기로 했다.

"무모하세요."

이 비서가 혀까지 차면서 김 비서를 안쓰럽게 바라보았다.

"무모한 건지 현명한 건지는 시간이 지나면 자연스럽게 알게 되겠지요."

회심에 젖은 김 비서는 굳게 닫힌 집무실 문을 향해 무언의 파이팅을 날려 보냈다.

＊

승조가 무척이나 까칠한 하루를 보내고 있었다면, 난아는 식은땀을 흘리며 유라의 그림을 보려고 모여 있는 아이들을 긴장한 채 바라보고 있었다.

'하필이면 그 그림을 그리다니.'

주말에 있었던 일을 그림으로 그리는 수업을 했는데, 유라가 엄마랑 같이 살지 않는다는 것을 알고 있던 몇몇이 유라의 그림에 의문점을 가진 게 발단이 되었다.

"유라야, 여기 너희 엄마 맞아?"

"아니, 우리 엄마는 엄마 집에 있어."

"그럼 여기는 어딘데?"

"삿포로."

"삿포로? 나도 가봤는데. 거기 우동 맛있는 데 맞지?"

"맞아, 맞아. 나도 거기 우동 먹으러 가봤어."

동네 분식집 메뉴 이야기하듯 대화를 주거니 받거니 하는 아이들을 보던 난아는 기가 막혔다. 정녕 저 대화가 초등학교 1학년 아이들이 나눌 법한 수준의 대화가 맞나 싶었다.

"그러면 이 사람은 누구야? 엄마가 아니면?"

잠시 우동 이야기로 화제가 넘어가는 듯하더니, 이야기는 다시 원점으로 돌아왔다.

"그건 비밀이야."

유라의 말 한마디에 아이들은 아우성을 쳤지만, 난아는 피식 웃으며 안도했다. 공연히 긴장했던 모양이다. 하여간 유라는 미워할 수 없을 만큼 예쁜 것마저도 승조를 빼닮았다.

'쓰읍! 아니지, 아니야! 여기서 왜 갑자기 그에게로 바통이 넘어가냐 이 말이다.'

난아는 고개를 마구 휘지이 띠오르는 영상을 떨쳐 냈다. 어쨌든 유라가 비밀이라고 말해줘서 다행이었다. 그 그림 속 주인공이 그녀라는 게 알려지면 적잖이 귀찮은 일이 생길 게 뻔했다.

'어차피 1년 계약. 이번 시험은 기필코 꼭 붙을 거다!'

난아가 이 학교에 있는 기간은 고작 1년이었기에, 난아는 합격에 대한 의지를 불태웠다. 노닥노닥 연애 따위를 고민하고 있을 틈이 없었다. 공부에만 전념해도 부족할 판인데, 이 무슨 사치스러운 고민이란 말인가.

'사랑이 밥을 주진 않지. 믿을 수 있는 건 오직 내 능력뿐이야.'

승조가 들으면 인상을 찡그릴 법한 결심을 서슴없이 하고 있는 난아였다.

※

하루하루가 어찌나 빨리 지나가는지 정신을 차리고 보니 벌써 금요일이 되어 있었다. 요즘처럼만 시간이 빠르게 지나간다면 쉽게 늙겠다는 생각마저 들었다.

'체육대회 때문인가.'

코앞으로 다가온 체육대회 때문에 이번 주가 더욱 바빴던 건지도 모르겠단 생각을 하며 난아는 퇴근 준비를 서둘렀다.

Rrrrrr.

가방에 넣어 두었던 전화기의 진동음이 들려왔다.

—지뢰밭.

화면에 뜬 단어를 보며 난아는 한숨을 내쉬었다.

"네."

[오늘도 공부해야 된다고 말할 겁니까? 이젠 좀 참신한 변명을 듣고 싶어집니다만.]

"공부에 참신한 변명이 어디 있어요?"

난아는 애꿎은 가방 안을 다시 정리하며 시큰둥하게 대꾸했다.

고승조, 그는 지뢰밭 같은 남자였다. 비록 그에게 가는 걸음을 한 발짝 떼어놓았다고는 하지만, 그 길 어느 지점에 지뢰가 숨어 있을지 모르는 그야말로 위험천만한 사람이었다. 그래서 난아는 비겁할 정도로 몸을 사리고 있었다. 가급적이면 길을 걷지 않고도, 다른 길이 빨리 나타나 주기를 기다리고 있었다.

'가급적이면 피하고 싶어.'

목소리만 들어도 이렇게 마음이 의지를 벗어나는데, 얼굴이라도 마주하면 저번 삿포로에서처럼 아무 생각 없이 마음 가는 대로 행동하고 싶어질 것 같아 두려웠다. 그와 있을 때는 자꾸 김난아가 아닌 전혀 다른 존재가 된다는 게 그녀를 더욱더 물러서게끔 했다.

[……당신 이러는 거 이해는 가는데, 인내심이 점차 줄어드는군요.]

한숨 쉬듯 나온 승조의 목소리는 위험스러울 정도로 낮게 가라앉아 있어, 흡사 그녀에게 경고하는 듯했다.

"저, 저, 정말 공부해야 해요. 이번엔 꼭 합격해야 한단 말이에요."

난아는 결국 말까지 더듬고 말았다.

[……그래요, 그럼. 오늘까지 공부란 것을 하고, 내일은 아침 7시에 봅시다.]

"아침 7, 7시요? 왜요? 또 해외라도 나가게요?"

아침 7시라는 말에 난아는 말까지 더듬었다.

[그때 소풍이 그렇게 인상 깊었습니까? 참고하도록 하죠. 그럼 내일 봅시다.]

"시, 싫어요."

난아는 절박하게 거절부터 했다.

[시간이 너무 일러서 그런 겁니까? 그래도 안 됩니다. 지금 당장 보고 싶은 걸 참고 있는 거니까.]

난아는 내일도 공부할 거란 말을 하려고 했었다. 그런데 그의 말에 심장이 한도 이상의 두근거림을 내는 바람에 결국 하고 싶었던 말을 못 하고 말았다.

"역시 지나치게 위험한 남자라니까."

난아는 한숨을 내쉬며 가방을 어깨에 걸쳤다.

부우우웅. 또다시 울리는 진동음에 난아는 스트레스를 풀 듯 신경질적으로 전화를 꺼냈다.

'어, 초아가 무슨 일로 전화를 다……'

"왜?"

별일 아니면 전화하는 법이 없는 동생인지라 걱정이 되었다.

[퇴근했지?]

"아니, 이제 막 하려던 중이었어. 그런데 무슨 일로 전화했어? 좀 있음 집에서 볼 텐데."

[엥? 좀 있다 집에서 날 보면 안 되지. 오늘 약속 잊고 있었어?]

시큰둥한 난아의 말에 초아가 화들짝 놀라 외쳤다.

"무슨 약속?"

난아는 초아가 대체 무슨 말을 하는 건가 의아스러웠다.

[내 이럴 줄 알았어! 오늘 우리 팀장님과 소개팅하기로 했던 거 기억 안 나?]

귀청이 떨어져 나가라 소리를 질러대는 초아의 말에 난아는 정신이 번쩍 들었다.

"아, 그랬었지. 미안, 미안. 어디로 가면 돼? 가서 밥만 먹고 오면 되는 거지?"

이제야 명확히 기억이 났다. 초아의 원활한 회사 생활을 위해 이

한 몸 희생하기로 했었다는 걸 말이다.

[내가 특별히 요즘 핫이슈인 장소, 엘도라도로 예약까지 해놨으니까 즐거운 시간 보내고 와.]

'어쩐지 오늘 아침 유독 이거 입어라, 저거 입어라 부산을 떨더라니.'

"알았어. 있는 내숭, 없는 내숭 다 떨고 와줄게."

난아는 교실을 나와 천천히 걷기 시작했다.

[그딴 내숭 통할 상대가 아니니 평소 하던 대로 해. 장소는 문자 보내줄 테니 택시 타고 가. 거기서 약속 장소까지 진짜 멀거든.]

뚝 끊긴 전화를 맥없이 바라보던 난아는 의구심이 들었다.

'평소 하던 대로 하라고? 막 해도 된던 말인가? 뭐, 뒷감딩은 내가 하는 게 아니니까.'

난아는 스스로의 문제만으로도 머리가 터지기 일보 직전이었기에, 가급적 오래 생각을 하고 싶지 않았다.

✳

난아와 통화를 끝낸 승조는 전화기를 내려다보며 쓴웃음을 짓고 있었다.

'머리와 마음이 이해하는 게 이리도 다른가.'

그를 피하고자 무던히 노력하는 난아의 심정이 백번 이해가 갔다. 하지만 머리로 이해하는 것과 마음이 받아들이는 것에는 괴리가 있는지 마음이 편하지 않았다.

똑똑똑.

그의 상념을 깨뜨리는 노크 소리와 함께 김 비서와 이 비서가 들어왔다.

"말씀하신 대로 엘도라도 예약 마쳤습니다."

난아와 함께 가려고 했던 곳이었는데, 아쉽게 되었다.

"집에 연락해서 유라 데리고 나오라고 해주세요."

"……따님과 함께 가시는 거였습니까?"

그의 말에 김 비서는 어딘지 모르게 불편해 보였다.

"그렇습니다만. 무슨 문제라도?"

"그게…… 아시겠지만 그곳이 데이트 코스로 유명한 곳이다 보니, 가족적인 분위기는 아니다 싶어서요."

우물쭈물 답하는 김 비서의 안색은 승조의 차가운 표정에 급격히 안 좋아졌다.

"그래서 무슨 문제라도 있습니까?"

그의 목소리는 주변 온도마저 낮추고 있었다.

"아닙니다. 결론적으로는 아무 문제가 없단 말이었습니다."

"퇴근들 하세요."

승조의 말이 떨어지기가 무섭게 후다닥 나가는 비서들을 바라보며 그는 작게 한숨을 내쉬었다.

데이트 코스로 유명세를 떨치고 있는 장소에서, 금요일 오후부터는 예약 잡기가 하늘의 별 따기보다 힘들다는 그곳에서 딸과 오붓한 데이트를 하게 생겼다.

"휴……."

승조의 영향권 내에서 멀어지자, 두 비서는 그제야 숨이 쉬어졌다.

"엘도라도 예약하라고 하실 때까지는 분명 영상이던 기온이 갑자기 영하로 뚝 떨어졌네요."

김 비서는 한숨을 내쉬었다.

"그렇죠? 엘도라도 예약하란 말에 정말 김 비서 말이 맞나 싶어 걱정까지 했는데, 그건 또 아닌가 보네요. 그런데 참 특이하긴 하시네요. 따님과 함께인데 패밀리 레스토랑이 아닌 데이트 코스로 유명한 곳을 택하시다니."

이 비서는 뭔가 희한하다는 표정을 지었다.

"유라와 가려던 게 아니었는데, 피치 못할 사정으로 결국 딸과 가는 게 아닐까요?"

김 비서는 조심스레 추측해 보았다.

"김 비서님, 이젠 소설 그만 쓰시고 퇴근이나 합시다. 내기 승리는 아무래도 제 차지인 것 같네요."

이 비서는 눈앞에 팔랑이는 50만 원 돈뭉치가 보이기라도 하는 것마냥 환한 모습이었다.

"어허, 왜 이러십니까? 아직 기한이 많이 남았습니다. 사람 일은 한 치 앞을 볼 수 없는 법. 또 압니까? 그곳에서 한눈에 반하게 될 여자라도 만날지……."

김 비서는 자신이 말해놓고도 너무 무리한 발상이라 그만 웃어버렸다. 자신의 예상이 거의 다 맞아떨어졌음은 전혀 예상 못 하고 있었다.

✼

　세련되면서도 우아한 고층 건물 1층에서 안내판을 보던 난아는
한숨을 내쉬었다. 건물에 들어가면 엘도라도를 찾는 데 어려움이
없을 거라던 택시기사의 말마따나 엘도라도는 금방 찾을 수 있었
다. 하지만.
　"왜 하필…… 43층이냐."
　난아는 천천히 엘리베이터를 향해 다가갔다. 투명 엘리베이터라
오르내리는 게 훤히 보여 그녀의 간담을 서늘하게 만들고 있었다.
　"으앗! 미치겠네. 시간은 이제 3분밖에 안 남았는데."
　고소공포증이 있는 그녀에게 이렇게 투명한 엘리베이터는 끔찍
함 그 자체였다. 계단으로 갈까 하는 고민도 진지하게 했지만, 그
건 도저히 불가능했다.
　'비행기나 놀이기구는 괜찮은데, 이것만큼은 정말 싫어.'
　지옥문같이 여겨지던 엘리베이터 문이 열리고, 난아는 같이 기
다리던 사람들과 섞여 올라탔다. 사람들 대부분이 43층의 엘도라
도에 가는 건지 엘리베이터 버튼은 맨 꼭대기 층만 눌린 상태였다.
그 말인즉슨 꼭대기까지 논스톱으로 쭉 올라간다는 뜻이었다.
　난아는 부디 중간에 한 번쯤은 멈추었으면 싶었다. 특유의 붕 뜨
는 감각에 눈을 감았다. 눈을 뜨면 밖의 풍경이 보일 테고, 그러면
공포는 극대화되었기에 차라리 눈을 감고 있는 게 나았다.

'제발 중간에 한 번이라도 좋으니 서라.'

한 번이라도 멈추고 마음을 추스를 시간이 필요했던 그녀의 바람은 아주 간절했다.

땡. 스르르륵.

그녀의 애절한 바람을 알기라도 했는지 엘리베이터가 멈추었다. 난아는 안도의 한숨을 내쉬었다. 그런데 이상하게도 내리는 사람도, 타는 사람도 아무도 없었다.

"죄송합니다. 실수로 버튼을 누른 모양입니다."

나직하면서도 강한 목소리가 그녀의 바로 뒤에서 들려왔다. 그녀는 누가 이렇게 감사한 실수를 해준 건가 싶은 호기심에 뒤를 휙 돌아보았다가 그 남자의 새까만 눈동자와 딱 마주쳤다. 움찔한 난아는 후다닥 다시 정면을 응시했다. 다시 몸이 떠오르는 느낌에 그녀는 눈을 찔끔 감았다. 그래도 중간에 마음을 다잡을 시간이 있어선지 조금 견딜 만했다.

'땡' 소리와 함께 문이 다시 열렸고, 난아는 급히 밖으로 나왔다.

'나갈 때는 기어코 계단으로 내려가야겠어.'

심호흡을 하고 마음을 가다듬고 나서야 주변이 보이기 시작했다.

엘도라도 직원이 매끄러운 웃음을 걸치고 자신을 바라보고 있었다. 같이 엘리베이터를 탔던 사람들은 벌써 다 들어갔는지 보이지도 않고, 그녀만 복도에 덩그러니 서 있었다.

"저기……."

난아는 어색하게 웃으며 다가갔다.

"예약을 하셨습니까? 아니면 일행이 있으신지요?"

"예약도 되어 있고, 일행도 있어요. 예약한 사람은 김초아입니다."

"잠시만 기다려 주십시오. ……예약 확인되었습니다. 이쪽으로 오세요. 자리 안내해 드리겠습니다."

직원은 잠시 예약자 명단을 확인하는 듯하더니, 다른 직원을 불러 안내를 부탁했다.

'세상에. 나 엄청 비싸다고 광고를 하는구나.'

난아는 직원을 따라 걸으며 이국적인 인테리어를 홀린 듯 바라보았다. 인테리어도 훌륭했지만 은은하게 흐르는 재즈의 선율, 혁소리 나는 아름다운 야경까지, 왜 예약하기도 힘든 곳인지 이해가 되었다.

"이쪽입니다."

직원이 굳이 말하지 않아도, 그녀를 보자마자 일어서는 훤칠한 남자가 보였다.

"김난아 씨? 진현수입니다."

진현수라고 자신을 소개한 남자를 본 난아는 깜짝 놀랐다. 아까 엘리베이터에서 버튼을 잘못 눌러 잠시간 숨통을 트이게 해준 바로 그 사람이었다.

"안녕하세요. 김난아입니다."

남자는 그녀에게 다가오더니 의자까지 살짝 빼주었다. 잘난 남자가 매너마저도 빼어났다.

"듣던 대로시네요."

그의 말에 묘한 불안감이 들었다. 대체 초아에게서 어떤 말을 어떻게 듣고 나온 건가 싶어 슬쩍 걱정이 되었다.

"저…… 초아에게서 뭘 들으셨는지는 모르지만, 전 그런 사람 아닙니다."

혹시 그녀의 이력을 뻥튀겨 놨을지도 몰라 일단 부인부터 하고 봤다. 비록 의도한 건 아니었겠지만, 엘리베이터에서 자신을 도와 준 사람이어선지 호감이 갔다.

"하하하. 오해하셨나 본데 초아 씨에게서는 별다른 이야기를 들은 게 없습니다. 전 다른 입을 통해 난아 씨 이야기를 들었거든요."

"다른 입이요?"

이건 또 무슨 엉뚱한 소리인가 싶어 난아의 눈이 휘둥그레졌다.

"네. 아주 가볍고, 어리며, 장난스럽고 귀엽기까지 한 입이죠. 하하하."

"네에?"

난아는 멀쩡하게 생긴 남자의 정신 상태가 온전치 못한 건 아닐까 하는 의구심이 들었다.

"하하하하."

그런 난아의 표정은 마음 상태를 고스란히 반영했고, 현수는 너무도 유쾌한 표정으로 웃어젖혔다.

✳

러시아워 때문에 도착 시간이 지연될 거라는 기사의 말에, 승조는 유라를 아예 약속 장소로 데려오라는 지시를 내렸다. 시각을 확인하니 유라가 도착하려면 조금 더 기다려야 할 것 같았다.

엘도라도 출입구 앞에서 예약 여부를 확인하는 직원에게 이름을 밝힌 승조는 테이블로 안내를 받던 참에 언뜻 난아를 보았다. 순간, 그는 그녀가 그리운 나머지 자신이 잘못 봤나 싶어 눈을 감았다 떴다. 하지만 잘못 본 게 아니었다. 공부를 하겠다며 그와의 만남을 거부했던 그녀가 그곳에 있었다. 그것도 그녀를 향해 환하게 웃음 짓는 어떤 남자와 함께!

머리부터 얼음물을 흠뻑 뒤집어쓴 듯, 차가움이 발끝을 향해 달려갔다. 뒤이어 뜨거운 분노도 그 맥락을 함께하며 그의 몸을 휘감았다.

승조는 그곳을 향해 천천히 걸어갔다.

화가 날수록 차분해지고 침착해지는 성격인지라 그의 겉모습은 처음 이곳을 들어섰을 때와 크게 다르지 않았다. 하지만 그 속은 이렇게 화가 나본 게 언제인가 싶을 정도로 활활 끓어오르고 있었다.

"제 소개 다시 하겠습니다. 진경민 삼촌이자 김초아 씨 상사, 진현수입니다."

시원하게 웃던 현수는 웃음을 멈추고 자신의 소개를 다시 했다.

"네? 경민이 삼촌이신데 어떻게 초아의 상사가 되세요? 경민이

네는 분명 세진그룹 산하 세진건설이었던 것으로 알고…… 잠깐, 그러면 제가 누군지 알고 만나신 거네요?"

난아는 말을 하다가 그가 자신을 알고 만난 것이란 사실에 깜짝 놀랐다.

"전 좀 별나서 가업을 잇진 않았습니다. 그리고 난아 씨 얘기는 경민이에게 많이 들어 알고 있었습니다. 물론 초아 씨 언니인 건 우연히 알게 되었지만요. 이게 다 운명 아니겠습니까?"

현수는 매 순간 즉각적인 반응을 보이는 난아의 행동에 재미는 물론 신기함까지 느끼고 있었다.

"그 운명이란 것, 이 여자에게서 찾지 말고 다른 데 가서 찾아보시기 바랍니다, 진현수 씨."

'으아아악!'

갑자기 들려온 차가운 목소리와 낯익은 향기에 난아는 속으로 비명을 삼켰다. 굳이 등 뒤를 돌아보지 않아도 알 수 있었다. 자신의 뒤편에 누가 서 있는지를.

"누구십니까?"

현수는 불쑥 튀어나온 남자의 얼굴을 바라보며 자리에서 일어났다. 남자의 눈빛은 서늘하다 못해 시릴 정도였고, 존재감은 무서울 정도로 위압적이었다.

'특별한 사이인 건가?'

남자가 눈앞의 이 여자를 얼마나 특별하게 여기고 있는지 눈빛에 고스란히 녹아났다.

"고승조라고 합니다. 나에 대한 건 진현원 씨에게 물어도 좋고 나중에 이 여자에게 물어봐도 좋습니다."

더할 수 없이 차갑게 말한 승조는 앉아 있는 난아의 팔을 부드럽게 잡아 일으켰다. 지은 죄가 있어선지 그녀는 순순히 일어섰다.

"난아 씨는 어쩌실 겁니까?"

현수는 아무 말 없이 이 사태를 어찌하면 좋을까 치열하게 고민하는 것으로 보이는 난아를 향해 질문했다.

"죄송합니다. 오늘은 이분과 가도록 할게요. 제가 본의 아니게 거짓말을 한 것 같은 상황이 되었거든요."

난아는 잠시 고민한 후 현수에게 미안한 듯 웃어 보였다. 하지만 고승조의 손을 들어주기로 했다. 공부한다고 해놓고 여기서 다른 남자를 만나고 있는 자신을 보고 얼마나 기막혔을까 싶어 왠지 그에게 해명을 해야 할 것만 같았다.

"……고승조, 고승조라……."

그들의 모습이 사라질 때까지 지켜보던 현수의 표정은 단단히 굳어 있었다.

'어쩌지? 왜 아무 말도 안 하는 거지?'

바늘로 찔러도 피 한 방울 안 나올 것 같은 승조의 표정에 난아는 그야말로 좌불안석이었다. 심지어 등에 살짝 붙어 있는 그의 손마저도 무척이나 부담스러웠다.

'차라리 뭐라고 말이라도 하지. 그러면 이 상황에 대해 설명이라도 할 텐데.'

아무 말이 없는 승조의 모습에 잔뜩 긴장한 난아가 심호흡을 하고, 바짝 말라오는 입술을 초조하게 깨물면서 입을 열려 할 때였다.

"지금 당장은 아무 말도 하지 않는 게 좋겠습니다."

그는 그녀가 말을 꺼내려던 것을 어찌 알았는지 먼저 선수 쳐왔다.

서늘하게 터져 나온 그의 목소리에 난아는 오싹 소름이 돋았다. 무서워서도 아니고 두려워서도 아닌, 그 냉정한 목소리가 너무 섹시하게 들렸기 때문이다.

'미쳤다, 미쳤어! 아니, 돌았어! 그냥 처 돌았어!'

자신의 뇌세포에 무슨 문제라도 생긴 건 아닐까 의심마저 들었던 난아는 이대로 가만히 있다가는 스스로 무슨 생각을 더 할지 두려워졌다. 그래서 그의 경고를 무시하고 입을 열었다.

"왜 이렇게 화를 내는 건데요?"

"몰라서 묻는 겁니까?"

화가 날수록 냉정하게 상황을 주시해 왔던 평소와는 달리 오늘은 감정 조절이 잘 되지 않았다.

"모르니까 묻지, 알면 왜 묻겠어요? 오늘 여기 온 이유는 동생의 부탁 때문이었고, 약속은 이미 지난주부터 잡혀 있던 것이었어요. 생각해 보니 이런 일까지 승조 씨에게 말할 이유가 없……."

그녀를 쏘아보는 그의 눈빛이 순간 번쩍이더니, 둘은 어느새 엘리베이터 안으로 빨려 들어가듯 들어가 있었다.

'하필 엘리베이터 안이라니…….'

그의 행동에 놀라기도 했지만, 엘리베이터 안에 있는 사람이라곤 둘이 전부인지라 유리를 통해 바깥이 다 보이고 있었다. 흡사 공중에 떠 있는 느낌이었다. 솔직히 난아는 화가 잔뜩 난 승조보다 가만히 서 있는 이 망할 엘리베이터가 더 무서웠다.

"무서운 건가, 내가?"

낚아채듯 엘리베이터 안으로 밀어 넣은 행동과는 달리 그의 목소리는 부드러웠다.

"내가 무서운 건…… 당신이 아닌, 이 사방이 투명한 엘리베이터예요. 그러니 제발 여기서 나가든지 해요."

난아가 눈을 질끈 감은 채 말했다. 눈을 뜨면 아래로 쑥 꺼질 것만 같았다.

"그럼 여기 더 있어야겠군. 그래야 당신이 날 밀쳐 내지 않을 테니까."

"내가 언제 당신을 밀쳐 냈다고…… 흐읍!"

난아는 미처 말을 다 끝낼 수가 없었다. 떠드느라 벌어진 입술에 뜨거운 것이 닿았다 느낀 순간, 날카롭게 입술을 가르고 들어온 존재 때문이었다.

승조는 그녀의 입천장을 매끄럽게 어루만진 후 가지런한 치열을 쓰다듬었다. 그러고는 당황해서 숨어버린 그녀의 혀를 찾아 안더니 다소 거칠게 끌어안고 비볐다.

"아……."

이 난데없는 자극에 난아는 머리가 울리고, 현기증까지 나려 해서 그를 꽉 붙잡았다.

승조는 팔을 꽉 붙잡는 난아의 손을 자신의 목에 걸치게 했고,

그녀는 그의 바람대로 목에 팔을 두르고 좀 더 몸을 밀착해 왔다. 그는 난아의 허리에 팔을 둘러 바싹 끌어당겼다.

부드럽고 나긋한 난아의 몸은 그의 머릿속을 분노보다도 몇십 배 더 강렬한 감정으로 바꾸어놓았다.

위이잉.

그때 엘리베이터가 갑자기 움직였다. 어느 층에선지는 모르지만 누군가가 버튼을 누른 모양이었다.

승조는 간신히 그녀를 떼어놓았다. 서로의 타액에 젖어 빛이 나는 입술로 눈까지 감고 있는 난아는 다시 손을 내밀어 흠뻑 취하고 싶을 만큼 유혹적이었으나 그는 한숨을 내쉬며 마음을 가라앉혔다. 사춘기 때도, 심지어는 짧은 결혼 생활을 하던 때조차도 이렇게 거친 욕구를 느껴본 적이 없었던 그로서는 난감하기까지 했다. 어째 처음 그녀와 키스를 했을 때보다도 지금이 더 견디기 힘들었다.

"무서우면 계속 눈 감고 있어요."

승조는 그녀의 어깨를 부드럽게 감싸 안았다.

"괘, 괜찮아요."

엘리베이터가 무섭기도 했지만, 그녀는 그보다 스스로가 훨씬 더 무서웠다. 그의 입맞춤에 적극적으로 응한 마음이, 엘리베이터 안이란 사실조차도 까맣게 잊은 스스로의 행동이 훨씬 더 공포스러웠다. 만약 엘리베이터가 움직이지 않았다면 어쩔 뻔했을까 생각하는 것만으로도 머리가 지끈거려 왔다.

땡.

소리와 함께 난아는 눈을 떴다. 엘리베이터가 1층에 멈추어 있었다.

'문이 열리는 순간, 나가는 거야.'

난아는 자신을 당연하게 끌어안고 있는 남자 때문에라도 어서 이곳을 벗어나고 싶었다.

"어? 아빠? 선생님? 이야~ 오늘 우리 같이 밥 먹는 거였어요?"

엘리베이터 문이 열리자마자 바로 그에게서 도망갈 궁리부터 하고 있던 난아는 아주 제대로 절망했다. 재수가 없는 인간은 앞으로 넘어져도 뒤통수가 깨진다더니, 지금 그녀의 상황이 딱 그러했다.

"유, 유라야!"

유라가 그녀의 도망갈 길을 온통 다 막아선 채, 더없이 맑은 미소를 띤 채 그곳에 서 있었다.

17.
불안한 시작

　어색한 미소를 머금은 진희는 서균의 어머니 집 식탁에 앉아 있었다. 서균도 맞은편에 앉아 있었는데 그 또한 안색이 그리 좋지는 않았다.

　"뭐를 좋아하는지 몰라서 우선 저 녀석 취향대로 만들었다만, 말해주면 다음엔 네 취향대로 만들어주마."

　난아에게는 한 번도 보여준 적 없는 살가운 어머니의 태도에 서균은 기가 막히면서도 신기했다.

　"서균 씨 식성이 저랑 비슷한가 봐요. 전 다 맛있는데요?"

　진희는 불편한 기색을 보이면서도 부지런히 음식을 먹고 있었다. 그 모습이 묘하게 우스우면서도 보기 좋았다.

　"저 녀석이 막 괴롭히던? 어째 이렇게 바싹 말랐을까? 이것도 먹어보렴."

음식을 진희 쪽으로 밀어주는 어머니의 얼굴에 담긴 웃음은 진심이었다. 서균은 어머니도 며느리 될 사람에게 충분히 자상할 수 있음을 그제야 깨달았다. 난아는 보기만 하면 못 잡아먹어 안달이시던 분이 저렇게 넉넉한 웃음으로 살뜰히 챙기는 게 가능한 분이셨다니. 서균은 새삼 난아와 닮았다는, 어머니가 그토록 싫어하는 사람이 누굴까 궁금했다.

"다 먹었으면 일어나지?"

"일어나긴 뭘 일어나? 서균이 방에라도 가 있으렴. 내가 흥미로운 것들을 가져갈 테니."

어머니는 그의 말에 엉거주춤 일어서는 진희를 말리며 그의 방을 가리켰다.

"저…… 오늘은 아무래도 이만 가는 게……."

"어허, 어른 말을 왜 이리 안 듣는 게야? 서균이 방에 가 있으래도."

목소리마저 돋우시는 어머니의 재촉에 두 사람 모두 그의 방에 들어갈 수밖에 없었다.

그의 방은 침대와 책상, 책장이 전부인 다소 썰렁한 방이었다. 하지만 그게 또 그와 지독히도 잘 어울리는 것 같았다.

"왜 웃지?"

눈치 빠른 그가 그녀의 기색을 읽었는지 물어왔다.

"왠지 당신 닮은 방이구나 싶어서요."

침대 가장자리에 걸터앉은 진희는 그를 올려다보았다.

'또 그 눈빛······.'

저번 자신의 집에서 눈뜬 날에도 그러더니, 지금도 그때와 같은 복잡한 눈빛으로 그녀를 바라보고 있었다.

"왜 그런 눈빛으로 날 봐요? 저번에도 그러더니."

궁금한 것은 차라리 묻는 게 낫다. 확실하지도 않은 추측으로 공연히 가슴을 달랑거리느니 그게 나았다.

"어떤 눈빛인데?"

"내가 독심술을 하는 것도 아닌데 어찌 알겠어요? 그저 뭔가 굉장히 복잡한 눈빛이랄까요?"

가볍게 말하고 있었지만 그녀의 마음까지 가벼운 건 아니었다. 자꾸 그의 작은 행동 하나에도 의미를 부여하는 스스로가 답답했다.

"그런 것치곤 아주 잘 아는데? 맞아, 요즘 당신을 볼 때마다 참 복잡해."

그녀의 심장이 두근거리기 시작했다. 머리로는 기대하면 안 된다고, 이래선 안 된다고 끊임없이 주문을 외우고 있었지만 마음은 반란을 일으키고 있었다.

"왜요? 우린 그저 의미 없는 스킨십만 주고받는 사이잖아요?"

"나를 떠보고 싶은 건가? 그런 거라면 그만두지."

그의 말에 그녀는 열이 치솟았다. 그동안 늘 그래 왔듯 혼자 미루어 짐작해서 북 치고 장구 치며, 그 장단에 맞춰 노래까지 해보란 말인가 싶었다.

"당신이 아무 말도 안 하는데 내가 무슨 수로 알죠? 여태 당신

입에서 나온 말이라고는 우린 육체만 공유하는 사이란 말뿐이었는데도? 아니면 당신한테는 난아 씨뿐이라는 말? 그런 말들밖에는 들은 게 없는데, 뭘 다 알고 있을 거란 말인가요?”

진희는 야멸차게 쏘아붙였다. 눈이 홧홧하게 달아오르고 속에서 쓴물이 올라왔다.

“……”

마구 쏟아지는 진희의 울분에 잠시 씁쓸한 표정을 짓던 서균은 아무 말 없이 그녀를 끌어당겨 품에 안았다.

진희는 그의 그런 행동이 미안하다고, 그간 마음 아프게 해서 미안했다고 말하는 듯해 기어이 눈물이 나오고 말았다. 백 마디의 말보다도 이 가벼운 포옹이 더 가슴에 와 닿았다.

“……흐으으윽.”

가늘게 몸을 떨며 눈물만 흘리는 진희의 서러움에 서균은 마음이 욱신거려 왔다. 그녀의 서러움의 원인이 자신임을 잘 알기에 그는 그녀의 등을 계속 다독였다. 그의 손길에는 백 마디 말보다 더한 다정함이 담겨 있었다.

✽

평소에도 현수는 귀여운 조카를 보기 위해서 형 집에 자주 가는 편이었다. 하지만 오늘만큼은 형에게 볼일이 있었다.

“삼촌!”

“우리 경민이, 오늘도 학교 잘 다녀왔고?”

현수는 전력 질주로 달려온 조카를 번쩍 안고, 머리를 장난스럽게 쓰다듬어 주었다.

"아빠는 어디 계시지?"

"서재에. 삼촌, 나랑 놀아줘요."

"아빠랑 중요한 얘기 먼저 하고 나서 놀자."

투정을 부리는 모습마저도 귀여운 조카의 볼을 쭉 잡아당긴 현수가 빙그레 웃었다.

현수는 곧장 서재로 가 노크를 하고 들어갔다.

"왜, 경민이랑만 놀자니 심심하던?"

그의 형은 책장에서 책을 꺼내며 웃고 있었다.

"궁금한 게 있어서 왔어. 고승조라고 알아?"

"네가 M쇼핑몰 대표이사를 어떻게 알아? 넌 그런 쪽 인맥, 트고 다니는 성격 아니잖아?"

현수의 질문에 형의 표정이 의아하게 변했다.

"그렇게 됐어. 그래서 그 사람, 어떤 사람이야?"

"갑자기 참 뜬금없다. 글쎄, 나도 개인적인 친분이 아니라 공적인 관계로 아는 사이라 그냥 두루 알려진 것들만 아는 셈이야."

"그러니까 그게 뭔데?"

그의 독촉에 형은 잠시 생각을 정리하는 듯 보였다.

"일단 M쇼핑몰 대표이사, 우리가 그쪽 수원 지점 공사를 하고 있고."

"M쇼핑몰 사장이란 것 말고는 없어?"

"음…… 그의 딸, 유라가 경민이랑 단짝이고……."

"뭐? 딸? 그 사람 유부남이었어?"

현수는 자신도 모르게 형에게 바짝 다가갔다.

"유부남은 아니고 이혼남이야. 꽤 오래전 이혼하고 혼자인 걸로 아는데? 아쉽게도 더는 아는 게 없다. 쓸데없이 떠다니는 소문들은 많지만 그것들은 다 소문일 뿐이니까."

"사람은 어때?"

"좀 차갑지만 유능하지. 30대 초반에 그 자리에 올라 회사를 지금 수준으로까지 끌어올린 건 대단한 일이야. 실적 면에선 동종 업계 중 최고고. 외가가 워낙에 튼튼하기도 하고."

"외가?"

"신안금융. 고승조 씨 어머님이 신안금융 외동딸이야. 현재 지분도 꽤 되는 걸로 아는데 나중에는 더 많이 물려받겠지. 그런데 갑자기 고승조 씨 얘긴 왜 하는 건데?"

형의 얼굴은 그로서는 반갑지 않은 호기심으로 가득했다.

"아니, 좀 궁금할 일이 생겼어. 그건 그렇고, 경민이는 요즘 사고 안 쳐?"

"말 마라, 네 형수가 매번 담임선생님께 빌다시피 한다. 어찌나 짓궂게 장난을 치는지. 그래도 좋은 선생님 만나 다행이지. 혼내기보단 타이르고 달래는 모양이야. 솔직히 내 자식이라도 골치 아플 때가 더 많거든. 그러고 보면 그 선생님 도라도 닦나 싶은 게……."

경민이 이야기만 나오면 팔불출이 되는 형답게 자신을 향한 호기심이 다른 방향으로 꺾인 게 확실했다. 현수는 적당히 맞장구를 쳐주고는, 적당한 시기다 싶을 때 작별을 고하고 나왔다.

"아이까지 있는 데다 결혼까지 하셨었다?"

지금으로서는 고승조의 취약점은 그것뿐이란 결론이 나왔다.

"초아 씨는 이 사실을 모르고 있겠군. 심지어는 고승조의 존재조차 모르고 있음이 분명해. 몰랐으니 소개팅을 주선했겠지."

현수는 훈훈한 밤바람을 맞이하며 초아에게 슬쩍 귀띔을 하느냐 마느냐를 놓고 고심했다.

❊

'내가 대체 왜 이 자리에 와 있는 길까.'

난아는 눈앞에 한 상 거하게 차려진 음식들을 바라보면서도 실감이 나지 않았다. 엘리베이터 문이 열리자마자 바로 도망가려던 계획이 어째서 이렇게 꼬인 건지 모를 일이었다.

지금 난아가 와 있는 장소는 아까의 엘도라도보다 규모는 작지만, 풍기는 분위기는 비슷한 곳으로 사방이 막힌 공간이었다. 그래서인지 조금 안심이 되었다.

'적어도 아는 사람을 만날지도 모른다는 두려움은 없어진 셈이니까.'

조금 전 기막힌 타이밍에 마주친 승조와의 만남을 떠올린 난아는 몸서리를 쳤다.

"……선생님, 구르기 연습 많이 하세요. 선생님이 우리보다 더 못 하잖아요."

오물오물 입안의 음식물을 씹으면서도 야무지게 말하는 유라의 말에 난아의 얼굴이 붉어졌다.

"그래야 하겠지? 하지만 선생님이라고 모든 것을 다 잘하지는 않아. 선생님도 좋아하는 게 있고, 싫어하는 게 있거든."

난아는 유라와 마주치고부터 내내 말이 없는 승조가 자꾸만 신경이 쓰였다.

"선생님이 싫어하는 건 뭔데요?"

천진난만한 아이의 눈에 호기심이 하나 가득이었다. 선생님이 싫어하는 건 절대 하지 말아야지 하는 다짐이 그 안에 꽉 차 있었다.

'한없이 뜨거웠다가 저리 차가워진 너희 아빠?'

목구멍까지 올라온 말을 꿀꺽 삼켰다.

"음…… 온도 차이가 크게 나는 것들이랄까? 뜨거웠다 차가웠다 하는 극과 극 같은 건 싫어. 차라리 미지근하더라도 오래가는 게 좋아."

간사한 게 사람의 마음이라더니, 자신이 도망가려 했던 건 생각도 않고, 거리를 두는 것 같은 그의 차가운 모습에 서운함이 몰려왔다.

승조는 도발하듯 말하는 난아의 행동에 기가 막혔다.

엘리베이터 안에서 뜨겁게 다가왔던 그녀가 유라를 보고 느낀 낭패감을 그는 남김없이 목격했었다. 그 낭패감이 어디에서 기인했는지 알고 있었기에, 이제는 그녀도 솔직하게 다가오나 기대했던 그의 심장에 찬물이 뿌려졌었다. 그런데 이제 와 저런 발언이라니, 어이가 없었다. 정작 본인은 도망가려 해놓고, 그의 태도에 섭섭하다고 투덜거리다니. 차라리 그녀를 위한 배려고 뭐고 다 때려치우고, 자신의 방식대로 확 끌어당길까 하는 격한 충동이 그를 사로잡았다.

'그랬다가는 놀란 토끼 눈을 하고 또 물러서겠지.'

뒷걸음질 치는 난아를 보는 건 의외로 힘들었다.

승조는 난폭하게 일어나는 충동을 차갑고 냉정한 껍질로 덮었다.

절대 서두르지 않으리라. 상처도, 눈물도 없는 지금처럼 맑고 고운 상태의 그녀를 곁으로 데려오려면 상황을 차분히 바라보고 조율해야만 했다.

식사를 마치자, 저번처럼 기사와 함께 온 심 여사가 유라를 데리고 가버렸다.

'혼자 간다고 할 걸 그랬나.'

난아는 그의 눈치를 조심히 살폈다. 식사 내내 몇 마디 말을 제외하고는 대화가 없어선지 계속 신경이 쓰였다.

'혹시 아까의 키스를 후회하는 건가.'

이젠 별별 생각이 다 들었다.

"혹시 후회하세요? 아까 엘리베이터 안에서……."

마음속 생각이 말로 불쑥 튀어나왔다.

"후회합니다."

단박에 튀어나온 그의 답에 심장이 두 쪽으로 나누어지는 것 같이 아파왔다. 생각지도 못한 심통에 난아의 눈가에 눈물이 고였다.

"차라리 엘리베이터가 아닌 비상계단으로 갔어야지 하고 말입니다. 그럼, 누구의 방해도 받지 않고…… 그런데 왜 우는 겁니까?"

"울긴 누가 울어요."

그의 말에 놀라 고개를 번쩍 든 난아는 눈 안에 고인 습윤한 물기를 들키고 말았다. 난아는 후다닥 손등으로 눈을 비볐다. 하지만 그 손은 이내 붙잡혔고, 눈물은 기어이 볼을 타고 아래로 흘러내렸다.

"왜 우는 겁니까? 억울해서?"

"네, 너무너무 억울해서요. ……속상해서요."

그녀의 고개를 폭 숙여졌다.

"나를 좋아한다는 걸 인정하는 게 그렇게 어렵습니까? 내게 오는 발걸음이 그리 떼기 어려운 겁니까?"

나직한 그의 목소리에서 느껴지는 다정함과 아픔. 그녀의 미적거림에 그 누구보다 마음 다쳤을 그가 느껴져 난아는 더욱 속이 상했다. 그렇게 조심했건만, 그렇게 마음 단속을 했건만, 어느새 이렇게 그가 좋아진 건지 이해가 되지 않았다. 한편으로 이런 자신의 마음이 안타깝고 속상해서 그녀의 눈물은 계속해서 흘렀다.

"다른 건 몰라도 나 때문에 마음 다칠 일은 없을 겁니다. 그러니 그만 울어요. 우는 게 너무 예뻐서 더는 가만있기가 어려우니까."

승조는 난아를 끌어당겨 안고, 흐느끼는 그녀를 조심히 토닥거렸다. 자신 때문에 우는 게 분명한, 그에 대한 마음을 깨닫고 흘리는 눈물인지라 너무 어여뻐 보였다. 그는 언제 깨질지 모르는 도자기 인형을 대하듯, 아주 조심스럽고 부드럽게 그녀의 흐느낌이 잦아질 때까지 그녀를 달래주었다.

난아의 흐느낌이 진정되자, 그는 그녀를 태우고 집을 향해 출발했다.

"그렇게 자꾸 쳐다볼 겁니까?"

"⋯⋯내가 언제 자꾸 봤다고 그래요? 몇 번 안 봤구만. 그리고 본다고 닳아 없어지는 것도 아니고⋯⋯."

운전하는 그를 흘끔흘끔 계속 살피던 난아는 말끝을 흐렸다. 철철 넘치게 울고 나니 어느 정도 마음은 가벼워졌는데, 그를 보기가 이상하게 부끄러웠다.

"그래요, 그럼 어디 닳도록 보도록 해요. 아, 그리고 내일 7시. 잊지 말고 나와요."

빙그레 웃는 그의 모습에 난아는 다시금 심장이 두근거려 왔다. 이 남자, 평소에는 미소 비슷한 것도 짓지 않을 것처럼 생겼는데 가끔 이렇게 웃어주면 그게 얼마나 멋진지 몰랐다. 그의 웃음이 흔하지 않은 것이라, 오직 그녀만이 보고 느낄 수 있는 선물 같았다.

"이번에는 어디를 가려고요?"

"여권은 안 가져와도 됩니다."

설마 또 해외로 가는 건 아니겠지, 하는 마음이 고스란히 보였나 보다.

"그럼, 어디 가는데요?"

"비밀입니다. 그래야 계속 내 생각 할 거 아닙니까?!"

약았다. 아니, 약아진 건가? 닭이 먼저냐, 계란이 먼저냐의 문제겠지만 고승조, 이 남자 확실히 예전보다 엄청 많이 능글맞아졌다.

"그거 알아요? 고승조 씨, 엄청 능글능글한 거?"

뇌와 입 사이에 필터란 것이 존재하지 않는 그녀답게 생각하는 대로 바로 말이 튀어나왔다.

"능글맞기만 합니까? 앞으로는……."

쪼옥.

어느새 그녀의 집 앞에 차를 세운 그가 난아의 입술에 쪽 소리 나게 입을 맞추었다.

"……야해지기도 할 겁니다."

입술이 가볍게 닿았다 떨어졌음에도 불구하고 뜨거움이 남아 있어, 그녀는 손가락으로 자신의 입술을 가만히 매만졌다. 그 행동이 그에게는 무척 유혹적으로 느껴져 가라앉았던 열기가 다시금 확 치솟는 듯했다.

"자꾸 그러고 있으면 진도 더 나가잔 뜻으로 알고……."

후다닥.

난아는 승조의 말이 채 끝나기도 전에 차 밖으로 튕겨 나가듯 내 렸다. 집 앞에서는 절대 안 될 말이었다. 누가 보기라도 하면 어쩌 나. 아무리 그에게 향하는 마음을 인정했다곤 해도 아직 그 정도까 지는 감당하기 힘들었다.

"……안녕히 가세요."

난아는 누가 볼세라 주변을 열심히 살핀 후 짧게 인사하고 사라 져 버렸다.

"휴……."

앞으로도 인내심을 시험당할 시간들이 많을 듯해 승조는 자그맣게 한숨을 내쉬었다. 그래도 그 시간들이 결코 지루하진 않을 것 같았다.

그의 얼굴에 희미하게 걸려 있던 미소가 조금 더 짙어졌고, 얼굴이 빨갛게 익어 집으로 돌아온 난아의 얼굴에도 미소가 진하게 달려 있었다. 생각하면 할수록 자꾸만 피식피식 미소가 지어졌다.

"어땠어? 우리 팀장님 성질은 개차반…… 아니, 일할 땐 좀 과하게 성질이 안 좋아지긴 하지만 뭐, 생긴 건 꽤 쓸 만하지 않았어?"

그녀의 뒤를 쫓아다니며 질문을 던지는 동생의 행동도 너그러이 봐줄 수 있는 마음의 여유도 생겼다.

"야! 아무리 그래도 학생 가족을 소개해 주면 어쩌나?"

"엥? 뭔 소리야? 학생 가족이라니?"

초아의 눈이 휘둥그레졌다.

"진현수 씨, 우리 반 개구쟁이 경민이 삼촌이라더라."

"어머! 어떻게 그런…… 인연은 인연인가 보다."

호들갑을 떨던 초아는 신기한 우연에 새삼 흥미가 돋는 모양이었다.

"인연은 개뿔! 그렇게 인연 같으면 너나 해."

"그러지 말고, 몇 번 만나봐. 소문일지도 모르지만 집안이 엄청 빵빵하다는 말 있어."

시큰둥한 난아의 반응에 초아가 더 애가 타는 것 같았다.

"그거 소문 아냐. 경민이 아빠가 세진그룹 장남이니, 너희 팀장님도 로열패밀리란 소리니까."

"대~박! 부디 잘해봐라. 혹시 알아? 사모님 될지? 싸모님~ 어감만으로도 부티 난다~"

초아는 손바닥을 맞대더니 싹싹 빌어 보이기까지 하고 있었다.

"삽질 금지! 난 됐으니까 너나 잘해보던지."

난아는 귀찮다는 듯 손까지 내저었다.

"난 그렇게 성질 더러운 인간이랑 엮이긴 싫다고."

"오호~ 그게 너의 본심이란 말이지."

초아를 냅다 째려보는 난아의 눈빛이 사나웠다.

"그러니까 내 말은, 일할 때 못된 성질 폭발하는 거 몽땅 봤는데 어찌 연애 감정이 생기냐 이거지. 정말 더럽게도 꼼꼼하고 실수라도 하면 끝끝내 우려먹는 데다, 뒤끝마저 엄청 길거든."

초아는 생각도 하기 싫다는 듯 몸을 부르르 떨고 있었다.

"이상하다, 그렇게까지 안 보이던데…… 오늘 내가 만난 사람과 네가 지금 말하고 있는 사람이 동일 인물 맞아?"

"아마 맞을걸? 하여튼 지금 만나는 사람도 없잖아? 몇 번 만나보기만 해."

초아는 난아를 떠보듯 말을 건넸다. 아무래도 812만 원 카디건이 심히 걸렸다.

"……어쨌든 싫어."

난아는 잠시 머뭇거렸지만, 분명한 태도로 말을 맺었다.

"싫다는 말은…… 지금 누굴 만나고 있긴 하단 말이지? 혹시 812만 원 카디건이야?"

"……."

"부정하지 않는 걸 보니 맞단 소리네. 좋아, 더는 묻지 않을게. 하지만 나중에라도 꼭 말해줘야 해."

궁금함이 극에 달했지만 난아가 입을 다문 이상 더는 정보를 들을 수 없다는 것을 알고 있는 초아는 모양새 좋게 포기했다.

"응, 알았어."

난아의 긍정적 답변에 회심의 미소를 지은 초아는 방 밖에서 잠시 멈춰 섰다. 분명 누군가를 만나긴 하는데, 태도가 어째 조금 심상치 않았다.

"아니야, 언니가 부모님 걱정 끼칠 만한 행동을 할 리가 없잖아?"

초아는 피식 웃으며 이내 의심을 떨쳐 냈다.

18.
사랑의 여러 의미

집에 온 승조는 유라 방에 들러 잠시 시간을 보내다 서재로 왔다. 오늘은 가슴 한가득 만족감과 더불어 행복감이 느껴지는 게 쉬이 잠이 오지 않을 것 같은 그런 밤이었다.

그는 책상에 앉아 잠시 고민하다가 어머니의 일기장을 꺼냈다.

난아가 어렵게 다가와 준 게 고마워서라도 더는 과거를 덮어둔 채로 지내지 말자는 생각이 들었다. 설령 그 과거가 상처를 후벼 파는 종류의 것이라 할지라도 말이다.

―승조 고등학교 3학년 가을.

중한 씨는 계속 이곳과 한국 집을 오가며 지낸다. 나와 같은 용기가 없다기보단 가장의 부재로 인해 겪을 경제적인 어려움이 걱정되나 보다. 그래서 내가 도움을 준다고 했는데도 거절을 했다. 승조 아버지 회사에서 확실히 나온 건지도 의심스럽다. 사직서를 냈다고는 하는데, 여러 가지 면에서 의심이 된다. 사랑하는 사람을 의심하면 안 되는데, 내가 그에게 갖고 있는 믿음이 고작 이 정도인가 싶어 회의가 든다.

—승조 고등학교 3학년 겨울.

중한 씨가 헤어지자며, 이젠 현실로 돌아가 각자의 가정에 충실해야 할 시간이라는 말을 남기고 떠나 버렸다. 하늘이 무너지는 심정이란 말을 이제야 실감했다. 몇 날 며칠을 멍하니 앉아 그를 기다렸다. 없는 번호란 말이 나오는 그의 전화에 수십 번, 아니, 수백 번의 전화를 걸기도 했다. 그런다고 해서 바뀌는 게 하나 없음을, 그가 떠나고 10일 만에야 깨닫게 되었다.

—승조 대학교 1학년 봄.

나는 집으로, 아니, 집이었던 곳으로 돌아왔다. 승조는 내가 미국 이모 네 있다 온 것으로 알고 있었고, 그렇게 배려해 준 승조 아버지가 새삼 고마웠다. 내가 돌아오고 3주가 지났을까, 중한 씨가 심장마비로 세상을 떠났다. 각자의 가정으로 돌아가자던 사람이, 우리의 사랑을 한낱 불륜으로 매도해 버렸던 사람이 그렇게 허망하게 갈 줄은 미처 몰랐다. 천년만년 보란 듯이 잘 살 줄 알았는데. 내 사랑이 이리 허무하게 끝났다는 게 슬퍼서 울었다. 온몸의 수분이 다 빠져나갈 만큼 울고 나서야 제정신이 들었다. 이젠 그 사람에 대한 원망도, 미움도 진정 놓아야 할 때가 되었다.

일기는 여기서 끝이 나 있었다. 일기장을 다 읽고 나자 결혼식을 앞두고 있었던 일련의 사건들이 그제야 이해가 되었다.

그의 기억이 꽤 오래전 과거, 결혼식을 앞둔 그 시절로 넘어갔
다.

"어머니, 대체 아버지랑 무슨 일이 있으셨던 건데요?"

두 분 사이가 좋진 않았지만, 그렇다고 이렇게 원수 대하듯 급변
할 줄은 몰랐기에 승조는 당황스럽기까지 했다.

"우선 이것을 받아라."

결혼식 끝나자마자 미국으로 떠날 거라 말하는 어머니에게 그
이유를 묻고 있었건만, 어머니는 뜬금없이 그에게 두툼한 책을 건
네셨다.

"이게 뭔데요?"

"내 일기장이란다. 원래는 이것을 먼저 본 후 내 말을 들어야 하
는 게 맞지만, 시간이 없구나. 내 말을 듣고 나면, 넌 이것을 읽지
않을 수도 있겠지. 지금 하고자 하는 말 자체가 충격이 될 수도 있
으니. 하지만 이것을 읽을지 말지는 네 판단에 맡기겠다."

어머니는 한숨을 길게 내쉬더니 고통스러운 듯 미간을 찌푸리셨
다.

"나는 8년 전, 그러니까 네 나이 스무 살 때, 세상을 뜬 서균의
아버지 이중한 씨와 서로 사랑하는 연인 관계였다."

"……!"

어머니의 말에 그는 벼락이라도 맞은 듯 충격이 몰려왔다. 서균
은 예나 지금이나 그의 가장 친한 친구였다.

"남들은 불륜이라 손가락질했을지언정 우린 서로 진심이었다. 그런데 너희 아버지가 그를 벼랑 끝으로 내몰아 결국 죽음에 이르게 했더구나. 더 기가 찬 일은 난 그러한 진실도 모른 채, 오랜 시간 그가 나를 버린 것이라 오해하고 미워만 했다는 점이다. 그래서 난 너희 아버지랑은 더는 같은 하늘 아래 살고 싶지가 않구나."

"대체 그 진실이 뭔데 그러십니까?"

자신 앞에 놓여 있는 현실이 너무 잔인해, 승조는 믿고 싶지가 않았다. 금슬이 좋진 않았어도 서로 싸우는 모습 한 번 보여주신 적 없던 부모님이었다. 그래서 자신은 두 분처럼 사는 것도 나쁘지 않겠다 싶어, 모두가 권유하는 여자와 결혼까지 앞두고 있던 참이었다.

"너는 내가 무슨 말을 해도 믿지 않겠구나……."

어머니는 아들의 반응을 마치 예상하기라도 하셨는지 어조도, 태도도 차분하셨다.

"그건 너희 아버지께 듣는 게 낫겠다. 자신이 한 일은 자신이 제일 잘 아는 법이니."

어머니는 그 말만을 남기고, 미리 챙겨둔 짐을 들고 외가로 가버리셨다.

떠나는 어머니를 잡지도 못하고 멍하니 바라보던 그는 결국 아버지에게 갔다. 아버지는 어머니가 떠나시는데도 서재에서 꼼짝도 안 하고 계셨다.

"아버지……."

"한잔할 테냐?"

그의 부름에 석상인 양 움직이지 않던 아버지가 자리에서 일어나셨다. 그리고 보니 아버지가 술을 즐겨 하시기 시작하신 게 언제부터더라. 기억을 더듬듯 회상하던 그는 아버지의 음주량이 기하급수적으로 늘어난 시기가 어머니가 언급하셨던 8년 전임을 깨달았다.

"무슨 일을 하셨던 겁니까?"

걷잡을 수 없는 생각들로 머리가 온통 진흙탕 같은데도 목소리가 담담하게 나오고 있다는 사실이 신기했다.

"내가…… 너희 어머니와 서균 아버지 이중한, 둘 사이를 눈치챈 건 네가 고등학교 2학년 때였다. 처음에 그 사실을 알고 분노했고 절망했으나, 너희 어머니가 그리된 데에는 내 탓이 더 많음을 느꼈다. 바쁘단 핑계로 소홀했던 것도 있지만, 감정 표현에 능숙하지 못했으니까. 그래도 네가 있으니, 끔찍이 사랑하는 아들이 있으니, 사랑놀음 적당히 하고 돌아올 줄 알았다. 둘 다 가정이 있고 자식이 있는 사람들이었으니까. 하지만 둘의 관계는 쉽사리 끝이 나지 않았어. 오히려 나와 서균의 어머니가 눈치를 채고부터는 도를 넘기 시작했다."

아버지는 답답하셨는지 술을 쭉 들이켰다.

"그래서 나는 내가 가진 힘을 휘둘러 이중한, 그 사람을 함정에 빠뜨렸어. 평생 돈 걱정을 안 하고 산 너의 어머니랑은 다르게 그는 돈이 필요한 사람이었거든. 남편의 외도로 인해 돈을 물 쓰듯이 하는 그의 아내의 뒷감당을 하느라 바빴지. 하지만 이중한 그 사람은 그 돈을 네 어머니께 달라고도 못 하는 위인이었다. 그랬기에 내 덫이 그에게는 달콤한 유혹과도 같았을 거야……."

승조는 거의 무아지경 상태인 아버지를 조마조마한 심경으로 바라보았다. 자신에게 있어 태산과도 같았던 아버지를 저렇게까지 추락시킨 어머니에 대한 원망과 배신감이 너무 커서 눈앞이 까매졌다가 하얘지는 것만 같았다.

"큰돈을 줄 테니 회사 기밀을 빼내라고 사람을 시켜 지시했고, 그는 오랜 고민 끝에 그 제안을 받아들였지. 그리고 기가 막힌 타이밍에 모든 게 들통 나게끔 만들어, 위험에 처한 그에게 선심 쓰듯 타협안을 제시했다. 너의 어머니와 깔끔하게 헤어지라고. 그러면 모든 일을 덮겠다고. 그렇지 않으면 법대로 처리할 것이고, 그리되면 당신의 아들이 모든 것을 알게 되지 않겠냐고. 그에겐 선택의 여지가 없었다. 나나 그 사람이나 자식에게만큼은 배우자의, 혹은 자신의 불륜을 알리지 않았었기에. 결국 그 일로 네 어머니는 다시 제자리로 돌아오게 되었고, 난 내 행동에 한 점 부끄럼이 없었다. 그가 그 일이 있고 얼마 후 심장마비로 죽기 전까진……."

"자살이었습니까?"

"……평소 혈압이 높았다더라. 하지만 굳이 원인을 따지자면 내 탓도 있을 테고, 너의 어머니 탓도 있겠지. 그리 사랑하던 사람과 강제로 헤어졌으니……."

"후회…… 하십니까?"

"후회는 안 한다. 아니, 하지 않으련다! 그래도 네 어머니가 그 덕분에 돌아왔었고, 조금 전까지도 여기, 이곳에 있었지 않느냐……."

씁쓸하게 읊조리며 술을 들이켜는 아버지의 시간만 십 년 정도 빨리 흘러간 것 같았다. 그 모습이 너무 아련하고 마음이 아파 그는 숨이 답답해 왔다. 그 무엇도 아버지의 위로가 될 수는 없었다. 술 이외 그 어떤 것도.

'아마 그날 이후부터 서균을 볼 때마다 죄책감을 가지게 되었지. 갚을 수 없는 빚을 진 것마냥…….'

승조는 회상을 끝내며 한숨을 내쉬었다.

결국 어머니는 결혼식이 끝나자마자 미국으로 떠나셨고, 그 이후 단 한 번도 한국으로 오지 않으셨다. 유라가 태어났을 때도, 아버지가 돌아가셨을 때조차도 말이다.

물론 그도 어머니를 보러 가지 않았으니 그 어머니에 그 아들일지도 모르겠다. 유라만 몇 번 미국에 다녀온 게 전부였고, 그는 연락도 한 적이 없었다.

승조는 어머니의 일기장을 한쪽으로 밀쳐 놓고 눈을 감았다. 긴 세월 담아놓기만 하던 정신적 피로감이 한꺼번에 몰려오는 것만 같았다.

그는 눈을 뜨며 일기장을 다시 앞에 두고, 표면을 가만히 쓸어보았다. 매끄럽기도 했지만 오랜 세월을 반증하듯, 중간중간 꺼칠한 부분이 손끝에 만져졌다.

어머니가 일기장을 주고 떠난 의도를 잘 알기에, 그 긴 세월 동안 그것을 펼쳐 보지 못했었다. 어머니가 계셨을 때도, 그리고 떠나셨을 때조차도 내내 아파한 아버지를 잊고 어머니를 이해하게 될까 봐 두려웠다. 아버지와 자신에게는 그저 한낱 불륜일 뿐인 어머니의 모진 사랑을 이해하게 될까 봐 무서웠다.

'제가 지금 사랑이란 것을 하다 보니, 사랑 때문에 모든 것을 버린 어머니를 아주 조금은, 그 사랑이 얼마나 간절했는지는 이해하게 되었습니다. 하지만 그렇다고 해서 어머니를 용서할 수는 없습니다. 그러기에는 아버지의 아픔이 너무 컸고, 그 아픔을 고스란히 바라본 저이니까요.'

승조는 쓴웃음을 지으며 일기장을 원래 자리에 넣어둔 후 서재를 나왔다. 어머니의 사랑도, 아버지의 사랑도 온전히 다 이해할 날이 과연 올까 싶었다. 하지만 확실한 건 자신은 어머니처럼도, 아버지처럼도 사랑하지 않으리라는 점이었다.

❄

자다가 깜짝 놀라 잠이 깬 난아는 습관처럼 시계부터 바라보았다. 아직 약속 시각까지 한 시간 정도 남아 있었다.

난아는 조용히 욕실로 가서 부리나케 씻고 준비를 마친 후 조심스럽게 현관문을 열고 나왔다. 이른 아침이라 집 안은 적막강산이었다.

탁탁탁탁.

난아는 정원에서 들려오는 규칙적인 소리에 움찔했다. 정원에서 초아가 줄넘기를 하고 있었다. 뜨끔한 그녀는 다시 안으로 들어갈까 고민했으나, 약속 시각이 거의 다 된 터라 그냥 나가기로 마음을 먹었다.

"일찍 일어났네?"

밖으로 나가려면 초아를 지나가야만 했기에 난아는 최대한 자연스럽게 다가갔다.

"요즘 잦은 야근에, 야식까지 때려 부었더니 뱃살이 좀 나온 것 같아서. 그런데 언니는 설마 이 시각에 약속이 있는 거야?"

난아의 위아래를 훑어보는 초아의 시선이 제법 날카로웠다.

"어, 그게……."

Rrrrrrr.

초아의 질문에 어찌 답할까 고민하던 와중에 구세주가 등장했다.

"여보세요?"

때마침 걸려온 전화가 어찌나 반갑던지, 난아의 목소리는 어색하게 한 톤 높아졌다.

[선생님, 아직 멀었어요? 아빠랑 유라는 다 왔어요.]

전화의 주인공은 유라였다.

"어, 유라야. 선생님도 이제 막 나가려던 참이었어. 조금만 기다려. ……아이들과 약속이 있어."

전화를 끊은 난아는 초아에게 자연스럽게 둘러댔다.

"나올 필요 없어. 문은 내가 잘 닫고 나갈게."

초아가 따라 나올 기미를 보이자, 난아는 화들짝 놀라 한마디 덧붙였다.

"그래, 그럼."

마음이 급했던 난아는 초아의 눈빛까지 체크할 겨를이 없었다. 그래서 순순히 답하는 초아의 말에 안심하고는 잽싸게 대문을 벗어났다.

"선생님~"

차의 창문을 내린 채 그녀가 나오기만을 기다리고 있던 유라가 신나게 손을 흔들며 반겼다.

"빨리, 빨리 출발해요. 동생이 나올지도 모르니, 최대한 빨리 이곳을 벗어나야 해요."

난아는 유라가 앉아 있는 뒤쪽으로 날 듯이 올라타더니 운전석을 향해 외쳤다.

"……혹시 지금 대문 앞에 나와 있는 사람이 동생입니까?"

"네에?"

난아는 고개가 꺾일 정도로 빠른 동작으로 대문 쪽을 바라보았다. 언제 나왔는지 초아가 대문 앞에 서서 차의 열린 창문 너머 그녀와 유라를 살피고 있었다.

"빨리 가요."

재촉하는 난아의 말이 다시금 떨어지고 나서야 차는 출발했다.

"학생인가……."

한눈에 봐도 엄청 비싸 보이는 차가 시야에서 멀어지자, 초아는 고개를 갸웃거렸다. 열린 창문으로 학생으로 추정되는 아이도 보이고 운전석에 앉은 남자의 뒤통수도 보긴 했지만, 대수롭지 않게 여겼다. 예은초교 학생들 대부분이 기사가 딸린 차를 타고 다닌다는 것을 잘 알고 있기 때문이었다.

초아는 문단속을 하고 집 안으로 들어갔다. 주말, 이른 아침이라 집 안은 고요했다.

그녀는 부모님이 깨실까 봐 살그머니 방으로 들어가서는 운동하느라 두고 간 전화기를 제일 먼저 살폈다. 메시지 한 통이 와 있었다.

"에휴. 이 사람은 잠도 없나. 휴일 아침 늦잠은 기본인데, 이른 아침부터 매너 없게 메시지를 보내고 난리야. 하여간 사람이 이렇게 경우가 없어요, 없어!'

초아는 투덜거리면서 진현수에게서 온 메시지를 확인했다.

—오늘 좀 봅시다.

주어, 서술어 다 빼고 달랑 목적만 있는 내용에 초아는 한숨이 절로 나왔다. 황금보다 귀한 주말, 하필이면 까칠하기 이를 데 없는 상사인 진현수를 왜 만나야 하나 싶었지만, 그 말을 무시할 정도의 힘이 그녀에게는 없었다. 아무 이유 없이 사람을 불러낼 사람은 아닌데. 그가 왜 자신을 불러내는지 그게 무엇보다 궁금했다.

—어디서 뵐까요?

결국 초아는 진현수와 만날 약속을 정했다. 그나마 왜 만나자고 하는지 조금은 감이 잡히니 다행이랄까? 분명 일 문제로 만나자고 하는 건 아니었다. 일 문제였다면 만나고 자시고 할 것도 없이 전화로 할 말, 못 할 말 다 하고도 남는 사람이었으니까 말이다.

'역시…… 언니가 마음에 들었던 걸까?'

생각이 거기까지 미치자 초아는 웃음이 나왔다. 일에 있어서만큼은 완벽주의자다 못해, 남까지 완벽해야지만 직성이 풀리는 진현수가 인간답게 느껴지는 순간이었다.

반면 난아는 초아와 다르게 평소와 다른 분위기의 승조를 내내 불편한 표정으로 살피고 있었다. 유라와 웃고 떠들고 있긴 해도 어쩐지 그의 뒤통수가 평소와 다른 느낌이라 내내 손톱 밑 가시처럼 신경이 쓰였다.

"……무슨 일 있어요?"

유라가 그녀에게 기대 졸기 시작할 때쯤 난아는 결국 호기심에 질문을 던졌다.

"……아무 일 없습니다."

'망설였어. 아주 약간이긴 했지만.'

"그런데 왜 그렇게 심란해 보여요?"

난아는 최대한 아무렇지 않게, 이제는 꾸벅꾸벅 조는 단계를 넘어 잠이 든 유라의 머리를 쓰다듬었다.

"……내가 심란해 보입니까?"

그녀의 질문에 승조는 잠시지만 크게 뜨끔했다. 그의 모든 것을 그녀가 읽을 정도로 풀어져 있었던 건가 싶었다.

"네, 일단 목소리부터가 달라요. 아주 미묘하게."

설명하기 어려운 것을 설명하려니 난감해 난아의 콧잔등에 주름이 잡혔다.

"무슨 일…… 있다고 하면요?"

차 안에 흡사 외줄타기를 하듯 아슬아슬한 느낌의 긴장된 기류가 흐르기 시작했다. 난아는 뭐라 답을 해야 될지 난감해졌다.

"음, 무슨 일이라는 게 좋은 일은 아닌 것 같으니까. 에…… 위로? 그게 적당하겠는데요?"

"그 위로, 기대하고 있겠습니다."

백미러로 보이는 난아의 당황하는 모습에 승조는 싱긋 웃었다. 그녀가 해줄 위로가 어떤 건지는 모르지만 이미 위로를 받은 것이나 마찬가지였다. 그 어떤 심란한 상황에 처해 있더라도 그를 미소 짓게끔 하는 힘이 그녀에게는 있었다. 밤새 그를 괴롭혔던 수많은 상념들이 신비롭게도 희미해지는 그런 느낌. 참으로 신기했다.

"그런데…… 대체 어디로 가는 거예요?"

"그 질문을 하기에는 좀 많이 늦은 것 같군요. 곧 도착합니다."

차는 널찍한 도로를 벗어나 좁은 길로 접어들어 있었다. 차창 밖으로 보이는 소박한 시골 풍경들을 얼마나 지나갔을까. 갑자기 시야가 확 트이면서 유유히 흐르는 강을 배경으로 삼은 멋진 3층 건물이 나타났다. 잡지에서나 볼 법한 풍경과 그림 같은 집을 보느라, 난아는 차가 멈춘 것도 인지하지 못하고 있었다.

"다 왔습니다. 유라야, 일어나야지. 진성이 네 다 왔다."

"……음, 진성이?"

승조의 입에서 나온 진성이가 과연 누굴까 하는 고민은 곧 풀렸다.

"유라야~"

유라보다 조금 커 보이는 남자아이가 유라의 이름을 부르며 차를 향해 달려오고 있었다.

"진성아!"

이름을 부르는 소리에 잠이 확 달아났는지 유라는 난아가 문을 열어주자마자 뛰어 나갔다.

"별장 관리해 주시는 분의 손자입니다. 유라와는 오랜 친구 사이지요."

어느새 차에서 내려 그녀에게 다가온 그는 손을 내밀고 있었다. 난아는 조금 망설이다가 그의 손을 잡았다. 아이들은 벌써 시야에서 저만큼 멀어져 있었다.

"그럼 여기도 별장이에요? 제주에도 있다더니 여기도 있었어요?"

"네."

새삼 그의 부(富)에 놀란 난아와는 다르게 그는 아무렇지도 않아 보였다.

'하긴 놀랄 이유가 없긴 하지.'

어쩐지 너무 아무렇지도 않은 그가 얄미워지는 그녀였다.

"보면 알겠지만, 이곳 청평은 수상 레포츠를 즐기기 좋은 곳입니다."

"네, 퍽 그래 보이네요."

승조는 갑자기 샐쭉해져 입술까지 삐죽이는 난아의 모습에 웃음이 나왔다. 뭔가 또 마음에 안 드는 것이라도 생긴 모양이었다.

"도련님! 아니, 사장님. 하하하. 습관이 되서 잘 고쳐지지 않네요."

멋쩍게 웃으며 다가온 후덕한 인상에 60대 초반으로 보이는 남자가 다가와 반갑게 인사를 해왔다.

"신경 안 쓴다 했는데도, 여전히 별걸 다 고민하십니다. 그간 안녕하셨지요? 진성이가 많이 컸더군요."

남자를 대하는 승조의 모습은 무척 편안해 보였다. 친한 친척 어른 집에 들른 조카 같은 그런 분위기였다.

"네, 많이 컸지요. 그렇지 않아도 어제 아기씨 온다고 했더니 얼마나 기다렸는지 모른답니다."

아이들이 사라진 방향을 바라보며 자상하게 웃는 남자의 모습이 얼마나 따스해 보이던지 난아의 마음도 훈훈해지는 것 같았다.

"유라라고 부르세요. 할아버지가 친구를 아기씨라고 부르면 진성이가 이상해합니다."

세 사람은 집을 향해 나란히 걷기 시작했다.

"그런데…… 누구신지……."

진성이 할아버지는 승조 곁에 서서 둘의 대화를 가만히 듣고 있는 난아를 호기심 가득한 시선으로 바라보며 조심스럽게 질문을 해왔다.

"유라 담임선생님이자 제 여자입니다."

난아는 꾸벅 인사를 하려다 그의 뒷말에 고개를 후다닥 원위치시켰다.

여자친구란 말도 있고, 백번 양보해 애인이라는 말도 있는데, 하필 하고많은 말 중 '제 여자입니다' 라니! 참 기가 막히고 어이가 없었다.

"아이고! 참말로 반갑습니다. 살다 보니 이런 날이 다 있네요. 이럴 게 아니라, 준비를 다시 해야겠습니다. 어른 두 명이라고만 하셔서, 서균 도련님이 오실 줄 알고 준비가 미흡했습니다."

급작스레 튀어나온 서균의 이름에 난아가 또 한 번 놀랐다.

'오늘 아주 여러 번 놀라는구나. 정작 당사자는 아무렇지 않아 보이건만.'

입안이 씁쓸해져 왔다. 그와 엮이게 된 이상, 이런 일은 비일비 재할 터였나.

"……그런데 저분, 연세에 비해 참 정정하시네요. 그리고…… 고승조 씨는 연세에 비해 참 어이없으시고요."

난아는 경중경중 춤이라도 출 기세로 사라지는 진성이 할아버지 뒷모습을 바라보며 피식 웃었다. 연세가 적지 않은데도 전력으로 뛰는 모습이 젊은이들 못지않으셨다.

"제가 왜요?"

'흥! 시치미 떼시긴!'

난아는 눈을 세모꼴로 만들어 그를 노려보았다.

"제가 왜 고승조 씨·여자예요? 전 그런 호칭은 완전 별로거든 요."

"그 호칭, 좋아질 겁니다. 장담해요."

환하게 미소 짓는 승조의 얼굴은 마치 빛을 뿜어내는 듯 눈이 부셨다.

"흥! 퍽이나~ 마음고생만 안 하면 다행 되시겠습니다."

난아는 심장이 너무 벌컥거려 가만히 있을 수가 없어 그를 제치고 앞서 걸어 나갔다. 하지만 얼마 못 가 그에게 손을 붙잡혔다.

"나 때문에 마음 다칠 일은 없을 거라고 약속했었습니다. 기억합니까?"

난아는 고개를 끄덕였다. 그날을 어찌 잊을 수 있겠는가, 처음으로 그에 대한 그녀의 마음을 온전히 인정한 날이었다.

"나는 약속을 잊지도 않을뿐더러 아주 잘 지킵니다. 그러니 나를 믿어줄 순 없는 겁니까?"

찌를 듯 파고드는 그의 눈빛에 난아의 심장은 또다시 주인의 의지를 벗어나 두근거리기 시작했다.

"누가 안 믿는다고 했나요, 뭐. ……그런데 저분은 어떻게 서균 씨를 아는 건가요?"

난아는 그에게 잡힌 손을 가만히 놔둔 채, 어색함과 부끄러움을 메우려고 화제를 바꾸었다. 이런 두근거림은 여전히 익숙하지 않았다.

"고등학교 때부터 자주 왔었습니다. 수상 레포츠 쪽은 둘 다 좋아하는지라."

서균의 이야기가 나오자 승조의 얼굴이 조금 어두워졌다.

"혹시 서균 씨가 신경 쓰여요?"

난아의 심장이 이번에는 다른 의미로 벌컥벌컥 움직이기 시작했다.

"서균이 신경 쓰이는 게 아니니 마음 쓰지 않아도 됩니다. 내가 신경 쓰는 건…… 이 자그마한 머리로 끊임없이 달아날 궁리만 하고 있는 여자뿐이니까요."

승조는 그녀의 머리를 부드럽게 쓰다듬었고, 난아는 그 손길에 왠지 울컥해졌다.

"도망가지 않아요. 도망가기에는 이미 멀리 왔는걸요. 그리고 도망가려는 것처럼 보이는 건 그저 부끄러움 때문이려니 여겨주세요. 당신에게서 벗어나려고 물러서는 게 아니니까요."

한 치 피하는 구석 없이 그녀는 그를 똑바로 응시했다. 서로의 눈동자 속에 상대방의 모습이 오롯이 담겨 있음을 보고 또 바라보았다.

난아와 승조가 서로의 눈을 마주 바라보고 있을 때, 유라와 진성이 역시 마주 보고 앉아 놀고 있었다. 둘은 어릴 때부터 죽이 잘 맞는 단짝이었다. 아장아장 걷기 시작했을 무렵부터 어울렸던지라, 가끔 만남에도 불구하고 만나기만 하면 시간 가는 줄 모르고 놀았다.

"아까 그 사람은 누구야?"

"우리 선생님."

유라는 풀과 꽃, 흙 등을 맘껏 만지고 놀아도 뭐라 할 사람이 없는 이곳이 참 좋았다.

"선생님?"

"응. 선생님은 예쁘지는 않지만, 난 선생님이 너무 좋아."

"맞아. 유라가 선생님보다 훨씬 더 예뻐."

두 아이는 아무렇지도 않게 난아의 미모를 평가 절하시키고 있었다.

"진성아, 오늘은 유라랑 여기서만 노는 거다."

진성이 할아버지는 놀고 있는 두 아이 앞에 쪼그리고 앉았다.

"유라네 집에는 들어가면 안 돼요?"

진성이의 작은 손가락이 3층 건물을 가리켰다.

"오늘은 여기, 우리 집에서만 노는 거다! 저쪽은 손님이 와 계시거든. 말을 잘 들으면 보드 태워주마."

진성이 할아버지는 고개를 갸웃거리는 손자에게 목소리를 낮추어 은근하게 속삭였다.

"우왓! 진짜지요? 진짜 약속한 거예요!"

요즘 웨이크보드 배우는 재미에 푹 빠져 있는 손자였기에 아주 귀가 솔깃한 모양이었다.

"도련님, 아니, 유라 아빠랑 손님으로 오신 여자분 눈에 안 띄는 곳에서 유라랑 조용히 노는 거다."

"네~"

손자의 시원스러운 답변에 진성이 할아버지는 회심의 미소를 지었다.

이곳에는 친구인 서균 외에 누군가를 데려온 적이 없던 승조였다. 심지어는 이혼한 유라 엄마와도 온 적이 없었다. 그랬던 사람이 자신의 여자라고 소개하는 사람을 데려왔다는 건 아무리 봐도 좋은 징조였다.

나를 봐주세요

"이제 진정 벗어날 때가 오신 게야."

별장이 지어졌을 때부터 관리인으로 지내왔던 그는 예전 승조 어머니와 서균 아버지의 옳지 못했던 사랑을 알고 있는 몇 안 되는 사람 중 하나였다. 서울에서 집안을 돌보고 있는 심 여사와 그 옛날 이곳에서 두 사람의 애정 행각을 목격했던 자신이 유일했다. 그래서 그는 승조가 늘 안쓰러웠고, 어머니가 미국으로 떠날 때 모든 것을 알게 되었을 그가 내내 마음에 걸렸었다. 어른들의 이기적인 사정으로, 사랑이라는 것을 미처 배울 기회도 없이 결혼을 하고 이혼까지 하는 것을 보며 얼마나 마음 아팠는지 모른다.

승조의 그녀는 잠깐 스치듯 본 것뿐이지만 눈빛이 참 맑고 투명한 게 좋아 보였다. 그늘지고 차가워 보이지만, 가슴 안의 열정이 폭발할 곳을 찾지 못해 잠들어 있기만 한 승조에겐 적격이지 싶었다. 그 사람이라면 승조가 마음껏 마음을 표출할 수 있게끔 도와줄 수 있을 듯했다.

'사랑도 해본 사람이 한다고, 사랑하는 방법도, 표현하는 방법도 모르는 도련님을 이 늙은이가 돕지 않으면 누가 돕겠습니까?'

진성이 할아버지는 유라와 손자가 놀고 있는 쪽을 지그시 바라보며 회심의 미소를 지었나. 이 근처에서 커플들에게 유명한 펜션을 운영 중인 아들과 며느리가 알아서 모든 것을 착착 준비해 놓았으리라.

✱

"이야, 집 엄청 멋지네요. 없는 게 없는 걸 보니, 여기에도 유라 방 있어요?"

난아는 집 안을 구경하며 내내 감탄사를 연발하고 있었다. 건물 외양부터가 범상치 않더니 내부는 그보다 더했다.

"2층에 있습니다."

난아는 부드럽게 굴곡진 나선형 계단을 천천히 올라갔다. 뒤에서 느릿하게 따라 올라오는 승조의 발자국 소리가 그녀의 걸음 소리와 합을 이루어 박자를 맞추고 있었다.

"유라랑 여기 오면 뭐 하세요? 유라도 물 좋아하니까, 이것저것 할 수 있는 게 많을 것 같은데. 전 물을 싫어하는 건 아니지만 좋아하지도 않거든요. 그렇지만 여럿이 함께할 수 있는 게 있다면 해보고도 싶어요. 그러니까…… 그게…….."

계속 심장이 두근거려 이상하게 말이 횡설수설 나왔다.

'이러다 승조 씨가 눈치채면 어쩌지?'

그녀의 이런 마음 상태를 그가 눈치챌까 공연히 더 떨렸다.

"나랑 있는 게 불편한 겁니까?"

'으악! 역시 눈치챈 건가?'

뒤에서 들려오는 차분한 목소리에 난아는 계단 끄트머리에 멈춰 섰다.

"불편한 게 아니고…… 자꾸만…… 두근거려서요."

어느새 가까이 다가온 그의 눈을 똑바로 바라보지도 못하고 가슴 근처에 시선을 두었다. 여전히 심장은 존재감을 과시하고 있었다.

"여기 와도 유라는 진성이랑 노느라 바쁘고, 저는 저대로 바빴습니다. 수상 레포츠는 여럿이 할 수 있는 것들도 많습니다. 원한다면 함께 해보도록 하지요."

승조는 난아가 두서없이 질문했던 것을 차분하게 답하며 그녀의 어깨에 손을 얹었다. 그리고 그녀의 이마에 입술을 댔다가 떼었다. 아찔한 감촉에 난아의 시선은 자동으로 위를 향하게 되었고, 그의 눈동자와 닿게 되었다.

"하지만 먼저 급한 것부터……."

승조의 눈빛이 좀 더 어둡게 변한 것 같다고 느낀 순간, 난아의 몸이 확 끌어당겨짐과 동시에 벽에 밀쳐졌다. 등에는 벽의 차가움이, 입술에는 뜨거움이 극명한 온도 차로 와 닿았다.

자신의 영역인 양 그녀의 입안 곳곳을 활보하는 그의 행동에 난아의 정신은 아득해지고, 발을 디디고 있는 이곳이 어디인가 하는 것도 잠시 잊었다.

"……급한 건 해결했으니, 이제 뭐 할까요?"

승조는 숨을 헐떡이는 난아를 간신히 놔주었다. 촉촉하고 달콤한 그녀의 안에 침잠하여 들어가고픈 마음뿐이었지만, 언제 아이들이 불쑥 나타날지도 모를 공간에서 그녀를 난감하게 만들고 싶지는 않았다.

여전히 감겨 있는 그녀의 속눈썹을 그는 손가락으로 부드럽게 쓸었다. 반짝 떠지는 그녀의 눈동자 안에 고스란히 보이는 열정에 또 한 번 속에서 불길이 치솟았다.

"그렇게 바라보는 건 아주 위험한 행동입니다. 모든 단계를 다

건너뛰고 싶어질 만큼 말입니다."

아주 낮게 가라앉은 목소리의 승조가 한층 더 뜨거운 눈빛으로 그녀에게 성큼 다가왔다.

"수상 레포츠는…… 뭐니 뭐니 해도 바나나보트지요. 우리 다 같이 바나나보트 타러 갈까요?"

당황한 난아는 자신이 무슨 답을 하고 있는지도 모르고 있었다. 하지만 그녀는 잠시 뒤 자신의 입을 꼬집어주고 싶은 심정이 되었다.

"하…… 바나나보트가 참 바나나같이 생겼네요."

반짝이는 수면 위에 노랗게 빛나는 거대한 바나나를 바라보며 난아는 몸을 부르르 떨었다. 저 괴기스러운 물체에 올라타, 괴성을 지르며 다 같이 물속에 빠지는 놀이를 대체 왜 하는 건지 모르겠다는 생각마저 들었다.

"선생님, 이거보다는 플라이피쉬나 땅콩보트가 더 재미있어요."

옆에서 심드렁한 표정으로 바나나보트를 바라보던 유라가 난아를 바라보며 빛나는 눈동자로 말을 건넸다.

"그, 그래? 그럼 그거 할까?"

뭘 하든 물속에 처박히는 바나나보트보다는 낫겠다 싶었다. 그래서 유라가 언급하는 게 무엇인지도 모르면서 덥석 하자고 나섰다.

"진성아, 플라이피쉬 같이 하자. 선생님은 아빠랑 같이 해요. 선생님은 유라보다 많이 무거워서 재미없어요."

역시 오늘도 유라의 촌철살인은 빛이 났다.

'그렇게까지 무거운 편은 아닌데……'

"갈아입을 옷을 준비 못 하셨을까 봐 옷을 몇 벌 마련해 놨는데 마음에 드실지 모르겠습니다."

난아가 정신적인 충격을 감당하고 있을 때, 진성이 할아버지가 멋쩍게 웃으며 다가왔다.

"그렇지 않아도 아무 준비도 없이 와서 당황하던 참이었는데 감사해요."

진성이 할아버지의 세심한 배려에 난아는 고개 숙여 인사한 후 방긋 웃었다. 하지만 그녀의 밝은 웃음은 오래가지 못했다. 플라이 피쉬의 정체가 바로 드러났기 때문이다.

"……설마 지게…… 저, 저걸 탄단 말인가요?"

"앞에서 끌고 가는 보트의 속력이 높아지면 잠시간 공중에 뜹니다. 그래서 플라이피쉬지요."

"날아라, 가오리가 아니고요?"

난아는 흡사 가오리같이 생긴 것을 바라보았다. 바나나보트처럼 물에 빠질 것 같지는 않았지만, 공중에 뜬다고 하니 겁이 났다.

"백문이 불여일견이라고, 아이들 타는 것을 한번 보세요. 아이들도 탈 정도니, 겁내지 않으셔도 됩니다."

보트 운전을 맡은 젊은 남자가 난아를 바라보며 친절하게 말을 건넸다. 난아는 어색하게 웃으며 고개를 끄덕였다.

유라의 구명조끼를 점검한 승조가 몸을 돌렸을 때, 젊은 남자와 웃으며 대화를 나누고 있는 난아가 보였다. 왠지 모르게 기분이 불쾌해졌다.

"시작하지요."

"아, 네, 알겠습니다."

차갑게 말하는 승조의 말에 놀란 남자가 후다닥 보트에 올랐다.

"자, 출발합니다. 어린이 여러분, 꽉 붙잡으세요. 물에 빠지고 싶으면 손을 놔도 된답니다."

"저희는 절대 물에 안 빠져요. 여태 한 번도 빠진 적 없다고요. 맞지, 유라야?"

"응! 선생님, 아빠, 잘 보고 있어야 해요."

드디어 보트는 힘차게 출발했고, 속력이 올라가자 가오리같이 생긴 게 펄쩍 날아올랐다. 아이들이 신나 하는 모습이 멀리서도 잘 보였다.

하지만 난아의 얼굴은 급속도로 창백해지기 시작했다. 그 가오리는 한 번 날아올랐다 끝나는 게 아니라 계속적으로 떴다 가라앉다를 반복하고 있었다.

"재미있어 보이지요?"

승조는 난아의 표정이 너무 재밌어서 놀려주고 싶어졌다.

"네…… 아주 겁나게 재미있어 보이긴 하네요. 그런데 저거 꼭 타야만 해요?"

"그러면, 땅콩보트로 할까요?"

난아가 삐딱하게 답하자 승조는 다른 대안을 내놓았다.

"땅콩보트는 또 뭔데요?"

"저것과 모양만 다른데, 거기다 회전력까지 가미했다고 보면 됩니다."

설명만 들었는데도 정신이 아찔해져 왔다. 그래도 뭔가를 꼭 타야 한다면 지금의 가오리가 그나마 나아 보였다.

"보드와 스키는 준비하지 말까요?"

근처에서 구명조끼와 장비들을 챙기고 있던 진성이 할아버지가 질문을 해왔다.

"저, 저는 그냥 저 가오리 탈게요."

수상스키나 웨이크보드 같은 것을 탈 운동신경은 아니었기에 난아는 기겁을 하며 거절했다.

"괜찮습니다. 오늘 저희는 플라이피쉬만 할게요. 하지만 아이들이 원하면 장비는 준비해 주세요. 그런데 점심은요?"

"이미 준비 마쳐놨습니다."

진성이 할아버지는 무엇이 그리 기쁜지 연신 환한 웃음을 머금고 계셨다. 그분께 있어 승조는 가족과도 같은 의미란 것을 느낄 수 있어 난아의 가슴에 온기가 차올랐다.

"선생님~"

벌써 한 바퀴 돌고 왔는지 환한 웃음을 머금고 있는 유라의 모습이 보였다.

"유라야, 어땠니? 무서웠지? 그렇지?"

질문을 하는 난아의 목소리는 절박하기까지 했다.

"아니요, 엄청 재미있었어요. 자~ 다음은 선생님과 아빠 차례예요."

유라는 그녀의 기대를 저버리는 대답을 참 해맑게도 했다.

"그렇게 겁이 나면 안 해도 됩니다."

난아의 안색이 좋지 않자 승조가 한마디 거들었다.

"아이들도 타는데 어른이 못 탈 리가 없잖아요. 그렇지요?"

"그, 그렇지. 어른이 못 탈 리가 없긴 하지."

진성이의 해맑은 물음에 난아는 간신히 답하며 구명조끼를 입기 시작했다. 손이 떨려 버클이 잘 채워지지 않자 승조가 다가와 도와주었다.

"보트의 속도를 많이 높이지 말라 해놨습니다. 속도가 빠를수록 높이 떠오르니까요."

누구도 듣지 못하게 작게 속삭이는 승조로 인해 난아의 얼굴이 발그레해졌다. 이런 것도 무서워하는 것이냐 놀리지 않고 배려해 주는 게 고마웠다.

"저는요. 아침보다 지금의 당신이 더 좋고요, 지금보다 저녁의 당신이 더 좋아질 것 같아요."

시간이 갈수록 자신의 마음에 그가 더 깊이 들어오고 있다는 것을 표현하고 싶었던 난아는 솔직히 말했다. 한 번 달려가기 시작한 마음에 점점 가속도가 붙는 기분이었다.

"저녁의 모습보다 밤의 모습을 좋아했으면 좋겠습니다만."

승조는 마음에 담긴 것을 고스란히 보여주는 난아의 말에 잠시 놀랐으나, 이내 환한 웃음을 지었다. 그는 강바람에 한들거리는 그녀의 머리카락을 귀 뒤로 넘겨주었다.

"그건 왜요?"

그의 손가락이 귓가를 스쳐 지나갈 때의 느낌이 어찌나 자극적이던지, 난아는 자신도 모르게 몸을 떨었다.

"상상력을 발휘해 봐요. ……자, 그럼 출발합시다."

승조는 플라이피쉬에 먼저 올라타서는 난아를 향해 손을 내밀었다.

"네."

그가 내민 손을 잡는 게 언제 이리 자연스러워진 건가 싶어, 난아는 조금 부끄러워졌다.

둘이 플라이피쉬에 눕듯이 자세를 잡자, 동력원인 보트가 굉음을 울리며 출발했다. 난아는 상상력이고 뭐고를 발휘할 틈도 없이 비명을 지르고 또 지르느라, 그의 심오한 말을 안드로메다까지 날려 버리고 말았다.

19.
폭로와 발전

약속 장소에 도착한 초아는 사방을 초조하게 둘러보았다. 평소 시간 낭비를 엄청 싫어하는 진현수의 성향을 잘 알기에 3분씩이나 늦었다는 게 마음에 걸렸다.

"하여간 생긴 것만큼이나 인간미가 없어요."

잘생긴 현수의 모습이 눈에 확 들어온 순간, 초아는 자신도 모르게 중얼거렸다. 사무실에서 늘 보던 모습임에도 불구하고, 공적인 용무가 아닌 사적으로 마주하니 느낌이 새로웠다.

"늦어서 죄송합니다."

예의상 중얼거린 초아가 현수의 맞은편 자리에 앉았다. 서로 편한 차림이었음에도 불구하고, 그에게는 조금 남다른 분위기가 흘렀다.

"3분 늦었습니다."

'빈말로라도 괜찮다거나 조금 전에 왔으니 신경 쓰지 말라거나, 뭐 그런 예의 멘트 따위는 아예 할 수 없는 건가?'

시계를 대놓고 쳐다보는 현수의 태도에 초아는 자신도 모르게 안면 근육이 씰룩여졌다.

"그런데 무슨 일로 절 보자고 하신 건가요?"

이럴 땐 차라리 바로 본론으로 들어가는 게 낫다. 성격 좋은 것과는 지구와 태양의 거리만큼이나 먼 그와 무슨 말을 오래 섞고 있겠는가?

"언니가, 그러니까 김난아 씨가 만나는 남자가 있다는 것을 알고 있었습니까?"

초아의 바람대로 현수는 바로 본론을 꺼냈다.

'어라? 그걸 어떻게 알았지? 나도 안 지 얼마 안 되었는데?'

"언니가 만나는 남자가 있대요? 직접 그렇게 말한 거예요?"

초아는 순간 깜짝 놀랐지만 수긍했다가는 왠지 난감한 입장이 될 것 같아 일단 시치미부터 뗐다.

"역시 몰랐군요. 그날 어떤 남자가 나타나 난아 씨를 데리고 나갔습니다. 우연히 마주친 것 같긴 한데, 일단 그게 중요한 게 아니고……."

'그럼, 당신에게 중요한 건 대체 뭔가요? 자존심?'

절대 말할 수 없는 말을 속으로 곱씹던 초아는 최대한 놀란 표정을 지어냈다. 생판 모르는 남자가 나타나 소개팅하던 사람을 데리고 나갔으니, 하늘과도 같은 자존심이 꽤나 상한 모양이었다.

"그 남자가……."

진현수는 말을 할까 말까 고민했다.

'그 남자가 뭐? 평소답지 않게 말을 질질 끄네.'

은근히 긴장이 된 초아는 테이블 위에 놓인 물잔을 들어 물을 벌컥벌컥 마셨다.

"초등학교 1학년 딸까지 있는 이혼남이랍니다."

"푸화아악!"

초아의 목 뒤로 넘어가려던 물이 그녀의 요란한 물대포에 분수처럼 힘차게 튀어나왔고, 정면에 앉아 있던 진현수의 얼굴 위로 그 물이 흩날려 내렸다. 하지만 지금 그녀에게 중요한 건 그가 물벼락을 맞아 얼마나 망가졌느냐가 아니었다.

"그거 확실해요? 진짜냐고요? 우리 언니가 만나는 남자가 그런 남자인 거 확실하냐고요!"

자리에서 벌떡 일어나 그를 잡아먹을 듯 소리쳐 대는 초아의 모습은 흥분 그 자체였다.

"진정하고 앉아요."

현수는 손수건을 꺼내 얼굴을 천천히 닦아냈다. 테이블 사이즈가 큰 게 그나마 다행이었다. 초아와 자신과의 거리가 테이블 사이즈만큼 벌어져 있었기에 얼굴에 튄 물이 그리 많지는 않았다.

"팀장님!"

현수는 그동안 봐왔던 모습과는 전혀 다른 얼굴을 하고 있는 초아를 유심히 바라보았다. 눈은 놀람으로 인해 반짝이고 있었고, 입술은 물기가 묻어 촉촉한 광택을 내고 있었는데, 이상하게 그 입술에서 시선을 뗄 수가 없었다. 심지어 입안에 침까지 고였다.

"고승조, 나이 35세, M쇼핑몰 운영 중이며 초등학교 1학년 딸이 있고, 앞서 말했듯이 이혼했습니다."

머리를 흔들며 정신을 일깨운 현수는 알고 있는 정보를 쏟아냈다.

"확실한 거예요? 우연히 그 자리에 있는 학부모를 만났다거나 한 건 아니고요?"

초아는 무척이나 절박해 보였는데, 현수에겐 그녀의 그런 모습까지도 시야에 빈틈없이 꽉 들어찼다.

"단순한 학부모와 선생님의 관계가 아닌 건 확실합니다."

그녀는 무너지듯 자리에 털썩 주저앉았다. 그녀의 얼굴에는 믿을 수 없다는 표정이, 그리고 무언가 깨달았다는 감정들까지 빠르게 나타났다가 사라졌다.

"오늘 만나자 하신 이유 잘 들었습니다. 더 당부할 말씀이라도 있으신지요?"

이를 갈 듯 말하는 그녀의 험한 기세에 진현수는 불쾌감을 느끼기는커녕 신선함마저 느끼고 있었다.

"집이 예전 그대로 맞습니까?"

자리에서 일어난 현수가 물었다. 그녀의 얼굴에는 한시라도 빨리 집에 가고 싶어 하는 기색뿐이었다.

"이 시점에서 데려다준다느니 하는 말씀은 안 하셔도 돼요. 제가 지금 팀장님 기분까지 살필 여유가 없거든요. 죄송합니다."

"그래요, 그럼 언니랑 이야기 잘 해봐요."

오늘과 같은 일이 없었다면 평생 못 봤을지도 모를 그녀의 모습들이 현수에게는 무척 신선하게 다가왔다.

"무례했다면 다시 한 번 죄송합니다. 그런데 이런 것을 알려주시는 이유가 뭐지요?"

꾸벅 인사를 하며 자리를 떠나려던 초아가 빛나는 눈빛으로 현수를 쏘아보았다.

"호기심, 흥미 때문이었다고 해두지요."

"이런 미친……."

초아의 험한 말에 현수의 눈이 놀람으로 커졌다.

"이런 것도 호기심, 흥미, 재미 정도로만 여겨주시면 감사할게요."

"하…… 하하하하."

초아가 도망가듯 잽싸게 자리를 떠나 버리자, 현수는 기가 막혀 웃음이 나왔다. 그리고 곧 자신이 진심으로 웃고 있음을 깨달았다.

"그 언니에 그 동생인 건가…… 아니면, 그 동생에 그 언니인 건가."

초아가 사라지고 난 자리를 멍하니 바라보던 현수가 중얼거렸다.

'대체 뭐 하느라 전화도 안 받아? 설마……. 아냐, 아니야! 아이랑 같이 나갔으니, 크게 문제 되는 일은 만들 수 없을 거야.'

현수를 버리고 나온 초아는 정신없이 집으로 향하면서도 난아에게 전화를 걸고 있었다. 전화를 받지 않는 난아 때문에 속이 답답했지만, 아이랑 같이 있는 것을 봤으니 19금 분위기를 연출하고 있을 것 같진 않았다.

'아이가 있다는 것을 그나마 다행이라고 여겨야 하나.'

그간 이상했던 난아의 행동들이 하나하나 퍼즐 맞춰지듯 정리되었다. M쇼핑몰을 운영한다고 했으니 돈은 많다 못해 넘칠 지경일 테고, 812만 원짜리 카디건을 사서 안기는 것쯤은 일도 아니었을 터였다.

'뜬금없이 이혼남이 어쩌고저쩌고했을 때 알아봤어야 했는데. 어라? 근데 그때 내가 뭐라고 말했더라?'

초아는 기억을 더듬어보았다.

"에라, 이 미친! 아예 고양이가 있는 생선 가게에 박스째로 생선을 맡긴 셈이로구나."

기억을 떠올리던 초아는 자신이 했던 이야기가 생각나 미친 듯이 머리를 쥐어뜯으며 자학했다.

상대방 남자가 골백번 좋은 남자라고 해도, 돈이 썩어날 정도로 많다고 해도 아이까지 있는 이혼남은 절대 안 될 말이었다. 이혼남이라는 걸 보니 아이 엄마인 전처도 있단 말이었다.

설령 둘이 서로 좋아 죽고 못 산다고 해도, 언제 터질지 모를 시한폭탄을 부모님께 들이밀 수는 없는 노릇이었다. 천 번 만 번 봐줘서 연애까지는 된다 해도 기필코 그 이상으로는 엮이면 안 되는 것이었다.

'그런 것쯤은 언니도 잘 알고 있지 않을까? 아냐, 은근 똘기 충만한 성격이라 알고 있을 턱이 없어. 그때 그런 질문을 했다는 것

자체가 이미 절반 이상은 넘어갔다는 소리니까.'

절망스러웠다. 차라리 성격 나쁜 진현수가 하자 많은 그 남자보다 낫지 싶었다. 이서균, 그 나쁜 놈이 안 된다면 차라리 진현수가 형부가 되는 게 나았다.

그런데 난아와 진현수를 한 묶음으로 묶는 것도 기분이 불쾌해지는 게 이상했다.

'하여간 그 인간도 정상은 아냐. 호기심과 흥미 때문에 소개팅에 고자질까지…… 에라, 이 덜떨어진 종자 같으니!'

초아는 애꿎은 땅바닥을 마치 난아인 양 신발 앞부분으로 톡톡 두들겨 가며 화풀이를 했다.

✻

"으…… 죽겠다……."

마치 누군가에게 전신을 골고루 얻어맞은 것만 같은 느낌에 난아는 온몸이 후들후들 떨려왔다. 차라리 물에 빠지는 게 나을 뻔했다는 심정으로 플라이피쉬에서 내린 그녀는 별장에 와 있었다.

난아는 안내된 방을 돌아볼 틈도 없이 하얀 레이스 캐노피가 드리워진 침대에 벌렁 드러누웠다. 플라이피쉬가 하늘로 날아올랐을 때 떨어지지 않으려고 온몸에 힘을 준 탓에 내일 아침이면 근육통으로 은근히 고생할 것 같은 예감이 들었다.

똑똑똑.

"네, 들어오세요."

누워서 눈동자만 굴려 방 안을 살피던 그녀는 노크 소리에 부스스 몸을 일으켰다.

"점심 준비 다 되었으니 뒤뜰로 나오시면 돼요."

후덕한 인상의 40대 초반 아주머니 한 분이 들어와 다정하게 말했다.

"감사합니다."

그녀는 일어나 앉은 김에 침대에서 일어서 방 안을 둘러보았다. 그러고 보니 플라이피쉬를 타기 전 진성이 할아버지가 옷을 준비해 놨다고 했던 게 떠올랐다.

난아는 옷장으로 다가가 문을 열었다.

"우와. 이게 몇 벌 준비한 수준이야? 이거 혹시 원래부터 여기 있었던 건 아니겠지?"

혹시나 이곳에 자신 말고 다른 여자들이 왔다가 남겨두고 간 흔적들은 아닌가 싶어, 잽싸게 옷 상태부터 살폈다. 다행히도 가격표까지 붙어 있는 새것들이었다.

"무슨 생각을 한 거야, 대체……."

난아는 안도의 한숨을 내쉬었다. 잠시지만 이곳에 자신이 아닌 다른 여자가 머무르는 장면을 상상하자 다시 떠올리기도 싫을 만큼 끔찍했다.

"나…… 너무 많이 온 건 아닐까……."

난아는 스스로의 마음이 두려워졌다.

"……아니지, 기껏 여기까지 왔는데 심각해지지 말자."

도리질을 한 난아는 만지고 있던 옷 중 하나를 꺼내 들었다. 연한 민트 색상의 팔꿈치까지 내려오는 7부 원피스였는데, 색감이 아이스크림을 연상시키듯 부드럽고 맛있어 보였다. 가격도 그다지 비싸지 않아, 예전 승조가 선물한 카디건보다 마음에 들었다.

'망설이는 건 이제 그만할 거야.'

난아는 옷을 입고 거울 앞에 서서 다짐했다. 거울 속 자신의 모습이 제법 결연해 보였다.

뒤뜰로 나오니, 바비큐 그릴 앞에서 고기를 굽고 있는 승조가 보였다.

"이런 것도 할 줄 알았어요?"

"이런 것, 잘 못 합니다. 진성이 아버님과 어머님이 조금 전까지 준비해 놓고 가신 것을 들여다보고만 있었습니다."

승조는 그녀의 목소리에 고개를 들어 난아를 바라보았다. 난아는 잠시간 반짝이듯 빛나는 그의 눈빛에 옷을 갈아입길 잘했다 여겼다.

"너무 가깝게 서지 않는 게 좋겠습니다."

"왜요? 너무 예뻐서 설레요?"

"옷에 고기 냄새 뱁니다."

한 치의 망설임 없이 말한 승조가 다시 그릴 위로 시선을 돌렸고, 난아는 혼자 착각한 것 같은 기분이 들어 그에게서 후다닥 물러섰다. 그녀의 얼굴은 더는 붉어질 수 없을 만큼 붉어졌다. 엄청 부끄럽고, 창피했으며, 심지어 눈이 화끈거리기까지 했다.

"시장하지 않아요?"

"……."

그릴 위에서 맛있게 익은 고기들을 접시에 옮겨 담던 승조는 주위가 고요하자, 그제야 관심을 그녀에게로 돌렸다.

"왜 그러고 있는 겁니까?"

"몰라서 물어요?"

테이블에 앉지도 않은 채, 잔뜩 골이 난 표정으로 서 있는 난아의 눈이 새침하게 변해 있었다.

"모르니까 묻지 않습니까?"

승조는 고기를 담은 접시를 테이블에 올려놓고 그녀에게 다가갔고, 난아는 그가 다가온 만큼 뒤로 물러섰다.

그런 그녀의 태도에 승조의 인상이 찌푸려졌다.

"휴……."

승조는 한숨을 내쉬고는 긴 다리로 성큼성큼 다가섰다.

"여자들은 말하지 않아도 남자가 알아주길 바란다지만, 남자들은 말해주지 않는 이상 절대 알지 못합니다. 그러니 무엇 때문에 기분이 나빠진 건지 말을 해줬으면 좋겠는데요."

눈을 바라보며 말하는 승조의 태도가 너무 다정하고 따뜻해서 난아는 눈물이 나올 것 같았다. 자신이 이렇게 눈물 많고 감정에 휘둘리는 사람이 아닌데, 자꾸만 변해가는 것만 같아 속이 상하기도 하고, 그런 자신에게 두려움이 느껴지기도 했다.

"……진짜 별것 아니에요. 그냥 조금…… 기대했었어요. 예쁘다고 말해주기를…… 내가 당신에게 설레는 만큼, 당신도 그래 주길 바랐다고요."

솔직히 말하고 나니 속은 시원했는데 엄청 부끄러워졌다.

"······많이 시장합니까?"

"네에?"

뜬금없이 배고프냐는 질문에 난아는 멍해졌다.

"많이 시장하더라도 5분만 견뎌요."

대체 뭘 견디란 건가 의문이 들었던 난아는 그의 품에 안겨서야 그의 말을 깨닫게 되었다.

"예쁩니다, 아주 많이!"

"흥! 엎드려 절 받기라고 아시나 모르겠네요."

그를 마주 안는 난아의 입술이 삐죽여졌다.

"너무 예뻐서 많이 설렙니다."

"네네~ 그러실 테지요."

"그래서 오늘 밤 집에 보내고 싶지 않습니다."

"네네~ ······네엣?"

장난스럽게 대꾸하던 난아는 순간 숨이 멎을 만큼 깜짝 놀랐다. 그래서 그의 품 안에서 바짝 얼어붙었다.

"······물론 이럴 것 같아, 결국 말도 못 꺼내겠지만요."

승조는 난아를 품에서 놓아주곤 그녀의 이완된 근육들을 풀어주려는 듯 피식 웃어가며 말을 맺었다.

"사람이 점점······."

"점점?"

"점점 뻔뻔해지고 야해지고."

난아는 눈을 가자미처럼 만들어 그를 노려보았다.

"난 분명히 저번에 말했습니다, 야해질 거라고."

"훗!"

아무렇지 않은 표정으로 말하는 승조의 모습에 난아도 결국 피식 웃고 말았다.

"자, 이제 맛있게 먹자고요. 그리고 내 말을 100% 다 농담이라고 생각하면 많이 억울하니, 고민하는 척이라도 하고요."

승조는 그녀를 테이블로 이끌고는 그녀가 앉기 편하게 의자를 조절해 주었다.

"네네~ 사장님, 고민 열심히 하겠습니다."

이미 그녀의 눈빛은 먹음직스러운 음식들에 꽂힌 지 오래였다. 모르긴 몰라도 승조가 한 말은 테이블에 앉는 순간 바로 잊어버렸지 싶었다.

그의 심장은 아직도 이렇게 뜨거운데 원인 제공자는 그가 아닌 음식에 빠져 있으니, 아직 가야 할 길이 멀었다. 하지만 그 길이 지루하거나 지겨울 틈 없이 즐거울 것 같다는 예감이 들었다.

"늦게 들어가면 초아가 의심할 것 같아요."

난아는 점심을 먹고 차를 마신 후 바로 가겠다고 나섰다. 승조 역시 아침에 그녀의 동생을 짧게나마 봐선지 별말 없이 그녀의 뜻을 따라주었다.

"동생과는 사이가 좋습니까?"

차에 올라타고 얼마 후 승조가 나직한 목소리로 물어왔다.

"뭐 좋을 때도 있고 나쁠 때도 있지만, 그래도 결정적인 순간엔 서로의 편을 들어주는 것 같아요."

난아는 피식 웃었다. 짐승들이 서열 다툼하듯 으르렁거리며 보낸 학창 시절이 떠올라서였다.

"그게 좋은 겁니다. 그런데 동생과는 안 닮았던데요."

"초아는 엄마를 닮아 다행, 전 아빠를 닮아 불행한 경우라서요. 참, 그러고 보니 승조 씨 아버님과 제가 닮았다고 한 적 있었지요?"

"……."

퍼뜩 생각난 게 있어 질문했는데, 아무런 답이 없는 승조가 이상했다. 그의 분위기가 흡사 오늘 아침처럼 조금 바뀌어 있었다.

"승조 씨?"

"……아버지와 닮았다는 생각을 했었는데 실은 전혀 다릅니다. 아버지는 난아 씨처럼 강하지 않으셨거든요."

결코 드러낼 수 없는 상처라도 있는 사람처럼 아픔을 애써 눌러 참고 아무렇지 않은 척 말하는 그의 모습에 난아는 속이 아렸다.

"그러면, 어머님은요?"

"어머니는……."

그에게 있어 아픔인 것만 같은 아버지 이야기에서 화제를 바꾼다고 선택한 어머니라는 주제 역시 아킬레스건임을 금세 깨달았다. 그의 안색이 이제는 확연히 안 좋아 보였다.

"말하지 말아요! 아니, 안 들을래요."

난아는 차 안이 울리도록 크게 외쳤다.

"왜…… 왜 안 듣겠다는 겁니까?"

반면 승조의 목소리는 평소와 다름이 없었다.

"승조 씨를 힘들게 하는 이야기라면 들을 필요가 없으니까요.

앞으로 우리를 힘들게 할지도 모를 일들이 얼마나 많을지 짐작도 안 될 지경인데, 최소한 우리는 서로를 힘들게 하지 말자고요."

난아는 애써 아무렇지 않은 듯 말하고 있었지만, 차 안의 공기는 결코 가벼워지지 않았다.

승조는 차를 세웠고, 둘은 아무런 말 없이 정면만 응시했다. 두 사람을 감싼 침묵은 고요하고 아슬아슬하기만 했다.

"……난아 씨는 감이 좋은 것 같습니다."

여전히 차분한 승조였으나, 난아는 그 목소리가 희미하게 흔들리고 있음을 느꼈다. 하지만 아는 척하지 않기로 했다. 사랑한다고 상대방의 모든 것들을 속속들이 알아야 한다는 발상 자체가 이기적이리는 것을 알고 있었다. 너무 들추면 안 되는 것도 있는 법이고, 그럴 경우 들추기보단 스스로 보여줄 때까지 기다려야 한다는 것도 알았다.

"거의 동물 수준의 본능적인 감각이지요."

장난스럽게 말하는 난아를 한참 바라보던 승조는 다시 차를 출발시켰다.

부모님을 떠올리면 풍랑 치는 바다 위, 홀로 떠 있는 돛단배와도 같은 심경이 되곤 했는데, 난아의 말에 적지 않은 위로를 받았다.

승조는 곁눈질로 난아를 바라보았다. 무슨 일이라도 있었나 싶게 평상시와 다름없는 표정으로 있는 그녀가 고마웠다. 그녀의 모든 게 자신을 향한 배려처럼 느껴졌다.

"고마워요. 당신을 만난 것을 매 순간 감사히 여기게 해줘서……"

담백한 그의 말에 담겨진 진심에 난아의 마음에 훈풍이 불었다. 그래서 운전 중인 그를 세세히 살폈다. 머리카락에서부터 핸들에 가볍게 얹혀져 있는 손가락까지 마치 스캔하듯 바라보았다. 새삼 느끼는 것이지만 이 남자, 참 정갈하게도 생겼다. 물론 다른 사람들은 그를 차갑다고 여길지 모르겠지만, 그는 단 한 순간도 그녀에게 차가웠던 적이 없었다.

"쓰다듬지 마요. 운전에 방해됩니다."

목소리가 다시 평소의 그로 돌아와 있었다.

"내가 언제 쓰다듬었다고 그래요? 그냥 쳐다만 봤다고요."

마음이 놓인 난아는 유독 불퉁거리듯 말했다.

"눈으로 쓰다듬듯이 만졌잖습니까?"

"아, 기막혀 정말! 그렇게 말도 안 되게 우기면 재미있어요?"

"집에 빨리 가고 싶은 거라면 그만 봐요."

난아 역시 초아에 대한 걱정을 내려놓고, 평소의 그녀로 돌아와 있었다.

"그럼 말 되게 우겨볼까요? 그걸 감당할 수 있겠어요?"

"……아니요. 그냥 조용히 앞만 보고 가겠습니다."

어딘지 모르게 위험한 냄새를 풍기는 승조의 분위기에 난아는 꼬리를 확 내렸다.

"하하하하."

시원하게 그가 웃자, 그녀도 웃음이 나왔다. 물에 물감을 떨어뜨리면 서서히 퍼져 결국 물과 하나가 되듯, 그의 웃음이 스며들어와 그녀의 웃음이 되었다.

난아는 승조의 환한 웃음에 홀린 듯 그의 모든 것을 눈에 담았다.

＊

난아에게 계속 전화를 걸던 초아는 전원이 꺼져 있다는 기계음만 흘러나오자 한숨을 내쉬었다.

'전원을 꺼놓을 거, 뭐 하러 들고 나간 거람?'

일단 언니가 오면 그것부터 따져야겠다고 다짐한 초아는 아예 난아의 방에서 죽치고 기다리기 시작했다. 적이 도주할 위험이 농후하므로 아예 본거지에 잠입한 것이었다.

부우우웅.

진동음에 화들짝 놀란 초아가 빠르게 전화기를 살폈다.

―잘 들어갔냐고 묻지도 않습니까?

기다리던 난아의 연락이 아닌 진현수의 메시지였다.

"으으윽!"

자신도 모르게 이가 바드득 갈렸다. 남의 집에 있는 대로 불 질러놓고 구경 좀 해보겠다는 심산인가 싶어 울화가 스멀스멀 치밀어 올랐다. 하지만 어쩌겠는가. 그는 까마득히 높은 상사였다.

―잘 들어가셨어요?

그녀는 최대한 친절하게 답신을 보냈다.

부우우웅.

—소개팅에 임자 있는 사람을 소개해서 내게 모욕을 주었으니, 다른
사람으로 다시 부탁합니다.

초아는 순간 자신의 눈을 의심했다.

"인성이 부족한 건가? 지금 이 상황에서 어떻게 내게 소개팅을
논할 수 있는 거지?"

이런 상황에서 이따위 문자를 보낼 수 있는 사람을 과연 정상인
의 범주에 넣어야 하는지부터가 의심스러웠다.

초아는 현수의 메시지를 씹어 삼킬 듯 노려보았다.

—어떤 스타일을 좋아하시는데요?

하지만 분기탱천하면서도 결국 답신은 이렇게 보낼 수밖에 없었
다.

부우우웅.

—말만 하면 가능한 겁니까?

"악! 정말 돌아버리겠네!"

초아는 전화기를 들고 팔짝팔짝 뛰었다. 원수 같은 메시지를 넙 죽넙죽 받아 삼키는 전화기를 냅다 던져 버리고 싶었지만, 아직 할 부가 까마득하게 많이 남아 있었다.

—가급적 참고하겠습니다.

다시는 메시지가 오지 않길 기원하며 한 글자, 한 글자 아주 정 성 들여 작성했다.

부우우웅.

또다시 부르르 떨고 있는 전화기를 초인적인 인내로 쥐고 있던 초아는 메시지를 확인한 순간 그만 돌이 되고 말았다.

—김초아 씨를 소개받고 싶은데, 가능하겠습니까?

"이…… 이……."

결국 인내심의 끝을 본 초아는 전화기를 난아의 침대에 집어 던 져 버렸다. 전화기를 따라 자신의 심장도 밖으로 튀어나올 것처럼 두근거렸다.

"화병 나서 쓰러지겠네. 가만, 그런데 이건 산재보험 처리 안 되 나?"

말은 그렇게 하고 있었지만 한도 이상으로 두근거리는 자신의 심장을 애써 무시했다.

"집중! 집중! 지금 집중해야 하는 건 김난아라고!"

초아가 방 안이 울리도록 고함을 지르고 있을 때, 난아는 승조의 차가 보이지 않을 때까지 배웅하고 집에 이제 막 들어온 참이었다.

'다들 외출이라도 한 건가?'

평소라면 거실에서 다 같이 TV를 보거나 할 텐데, 조용한 걸 보니 모두 외출하고 안 계신 듯했다. 난아는 안도의 한숨을 내쉬며 방으로 들어왔다.

"어이~"

"앗! 깜짝이야! 야! 애 떨어질 뻔했잖아. 주인도 없는 방에 무슨 일이야?"

갑자기 들려온 소리에 난아는 아주 화들짝 놀라고 말았다.

"떨어질 애라도 만들고 왔나 봐?"

"그, 그, 그럴 리가 없잖아! 넌 무슨 말을 그렇게 해?"

의미심장한 초아의 말에 난아는 말을 더듬었다.

"진현수, 기억하지? 그 사람이 다 말했거든?"

초아는 방문을 몸으로 막아서는 단숨에 본론으로 치고 들어갔다.

"그 사람이라니?"

"우리 팀장님 말야, 언니랑 소개팅했던."

드디어 올 게 온 건가 싶어 난아의 가슴은 불안으로 마구 두근거렸다.

"M쇼핑몰, 고승조. 이쯤 말하면 감이 딱 오지?"

"초아야······."

"왜? 내가 더 말을 해야겠어? 이혼한 남자에 아이도 있다는 것까지?”

두 사람 사이에 불편한 침묵이 잠시 이어졌다.

“초아야……”

침묵을 깨고 초아에게 한 발 다가선 사람은 난아였다.

“천하의 몹쓸 놈하고 헤어지더니, 그 충격으로 뇌세포가 어떻게 되어버리기라도 한 거야? 어떻게 늑대 피하자고 호랑이 굴로 쳐들어갈 수가 있어?”

“초아야, 그런 거 아니야.”

“그런 게 아니면, 진짜 그 사람을 좋아하기라도 한단 거야? 진심이냐고!”

자신이 너무 흥분했음을 깨달은 초아는 마음을 진정시키려 했다. 비록 부모님이 외출 중이시지만 언제 들어오실지도 모를 일이었다.

“승조 씨를 서균 씨 대신이라고 생각한 적, 단 한 번도 없어.”

“얼씨구!”

초아는 기가 막혔다.

‘언니가 저런 얼굴을 할 수 있는 사람이었나?’

난아는 사랑에 빠진 여자의 얼굴, 그 자체였다.

“초아야, 나 진심이야. 그 사람에 대한 감정 인정하기까지 참 힘들었어. 하지만 인정하고 나니, 그 사람한테 마구 달려가는 마음을 감당할 수가 없었어. 너만이라도 제발 날 이해해 주면……”

난아는 진심으로 바랐다. 결코 순탄하지 않은 사랑을 탓한 만큼 자신을 이해해 줄 사람이 진정 필요했다. 그리고 그 사람이 초아가 되어주길 간절히 바랐다.

"그만! 지금 언니 말은 모두가 반대할 걸 알면서도 시작했단 것밖에 더 돼? 부모님 생각, 단 한 번이라도 하긴 한 거야?"

초아는 난아를 힘껏 노려보며 윽박질렀다. 한 번도 이런 식으로 부탁해 본 적 없던 언니가 자신에게 애걸하고 있다는 게 못내 속이 상했다.

"했어! 하고 또 했어! 하지만…… 그 사람이 마음에서 놔지지가 않았어……."

"그래도 했어야지, 골백번 노력하고 또 했어야지. 엄마 아빠가 이 일을 알게 되면 어쩌실 것 같은데? 언니보고 뭐라 하실 것 같아? 천만에! 결국 언니가 그렇게 된 것에 대해 자책을 하실 거란 말이야. 이서균, 그 자식이랑 헤어졌을 때처럼!"

"초아야……."

난아는 흥분해서 얼굴이 빨갛게 변한 동생을 바라보았다. 초아의 걱정이 비단 부모님에 대한 것만은 아님을 그녀는 잘 알고 있었다.

"……부모님께 들키지 않는 선에서 연애만 해! 그 이상은 안 돼. 왜 안 되는지는 언니가 누구보다 잘 알고 있을 거야."

그녀 딴에는 천 번 만 번 양보한 거였다.

"초아야……."

"내 이름 그만 불러. 부른다고 해서 바뀌는 거 하나 없으니까."

초아는 처연한 얼굴로 바라보는 난아의 시선을 외면했다.

똑똑똑.

"너희들 싸우니?"

노크 소리와 함께 들려온 엄마 목소리, 둘 모두 심장이 쿵 하고 내려앉는 듯 놀랐다.

"아니요. 안 싸워요. ……내색하지 말고 내려와."

먼저 정신을 차린 초아는 난아에게 한마디 하고는 방을 나가 버렸고, 난아는 그 자리에 털썩 주저앉았다. 이렇게 빨리 모든 게 밝혀질 줄은 미처 몰랐다.

'경민이 삼촌이 복병이었다니…….'

난아는 망연자실한 마음으로 한참을 멍하니 앉아 있었다.

✳

서균 어머니의 집 앞에 주차를 한 진희는 망설였다. 핸들을 쥐고 있는 그녀의 손이 파르르 떨렸다. 그녀는 오늘 자신의 과거를 전부 털어놓을 작정을 하고 온 참이었다.

근래 서균의 마음에 자신이 담기기 시작했다는 것을 느끼면서도 그녀는 마음을 열지 못하고 있었다. 그러는 데에는 많은 이유가 있지만, 그중 자신의 과거가 차지하는 비중도 컸다.

별문제 없던 난아를 어찌 잘라내는지를 목도한 그녀였기에, 아직 서균을 마음에 깊이 담지 않은 지금이 적기일 것 같았다. 그래야 일이 어그러지더라도 정리가 빠를 것 같았다. 물론 시작도 하기 전에 끝을 염려하는 것이 안 좋다는 것쯤은 알고 있었다. 하지만 자신의 여건이 평범하지 않기에 어쩔 수 없었다. 그리고 결정적으로 더는 다치고 싶지도, 아프고 싶지도 않았다.

'휴…… 어차피 한 번은 겪을 일!'

진희는 입술을 꼭 다물다 못해 짓이기다시피 하며 차에서 내렸다. 아직 시작도 하지 않았는데 가진 기운의 반을 소비한 것 같았다.

딩동.

초인종을 누르고 응답을 기다리면서도 내내 초조했다.

"어서 오너라, 서균인 벌써 와 있단다."

인자하게 웃으며 그녀를 맞이하는 어머니의 모습이 그녀의 폭탄선언 이후 어찌 변할지 상상만 해도 아찔했다.

"안녕하셨어요?"

진희는 손에 들고 있던 쇼핑백을 건넸다.

"이건 또 뭐니? 처음 오는 것도 아닌데, 이젠 그냥 오려무나."

"쇼핑 갔다가 어머님께 어울릴 것 같아서요."

바짝 긴장한 터라 웃음을 짓는 것조차도 힘겨웠다.

"하여간 마음 씀씀이가 참 곱다."

쇼핑백을 열어 내용물을 확인한 서균 어머니의 미소가 더욱 화사하게 바뀌었다.

"마음에 드세요?"

"아주 맘에 드는구나. 두고두고 아끼며 들고 다니마. 그런데 이 녀석은 대체 뭐 하는 게야? 서균아, 진희 왔는데 뭐 하니? 어서 나오너라. 서균이 곧 나올 테니 저기 앉아서 기다리렴."

그녀에게 방긋 웃어 보인 어머니가 안방으로 들어가자, 서균이 나타났다.

"늦었군. 일찍 올 줄 알았는데."

평소 볼 수 없었던 편안한 차림의 서균은 너무 근사해 보였다. 늘 슈트 차림만 보다가 이런 차림을 보니 새로웠다.

"왜요? 보고 싶기라도 했나 봐요?"

"그런가? 어쩌면 그래서 기다려졌던 건지도 모르겠군."

평소처럼 말했을 뿐인데, 돌아오는 그의 반응은 낯설고 놀라웠다.

"적응이 안 되네요, 당신 이러는 거⋯⋯."

"앞으로 적응할 시간은 많겠지."

그가 웃고 있었다.

'과연 적응할 시간이라는 게 존재하기나 할까?'

진희는 씁쓸하게 웃었다.

"어머, 왜 이렇게들 서 있어? 자자, 어서 식사들 하러 가자."

안방에서 나온 어머니가 그들을 이끌고 호들갑스럽게 식탁으로 이끌었고, 식사 분위기는 그녀의 마음 상태와는 다르게 아주 부드러웠다. 서균은 어머니와 가벼운 일상 이야기를 주고받으며 대화를 이끌었고, 간혹 말이 없는 그녀에게 말을 건네기도 했다. 하지만 진희는 최대한 말을 아끼며 듣는 쪽을 자처했다.

"어머니, 드릴 말씀이 있어요."

어머니가 식사를 마치고 자리에서 일어서려 하자 진희는 입을 열었다.

"그래? 그럼 서균이랑 거실에 가 있으렴. 차 한잔하자."

의아해하는 서균의 시선을 애써 무시한 진희는 거실로 나와 소파에 앉았다.

"어디 안 좋은 건가? 식사 내내 안색이 안 좋은 것 같던데."

그녀 곁에 앉아 다정하게 손을 잡아오는 그의 체온이 따스했다.

"어휴, 그래. 그렇게 다정하니 보기가 참 좋구나."

차 쟁반을 들고나오던 어머니는 둘의 모습에 한껏 밝게 미소 지었다. 이제야 모든 게 제자리를 잡아가는구나 싶어 만족스럽기까지 했다.

"재스민 향이 아주 좋더구나."

둘 앞에 찻잔을 내려놓고 상석에 앉은 어머니는 우아한 몸짓으로 차를 한 모금 마셨다.

"어머님, 서균 씨 친구인 M쇼핑몰 대표이사 고승조 씨를 아시지요?"

"그럼, 알다마다."

"무슨 말을 하려고 그래?"

서균은 진희의 팔을 움켜쥐었다.

"어차피 평생 숨길 거 아니잖아요."

강렬한 시선이 자신을 뚫을 듯 다가오자 진희는 차라리 눈을 감아버렸다. 서균 어머니 역시 심상치 않은 둘의 분위기에 들고 있던 찻잔을 테이블에 내려놓았다.

"그래도 그때가 지금은 아냐."

서균은 잡고 있던 그녀의 손을 잡아 일으켰다.

"밝혀도 되는 때가 있긴 해요? 지금 말하나 나중에 말하나 달라지는 게 있을 것 같아요?"

진희는 그의 손을 뿌리쳤다. 시간이 지나 말을 한다 해도 지금과 달라질 게 없었다.

"어머니, 저희 둘 이만 가볼게요."

서균은 그녀의 손을 다시 잡고는 강하게 이끌었다.

"어머니, 승조 씨랑 결혼하고 이혼한 사람이 바로 저예요."

서균의 힘에 강제로 일으켜 세워졌지만, 진희는 결국 하고픈 말을 했다.

"……뭐라고? 서균아, 얘가 지금 대체 뭐라고 한 거니? 내가 제대로 들은 게 맞는 게야?"

순간 멍해 있던 서균의 어머니가 자리에서 벌떡 일어났다. 하얗게 변해가는 어머니의 안색에 진희는 눈을 감아버렸다.

"네 이놈! 이 고얀 놈! 어떻게 매번 만나는 것들마다 이 모양인 게야?"

어머니의 고함이 쩌렁쩌렁 집 안을 울렸다.

"이것들 모두 챙겨서 썩 나가거라! 다시는 내 앞에 얼씬도 말아야 할 게야!"

갑자기 안방으로 들어간 어머니는 여러 개의 쇼핑백을 들고 나오더니 진희 앞에 내팽개쳤다. 그녀의 발치에 쇼핑백의 내용물들이 쏟아져 나와 흩어졌다. 그동안 선물했던 많은 것들이 볼썽사납게 널브러진 모습이 자신과 닮은 듯해 그녀의 눈앞이 부옇게 흐려졌다.

"어머니!"

진희를 성난 기세로 노려보는 어머니 앞을 서균이 가로막아 섰다.

"그래, 네놈도 보기 싫으니 나가거라. 이 집에서 저 화상, 끌고 나가란 말이다!"

하지만 그의 태도가 어머니의 화를 더욱 부채질한 모양이었다.

서균은 바닥에 흩어진 물건들을 멍하니 쳐다보고 있는 진희의 손을 잡고 현관으로 이끌었다. 그녀는 말없이 끌려 나오면서도 바닥의 물건들에서 시선을 떼지 못했다.

"이제 속이 후련해?"

서균은 진희를 자신의 차에 태웠다. 지금 그녀는 운전을 할 만한 상태가 아니었다.

"……집에 갈래요."

"속이 후련하냐고!"

여전히 멍한 상태로 인형처럼 입을 놀리는 그녀의 모습에 서균은 분통이 터졌다. 그래서인지 자연히 목소리가 커졌다. 이렇게 상처받고 휘청거릴 거면서 대체 일은 왜 저질렀나 싶었다.

"……차라리 지금이라면 견딜 수 있을 것 같아서요."

진희의 목소리는 착 가라앉아 메마른 논바닥처럼 갈라져 있었다.

"뭘 견딜 수 있을 것 같았는데?"

서균은 억지로나마 마음을 가라앉히려 노력했다.

"당신과 진짜 헤어지는 거……."

"지금이 아니면?"

"지금이 아니면…… 진짜 힘들고 아플까 봐."

그녀의 눈망울 하나 가득 들어찬 습기와 통증이 서균의 가슴을 관통해 왔다.

진희의 눈에서 한 줄기 눈물이 뺨을 타고 흘러내렸고, 서균은 손을 내밀어 그 눈물을 닦아냈다. 한 방울을 닦아내자 다시 또 한 방울이 이어 내려왔다.

그녀를 이렇게 만든 건 자신일지도 모르겠다는 생각에 서균의 미간이 찡그려졌다.

"여기까지 오는 데 3년, 어쩌면 앞으로 더 긴 시간이 필요할지도 모르니까 지치지 않게 페이스 조절하면서 차근차근 가자."

침담한 마음과는 달리 서균의 음색은 차분했다.

"차라리 포기를 해요."

"내가 왜 그래야 하지? 말하지 않았나, 여기까지 오는 데 3년 걸렸다고."

"나를 더 괴롭히지 말란 말이에요!"

진희는 자꾸만 바라게 되는 스스로의 마음이 두려워 악다구니를 썼다.

"더 크게 울고 소리쳐. 결국 다 쏟아내 버려야 다시 담을 수 있는 거더군."

솔직한 그의 말에 그녀는 그제야 서균을 똑바로 바라보았다.

"유진희, 아직도 모르겠어? 내가 모든 것을 다 비워내고 당신을 담기 시작했다고 말하고 있는 거잖아."

그의 말에 심장이 덜컹거린 진희는 더 많은 눈물을 쏟아내기 시작했다.

"비워내고 다시 시작하자, 마치 처음인 것처럼."

그의 손가락이 그녀의 얼굴을 달래듯 부드럽게 스쳐 지나갔다.

20.
난관 극복 프로젝트

일요일 저녁, 저녁 식사를 끝낸 난아 네 가족은 평소처럼 모여 앉아 드라마를 보고 있었다.

"어유, 저런 집에 시집보내느니 차라리 머리 깎아 절로 보내고 말지."

드라마 내용에 감정 이입을 격하게 하셨는지, 엄마의 입에서 나오는 말이 매끄럽지 않았다.

"그렇지, 저런 집은 좀 심하지. 그러면 엄마, 재벌 버금가는 부자이긴 한데 이혼한 남자는 어때?"

초아가 난아를 한 번 째려보더니, 그녀의 심장을 내려앉게 하는 질문을 서슴없이 했다.

"요즘 세상에 이혼이 큰 허물이 아니긴 하지만, 그래도 좀 그렇지."

엄마는 여전히 드라마에 집중한 채 초아의 말에 답하고 계셨다.

"그럼 아이까지 있고 아이 엄마인 전처도 눈 시퍼렇게 뜨고 있는 경우면?"

"뭐라고? 에이, 그건 아주 아니지."

TV에서 눈을 뗀 엄마가 초아를 바라보며 생각도 하기 싫다는 듯한 표정을 지으셨다.

"그렇지? 그건 아주 아니지?"

의기양양한 초아의 눈빛이 난아의 속을 헤집어 파고들어 왔다.

"그런데 갑자기 그런 건 왜 묻니?"

엄마의 물음에 지레 놀란 자라가 머리를 감추듯 난아는 고개를 푹 숙여 버렸다.

"아니, 우리 회사 동료가 그런 남자를 좋아한다고 하더라고. 모두가 말리는 걸 알면서도 어쩌지 못할 정도로 좋아하는 모양이야."

초아는 난아의 숨통을 조이기로 작심했는지 아주 대놓고 말을 하고 있었다.

"아무리 좋아 죽어도 그건 아니지. 쯧쯧. 자식 둔 부모 마음이야 다 같은 법인데, 그 집 부모도 속깨나 타겠다."

남의 일 같지 않다는 듯 혀까지 차며 말씀하시는 엄마의 말에 난아는 눈물이 핑 돌았다.

"안녕히 주무세요."

난아는 그런 자신의 모습을 들킬세라 부러 밝고 크게 외쳤다.

"벌써 자게? 저거 아직 안 끝났다."

"할 게 좀 남아서 끝내고 자려고요."

엄마에게 한한 미소로 답한 난아는 초아를 대차게 노려봐 준 후 방으로 들어와 문을 잠갔다. 지금은, 아니, 오늘 밤만큼은 초아든 누구든 방에 들이고 싶지 않았다.

"잔인한 계집애, 꼭 이렇게까지 확인 사살을 해야 하나."

난아는 술렁거리는 마음을 달래고자 전화를 들었다. 지금쯤이면 그도 별장에서 집으로 돌아와 있을 것 같았다.

[난아 씨.]

전화기를 통해 들려오는 그의 목소리가 너무도 정겨워, 헤쳐진 마음이 더 서러워졌다.

"어디…… 예요?"

목소리가 살짝 떨려 나왔다.

[집입니다.]

"……오늘 뭐 했어요?"

간신히 침착한 음성이 나와 주었다.

[낮에는 유라와 진성이를 데리고 보드 타는 법을 가르쳤고, 지금은 유라 숙제하는 거 봐주던 참이었죠. 그런데 목소리는 대체 왜 그런 겁니까?]

역시 그가 눈치를 챘나 보다.

"제 목소리가 어때서요?"

하지만 그녀는 시치미를 뗐다.

[울었습니까?]

역시 얄팍한 잡아떼기 따위가 통하는 사람이 아니었다. 하지만 그렇다고 시인할 순 없었다.

"그럴 리가요. 몸살 기운이 좀 있나 봐요. 아무래도 어제 그 가오리를 타는 게 아니었어요."

[많이 안 좋은 겁니까?]

그녀의 상태를 살피는 그의 목소리가 따사로웠다.

"한숨 자고 나면 좋아질 것 같으니, 마음 쓰지 않아도 돼요."

난아는 침대에 벌렁 드러누웠다. 누워서 그의 목소리를 들으니, 마치 이불로 온몸을 감싸기라도 한 듯 따스한 기분이 들었다.

[내가 없을 때 아프거나 하지 않았으면 좋겠습니다. 아픈 것도, 힘든 것도, 다 내가 있을 때 해요.]

"그런 말이 어디 있어요? 그러면 난 승조 씨 없이는 아무것도 못하는 사람이 될지도 몰라요."

이젠 이런 그의 억지스러움마저도 좋았다. 말로는 어이없다고 타박하면서도 가슴이 설레고 편안해졌다.

"쉬세요. 저도 이제 그만 쉴래요."

[잠깐만요. 혹시 엘도라도에서 만났던 진현수 씨가 동생에게 별다른 말 안 했답니까?]

전화를 끊으려던 난아는 승조의 말에 흠칫 놀랐다. 신 내림을 받은 것도 아닌데, 어떻게 한 번에 딱 짚어낼 수 있는지 실로 놀라웠다.

"아니요!"

놀라고 뜨끔했던 난아는 대답을 해놓고 금세 후회했다. 강한 부정은 긍정이란 법칙을 스스로 증명한 꼴이 되었다.

[벌써 동생 귀에 들어간 모양이군요. 말해봐요, 동생이 어디까지 알게 된 건지…….]

"휴…… 전부 다요."

이래서 거짓말도 하던 사람이 하는 건가 싶어 난아는 한숨을 푹 내쉬었다.

[그래서 마음 많이 상했습니까?]

그의 목소리에 걱정이 가득했다.

"아니요, 괜찮아요."

'네, 실은 많이 아팠어요. 당신을 보지도 않았으면서 막말해서.'

사실대로 말할 수 없었던 난아는 속마음과는 다른 말을 할 수밖에 없었다.

[괜찮았을 리 없다는 것 압니다. 동생이 뭐라 했을지 대충 짐작되니까요.]

"……."

그의 말에 난아는 반박을 하지 못했다. 어설프게 말했다가는 그게 더 큰 상처가 될 것 같았다.

[가급적이면 빠른 시일 내 동생과 자리 한번 마련해 봐요. 얼굴도 못 본 채 오해나 상상으로 나를 괴물 만들기 전에 말이에요.]

장난 섞인 그의 목소리에 그녀를 안심시키려 드는 기색을 읽었다.

"내일이나 모레쯤 잡아보도록 할게요."

난아는 기운을 내기로 했다. 그녀가 기운을 빼고 있으면 누구보다 힘들어할 사람은 그였다.

[아무 생각 말고 푹 쉬어요. 할 수 있는 일부터 차근차근 해 나갑시다.]

"네⋯⋯."

난아는 마음이 조금 편안해졌다. 아직 많은 난제들이 쌓여 있지만, 그의 말대로 차근차근 해 나가다 보면 언제고 많은 것들이 다 풀릴 날도 오지 않겠나 싶었다.

결정적으로 그녀는 혼자가 아니었다. 그녀의 곁에는 그 어떤 순간에도 든든한 남자가 있었다. 난아는 비로소 웃음을 지을 수 있었다.

✳

직장인들 대다수가 월요일을 좋아하지 않듯 난아도 힘겹게 하루를 보냈다.

'아이고, 죽겠다.'

아이들을 다 보내고 자리에 주저앉은 난아는 커피 한 잔을 마시며 팔을 주물렀다. 다친 팔이 완전히 낫지 않았는지 사뭇 아파왔다.

"난아 씨~ 방가, 방가~"

"아! 지영 씨, 휴가는 잘 다녀왔어?"

지영의 유쾌한 목소리가 들리자 난아는 반가움에 자리에서 벌떡 일어났다.

"쉿! 휴가가 아니고, 집안에 일이 있어서 어쩔 수 없이 쉰 거라니까!"

"아, 맞다. 미안!"

사방을 둘러보며 주의를 주는 지영에게 난아는 미안한 듯 웃었다. 지영은 집안에 일이 있다 하고서, 여행사에서 땡처리하는 여행 패키지를 다녀온 참이었다. 물론 그 사실을 알고 있는 건 학교 내에서 난아가 유일했다.

"재미있었고?"

"그럼~ 가끔은 홀로 떠나 보는 것도 좋은 것 같아. 더 나이 들기 전에 혼자만의 여행을 하고 싶었거든. 난아 씨도 생각 있음 언제든지 말해."

마음은 아직도 여행지에 두고 온 듯한 지영의 표정은 혼몽해 보이기까지 했다.

"친구가 여행사 직원이라고 했지? 언제가 될지는 모르겠지만, 나도 한 번 부탁해."

"오케이~ 그런데 그간 뭐 좋은 일이라도 있었어?"

꿈에서 깨어난 듯 힘차고 밝게 말하는 지영의 목소리가 은근했다.

"좋은 일은 무슨. 그런 거 없어."

난아는 도둑이 제 발 저리는 심정이 되어 부인했다.

"아닌데. 얼굴이 아주 화사한데. 혹시…… 연애하나?"

"아, 아니, 연애는 무슨……."

지영과 눈을 마주치지 못한 난아는 딴 곳으로 시선을 돌렸다.

"에이~ 아닌 게 아닌데. 고승조 씨랑 뭔가 있었지?

어딘지 모르게 어색한 난아의 반응에 지영은 확신이 들었다.

"아, 아니야!"

몸 둘 바를 몰라 하는 그녀의 태도에 지영은 회심의 미소를 지었다.

"역시…… 하긴 난아 씨를 바라보던 고승조 씨의 눈빛이 여간 애틋했어야 말이지."

지영은 누가 들을세라 목소리를 낮추었다.

"아, 아니라니까, 그런 거……."

주변을 두리번거리는 난아가 더 수상쩍어 보였다.

"나는 난아 씨 편이라니까 그러네. 자꾸 그렇게 발뺌하면 내가 섭섭해져서 무슨 일을 벌일지도 몰라요."

"……그런데 지영 씨는 나와 승조 씨를 왜 그렇게까지 도우려 했어?"

역시 그녀다운 직설 화법이었다.

"어라? 눈치채고 있었던 거야? 뭐, 별건 아니고…… 난아 씨도 이 학교 다니면서 느꼈지? 예의를 차리긴 하지만 우리를 한없이 내려다보는 오만한 부모에, 그들의 축소판 격인 아이들, 그리고 그들에게 잘 보이려는 윗사람들 때문에 시달리는 우리들. 난 난아 씨가 잔 다르크같이 느껴졌거든."

한숨 뱉듯 말하는 지영을 보며 난아는 깊은 공감을 느꼈다.

"후훗. 잔 다르크인 건 맞는 것 같은데? 앞으로 싸워 나가야 할 존재들이 엄청 많거든."

앞으로 싸워야 할 존재가 가족들이라는 점이 그녀를 씁쓸하게 만들었다.

"나중에 잘되면 괜찮은 사람 소개도 좀 해주고! 이건 정말 중요한 일이니까, 결코 흘려들음 안 돼."

장난기로 반짝이는 지영을 보며 난아는 크게 웃었다. 침울했던 기분이 한층 전환되는 것 같았다.

지영이 가자 난아는 한결 밝아진 기분으로 초아에게 메시지를 보냈다.

—오늘 저녁 어때?

쇠뿔도 단김에 빼랬다고 오늘 승조와의 만남을 추친하기 위해서였다.

—비싼 거 먹어도 되는 거지?
—그럼~ 어디서 만날까?

큰 약점이라도 잡은 사람처럼 행동하는 초아가 조금 얄미웠지만, 지금 절대적으로 아쉬운 사람은 그녀였기에 꾹 눌러 참았다.

―엘도라도. 7시. 예약은 내가.

'하필 또 엘도라도라니……'

메시지를 거듭 바라보던 난아는 한숨을 내쉬었다. 약속 장소를 다른 곳으로 바꾸자고 말하고 싶었지만, 그러면 안 만난다고 할 것만 같았다.

"어쩔 수 없지."

체념한 난아는 승조에게 약속 장소와 시간을 메시지로 보냈다. 통화를 해서 목소리를 듣고픈 마음도 있었지만, 만약의 사태를 방지하기 위해 학교 내에서는 모든 것을 자제하기로 작심한 터였다.

―차 보냈으니 만나서 같이 갑시다.

거절할까 잠시 고민했으나, 그가 직접 오는 게 아니니 그러기로 했다. 준비를 마친 난아는 승차장을 향해 천천히 산책하듯 걸었다.

"에휴……"

다시 한 번 꺼지듯 한숨이 나왔다. 초아가 어찌 나올지 무척 걱정되었다.

승차장에서 20여 분을 기다리자, 그녀의 짐작대로 이젠 제법 낯이 익은 기사가 도착했다. 얼마쯤 이동했을까, 차가 멈추었다. 밖을 보니 그의 차가 서 있었다. 난아는 기사에게 감사의 말을 하고는 내려서 그의 차로 옮겨 탔다.

"긴장됩니까?"

어딘지 경직된 모습의 난아를 지켜보던 승조가 조심스럽게 운을 떼었다.

"아니요, 동생 만나러 가는 건데 긴장은요."

"긴장이 아니면…… 걱정인 겁니까?"

그의 말이 그녀의 마음을 딱 꼬집어냈기에 난아는 뭐라 답을 할 수가 없었다.

"난 괜찮을 겁니다."

"혹시…… 동생이 심하게 굴더라도 마음 다치지 말아요."

난아는 걱정의 끈을 놓을 수가 없었다.

"내 마음 다치게 할 수 있는 유일한 사람은 당신뿐이니, 그 점은 걱정 안 해도 됩니다."

승조는 부러 가볍게 말했지만, 그래도 그녀의 어두운 표정은 쉬이 변하지 않았다.

"동생은 내가 오는 거 모릅니까?"

어느새 그들은 엘도라도가 있는 건물의 지하주차장으로 들어서고 있었다.

"네, 알면 안 올지도 몰라서 말 안 했어요."

"잘했습니다. 자~ 이제 가볼까요?"

승조는 무릎 위에 얌전히 포개져 있던 그녀의 손을 꼭 잡았다. 그녀가 하고 있는 모든 근심이 그로 인한 것이라 그의 마음 또한 가볍지 않았다.

차에서 내린 둘은 엘도라도로 올라가는 엘리베이터에 탔다. 그리고 그 즉시 난아는 잠시 잊고 있었던 사실 하나가 떠올랐다.

"으앗!"

난아는 외마디 소리를 작게 지르고는 그의 손을 꽉 잡았다.

"역시 무섭습니까?"

"네. 투명한 엘리베이터는 극복하기가 쉽지가 않네요."

승조는 그녀의 손을 잡고 정답게 토닥였다.

"극복의 대상으로 삼지 말고 추억을 떠올리는 장소로 여기면 되지요."

"네?"

난아는 승조의 뜻 모를 말에 고개를 갸웃거렸다.

"이곳에 있었던 일을 기억해 봐요."

그의 한 톤 낮아진 목소리에 난아는 얼굴이 화끈 달아올랐다. 그가 무엇을 말하고 있는지를 금세 깨달은 탓이었다.

"기, 기억나지 않아요."

난아는 고개를 다른 쪽으로 돌리며 사실과 다른 말을 했다.

"기억이 안 날 리가 없는데……."

길고 섬세한 손가락이 난아의 턱 언저리를 가볍게 쥐고 얼굴을 돌렸지만 그녀는 오히려 한 발짝 뒤로 물러났다.

"기억 안 난다니까요!"

난아는 엘리베이터 안에 다른 사람도 있고 해서 목소리를 한껏 낮추었다.

"그렇습니까? 그럼 기억이 날 수밖에 없게끔…… 해줘야겠군요."

그의 얼굴이 그녀의 코 바로 앞까지 불쑥 다가왔다. 그의 깎은 밤과도 같은 잘생긴 얼굴이 입술이 닿을 정도로 가까이 다가왔다. 드디어 그가 내뿜는 숨결이 피부에 느껴질 정도가 되자 난아는 눈을 질끈 감아버렸다.

'어라?'

눈을 감고 잠시의 시간이 지났음에도 불구하고 아무런 일도 벌어지지 않자 난아는 슬며시 눈을 떴다. 그리고 얼굴 가득 웃음기를 담은 승조의 눈과 딱 마주쳤다.

"하나도 무섭지 않았지요?"

"네?"

난아는 순간석으로 이게 무슨 상황인가 싶어 이안이 벙벙해졌다.

그때 땅— 소리와 함께 엘리베이터 문이 열렸다.

"다 왔습니다."

승조의 말에 난아는 빠르게 엘리베이터 상단의 층수를 확인했다. 43! 어느새 그들은 엘도라도가 위치한 43층에 도착해 있었다.

멍해 있는 난아의 손을 잡고 내리며, 승조는 간신히 웃음을 참았다. 엘리베이터에서 자신의 접근에 눈을 감던 그녀의 모습은 주변 사람들 시선 따윈 무시해 버리고 싶을 정도로 유혹적이었다.

'망신, 망신, 개망신! 하필 그때 눈은 왜 감아가지고!'

난아는 승조에게 이끌려 엘리베이터에서 나와 안내데스크 앞에 서면서도, 부끄러움에 땅이라도 파고 숨고 싶을 지경이었다.

"예약하셨습니까? 아니면 일행이 있으신지요?"

"김초아로 예약되어 있을 거예요."

안내데스크 직원의 말에 그녀는 간신히 정신을 차렸다.

"특별히 원하시는 자리라도 있으신지요?"

'지난번에는 저런 질문은 하지도 않았던 것 같은데……'

예전 왔을 때랑은 전혀 다른 직원의 태도였다. 심지어 직원의 시선은 온통 승조에게로만 향해 있었다.

"조용한 자리로 부탁합니다."

깊숙이 목례까지 하는 직원의 모습에 난아는 기가 막혔다.

"혹시, 여기 단골이었어요?"

정중하게 그들을 안내하는 직원의 뒤를 따르던 난아가 승조에게 작게 소곤거렸다.

"아니요, 이번이 두 번째입니다만."

"흥! 고승조 씨에게서 부르주아 향이라도 나나 보네요."

"부러운 겁니까?"

입술을 삐죽이는 난아를 보며 승조는 피식 웃었다. 난아의 솔직함을 지켜보는 게 어느새 그에겐 즐거움이 되어 있었다.

"아니요, 그럴 리가요."

"하긴, 부러워할 필요가 없긴 합니다. 그런 나를 소유한 사람이 바로 당신이니까."

실내조명이 밝지 않은 게 천만다행이었다. 조명이 밝았더라면 붉어진 얼굴이 다 드러날 뻔했다.

'어쩜 이렇게 낯간지러운 얘기를 얼굴색 하나 변하지 않고 말할 수 있는 걸까?

새삼 그가 대단해 보였다.

직원이 안내해 준 자리는 승조의 요청대로 다른 테이블과의 거리도 멀었고 장식물과 화분으로 적당히 가려진 최적의 장소였다.

자리가 마음에 드냐는 직원의 물음에 고개만 끄덕여 보였는데도 그의 모습은 전혀 오만해 보이지 않았다.

'어쩌면 저런 모습은 타고나는 게 아닐까?'

난아는 새삼 혀를 내둘렀다.

"왜 그런 시선으로 봅니까?"

직원이 가고 둘만 남자 승조는 난아가 앉을 의자를 뒤로 빼주며 은은한 웃음을 보였다.

"승조 씨의 혈관에 가득 차 있는 건 아무리 생각해 봐도 피는 아닐 것 같아요."

"하하. 그럼 뭐일 것 같습니까?"

승조는 난아의 엉뚱함에 미소 지으며 그녀의 바로 옆자리에 앉았다.

"값비싼 명품 향수나 먹기도 아까울 정도의 고급 생수 정도?"

"하하하하."

승조는 웃으면서도 이렇게 크게 웃어본 게 얼마 만인가 싶었다. 비록 이 순간이 중요한 계약을 체결할 때보다도 더 긴장되고 숨 가빴으나, 난아는 그녀만의 방식으로 그의 긴장을 풀어주고 있었다. 그는 난아를 사랑스러운 눈빛으로 바라보았다. 결코 좋은 소리는 듣지 못할 자리였으나, 그녀만 있으면 되지 않겠냐는 생각이 새삼 들었다.

"……동생이 어디쯤 왔는지 연락해 볼게요."

그의 뜨거운 시선에 얼굴에 열기가 몰려온 난아는 초아에게 전화를 걸었다.

"어디야? ……그래, 난 도착했어. ……이제 막 엘리베이터 타려고 기다리는 중이라네요."

긴장이 된 난아는 전화기를 내려놓으면서도 안절부절못했다.

"아무 걱정 말아요."

승조는 안쓰러울 정도로 얼굴이 굳은 난아의 손을 잡아 다정하게 토닥였다.

'그래, 난 이 사람이면 돼. 이 사람만 곁에 있으면 난 뭐든지 할 수 있을 것 같아.'

부드럽게 어르고 달래는 듯한 그의 접촉에 난아의 마음은 어느새 차분히 진정되어 갔다.

"이야~ 이 엘리베이터 명물인데! ……그런데 언니는 이걸 어떻게 타고 올라갔지?"

난아와의 짧은 통화를 끝내고 엘리베이터에 올라탄 초아는 밖의 풍경을 바라보다 문득 생각난 사실에 고개를 갸웃거렸다. 난아의 고질병을 잘 알고 있는지라 조금 걱정이 되었다.

"설마…… 걸어 올라가진 않았겠지? 에이, 설마."

엘리베이터에서 내린 초아는 직원의 안내를 받으며 주변을 열심히 살폈다. 어쩌다 한 번은 올 만하지만, 자주 올 곳은 아니란 결론을 내린 초아의 눈에 난아 옆에 앉아 있는 남자가 보였다.

'하…… 언니도 여우가 다 됐네. 허를 찌를 줄도 알고.'

언제고 남자를 소개할 자리를 마련할 것 같긴 했으나 그 시기가 이렇게 빠를 줄은 짐작도 못 했기에 솔직히 조금 놀랐다.

"……고승조입니다."

초아는 승조를 위에서부터 아래까지 스캔하듯 쭉 훑었다.

'생긴 건 저만하면 뛰어난 수준이고, 재력은 생김보다 더 준수해 보이고.'

"김초아예요."

입으로는 이름을 말하면서도 초아의 눈은 난아를 한차례 노려보았다. 그 시선에 난아가 움찔했다.

'그래도 찔리긴 하나 보네.'

어차피 이렇게 된 거, 결판을 보자는 결심이 섰다.

"예의 차려가며 대화를 나눌 정도의 친분이 아니니 단도직입적으로 말씀드릴게요. 대체 무슨 생각으로 우리 언니를 만나시는 거죠?"

아무리 조건이 좋다고 해도 그의 과거와 현재가 모두 용납되는 건 아니었다.

"허락한다면 결혼할 생각입니다."

조용히 투하된 폭탄 버금가는 승조의 말에 두 자매가 깜짝 놀랐다.

"그 결혼, 허락할 리 없다는 걸 먼저 깨달으셔야 할 것 같은데요."

어이가 없어진 초아가 한껏 비꼬아 말했다. 지금 그녀에게는 깜짝 놀란 눈을 하고 얼굴을 붉히고 있는 난아의 모습조차도 마땅치 않았다.

"잘못 이해하셨군요. 제가 말하는 허락이라는 건, 다른 누구도 아닌 난아 씨의 허락을 의미하는 말이었습니다만."

승조의 목소리는 더없이 차분했고, 눈빛은 조금의 흔들림도 없었다.

'만만치 않은 남자네. 언니에게는 이런 남자가 필요하긴 한데⋯⋯.'

초아는 자신의 생각을 애써 떨쳐 냈다. 전처가 눈 시퍼렇게 뜨고 있는 데다 평생 그 둘의 연결 고리가 될 아이까지 있는 남자는 아무리 신의 능력을 가졌다 해도 안 될 말이었다.

"가족들의 의사는 중요하지 않다는 말로 들리는군요."

"중요하지 않다고 말한 적 없습니다. 다만, 난아 씨의 허락만이 제게 의미가 있단 말이었습니다."

둘 사이에 스파크가 팍팍 튀었다. 심지어 메뉴판을 가져온 직원마저도 살벌한 기류에 기가 질린 표정으로 어쩔 줄 모르고 서 있었다. 직원에게서 메뉴판을 건네받은 난아는 잠시 후 주문을 하겠다며 직원을 돌려보냈다.

"저⋯⋯ 주문을 해야 할 것 같은데요."

난아는 쭈뼛거리며 승조와 초아 앞에 메뉴판을 차례대로 놔주었다.

"난 A코스."

초아는 메뉴판을 자세히 보지도 않고 가장 비싼 것으로 골랐다. 난아가 그녀를 매섭게 노려보았지만, 초아는 전혀 개의치 않았다.

"난아 씨는 어떤 걸로 할 겁니까?"

"아…… 저는……."

"뭘 고민해? 그냥 제일 비싼 걸로 먹어. 뭐가 맛있는지 모를 땐 그게 가장 좋아. 안 그런가요, 고승조 씨?"

난아 앞에 놓인 메뉴판을 대신 펼치며 다정히 구는 승조의 모습에 초아가 이죽거렸다.

"나쁘지 않은 방법이긴 하지만, 최선의 방법은 아닙니다."

"나쁘지만 않으면 되지 최선까지 바라면 안 되죠. 고르고 골랐는데, 결국 폭탄 같은 음식을 만나는 것보다야 낫지 않겠어요?"

초아는 현재의 상황을 빗대어 시비를 걸었다.

"그, 그럼 저는 승조 씨랑 같은 것으로 할래요."

차갑게 내려앉은 분위기에 숨이 막혔지만, 난아는 그의 편에 서고 싶었다.

'어딜 가도 이런 대접을 받을 만한 사람이 아닌데. 아이까지 있는 이혼남이라는 핸디캡이 없다면 감히 넘볼 수조차 없는 먼 곳의 사람인데.'

난아는 초아의 맹목적인 적개심 앞에 무기도 없이 서 있는 듯한 그가 계속 마음에 걸리고 아팠다.

"줏대 없기는……. 여기요!"

난아를 노려본 초아가 직원을 불렀다.

"A코스 셋, 와인은 도멘 드 라 로마네 꽁띠가 있는지 알아봐 주십시오."

초아가 주문을 하려고 입을 열려는 순간, 승조의 말이 먼저 치고 나왔다.

"네?"

그의 주문에 직원이 깜짝 놀라자, 와인에 대해 잘 모르는 두 여자는 어안이 벙벙해졌다. 하지만 초아는 아무렇지 않게 전화기를 꺼내 승조가 주문한 와인 이름을 검색했다.

'세계에서 가장 비싼 희귀 와인이라……. 내 수작에 한술 더 뜨겠다는 건가?'

주문을 받으러 왔던 직원이 급하게 사라지는 모습에 초아는 새삼 미안함을 느꼈지만, 느긋하게 사태를 관망하기로 했다.

"저희 엘도라도에는 로마네 꽁띠는 보유하고 있질 않습니다. 하지만 그랑 에셰조는 있는데, 괜찮으시겠습니까?"

딱 봐도 지배인이나 사장쯤으로 보이는 사람이 와서 사정을 이야기하고 있었다.

"세계에서 가장 비싼 와인은 없다지만 이곳에서 가장 비싼 와인은 있는 모양인데, 그것으로도 괜찮겠습니까?"

"네, 그렇게 하세요. 결국 그게 최선인 모양이네요."

난아가 데려온 남자는 어설프게 덤볐다가는 각오를 해야 할 위험한 부류였다. 그래도 질 수 없다는 생각에 초아는 당당하게 굴었다.

"나쁘지 않은 선택인 게 맞습니까?"

'흥, 아예 쐐기를 박으시겠다?'

어벙하기 짝이 없는 언니가 어디서 저런 남자를 물어온 것일까 새삼 놀라웠다. 아니, 저런 남자가 언니를 좋아하고 결혼까지 생각하고 있다는 게 더 놀라웠다.

"언니의 어느 점이 그렇게 좋아요? 좋아하는 데 이유가 어디 있냐는 말도 안 되는 답 말고요. 분명 좋아하는 데에는 이유가 있을 수밖에 없거든요."

"저와는 다른 점이 좋습니다."

한 치의 망설임도 없이 나오는 그의 답변. 붉게 물든 얼굴로 그와 눈을 맞추며 좋아하는 난아의 모습에 초아는 씁쓸해졌다.

"가족 모두가 반대해도 과연 좋을까요?"

"초아 씨가 반대하지 않는 단 한 사람이 되어주면 되지 않습니까?"

당당하다 못해 뻔뻔한 그의 말에 초아는 기가 막혔다.

"우리 부모님 가슴에 못질은 못 하겠는데요?"

"그럼, 언니 가슴에 못질하는 건 괜찮습니까?"

"그러기 전에 관계를 정리하면 만사 오케이일 것 같은데요!"

칼만 안 들었지, 싸움이나 진배없었다.

"이, 일단 음식 나왔으니 좀 먹고 얘기해요, 네?"

음식이 나오자 난아는 반색을 했다. 일단 둘의 싸움은 음식을 먹으면서 잠시 소강상태에 접어든 듯했지만, 난아는 둘 모두의 눈치를 살피느라 음식을 먹고 있어도 먹는 게 아니었다.

'기분은 둘 다 나빠 보이지 않으니 그나마 다행이랄까……'

고래 싸움에 새우 등 터지는 기분이 딱 이럴 것 같았다. 그렇다고 어느 누구의 편도 들어줄 수 없었다.

속이 탄 난아는 승조가 따라준 와인을 한 모금 벌컥 들이켰다.

'얼라리요? 엄청스레 맛있다?!'

억 소리 나는 금액에, 이름값 하는 와인이라더니 맛도 그 못지않았다.

난아는 홀짝홀짝 와인을 비워 나갔다. 난아의 와인잔이 비워지자, 승조는 반사적으로 잔을 채워주었고, 그녀는 두 사람의 눈치를 보며 야금야금 잘도 마셔댔다. 급기야 잔이 비자, 이제는 스스로 따라 마시기 시작했다.

"연애만 하세요. 일단 언니가 그쪽을 너무 좋아하는 것 같으니만 번쯤 양보한 거예요."

2차전의 시작 또한 초아가 끊었다.

"언니의 의사는 전혀 고려치 않은 월권 행위입니다."

포크를 내려놓고 와인잔을 집어 드는 그의 손가락은 동요 없이 우아했다.

"지금 이 시점에서 언니 의사는 중요하지 않아요. 중요한 건 이 기막힌 연애의 사정을 우리 부모님은 끝까지 모르셔야 한다는 점이에요."

"타협안은 끝내 없는 겁니까?"

"네, 없어요."

초아는 매몰차게 말을 끊었다. 언니의 마음이 진심인 것 같아 골치가 아팠지만 부모님을 기함하게 만들 순 없었다.

탁!

와인잔이 부서지는 것 같은 소음에 승조와 초아의 시선이 소리를 따라 움직였다.

"너무해엥~"

소음의 진원지는 와인잔을 불안하게 쥔 난아였다. 그녀의 얼굴은 불그스름하게 변해 있었고, 음성은 늘어진 고무줄마냥 느슨하게 풀어져 있었다.

"뭐야? 이 비싼 걸 언제 이렇게 다 퍼마신 거야?"

초아는 무게감이 거의 느껴지지 않는 와인병을 답삭 들어보고는 소리쳤다.

"그 비싼 걸 내가 좀 마셨다, 왜에? 자기들끼리 떠드느라고 바쁘고. 아니, 싸움질하시느라 바쁘셔서 나랑 얘기도 안 했잖앙."

"이 술탱구리 같으니라고. 지금 이 상황에 술이 들어가디?"

눈앞의 남자와 자신이 각각 한 잔의 술도 다 못 비운 상황이니 난아가 거의 한 병을 다 마셨다는 결론이 나왔다.

"그럼 이 상황에서, 내 소중한 사람들이 아귀다툼을 해대는 이 와중에, 내가 할 수 있는 게 뭐가 있겠어? 그냥 닥치고 구경이나 했어야 해? 아니면 엉엉 울어야 했을까? 할 게 없어서 술이나 마셨다, 왜?"

한탄스럽게 한마디 한마디 힘들게 끊어내듯 뱉는 난아의 말들이 아프게 와 닿았다.

"일어나, 집에 가자."

초아는 가방을 집어 들더니 난아의 팔을 끌어당겼다.

"초아야, 나…… 여기가 너무 아프고 답답해. 나 정말 고민 많이 했고, 아주 힘들고 어렵게 이 사람을 가슴에 넣었어. 나라고 엄마 아빠 생각을 왜 안 했겠냐고…… 지금도 두 분 떠올리기만 하면 마음이 아픈데…… 너무 아픈데! 그런데 나 진짜 이 사람이 너무 좋아. 매번 볼 때마다 더 좋아져만 가. 이젠 이 사람 없으면…… 내가 안 될 것 같은데. 그러니 네가 좀 봐주면 안 돼? 내 편 들어주면 정말 안 되는 거야?"

난아는 심장 부근을 주먹으로 야무지게 두들겨 가며, 끊어질 듯 이어갈 듯 말을 계속하고 있었다. 그 모습이 초아와 승조의 마음을 욱신거리게 했다.

"취해서 하는 말은 전혀 와 닿지 않거든. 정신 말짱할 때 다시 말해."

"넌…… 내가 취하지 않았을 때 한 말도 귀담아듣지 않았잖아! 왜 이렇게 내 진심을 몰라주느냐 이 말이야."

난아는 취한 사람치고는 굉장히 또렷하게 감정 표현을 하고 있었다.

"그러는 언니는 대체 왜 내 맘을 몰라! 내가 지금 단순히 언니 사랑 방해하자고 덤비는 걸로만 보여? 사랑 하나로 모든 것을 감수할 수 있다는 건, 소설이나 드라마에서나 가능한 거야. 현실에서는 다르다고."

들었던 가방을 도로 집어 던진 초아도 목소리를 높였다. 그 목소리에 적지 않은 물기가 담겨 있음을, 취한 난아는 느끼지 못했지만 승조는 금세 알아낼 수 있었다.

"여기서 이럴 게 아니니 일단 나갑시다."

"싫어요. 안 갈 거예요."

승조가 난아의 어깨를 감싸 안고 일으켜 세웠지만, 그녀가 그의 손길을 강하게 뿌리쳤다.

"그리고 나 지금 집에 가면 기필코 엄마랑 아빠한테 다 말해 버릴 거야."

확실한 위협이 되는 그 말에 초아도 난감한 표정을 지었다. 승조는 초아에게 난아를 잠시만 보고 있으라고 말하고는 밖으로 나가 버렸다.

"초아야, 그 맛있고 비싼 술이 어디로 갔을까~아? 분명 요기, 요기 떡하니 있었는데~에."

난아는 초아가 숨긴 와인을 열심히 찾고 있었다.

"으이구, 이 주책바가지야! 좋아한다는 남자 앞에서 이렇게 주접을 떨고 싶어? 빨리 이 물이라도 마시고 정신 차려."

초아는 난아가 쥐고 있는 와인잔에 물을 부어주었다.

"앗! 소주다, 소주!"

난아는 완전히 취했는지 물과 술의 구분도 못 하고 있었다.

"으이구. 내가 않느니 죽지."

소주인 줄 알고 '캬' 소리까지 내가며 물을 술인 양 마시고 있는 난아를 초아는 어이없게 바라보았다.

"아니, 이 사람은 대체 어딜 간 거야?"

사방을 두리번거리던 초아의 눈에 모두의 시선을 한 몸에 받으면서 오고 있는 승조가 보였다. 한 마리 우아한 표범과도 같은 그 자태에 낯선 이질감마저 느껴졌다.

"아무리 봐도 평범한 사람들과 엮일 레벨은 아닌 것 같은데……."

초아는 테이블에 엎드려 포크와 나이프로 박자까지 맞춰가며 흥얼거리고 있는 난아를 한심스럽게 바라보았다.

"난아 씨, 뭐가 먹고 싶어요?"

"헤~ 승조 씨다, 승조 씨! 음…… 뭐가 먹고 싶냐면요…… 아까 그 많이 비싸고, 에, 또 많이 맛있던 술이 먹고 싶어요. 분명히 아까까지만 해도 요기, 요기 있었는데에 없어졌떠요. 아무래도 초아가 비싼 거라고 홀라당 털어 먹은 게 분명해요오."

"홀라당 털어 먹은 건 언니거든!"

난아의 혀 짧은 주정에 부아가 치민 초아가 쏘아붙였지만 이내 입가에 손가락을 올리며 조용하라는 제스처를 보이는 승조의 모습에 입을 다물었다.

"그럼 그거 마시러 갑시다. 이곳엔 딱 한 병뿐이었다고 하네요."

"헤…… 정말요? 그 비싼 걸 또 사준다고요? 우리 승조 씨, 머엇쪄. 완전 짜~앙!"

자리에서 비틀거리며 난아가 일어서자 승조가 잽싸게 어깨를 감싸 안아 부축했다.

"어디를 가려고요?"

난아에게 들릴까 싶어 초아가 작게 속삭이듯 질문했다.

"근처 호텔 예약해 놨습니다. 잠시 들러 술이라도 깨고 가야 좀 낫지 않겠습니까?"

승조 역시 난아에게 들리지 않게끔 낮게 중얼거렸다.

"아…… 감사합니다."

솔직히 지금 상태의 난아를 집에 데리고 가는 모험을 하기가 겁이 나던 초아는 진심으로 그가 고마웠다. 조금 전까지 으르렁거렸던 건 맞지만, 고마운 건 고마운 거였다.

"……평소 난아 씨 주사는 어떻습니까?"

승조도 초아와 비슷한 마음이었다. 강하긴 하지만 어딘지 모르게 물렁한 면이 많은 난아에게 대차고, 똑 부러지는 동생이 있다는 게 여러모로 고마웠다.

"취하면 잠이 들어요."

'물론 잠들기 전까지 지나치게 솔직해지지만요.'

난아의 주사에 대해선 이미 한 번의 경험이 있다는 것을 알 리 없는 초아는 뒷말은 차마 하지 못하고 꿀꺽 삼켰다.

지하주차장으로 내려오니 언제 왔는지 운전기사가 인사를 하며 문을 열어주었다.

'호텔 예약을 하면서 처리해 놓은 모양이네. 많이 마시지 않았어도 마시긴 했으니까.'

술 취한 난아 때문에 정신없기만 했던 그녀와는 달리, 그 짧은 시간에 모든 것을 마련한 그의 철저함이 새삼 감탄스러웠다.

'으이구, 저 화상!'

난아는 이 와중에도 운전기사와 큰 소리로 인사를 나누고, 차에 안 타겠다고 우기는 등의 진상을 부렸다.

"빨리 일어나. 다 왔어."

차가 호텔 지하주차장에 멈추자, 초아는 어느새 곯아떨어진 난아를 야무지게 팡팡 두들겨 깨웠다.

"그냥 두십시오."

승조는 그런 초아를 만류하고는 먼저 내리더니 난아를 번쩍 안아 들었다.

'……무게가 상당할 텐데……'

괜한 걱정을 하면서 초아는 그의 뒤를 따라갔다. 난아는 그의 품에서 아주 편하고 다디단 잠을 자고 있었다.

"로비에 들러 키 안 받아도 되는 거예요?"

초아는 엘리베이터에 올라 망설임 없이 객실 층 버튼을 누르는 그가 의아스러워 질문을 던졌다.

"올라가 보면 압니다."

그는 품에 안긴 난아를 더없이 사랑스럽게 내려다보고 있었다.

'취향 한번 독특도 하시지.'

초아는 온 신경을 난아에게 쏟고 있는 승조가 더할 나위 없이 신기했다. 눈이 튀어나올 정도의 미인도 아니고, 그렇다고 능력이 출중한 것도 아닌데, 난아의 어딜 어떻게 봤기에 저런 눈빛과 표정이 나오는지 미스터리하기까지 했다.

땡― 소리와 함께 엘리베이터 문이 열렸고, 그는 거침없이 걸음을 내디뎠다. 초아는 말없이 그의 뒤를 따랐다. 얼마 가지 않아 그의 걸음이 멈추어 섰다.

"간단한 상비약 가져오세요."

대체 누구한테 하는 소리인가 하고 고개를 쭉 내밀어봤더니, 객실 문 앞에 말쑥하게 정장을 차려입은 남자가 문을 열고 있었다.

"더 필요한 건 없으십니까?"

"누구예요?"

아무 말 없이 고개를 끄덕이는 승조에게 깍듯하게 인사를 하고 사라지는 남자의 정체가 심히 궁금해졌다.

"이 호텔 총지배인입니다."

"……!"

호텔 총지배인이 문 하나 열어주자고 객실 앞에 대기하고 있었다니. 난아를 안고 침대로 다가서는 승조의 뒷모습이 새삼스레 달리 보였다. 사신도 어쩔 수 없는 속물인 듯해 입안이 씁쓸해졌다.

"으음…… 초아야……."

초아는 자신을 부르는 난아의 목소리에 정신이 들었다.

"왜?"

승조가 난아를 침대에 살며시 내려놓고 있는 상황이라 초아는 대꾸만 했다.

"나…… 속이 좀 많이 안 좋아……."

승조가 난아를 침대에 눕히고 몸을 일으키는 순간이었다.

"우웨웨엑!"

번개같이 그의 옷자락을 움켜잡은 난아가 자신이 무엇을 먹었는지를 여실히 보여주는 토사물을 잔뜩 쏟아냈다.

"이걸 어째……."

초아는 그 모습에 기겁을 했다.

"음…… 물…… 초아야, 나 물 줘."

난아는 취해 정신없는 와중에도 초아의 목소리는 기막히게 알아듣고 이름을 부르고 있었다.

"이, 이를 어째!"

순식간에 절망스러운 차림새로 바뀐 승조를 초아는 안타깝게 바라보았다. 아무것도 모른 채 물만 찾아대는 난아가 참으로 어이가 없었다. 하지만 그는 꽤나 차분한 기색으로 물을 가져와 난아를 일으켜 물을 먹였다.

"괜찮으세요? 솔직히 괜찮냐고 물어보기도 민망하네요. 아유, 이 애물단지! 한 대 쥐어박을 수도 없고!"

괜히 그에게 미안해진 초아는 침대 옆 테이블에서 티슈를 가져와 토사물로 얼룩진 난아의 입가를 있는 힘껏, 쥐어박듯이 닦아냈다.

"쉿!"

그는 입가에 손가락을 가져가 조용히 하라는 뜻을 보이며, 초아를 침대에서 조금 떨어진 곳으로 불렀다.

"나는 이 자리에 아예 없었던 것으로 합시다. 술이 깨더라도 지금 일은 말하지 않는 걸로 하는 겁니다. 이 일 알고 나면 무척 난감해할 것 같으니까요."

그가 객실에 들어오고부터는 아무 말도 하지 않았다는 것을 그제야 깨달았다. 심지어 난아가 토사물 테러를 하는 그 순간조차도 그는 말을 아꼈다. 그 모든 게 나중에 자신의 추태를 알고 부끄러워할지도 모를 난아를 배려하기 위해서였다니. 새삼 감탄스러웠다.

"……적어도 반대편에 서서 말리거나 하진 않을게요. 하지만 그렇다고 해서 편을 들어줄 수는 없어요. 그러니까 제 말은 철저한 중립을 지키겠단 소리예요."

"지금은 그 정도만이라도 충분합니다."

초아의 말을 찰떡같이 알아들은 승조의 입가에 옅은 웃음이 배었다.

"오늘…… 다소 무례했던 점, 죄송했습니다. 그리고 그 옷은…… 참 안타깝네요."

패션 일을 하고 있는지라 그가 입고 있는 옷에 대한 가치를 너무도 잘 알고 있었기에 안타까웠다.

"지배인이 상비약 두고 갈 겁니다. 그 외에 필요한 거 있으면 주저하지 말고 요구하세요."

승조는 난아가 들을까 봐 낮은 목소리로 말하며 명함을 내밀었다.

"언니 정신 차리면 연락드릴게요."

그의 명함을 받아 갈무리한 초아는 그를 배웅하고 쌕쌕 잠이 든 난아의 곁으로 다가왔다.

"고르긴 잘 고른 것 같긴 한데…… 휴…… 그런데 언니는 이 상황에 잠이 오냐? 와?"

한숨을 팍 내쉰 초아는 잠이 든 난아 옆에 벌렁 드러누웠다. 막상 중립을 지킬 거라고 해놨지만, 갈등이 일었다. 부모님 생각만

하면 중립을 지키겠다고 했던 말조차도 두 분에 대한 배신 같게만 느껴졌다.

계속 한숨을 쉬며 이리 뒤척, 저리 뒤척이던 초아도 결국 깊은 잠이 들어버렸다.

"……으으음."

얼마나 잤을까, 난아는 지독한 갈증에 결국 게슴츠레 눈을 떴다.

"무, 물이 어디 있지?"

간신히 침대에서 일어난 난아는 눈에 보이는 광경에 갑자기 정신이 확 들었다.

"여, 여기는 어디지?"

예전 지영과 술을 마시고 떡이 되어 승조의 집에서 눈뜬 경험이 있어선지 무척이나 긴장한 채 주변의 것들을 차근차근 살폈다. 다행히 승조의 집은 아니었다.

"아니, 애는 왜 여기 있어?"

초아가 있는 것을 보니 조금 마음이 놓였다.

"초아야, 초아야."

곤히 자고 있는 초아를 깨우며 어제의 일을 조심스럽게 떠올려 보았다.

'무섭게 싸우던 두 사람, 그리고 갑작스러운 결혼 이야기……'

승조가 꺼냈던 결혼 이야기는 초아와 말싸움 도중 튀어나온 것일 테지만, 그래도 그 순간만큼은 참으로 놀랍고 설레었었다.

'기막히게 맛있던 와인. 세 잔까지 마신 건 기억하는데……'

와인으로까지 생각이 번져 가자 인상이 찌푸려졌다. 분명 처음에는 맛있게 마셨던 것 같은데, 그 이후의 일이 기억나지 않는 걸 보니 아무래도 와인이 문제를 일으킨 모양이었다.

"초아야! 야, 이것아!"

난아는 좀 더 세게 초아를 흔들었다.

"음…… 언니? 여기가 어디야?"

"혹시 너도 어제 취했었냐?"

인상을 찌푸리며 간신히 눈을 뜨는 초아의 행동에 난아는 순간적으로 깜짝 놀랐다. 설마 자매 모두가 취했던 건가 싶어 아찔해졌다.

"야, 빨리 일어나 봐! 설마 너도 어제 취했던 거냐고?"

"내가 언니야? 대책 없이 퍼마시게. 그건 그렇고 속은 괜찮아? 그렇게 토하더니만."

초아는 미간을 찡그리며 손으로 머리를 두드렸다. 심란한 마음으로 잠이 들었더니 머리가 묵직했다.

"토해? 누가? 내가?"

'아, 맞다! 비밀로 하자고 했었는데.'

뒤늦은 깨달음이었지만, 이미 뱉은 말이었다.

"속이 안 좋은지 토했었어."

'고승조 씨의 그 비싸디비싼 슈트에 하나 가득!'

일단 약속도 있고 한지라, 뒷말은 차마 할 수가 없어 꿀꺽 삼켰다.

"그랬어? 이상하다. 속은 아무렇지도 않은데…… 그런데 여긴 또 어디야?"

"호텔. 언니 술 깨면 집에 들어가려고 했었는데 나도 그만 잠들어 버려서……."

초아가 난감한 듯 말끝을 흐렸다.

"결론만 얘기하면 우린 둘 다 죽었단 거네."

"그렇지, 우리 둘 다 말도 없이 외박을 했으니……."

초아와 난아는 서로의 얼굴을 바라보며 한숨을 푹 내쉬었다.

"승조 씨는? 어제 잘 갔고? 나 취해서 그 사람에게 실수했다거나 한 건 없었지?"

"언니는 엄마 아빠에게 혼날 걱정보다 그 사람에게 실수한 거 없나가 더 큰 걱정이야?"

초아는 어이가 없는 표정으로 난아를 바라보았다. 사람이 변해도 어쩌면 이렇게 바뀌었나 싶었다.

"당연하지!"

'사람도 떡이 될 수 있다는 것을 한 번 보여준 전적이 있단 말이다!'

난아는 차마 밝힐 수 없는 말을 속으로 삼켰다.

"실수한 거 없어. 그러니 걱정 말고 집이나 가자. 우리 이 꼬라지로 출근할 순 없잖아?"

손가락으로 자신과 난아를 번갈아 가리켜 보인 초아는 침대에서 일어서 가방이며 겉옷을 챙겼다.

"아이고! 머리야. 나 대체 얼마나 마신 거야?"

난아는 일어나려다 휘청거렸다. 앉아 있을 때는 몰랐는데 막상 일어서니 어지러운 게 상태가 영 좋지가 않았다.

"그건 언니만 알 노릇이지."

"확실히 실수한 거 없는 거 맞지?"

난아는 뭔가 의심스러웠는지 초아에게 재차 질문을 했다.

"없어, 없어."

건성으로 대꾸한 초아는 머리를 손가락으로 누르고 있는 난아를 끌고 호텔을 나섰다. 이른 새벽의 공기는 둘의 컨디션과는 상관없이 맑고 따스하기만 했다.

하지만 집에 들어간 두 자매의 아침은 무척이나 파란만장했다.

"집에서 자기 싫거든 아예 결혼해서 나가거라. 그전까진 외박은 절대 안 된다."

나란히 아침에 귀가한 두 딸을 불러 앉혀놓고, 일장 연설을 하던 엄마 아빠의 목소리가 아직도 귀에서 울려 퍼지는 것 같았다.

"으…… 머리야."

부모님의 격렬한 애정을 뒤로하고 간신히 지각을 면한 수준으로 출근한 난아는, 반 아이들과 아침 인사를 주고받으면서도 밀려오는 두통에 간혹 미간을 찡그렸다.

"……생님. 선생님? 진짜 어디 아파요?"

"으, 응? 아니야. 선생님 아프지 않아요."

유라의 목소리에 난아는 애써 미소를 지었다.

"이거 아빠가 갖다 드려라, 하셨어요."

호주머니에서 뭔가를 주섬주섬 꺼낸 유라가 작은 봉지 하나를 그녀에게 내밀었다.

"이게 뭔데?"

"선생님 약이다, 하셨어요."

"응? 약?"

약이란 말에 잠시 의아했지만, 승조가 보낸 것이라니 일단 받아 들었다.

"아파서 약 먹는 거예요?"

약이란 말에 걱정이 되었는지 유라의 작은 얼굴에 근심이 가득 서렸다. 그 모습이 어찌나 사랑스럽던지 난아의 심장 한구석이 또 한 번 찌르르 울렸다.

"아니야. 선생님은 이렇게 쌩쌩한걸? 그러니 유라는 걱정 말고 자리로 가서 책 보자."

"네~"

1교시 수업 전까지 책을 읽는 것이 이 학교 방침이었기에, 유라 는 자리로 돌아가 다른 아이들처럼 책을 펼쳤다.

—어제 잘 들어갔죠? 아침에 경황이 없어 이제 연락하네요. 그런데 유라에게 보낸 약은 무슨 약이에요?

난아는 아이들을 한차례 쭉 둘러본 후, 승조에게 메시지를 보냈 다.

―잘 다니는 한의원에서 지은 숙취에 좋은 약입니다.

메시지에서 풍겨 나오는 느낌이 어째 불길해서 난아는 잠시 고민했다.

'분명히 그가 돌아가고 나서 취기가 올랐다고 했는데. 그래서 급하게 근처 호텔로 간 거라고. 대체 어떻게 내가 숙취에 시달리는 것을 알았을까?'

난아는 고개를 갸웃거렸지만, 초아의 말을 철석같이 믿었기에 자신들이 묵었던 호텔 객실이 스위트룸이었다는 사실조차 떠올리지 못하고 있었다.

―와인 한두 잔 마신 것 가지고 취하거나 하진 않아요. 어쨌든 보내준 약은 감사히 잘 먹을게요. 생각해 줘서 고마워요.

난아는 그가 보내온 약을 냉큼 먹었다. 자신을 생각해 준 그의 마음이 느껴져서인지 먹는 순간 두통이 싹 사라지는 것만 같아 기분이 좋아졌다.

"난 철저한 중립을 지킬 거야. 언니 편을 들지도 않을 거고, 그렇다고 부모님 편에 서서 언니를 몰아붙이지도 않을 거야. 그야말로 철저한 중립! 내게 있어 그게 최선임을 알아줬으면 좋겠어."

초아의 말이 불현듯 생각나 배시시 웃음이 나왔다. 모질게 말해도 결국 그녀의 손을 잡아준 것 같아 자꾸만 기분이 좋았다. 한 발 전진한 것만 같은 느낌이랄까, 독서에 열중하고 있는 아이들을 쭉 둘러보는 난아의 얼굴에 행복한 미소가 지어졌다.

〈2권에서 계속〉